金田一探案集 ⑦

化装舞会

〔日〕横沟正史 著　　王维幸 译

南海出版公司

新经典文化股份有限公司
www.readinglife.com
出　品

目录

昭和[1] 三十五年夏天

地点　轻井泽

出场人物

凤千代子	有过四段婚姻的电影界大明星。
笛小路泰久	千代子的初任丈夫，战前电影界的偶像明星。
阿久津谦三	话剧演员，千代子的第二任丈夫。
槙恭吾	西洋画画家，千代子的第三任丈夫。
津村真二	作曲家，千代子的第四任丈夫。
飞鸟忠熙	前公爵后裔，战后日本财界的大亨，对考古学怀有浓厚兴趣。目前正跟千代子热恋。
笛小路美沙	千代子与初任丈夫笛小路泰久所生的女儿。
笛小路笃子	笛小路泰久的继母，养育美沙长大。
樱井铁雄	飞鸟忠熙的女婿，神门产业的精英。
樱井熙子	忠熙的女儿，铁雄的妻子。

① 日本裕仁天皇在位期间使用的年号，时间为 1926 年到 1989 年。

的场英明	考古学者，一直想让飞鸟忠熙资助发掘旅行的费用。
村上一彦	飞鸟忠熙偏爱的青年，目前是的场英明的学生。
秋山卓造	飞鸟忠熙的左膀右臂，为忠熙可以上刀山下火海。
立花茂树	津村真二的学生，音乐系学生，村上一彦的朋友。
田代信吉	自暴自弃型的音乐系学生，曾殉情未果。茂树的朋友。
藤村夏江	被凤千代子的第二任丈夫阿久津谦三抛弃的女人。
樋口操	藤村夏江的学姐、朋友，居住在轻井泽。
日比野警部补	本案的调查负责人。年纪尚轻，立功心切。
等等力警部	警视厅搜查一科警部，金田一耕助的搭档。
金田一耕助	大家早已熟悉的头发蓬乱的侦探。

序幕

从泉之乡往上慢慢地爬半个小时，越过当地人所称的“二度坡”一带之后，景致便逐渐开阔起来。

天气晴朗。像土产店卖的明信片里的彩色照片一样，旧轻井泽对面的一文字山与鼻曲山变成了浅棕色，一个接一个地冒了上来。

“找个地方休息一下怎么样？”

“可浅间山连影子都还没看到呢。”

“浅间山得爬到山顶才能看见。”

“休息一下也行，会不会有人来呢。”

“来就来呗，管他呢。”

周围是一片夹着杂树的红松林，树下的杂草中长满了大片的葛草和土当归。葛草的紫花点缀在白色的土当归花中，看上去分外惹眼。女人在靠近路边的树林里铺好塑料布，背对着路坐下来。

“你怎么划得到处是伤？”

“穿着外衣热，一脱了却又划成这样，这路可真难走啊，要是有条好走的路就好了。”

“你就别做梦了，上天堂还能有好路走？”

男人说完后，骨碌一下仰面躺了下来。塑料布下面的杂草顿时被压扁了，男人的身体陷入葛草叶里。女人擦了擦汗水，悲伤地抚摩着双臂上的划痕。

路这种东西，一旦没人走了便会荒废。这一条也不例外，从前连汽车都能跑得开，可是从战时到战后再也没有维护过，完全被废弃了。现在连两个人并肩走都有些勉强，路的两侧全是探出来的灌木，如果只穿着半袖衬衫就倒霉了。可若是穿开襟毛衫，头顶上的阳光却又那么毒辣。

路况本身也很差，看样子两三天前才刚下过暴雨，可是即便不下雨，这条满地滚着被烧热的浅间山石的路也早已被切割得像叶脉一样了。山体裸露的浅间山从前大喷发时形成的大圆石则让原本陡峭的山路变得越发艰险。

女人脱掉鞋子，抚摩着脚趾。尼龙袜下透出来的畸形脚趾似乎在展示这个女人从前的职业。

“阿信，给我点儿水。”

男人仍躺在那里，极不耐烦地取过水壶递给她。

女人喝了一口润了润嗓子，说道：“你要不要也来点儿？”

“我不用。”男人爱理不理地说完，忽然又改了主意，“那就干脆喝个够吧。”

男人仍躺在那里，直接把女人递过来的水壶杯子送到嘴边，弄得一大半水都洒到了牛仔裤上。

“讨厌。你也太懒了。要不再来一杯？”

“不用。”

男人双手枕在后脑勺下面，依然陷在草丛里。女人看出男人在怄气，心里很痛苦，本想说点儿什么，又怕说了之后更别扭，便默默地拧上水壶的盖子。

男人有二十三四或二十五六岁，似乎比女人小两三岁。不，说不定还会差得更多。女人的脸色很差，嘴唇却红得出奇，似乎不单是因为涂了口红的缘故。她气喘得厉害，似乎患有肺部疾病，这让她看上去愈发显老。

小宫由纪几年前刚进歌剧团的时候，也曾拥有过狂热的梦想，可当那梦想被无情地击碎，她便陷入了悲惨的境地。仅凭一张漂亮的脸蛋是很难在这个世界上出人头地的。当意识到自己无论作为歌手、舞女还是演员都缺乏天赋的时候，由纪彻底被绝望击垮了。于是，需要养家糊口的由纪终于被更轻松的赚钱手段诱惑，当事情败露被驱逐出歌剧团的时候，她肺部的疾病已经相当严重了。而且，她仍必须工作。

“阿信，躺在那种地方会感冒的。你不觉得这里太凉吗？”

顶着太阳爬坡的时候会汗流浃背，可踏进阴凉处后却又立刻觉得浑身发冷。男人果然接连打了两三个喷嚏。

“你瞧，让我说中了吧。”

“那又怎样！”

男人冷冷地说完，依然透过树梢直勾勾地凝望着天空。透过红松的树枝看到的天空蔚蓝而清澈，仿佛要把人的灵魂吸进去。

女人默默地凝视着男人的侧脸，然后垂下浓黑的睫毛说道：“阿信，你若不愿意，我们就此分手吧。不过药你得留下来。”

“谁说不愿意了？”

“可我总觉得你不情愿。”

“我讨厌的就是这一点。我就是看不惯你这么啰唆。都快要死的人了还管什么感冒！”

“对不起，我闭嘴就是。”

明知道男人就烦这种瞎操心的婆婆妈妈的做法，由纪还是忍不住。就因为这种性格，她不但在舞台上一无所成，就连沦落到出卖肉体后也没怎么讨到男人的欢心。脸蛋的确长得不错，玩起来却毫无意思。她的身上似乎带着一种让男人思乡的东西。

田代信吉是艺大作曲专业的学生。父亲在大阪做牙医，医术高明，除了在自家拥有一家诊所，另外还有两家分所。这两家分所都由情妇值班，且两个情妇都被他培养成了技师。就连养情妇也不能让她们闲着，唯利是图的父亲对此不以为耻反以为荣。信吉从小就跟父亲合不来。

母亲是从家境更好一些的人家嫁过来的（在信吉看来），还带了一架钢琴做嫁妆。虽然是立式钢琴，牌子却是施坦威的。信吉在兄弟三人中排行最末，可似乎唯有他遗传了母亲的音乐细胞，从小便喜欢母亲陪嫁的这架钢琴。父亲尽管并不支持，还是接受了信吉想成为一名作曲家的希望，这也是母亲说情的功劳。

身为应届生就闯过了艺大音乐系考试这座独木桥的信吉曾十分得意，可不久后他就碰了钉子。每一次回家，绝望的念头都会加深一些。母亲身体不好，精力旺盛的父亲每晚都要轮流去分所住，即使偶尔回家，对信吉也是不闻不问。虽然在花钱方面并不怎么计较，不过跟两个哥哥相比，他肯定还是觉得信吉花得有点儿多。

母亲在世的时候还好，自从母亲去年因胃癌去世，信吉的悲惨命运就开始了。母亲还未过百日忌，父亲便娶了继室。令人意外的是，这继室并非以前就跟父亲有染的技师中的任何一个，而是另外一个略有积蓄的寡妇，还带着一个喜欢装成熟的小女孩。父亲把他跟这寡妇的关系隐藏得还真够深。

当然，父亲跟两个哥哥争吵不断，跟两个情妇似乎也一直有严重矛盾。尽管身处东京的信吉得以从这种争吵中解脱出来，可再指望父亲像从前那样给自己寄生活费，无疑已经是痴心妄想。

于是，信吉在夜总会或夜间俱乐部弹钢琴的时间逐渐多了起来。不久，他便身心俱疲，而且还变得颓废。去年秋天，信吉在乐队同伴的劝诱下，叫了应召女郎来玩。当时应召而来的便是小宫由纪。信吉拥抱着由纪瘦弱的身体失去了童贞，出于一种彻头彻尾的自我厌弃，那晚信吉突然陷入了疯狂。

信吉隔不了三天就要跟由纪玩一次。由纪是一个任由男人摆布的女人，信吉便对女人越发残暴。他已经几乎不去学校了。为了能够长期拥有由纪，他只得拼命打工。男人越发残暴，女人的胸部则越发扁平。

忽然，坡顶上传来男女的嬉闹声和跑下山来的脚步声。由纪慌忙披上开襟毛衫。

有三个人从裸露着白色岩石的山崖绕了过来。他们像小鸟一样嬉闹不停，从狭窄的小路上跑下。发现由纪跟信吉二人后，他们顿时沉默下来，连脚步声都安静了。在他们的脚步声消失在山坡下面之前。由纪只觉得他们的视线如针一样刺在自己的背上。

“阿信，我们快走吧，我讨厌再有人来。”

信吉仍躺在草丛里没动弹，闭着眼睛。闭上眼睛的时候，他脸上的苔藓色看着都令人心痛。在头顶树叶的映衬下，他连脸都变绿了，看上去十分恐怖。

“对了，我昨晚遇到了一个奇怪的男人。”信吉突然睁开眼睛，向由纪扭过头来，眼神中带着一种残忍的微笑。

“奇怪的男人？”

“我，昨晚住在狗窝了。”

“狗窝是什么？”

“顾名思义，就是那种建得跟狗窝差不多的旅馆。就算是那种地方，也毫不影响男人和女人搂着睡觉。里面差不多有三叠[①]大小，三十多间小屋在树林的空地上排了一大串，每个小屋里都住着像我这样的客人。”

“啊，原来你一直住的白桦营就是那种地方？”

“白桦营十八号确实很夸张，不过，差不多就是那种地方吧。我在那里等了你三天。”

“抱歉，是我来晚了。”

“没事，说到那个奇怪的男人……”

“怎么了？”

“他昨晚就住在我隔壁的十七号房间。我睡不着，就呆呆地坐在林子一角的一座小山丘上看星星。虽然有雾，从雾缝里还是能看到星星的。后来那家伙就来了，还抱着一个威士忌瓶子，一会儿就酩酊大醉了。”

---

①日本计量房屋面积的单位，1 叠约为 1.62 平方米。

“后来呢……”

“他大概是从我的神情中嗅到了什么，就絮絮叨叨地说什么不要想不开，一起喝一杯如何之类。我讨厌这种人，根本没理他。他就自斟自饮，絮絮叨叨地自说自话，好像是老婆有外遇了。”

“啊。”

“而且他还一直被蒙在鼓里呢，你说他丢不丢人。哈哈！”

“阿信，快别说了。”

“有什么不好的，你再听听。那家伙说要以眼还眼、以牙还牙，一定要报复，还扬言说今晚就闯过去，一定要给对方点儿颜色看看，可随即却忽然低声抽泣起来。他那个老婆好像是个绝代美女，而且还是一说起名字来全日本几乎无人不知的名人。”

“到底是谁？”由纪也表现出一丝好奇。

“他最终也没能说出名字，不过他长得倒也一表人才，大概有四十岁，虽然一副贵公子的派头，却已经穷困潦倒。我可不想变成他那样。他反正就是那种人穷志短的感觉。就他那样，老婆不找别的男人才怪呢。对了，他妻子的情夫好像是叫佐助。”

“就是说，他夫人现在就在轻井泽？”

“嗯，好像是。那个情夫也是。对了对了，那家伙，还说了句老话呢。”

“老话？”

“纵生七子女莫信。”

“阿信！”由纪厉声打断了他，试探般盯着男人的侧脸看了半天，然后才耸耸肩膀说道，“咱们快走吧。好像要变天了。”

果然被女人猜中了。不久，远处便传来了雷声，此前一直晴朗的天空瞬间乌云翻滚。

男人仍躺在那里，凝视着正在头顶迅速翻滚的云。他忽然身子一抖猛地坐了起来，说道："算了算了，关我什么事。"

"阿信，你是不是有什么心事？"

"没有，算了。他说这世上什么事情都会发生，还说了个奇怪的方程式，勾起了我的兴趣……算了，管他呢，关我什么事。走吧。"

在这之后将近半小时的时间里，男人生气似的一句话都不说，只是在女人的前面一个劲儿地爬着陡坡。女人也气喘吁吁地跟在身后。

远处的雷声已经停止，天空依然被灰色的云层覆盖。不知从何处涌来一片白雾，把二人包裹起来。

就在接近离山山顶的时候，二人遇到了一个从上面下来的奇怪男人。男人白底深色碎花的单衣下面露着浅蓝色的汗衫领子，下身穿着蝉羽般发亮的褐色裤裙，裤脚上沾满了草籽。头顶的礼帽下面还露出一头自来卷的头发，乱蓬蓬的一点儿都不油亮，看上去犹如麻雀窝。满是尘土的夏季白布袜外面穿着一双草鞋，鞋带是茶色的。

这个男人与他们擦肩而过的时候，忽然用盘问般的语气打了声招呼："你们现在是要上山吗？"

信吉鄙夷地看了对方一眼，连声都没吭一下，肩膀一晃，把头扭向女人。"由纪，走，再加把劲儿就到了。"

由纪用眼神跟奇怪的男人示意后，便紧追在信吉身后。

戴礼帽的男人目送二人远去，不久便沿着陡峭的山路向山下走，脚步似乎有点儿沉重。他还不时忧心忡忡地停下来回头望望坡顶。雾越来越大，男人的礼帽和脖子全被濡湿了。

走了大约五分钟，男人停下脚步，在路边裸露的大石头上坐了下来，从袖子里摸出香烟点上火。这个礼帽男人其实并不想吸烟，他只是有些担心刚才爬上山去的两个人。他注视着坡顶，雾却越来越浓，即使爬到山顶上也什么都看不见。

男人抽完第一根烟，又点上了第二根。可还没抽到一半，他忽然把烟扔了，开始沿原路往回爬。

乳灰色的雾气在礼帽男人的周围打着转，连前方几米远的距离都很难看清。他不时停下脚步，一面歇口气，一面竖起耳朵听是否有脚步声从上面下来。发现一点儿声音都没有，他便加快了脚步。

跟二人擦肩而过后二十分钟，戴礼帽的男人终于抵达了山顶的一块平地上。若是晴天，浅间山看上去会近在咫尺，现在眼前却是一片翻滚流淌的白雾，低矮的红松林完全淹没在大雾深处，没膝的灌木覆盖的地方一片荒凉，令人难以相信这居然是在盛夏季节。

“喂，刚才的两个人，你们在哪里?！”

可是，这声音只是变成空洞的回响，消失在浓雾中。礼帽男人又喊了两三声，然后仿佛知道自己该去哪儿似的，连裤脚都来不及挽就在灌木丛里疾走起来。

离山有三四座山峰，其中一座上面有一个高高隆起的大包，里面是一个洞穴。洞口狭窄得连一个人爬进去都很困难，里面却相当开阔，是蝙蝠的天堂。

这是一处经常有人来殉情的地方。

终于从睡眠中醒来的蝙蝠们，看到自己倒挂的洞顶下横躺着一男一女，都不由得睁大了眼睛。

小宫由纪似乎已经咽气，田代信吉则正徘徊在鬼门关前。临终前的痛苦啃噬着全身，田代信吉仅剩下的一丝气力仍能分辨出穿透浓雾的声音。

“刚才的两个人，你们在哪里……”

信吉依稀听着那遥远的声音，意识逐渐模糊。

这是发生在昭和三十四年八月十六日下午四点左右的事情。

第一章　大贵族的早餐桌

昭和三十五年八月十四日，飞鸟忠熙周日早晨的餐桌简直可以用豪华与奢侈来形容。

忠熙并不是异乎常人的美食家或大肚汉，他的餐桌平常都很节俭。他今天早晨的餐桌上，也仅有两块烤面包、一杯淡红茶、一盘火腿沙拉和两个半熟的鸡蛋，外加一大杯现榨果汁，仅此而已。

为了迎接随时可能到来的冒险旅程，梦想家飞鸟忠熙早就有意识地拿粗茶淡饭来历练自己。这个年轻时曾在埃及和乌尔有过考古发掘经历的旧贵族，最近似乎又悄悄地迷上了古代东方的楔形文字和苏美尔的黏土板。今年夏天，躲进这轻井泽的山庄之后，忠熙偷偷地重新翻起了曾发掘过特洛伊的海因里希·施里曼和在克里特岛发掘了米诺斯宫殿的亚瑟·埃文斯等人的传记。

直到前年夏天，忠熙的餐桌对面还一直有聪明的宁子夫人在守候。身为神门财阀的创始人神门雷藏的长女，宁子夫人既聪明又现实，她一直想方设法让丈夫远离这种无聊的梦想。为了抑制丈夫不切实际的幻想，让丈夫发挥一个实业家应有的手腕，宁子夫人一直在巧妙地与他周旋。

这位聪明的夫人在前年秋天因心绞痛突然死去后，忠熙的心里便产生了一个空虚的断层。尽管没表现出来，可最近他的心里动辄就会产生不安。

女儿熙子已经结婚，如今在轻井泽另外拥有一套别墅，儿子熙宁正在英国留学。在妻子先一步去世后，刚步入老年的男人那种无聊和空虚最近也总让忠熙心里摇摆不定。

“咦……”忠熙环顾着越来越暗的房间说道，“多岐，看来还真是要来真的了。”

“老爷，这到底是怎么回事啊。昨天气象预报明明说应该到不了咱们这一带。”

“哈哈，说来不了就真的不来了吗，这不眼看着就来了？”

“既然这样，至少也能在昨晚弄明白啊，这预报可真不像话。”

“生气又有什么用？又不是气象厅把台风打发到这边的。”

“可是，我在这儿都待了好几十年了，从来都没碰上过这种事。台风居然会刮到轻井泽来……啊，那棵大落叶松……”

此时，在忠熙的餐厅外面，一副世间罕见的壮烈景象正在展开。

餐厅外面是阳台，阳台外面有一片数百坪[①]的草坪，对面则是一片红松和落叶松的树林，直径至少有一米的大树正被台风像杂草一样甩来甩去。这些百年老树第一次遭遇这罕见的猛烈台风，它们一面发出阵阵哀鸣，一面被风任意摆布，场面煞是壮观。正当

①日本计量房屋和土地面积的单位，1 坪约为 3.3 平方米。

老女佣多岐唏嘘不已时，一棵直径达一米半的落叶松就在二人眼前被生生折成两截。巨大的地鸣声让整座古色苍然的别墅都动摇起来。

台风现在势头正劲，大雨倾盆，肆虐的风声犹如在天空中挥着巨大的鞭子。阳台外面，雨水像瀑布一样倾倒下来。

其实早在几天前就有台风预报，可由于它速度慢，前进路线不明，登陆地点一直没能确定。在昨天之前的气象预报中，还没有一次说台风有可能会袭击信州。可是，台风昨天半夜在关东地区登陆后，风速却突然加快，今天早晨便朝轻井泽直扑过来。

一般来说，台风登陆后风力都会减弱，尤其是像信州这样的多山地区，台风遇到山后会发生分散，很少会造成巨大的灾害。正因为罕见，树龄超过百年的大树才得以将生命延续到今天，而这天早晨袭击了轻井泽的台风绝对堪称史无前例。

壁炉台上的收音机在频频发布台风前进路线的警报。可是现在发布还能有什么用？

“啊，大人，落叶松又、又……”

大风刚刚平静了一会儿，眨眼间又卷土重来，把可怜的老树一棵棵都拦腰斩断。粗树折断的声音实在惊人，吓得多岐紧贴在阳台的玻璃窗上，发疯般尖叫不已。

“多岐，你不用慌。树折断了也没办法，这也算是命运吧。”

“这也太可惜了。老主人那么喜爱的落叶松，就这么被毁了……”

从昭和十年老公爵被叛军暗杀的时候起，多岐就在这里做事了，她实在不忍心看着这座山庄被台风疯狂地蹂躏。与其说是害怕，毋宁说她更感到遗憾。

听了老女佣讲的这些关于父亲的回忆，忠熙忽然放下手中的杯子。他感到被台风撕碎的那些老树就像当年被叛军射杀的父亲及其伙伴们一样。当时忠熙并不在日本，他正热衷于古代东方的考古发掘。

“多岐，给我杯红茶。”

“是，那个……”多岐慌忙返回餐桌旁，“要砂糖吗？”

“要一点儿。”忠熙拿起盘子里的烤面包，开始用黄油刀抹黄油，忽然他皱起眉头说道，“多岐，这烤面包……”

“对不起。现在停电，烤面包机没法用……我再重新烤一遍吧。”

“那就算了。”忠熙撕着烤面包说道，“多岐，秋山怎么样了？”

“秋山先生啊，他还在休息吧？我去把他叫起来？”

“那就算了。让他继续睡吧。”

“他这也太悠闲了吧。”

“算了。他最近似乎有点儿劳累。等台风停了，我还要请他大干一场呢，就先让他好好睡一觉吧。”

“是。”

“熙子怎么样？一定像个孩子一样吓坏了吧。”

“但今天是星期天，樱井先生大概已经回来了。”

“不，樱井这个周末来不了，熙子应该是独自一个人，虽然有女佣……”

“她还只是个孩子呢……要不打个电话？”

“电话能打通吗？”

“刚才还能打通……”

“那就等风停了之后再打吧，现在说什么都没用。”

“是。还有，老爷，”多岐留意着忠熙的脸色说道，“凤女士怎么样？”

“啊，她在旅馆里，没事的，待会儿再给她打个电话。”

这时，黑风忽地又肆虐起来，整栋房子都剧烈摇晃，屋顶上的瓦片像树叶一样飞起来，碎东西哗啦哗啦地从天花板上落下。

“老爷！”多岐不禁紧紧地抱住椅子背。

“哈哈，多岐，没事的。就算再破旧，这房子也不至于被刮飞。”忠熙搅动着红茶，发现浮在上面的脏东西，便将杯子推到了一边，“多岐，你多大了？”

“虚岁正好一甲子。”

“六十？这么说你是明治[①]三十四年出生？”

“对。老爷怎么问起这个？”

“这么说，你比这万山庄还要大十岁了。听说这房子是明治四十四年建的，当时我才四岁。”忠熙把椅子稍微往后挪了挪，再次巡视起空荡荡的四周。

这座建筑的风格既不像殖民地式又不像哥特式，也不像文艺复兴式，看来当时就流行这种折中主义了。浑厚庄重的地方体现出哥特式的风格，这大概是父亲的嗜好；墙壁和柱子搭配精致图案的方式却体现出文艺复兴式的特点，这或许是母亲的偏爱；从外观上来看，它又具有一种殖民地式建筑的风格。无论如何，这座历经沧桑的古色苍然的建筑在轻井泽的别墅中也格外显眼。父亲元忠将这里命名为“万山庄”。

---

①明治是日本睦仁天皇在位期间使用的年号，时间为 1868 年到 1912 年。明治维新即睦仁天皇即位后所推行的改革运动。

“老爷，那又怎么……”

“没什么，也就是说这房子比我们还年轻呢，但刚才被大风吹断的那些红松和落叶松比我们年长得多啊。”

看着忠熙眼里浮出的感慨神色，多岐明白了主人的意思，再次把视线投向窗外。就在这时，整座房子又吱吱呀呀地响了起来，紧接着，雨突然像瀑布一样从天花板的一角漏进屋内。

“老爷！”

“哈哈。”忠熙大笑一声，从椅子上站了起来。

他的身高将近一米八，身着无尾晚礼服，身材十分匀称。如果明治四十四年时他虚岁四岁，算起来今年也有五十三岁了，但他的鬓角只有一丝斑白，肌肤仍带着健康的光泽。他的肤色之所以略显黝黑，大概是打高尔夫的缘故。

多岐大声呼喊女佣，让她拿来铁桶和脸盆放在下面接雨。漏雨点不只一处，而且不断增加，多岐和女佣十分忙乱。女佣登代子十分兴奋，大声地讲着从二楼看到的惨状。

忠熙从壁炉台上抽出一根雪茄，用剪刀剪去一头。

“多岐，房子老成这样，就哪儿都不行了。人也一样啊。”

他悠然地把雪茄的烟吸进肺里，望着到处都被雨水洇湿的天花板，也不知是想起了什么，忽然蹙起眉头。原来，他想起了昨晚第一次吻过的凤千代子那健康年轻的体香。

凤千代子住在附近的高原宾馆里。

一年多前，凤千代子跟飞鸟忠熙的绯闻开始成为街头巷尾的谈资。结过四次婚的凤千代子俘获战后派大人物飞鸟忠熙的心，这个绯闻正式登上综艺类报刊也快一年了。甚至还有一种声音说，若不是去年夏天千代子的初任丈夫笛小路泰久在轻井泽离奇去世，二人可能早已经结婚了。

飞鸟忠熙是大正①、昭和年间的重臣飞鸟元忠公爵的次子。他是在英国接受的教育，但据说他把学业完全撇在了一边，热衷于登山和旅行。昭和十年时，他还加入了英国的探险队，在埃及从事过考古发掘。当然，他并非正式的队员，而是以类似旁听生的身份被允许参加的。

接到祖国发生叛乱、父亲遭到暗杀的消息时，他正在帝王谷进行发掘工作。他并没有立刻回国。返回伦敦短暂停留后，他一路参观美索不达米亚和印度河文明的考古遗迹，花了半年多的时间才回到国内。在两年前，他就已经跟神门雷藏的长女宁子结婚了，据说祖国发生叛乱的时候，宁子跟两岁的熙子一直苦等着在伦敦沉湎于考古学的丈夫。

之后他就变得毫不起眼。对于他战后的走红，熟悉他的人都怀疑自己的眼睛，连呼没想到当年那个半吊子居然会如此大出风头。战后他的哥哥自杀身亡，可他自己却连针对贵族的清洗都没有遭受过。

遭到战后清洗的岳父神门雷藏把整个神门产业都交给了这个吊儿郎当的女婿。人们都说，神门雷藏还真没看走眼。

忠熙第一次大显身手便是对当时如火如荼的工人运动毫不退让。这位旧贵族的名门子弟该冷酷的时候毫不手软，同时还展现出了钢铁般的意志。他用老奸巨猾的手段成功瓦解了工会并最终使之屈服。人们都说他的这种狡猾、老到的权谋继承了历经千年不倒的公卿家

①日本嘉仁天皇在位期间使用的年号，时间为1912年到1926年。

族世代积淀下来的血脉。

之后他又巧妙地打入了GHQ[①]。曾在英国受教育的背景、流畅的英语、帅气的外貌和高雅的气质，还有那旧贵族名门子弟的头衔，他从来都不会忘记充分利用这些资源。如今的神门产业已拥有五十多个旁系公司，空前繁荣，而在战后财界中给公司奠稳基石的便是这位飞鸟忠熙。

于昭和三十二年与世长辞的神门雷藏对这个好女婿非常满意。第二年妻子离世后，忠熙便以此为契机把神门产业的帅印让给了终于长大成人的内弟，自己则从第一线上退了下来。也有很多人曾建议他进入政界，可是他对政治毫无兴趣。梦想家忠熙似乎终于厌倦了俗事。

忠熙第一次遇见凤千代子是在前年秋天，即他失去妻子后不久……

“啊，我完全睡过头了……多岐，抱歉，抱歉。”

秋山一面揉着惺忪的睡眼一面匆匆走进餐厅，看到停留在壁炉前的忠熙时，他立刻做了个立正的姿势。

“老爷也在这里啊。”

“刚才一直在睡吗，这么大的风都听不见？”忠熙露出洁白的牙齿笑着说。这是一张健康得令人着迷的笑脸。

“啊，不好意思。我睡得死，什么都不知道。要不是刚才那声惊天动地的地鸣，我恐怕还醒不过来呢。”

二战结束时曾做到陆军大尉的秋山卓造至今未完全改掉军人的

①全称General Headquaters，由美国主导的驻日盟军总司令部，1945年成立于东京。

说话方式。他是幕府时代为飞鸟家效力的下级武士的后裔，从小便被老主人元忠抚养，战后一直为忠熙做司机。虽然只比忠熙小八岁，可他至今仍是单身。他身着一件大红毛衣，体格又粗又壮，让人不由得联想起动物的狰狞和单纯。

“刚才树倒了。”

紧挨着阳台前面的四五棵白桦树一棵压一棵地倒在地上，其中还有一棵碰到了阳台的屋檐。

“啊……这么猛的风暴啊。”

“瞧您说的，秋山先生。刚才比这更厉害呢，这已经算是基本停了呢。”

“哦，我怎么一点儿都不知道啊。老爷，这是真的吗？”

素以自由主义者自居的忠熙对“老爷”这个称谓很不满意。尽管他屡屡提醒，却没有一个人愿意改口，后来他也就作罢了。不过，说不定他心里对此还很满意呢。

“真的。你看对面的树林，已经彻底被剃成了光头。”

秋山往阳台外一瞧，顿时瞪大了眼睛。“这么惨啊，要是让老主人看见，一定会唏嘘不已。”

“秋山，你还没吃饭吧？”

“我现在就去吃。”

“多岐，给他端到这里来吧。”

“不了，老爷，我在那边吃就行。”

“没事，我有点儿事正想问你呢。”

“啊？”

“秋山先生，既然老爷都说了，您就在这里用餐吧。厨房那边雨漏得厉害，没法吃。”

餐厅的漏雨情况似乎已好转许多，风暴似乎也要停了。多岐跟登代子出去之后，忠熙说道：“秋山，刚才我听多岐说，你昨晚见到一彦了？”

“对，昨晚下面诹访神社的广场上有盂兰盆会舞，我正在那里看热闹时，忽然被一彦拍了下肩膀。”

“一彦为什么没到这边来打招呼？”

“他说今晚停电怕给您添麻烦，明天再来拜会您。”

“停电怎么还会有盂兰盆会舞？”

“毕竟是一年一次，点上篝火跳反倒别有一种情调。”

“你也跳了吗？”

“哈哈，惭愧。我正是在跳的时候被一彦拍的肩膀。”

“一彦自己一个人吗？”

“不，他还有一个同伴，好像是一个姓的场的考古学者，他说是跟那位仁兄一起从阿尔卑斯回来的，还说他今天说不定就会来拜访呢。”

“看来一彦对考古学也已经痴迷得无可救药了。”

“这还不是全拜大人您的感化嘛。”

“胡说，最近反倒是我一直在受他的蛊惑呢！”

这时，多岐端来了饭菜，忠熙便站起身来朝阳台走去。

秋山的早餐是日本传统风味的味噌汤加甜烹海味，还有烤紫菜片加生鸡蛋。在秋山满足他旺盛的食欲时，忠熙一直在凝视着被毁掉的院子。暴风似乎停了，不时吹起的残风仍在四周沙沙作响。雨也几乎停了。草坪对面的落叶松林被彻底刮倒，天空顿时变得开阔起来。

时间是上午十点。

“老爷。”吃完饭，等多岐撤下饭菜后，秋山忽然想起什么，压低了声音，“凤女士……听说凤千代子女士到这边来了，是吗？”

“对，我正想问你这件事呢。你是听谁说的？”

“昨晚听一彦说的。”

“一彦？他又是怎么知道的？”

“一彦说，他曾在旧公路看到她坐在车上。她现在果然在轻井泽？”

“啊，她是昨天傍晚来的，明天要参加我的高尔夫球大赛。”

最近这两三年，每逢八月十五日，忠熙都会举办一场高尔夫球大赛。

“是高原宾馆吗？”

“是。”

“听说您昨晚外出了……”

“是啊，她打电话过来了。”

“抱歉，我居然出去玩了……”

“没事，挺近的。不过，我们正在前厅说话的时候停电了，我立刻就回来了。”忠熙自己都觉得像是自我辩解，不免有点儿羞怯。

忠熙说的是事实。他刻意没有进屋，是在前厅见面时遭遇的停电，随后他立刻便仓皇返回。而就在电灯熄灭的一刹那，二人竟不知不觉相拥，嘴唇碰到了一起……

秋山不动声色地把探询的视线移向站着的忠熙，说道：“老爷您知道槙恭吾先生已经来到轻井泽吗？”

“那人每年都会在这边度夏的。”

“津村真二先生好像也来了。”

“津村也来了？”忠熙反问了一句，声音却极不自然。

“跟去年一样，他是被邀请参加现代音乐会的。昨天、今天和明天，好像连续三天都有演奏会，满大街的电线杆上都贴着海报呢。”

槙恭吾是风千代子的第三任丈夫，津村真二则是第四任丈夫。

“然后呢……”正当忠熙故作感兴趣的样子反问时，房间一角的电话响了起来。

秋山站起来，走过去拿起话筒。三言两语之后，他便朝忠熙这边扭过头。

“大人，是笛小路小姐打来的……”

“笛小路小姐？”

“就是美沙……小姐。”

“是美沙啊……”忠熙微笑起来，“把电话给我。”

秋山用警惕的眼神观察着忠熙的脸色，说道：“语气这么亲昵，难道老爷正在跟这位小姐交往……”

“交往？她还只是个孩子啊，好像才十六七岁。没什么，我们是去年在高尔夫球场遇见的。”

“十六七岁就打高尔夫？”

“你是不是管得太多了？算了，是你把电话递给我，还是我自己过去？”

秋山把放电话的小桌推到餐桌一旁，忠熙拿起话筒。

“喂，美沙……”

“是飞鸟叔叔吗？”

“是我，怎么了，美沙？”

“叔叔，我好怕啊。美沙害怕，美沙害怕……”少女刺耳的哭诉声从电话另一头传来。

“害怕？你说的是台风吗？”

“嗯，就是嘛。我家房子眼看就要被吹走了。房子周围的树全都刮倒了，还断了好多。还有，家里到处漏雨，房子周围也淹了水。”

听着这因无法把所有想说的事一口气说完而焦急不已的语气，少女紧紧抱着话筒、鼻腔膨胀脸颊通红的样子浮现在眼前。

“那可真够惨的。不过已经没事了，你瞧，风已经停了不是？你奶奶呢？”

“奶奶出门了。”

“出门了？”

“刚才她还从东京那边打来电话呢。”

“从东京那边？”

“嗯，她说原打算今天一早就赶回这边，结果熊之平那边发生了山体滑坡，列车不通了。她说要绕道上越线，要我乖乖地听话。”美沙的声音听上去很悲伤。

“就是说，美沙昨晚是一个人了？”

“不是一个人，还有里枝呢。”

“里枝是谁？”

“我家的女佣，不过……”

“不过什么？”

“里枝她去盂兰盆会舞了。然后就停了电，再加上风越来越大，所以美沙害怕，害怕……”

“里枝怎么这么不可靠，怎么能把美沙一个人丢在家里呢……”

“有什么办法呢。她是轻井泽人，而且跟荣子早就约好了。”

“荣子是谁？”

“叔叔，您不知道啊？就是樱井先生家的女佣啊。她也是轻井泽人，所以就……”

樱井铁雄是熙子的丈夫，是神门产业的后备干部之一。

忠熙沉默了一会儿，说道：“是啊，是挺糟的。我看这样吧，我先派个人过去看看你。”

“叔叔，不是这样的。”

“不是这样的？”

“对不起，叔叔，我都糊涂了。刚才奶奶打电话的意思是说，要我给叔叔打个电话问候一下，结果我只顾着说自己的事了。”

这都是什么啊。原来都是那个老太太指使的啊，忠熙不免有点儿扫兴。

“没事，美沙，台风那么凶，像你这样的孩子难免会害怕。美沙，你知道秋山吧？”

“秋山？”

“就是给叔叔开车的那个人。”

“就是那个可怕的叔叔？”

“哈哈，你害怕秋山吗？”

“哎呀，对不起，一不小心说成害怕了。不过，那个叔叔总爱瞪我。”

“哈哈，那是因为美沙太漂亮了，秋山大概是被你迷住了吧。”

忠熙恶作剧般朝秋山挤挤眼，秋山正不满地咬着嘴唇。

“秋山叔叔怎么了？”

“没怎么，我是想，如果你需要，我让秋山叔叔去看你一下。”

“啊，算了算了，叔叔。”美沙慌忙在电话的另一头解释起来，“我打电话并不是这个意思，只是因为奶奶这么吩咐了……”

“我知道。不过，若是从上越线过来，奶奶恐怕一时半会儿来不了。你要是不喜欢秋山叔叔，我再给你派个别人吧。”

“叔叔，真的不用。要是实在对付不了，我会拜托津村叔叔的。”

“你是说津村真二？”

“对啊。”

“你知道津村叔叔的住址吗？”

“好像就在这附近的平房里。我昨天还在星野温泉跟他打过招呼呢。”

“是吗？”

不过，你最好还是别去麻烦津村——忠熙刚想要说这一句，却忽然改变了主意，因为他顾忌秋山。

“叔叔，我挂电话了……”

“好吧，我待会儿会打发人过去的。”忠熙放下话筒，朝秋山扭过头。“秋山，你好像很不招美沙喜欢啊，你们之间有什么事吗？”

“也没什么……”秋山仍是一副立正的姿势，说道，“比起那小姑娘来，恐怕是更招笛小路老母亲的讨厌吧。”

“这又是怎么回事？”

“还不是因为我是大人的忠实保镖。她好像很怕我。”

“怕你？为什么？”

“这个，我也说不清。”

二人试探般对视了一会儿，最后忠熙认输，移开了视线。

秋山微微一笑，说道："老爷。"

"什么事？"

"先别说我的事了，刚才您为什么没把她妈妈也来这边的事告诉她呢？"

忠熙微微皱起眉，心情不快地沉默了一会儿，然后才说道："大概是因为那孩子说得太多了，我没抽出空来跟她说。秋山，你先去调查一下受灾情况。"

忠熙站起来时，电话铃又响了。秋山拿起话筒说："老爷，是办事处的川本打来的……"

"肯定是问候电话，你替我应付一下。对了，你叫他派五六个人过来，光你和老头儿是应付不过来的。"

神门产业有家子公司名叫"神门土地"，在轻井泽也设有办事处，正在大张旗鼓地分块出售土地。

忠熙丢下正在接电话的秋山离开餐厅，走进自己的书房，这里被忠熙称为"洞"，即使是在身负神门产业总经理重任的时候，他也经常会逃进这里，让贤夫人宁子很是担忧。塞满宽大书架的基本上都是考古学文献，玻璃橱里则装满了古代东方的出土文物。不过，现在的忠熙无心去碰那些书。他脱掉晚礼服，换上夏威夷衫，把身体深深埋进藤椅里，呆呆地望着窗外的一片狼藉。

忠熙现在有一个问题急须做出决断，他开始认真地思考。

第二章　角色全齐

去年八月十六日黎明，凤千代子的初任丈夫笛小路泰久的尸体被人发现漂浮在轻井泽的泳池里。

现在谈论起笛小路泰久的事来，知道的人恐怕并不多。如果说他死后终于出名了，那也只是作为凤千代子的初任丈夫被重新认识而已。从这种意义上说，他的死倒是给世人留下了巨大的话题和疑问。单是他被发现时的离奇样子就无法不激起警方的兴趣。

笛小路泰久赤身裸体，只穿着一件内裤漂浮在泳池里。

老影迷大概会知道，这笛小路泰久可是战前贵族出身的明星人物，曾被誉为电影界的头号偶像明星。可惜由于战后穷困潦倒，他连贵族的风采都荡然无存。他露着骨瘦如柴、连肋骨都能一根根数清的裸体漂浮在泳池里，瘦骨嶙峋的手脚呈大字形张开，凄惨的情形让人不禁联想起红蛤蟆的标本。

昔日的完美主义者笛小路泰久是如何沦落到如此境地，并以这样一种离奇的姿态被发现的呢？

泳池旁边的草丛里扔着他生前穿的所有衣物，脱下来的西装上面还放着摘下来的手表。警方把周围一带排查一遍后，并没发现打斗的痕迹，西装和鞋也不像是被强行脱掉，鞋里还塞着袜子。这只能让人认为笛小路泰久是在前一夜，即昭和三十四年八月十五日深夜，自己脱掉了身上的衣服，只穿着一条内裤进入游泳池，然后就死了……

死因是心脏病突发。

泳池旁边的遗物中，手表是金壳的浪琴表，上衣兜里的钱夹中却只装有三千元多一点儿。由于笛小路泰久是刚刚被保释出来的，这些便是他的全部遗产了。警方还从他脱下的西装旁边发现了另一件遗留物，是一个已经空了的尊尼获加的黑酒瓶。当天夜晚，有数人曾目击到他一只手拿着威士忌酒瓶在雾中行走的情形，酒瓶的表面也提取到了很多他的指纹。

经过他母亲笛小路笃子的同意，他的尸体被解剖，死因被断定为心脏病突发。胃里检测出大量酒精，没有发现任何可以断定为他杀的证据。身体上既没有外伤，泳池里的水也几乎没吞进去一口。

最终，这个案子被如此结案：由于饮酒过度，笛小路泰久陷入了短暂的精神错乱。大概是产生了某种奇怪幻觉，他把泳池错当成了其他场所，脱掉衣服跳了进去。

由于多年的潦倒生活，泰久的心脏完全垮掉了，再加上当夜饮酒过度，还有高原夜间泳池里的水冰凉刺骨，引起心脏病突发的条件已经满足了十二分。从泰久几乎未吞下一口水的情形来看，他恐怕是在跳进去的一瞬间突发心脏病的。

让泰久产生这种悲惨幻想的原因，除了饮酒过度之外，便是当夜的迷雾。

这高原的雾是出了名的，夜间的雾尤其厉害。在神门泳池附近，晚上八点后即使带着手电筒，也很难看清三米开外的景物。据说那天晚上，就算是神经正常的人，也很容易陷入某种异常错觉。

至于这深受瞩目的神门泳池，经营者当然是神门土地公司了。这是一个半人工池，冬天可以用作滑冰场，夏天则可以出租小船或用作钓鱼池。池长五十米，宽三十米，是一个工整的长方形。池边建有一座二层小楼，楼下是咖啡厅兼简易餐厅，二楼铺着榻榻米的大厅则是东京的中华料理店开设的分店。到了冬天，这里就成了滑冰者们的宿舍。

前面已经说过，由于案发当晚天气不好，八点左右，楼上楼下就已经没有客人了。钓鱼的客人也都在七点左右撤走了，但仍有很多雇工住在那里。

根据解剖的结果，泰久的死亡时间被推定为八月十五日晚上十点到十一点之间，当时神门泳池的雇工们都还没睡。有去看盂兰盆会舞的，大部分人则被浓雾困在了这里。尽管如此，他们之中没有一个人听到争吵的动静或求救的声音。

当然，由泰久的衣服被发现的地方可以推定，他跳水的地方是在从建筑物所在点画出对角线的最远端。不过，既然是在雾气沉沉的静夜里，若真有人打斗，不可能察觉不到任何动静。

从这一点上来说，泰久精神错乱一说也得到了大多数人的支持。不过唯有一人对此提出了异议，坚持认为泰久死于他杀，此人便是轻井泽警局的搜查主任日比野警部补。

日比野警部补年纪尚轻，立功心切。他认为泰久死于他杀的根据是泰久的尸体被解剖后，警方从他的生殖器和阴毛等处发现了性交的痕迹。

泰久漂浮在水里的尸体被泳池的雇工发现是在十六日清晨六点左右。就算泰久跳入水是在前一天晚上十点到十一点之间，那么他的尸体也已经在水里泡了七小时左右。因此发现的性交痕迹也是微乎其微，由此来鉴定对方的血型是不可能的。不过这一点却足以证明，泰久在入水之前的几小时内曾与异性发生过关系，这一点毋庸置疑。

可是，那女人到底是谁呢？忠熙躺在安乐椅上，双手交握陷入沉思。他神情凝重，额头上堆起了皱纹。

为泰久缴纳保释金的是千代子。这么说……正当忠熙的脸色变得越来越可怕的时候，电话响了起来。

忠熙拿起电话。是多岐的声音。

“一彦先生的电话……”

“啊，接进来。”忠熙的表情瞬间变得明朗。

电话另一头传来一个年轻的声音：“叔叔吗？我是一彦。”

“一彦，你为什么不来这里？”

“对不起。昨晚停电了，我怕给您添麻烦。”

“你不用这么客气。”

一彦的客气与其说是由于停电，倒不如说是看见了凤千代子的缘故。

“你现在在哪里？”

“正在的场老师……的场英明老师的一个熟人的别墅里呢。”

“那别墅在哪里？”

“南原。”

“你今天是怎么安排的？”

“我本想下午跟的场老师一同去拜访您呢，不知您那边方不方便？受灾严重吗？”

“挺严重的，你那边呢？”

“我现在正承蒙其照顾的人家没有大碍，不过对面的落叶松林都被刮坏了，好像树越粗毁坏的情况就越严重。”

“这边也一样。我那引以为豪的落叶松林全被硬生生地刮断了，不过周围的视野似乎一下子开阔起来。”

“那可真够惨的。”

“哈哈，慰问就免了，你就快过来吧。我也很久没见的场先生了，真想见见他啊。”

“可以去吗？”

“当然可以。不过，让风刮成这个样子，也没什么好招待的。”

“您就不用客气了……我们一点前后就过去。”

“对了，既然你要过来，那我能不能拜托你一件事？”

“什么事？您尽管说……”

“你，知道笛小路的别墅吧？就是樱之泽路口的第一家……”

一彦稍微沉默了一会儿，然后说道：“我知道。”

“你能不能在来这里的途中帮我去探望一下？有一个叫美沙的小姑娘孤身一人，好像吓坏了。”

“就美沙一个人吗？她奶奶呢？”

“听说笃子独自去了东京还没回来呢。对了，信越线不通的事你知道吗？”

“知道，听说今天早晨五点前后有处隧道的入口处发生了严重的塌方。”

“好像是熊之平一带。她奶奶从东京打来电话说没法立刻赶回来，那小姑娘就很害怕，刚才给我打来了电话。”

一彦又沉默了一会儿。

“我知道了。路上我顺便过去看看她吧。”

“拜托了，回头见。”

放下话筒，忠熙的额头又光润起来，快乐的感觉让他英俊的外表显得越发年轻。可没多久，这张脸又沉入了黑暗回忆的深渊里。

那一夜跟泰久发生肉体关系的女人最终也没能出现在警方的视野中。就这样，日比野警部补失败了。

不过，日比野对这起案子如此质疑，其实还有另外一个重大的理由，那就是与笛小路泰久有密切关系的人当时全都聚到了轻井泽，角色全都到齐了。

笛小路的前妻凤千代子跟他分手之后，又跟三个男人结婚又离婚，现在正跟第五个男人处于热恋中。千代子此前的四任丈夫中，第二任丈夫于去年年底死亡，剩下的三人都还健在，而且都来到了轻井泽。

凤千代子当然也来了。她目前热恋中的第五个男人飞鸟忠熙也逗留在万山庄，她与泰久所生的女儿美沙也跟泰久的继母笃子一起来到了高原别墅避暑。

这些人原本都待在完全不同的地方，可是在笛小路泰久离奇死亡的时候，他们的确都在轻井泽。正是这一现象引起了日比野警部补的怀疑。同时，在前一年年底致千代子第二任丈夫死亡的凶手尚未查清一事也加深了他的怀疑。

电话铃声打破了忠熙的遐想，这次是熙子打来的。

“爸爸，我是熙子，您那边很惨吧，我听多岐说了。”

“这边是很惨，你那边怎么样？”

“我这边的灾害并没有想象中那么大。树虽然倒了不少，不过幸亏没有大树。”

“有没有发洪水？”

“我也一直在担心，幸好没有……不过，爸爸种的白桦树全都被齐刷刷地刮倒了。”

“哈哈，这边也一样，白桦树的根好像很浅啊。先不说这些了，昨晚你一个人很害怕吧？”

“嗯，还好有荣子在身边。”

“荣子不是出去看盂兰盆会舞了吗？”

“啊！”一声尖叫顿时刺穿了鼓膜，沉默了一会儿，平静的声音才再次传来，“爸爸，您怎么会知道这件事？”

“没什么，是笛小路的女儿刚才打电话说的。她说是跟你那边的女佣一起去的，不是吗？”忠熙故作轻松地说，声音却像喉咙里卡了鱼刺一样。

反倒是熙子那边轻松地说道：“大约是把荣子打发出去之后就停电了。当时风越来越大，我确实有点儿害怕，因为我没想到台风真的会来这边……”

“跟东京那边联系了吗？”

“嗯，他刚才打过电话来了。”熙子的声音很冷淡。

“结果如何？他说马上就来吗？”

“他说要绕上越线过来，估计得很晚吧。对了，刚才神门土地的川本先生来电话了。”

“啊，好像给这边也打了。”

“川本先生说会派人过来，所以爸爸不用担心我。您才更应该注意一些呢。”

“啊，是吗，谢谢我的好女儿。那我就挂了。”放下话筒的忠熙呆呆地望着一片狼藉的窗外。女儿冰冷的语气难免让他这个父亲有点儿凄凉。

樱井是个活跃分子。他就算再怎么花天酒地，起码也应该在周末回家陪陪熙子才是……忠熙使劲儿摇了摇头，再次回忆起去年以来发生的事。

凤千代子是从明治一直活跃到昭和初期的美人画大家凤千景的女儿。千代子的母亲歌子被誉为新桥名伎，是一位舞蹈名家，她在跟千景学日本画的过程中坠入爱河，后来与千景结婚。

千代子便是这对夫妇的独生女，大正十四年出生，今年虚岁三十六。

因为有个曾拥有新桥名伎头衔的母亲，千代子生来便具有无比的美貌与才气。她对艺术深感兴趣，极具天赋。

千代子上女子学校二年级的时候就失去了父亲，母亲只好作为舞蹈老师复出。千代子也开始认真考虑起独立生活的问题。到了三年级时，她经人介绍进了东洋电影公司。东洋电影公司的摄影棚在京都，所以千代子有生以来第一次离开了母亲身边，被安顿在母亲京都的朋友家。那时千代子虚岁十六，也就是昭和十五年。

在那之前，笛小路泰久早已进入东洋电影公司，贵族的头衔和高贵的气质是他最大的卖点。他是子爵笛小路泰为情妇的儿子，因为泰为的正妻笃子没有生育，所以他出生后立刻被接到了本宅。

千代子是为给泰久配戏才被招进公司的，但这对俊男靓女的搭档立刻就成了东洋电影公司的摇钱树。自昭和十五年以来，二人搭档的电影就一直没断，泰久一直都没有走出偶像明星的圈子，相反千代子的演技则日臻成熟，为她后来成为大牌女星奠定了基础。

可是，当时正值太平洋战争爆发的前夜，国家不可能永远容忍那种甜蜜过火的俊男美女搭档的电影。

笛小路泰久与凤千代子私奔的消息轰动社会是在昭和十七年九月，那时太平洋战争已经爆发。二人遭到了舆论的严厉批评，被逐出了电影界。尽管二人的绯闻从很久以前就传得沸沸扬扬，可他们不得不诉诸私奔这种非常手段，则完全是因为泰久的继母笃子不答应这桩婚事。

昭和十八年泰久应征入伍，次年千代子便生下了美沙。令千代子和美沙都深感幸运的，是事态居然发生了戏剧性的变化。一旦泰久有个三长两短，笛小路家自然就会绝后，于是千代子便被允许入户，美沙也被笃子接了过去。

未被电影界重新接纳的千代子加入了巡回剧团。在这个由话剧演员和歌剧出身的演员所组成的剧团里，千代子认识了第二任丈夫阿久津谦三。

根据坊间传闻，凤千代子与阿久津谦三此时恐怕就已经发生肉体关系了，不过千代子却坚决否认。如果她的话可信，那她就是尽管曾拥有过多个丈夫，却从未脚踏两只船。不用说，在巡回剧团的那段时间里，她从身为团长的阿久津谦三那里受到的严格指导在她战后重返电影界时发挥了重要作用。

昭和二十年三月九日晚上的空袭，让笛小路家位于麻布市兵卫町的房子尽数被毁，此前早已失去丈夫的笃子便把疏散时带的行李寄到了冈山的熟人那里。历经重重磨难，笃子跟美沙一起被疏散到冈山，却又于六月二十八日晚上遭遇了一场毫无预警的大空袭，她再次投靠亲友，被疏散到了作州的津山。由于经历了两次战祸，二战结束时，笃子和美沙除了身上穿的衣服外已经是一无所有。当千代子在九州的煤矿城市迎来战争结束后来津山寻找笃子和美沙时，时间已经是十月下旬。千代子在时隔一年零两个月之后才重新见到了自己的孩子。

这一年，千代子失去了亲生母亲歌子。尽管巡回剧团在战争结束的同时也解散了，可战败这一残酷的现实反倒给她带来了好运，她被允许重返电影界，当时她二十一岁。再往后的事情就尽人皆知了。

昭和二十二年春天，她在吉祥寺买了房子，把笃子和美沙从津山接了过来。由于笛小路家已经完全没落，笃子只能依靠这个曾经不被自己待见的儿媳妇的强大生存能力。千代子并不喜欢跟这个婆婆同住一处，便住到了女子学校时代的一个朋友家里。

昭和二十三年春天，泰久从南方复员回来，千代子在成城买了房子与他同住。可是这种夫妻关系只持续了一年，因为千代子已经成熟起来。

尽管泰久也重返电影界，不过战后人们的口味却与战前完全不同。光靠中看不中用的脸蛋已经行不通了，如果有表演实力倒还好说，可泰久的表演实力却近乎为零。复员后他只拍了两三部电影，就被电影界遗弃了。

昭和二十四年初，二人顺利离婚。对于泰久来说，这个妻子似乎已成为他的沉重负担。他搬出房子，回到了吉祥寺的母亲身边，可这里似乎也待不下去，不久便再次离开家门。他在三百六十行中全都混过一遍后，最后竟干起了汽车掮客，昭和三十四年春天，他被判欺诈罪。

战后，阿久津谦三新组建并领导了一个名叫“草实座”的剧团。到了昭和二十五年前后，草实座已经颇成气候。昭和二十五年春天，在阿久津的请求下，去年一整年都赋闲的千代子到草实座客座演出。以此为契机，二人间的恋情急剧燃烧起来，当年秋天，阿久津便抛弃了糟糠之妻跟千代子结了婚。千代子二十六岁，阿久津则是四十八岁。被阿久津抛弃的妻子是前话剧演员，名叫藤村夏江，当时三十四岁。

可是，这二人的婚姻也没能长久。昭和二十八年春天，二人也痛快地离了婚。

次年千代子与西洋画画家槙恭吾结婚。把二人撮合到一起的契机，据说是源自槙受一家周刊杂志的委托，请千代子做模特给该杂志画封面。千代子二十九岁，槙三十三岁。

自这时起，千代子的恋爱经历就开始被媒体热炒。结婚当时，就已经有评论说她这次的婚姻也不会长久。

昭和三十一年春，千代子果然跟第三任丈夫也分手了。离完婚后她去了巴黎游玩，在飞赴巴黎前，她曾宣称说这一段时间不打算再恋爱，可是话音未落，她在巴黎跟正在留学的年轻作曲家津村真二的恋爱消息就传了回来。

这年秋天，津村紧追着千代子的脚步回国，二人闪电结婚，这让媒体又热炒起来。千代子三十二岁，津村真二二十八岁，千代子第一次嫁给比自己小的男人。

这第四次婚姻也没能长久。昭和三十二年秋天，二人便以试验分居的名义分手。到了昭和三十四年春天，二人已完全离婚。就在这试验分居期间，她又与飞鸟忠熙结识。

以上便是凤千代子的恋爱经历。不过令人惊奇的是，媒体对她的评价并不差。这大概是因为她性格坦率的缘故。虽然屡换丈夫，不过她的行为举止从来都光明正大，从不遮遮掩掩。

不过，对于跟初任丈夫所生的独生女美沙，千代子究竟能有多少爱呢？尽管战后她一直在给美沙寄抚养费，可遗憾的是，她的这种行为并不是出自爱，更多是出于一种责任感。

也不知美沙是像父母中的哪一方，总之她出落成了非常漂亮的少女。只不过，跟千代子那健康而华丽的美相反，美沙在不知不觉中形成了精致的、有点儿像易碎工艺品的美，同时也是一种像开在阴影中的花一样的病态美。

这大概也是因为她身体不好。她从小就患有哮喘的毛病，一发起病来，有时整夜都会喘个不停。每当这时候，她幼小身体被痛苦侵蚀的样子简直让人惨不忍睹。她身体发育迟，上学也晚了一年，而且只上了两年就休学了，之后就由祖母笃子一直在家里进行教育。

能把这么一个折磨人的孩子拉扯大，这分明是祖母笃子悉心照料的结果。在这一点上，千代子一直心存感激。

昭和二十八年，美沙的哮喘发作得最厉害，在医生的建议下，千代子特意为美沙在轻井泽购买了一套别墅。还真买对了。自那以来，美沙每年夏天都会跟祖母一起到高原的避暑地度夏。最近她的身体明显好转，跟哮喘也似乎告别了。

正如我们在前面提过的，在昭和三十三年年关将近的时候，凤千代子的第二任丈夫阿久津谦三竟死于非命。忠熙正在回忆这件事。

昭和二十八年跟千代子分手以后，阿久津并未回到前妻身边，一直在公寓里独自生活。他对剧团一度中断的热情重新燃起，也差不多是从这时候开始的。

草实座发展顺利，虽然除阿久津之外几乎都是战后才培养起来的新人，他们的舞台却渐成气候。就连任何新剧团都无法摆脱的经济困难也都由电视和电影帮他解决了。由于兼职太多，他甚至还一度遭到指责。

昭和三十三年，草实座举行了四次火爆的公演，全都取得了不俗的成绩，自负的阿久津在这一年的年底应该是十分满意的。

年关将近的二十八日晚上，草实座的所有相关人员在筑地一家酒店开年终联欢会。联欢会盛况空前，出席者超过了三百人。事后有人评论，对于阿久津来说，此时大概是他一生中最为辉煌的日子。

就在联欢会进行的时候，当时正跟凤千代子试验分居的第四任丈夫津村真二却忽然来拜访阿久津谦三，此事埋下了祸根。

关于此事，津村说他只是偶尔经过那里，顺便去打个招呼而已。可是，据当时在场的人说，阿久津曾离席三十多分钟，一直在另外一个房间里与津村真二密谈。而且，从房间里出来的津村表情像被毒刺扎过似的十分僵硬，眼睛也发红。

在目送津村的背影踉跄地离去之后，有知情人还听到阿久津谦三神情黯淡地咕哝了一句："这个男人也不会长久了。"

阿久津所说的这句“也不会长久了”指的是不是跟千代子的关系尚不清楚。不过据知情人透露说，从转过年津村就和千代子正式宣布离婚的情况来看，似乎与她有关系。

阿久津谦三惨遭横祸，便是在那次见面的两小时后。

联欢会之后，阿久津又带着几名年轻的剧团人员跟评论家沿着银座后街的酒馆挨家去喝。尽管已年逾五十，阿久津的酒量仍然很大，但据说当晚他醉酒的样子中有着很多异常之处。

也不知从第几家酒吧出来的时候，阿久津已是酩酊大醉。其他同伴也比他强不了多少。当大家成群结队地走到街边时，恰巧有一辆大卡车驶过来。只有阿久津一人跑着穿过马路，其他人都在等着大卡车通过。就在此时，大家看到一辆轿车正全速从对面的街角拐过来。等轿车过去之后，阿久津谦三已经倒在了路上。当大家发现轿车的转向灯把阿久津谦三的头骨撞得粉碎时，肇事轿车却早已跑得无影无踪。

阿久津谦三不幸地成了飙车族的牺牲品。但没有一个人能明确指证那就是出租车。毕竟是瞬间发生的车祸，目击者也全都喝得烂醉。众人虽然一致认定那是一辆大型车，却并不清楚车型，甚至连车牌号的颜色都没能看清。

轻井泽警局的搜查主任日比野警部补一度怀疑那很可能是一辆白牌照车[①]。

而且，几个月后的去年夏天，凤千代子的初任丈夫笛小路泰久又被发现死于非命，尸体漂在轻井泽的神门泳池里。

---

①日本私家车的车牌为白底绿字。

电话第三次响了起来。忠熙拿起电话，是多岐的声音："凤女士来的电话……"

忠熙心里咯噔一下。都快十二点了，自己居然一直没去看看，他感到有些内疚。

"是吗，接进来。"

"不过合适吗？她好像很慌乱的样子。"

"没事，接进来吧，大概是让台风吓到了。"

不过，这也太不符合那女人的性格了。正沉吟时，一个尖利的女声便在电话的另一端炸裂。

"什、什么？"忠熙也不由得惊叫起来。不过他还是立刻控制住冲动，耐着性子听完了女人支离破碎的哭诉。

"好的，我马上就去。听着，你要冷静，不要乱了阵脚。拿出你平时的气势来。"

忠熙放下电话，发了一会儿呆，接着便让多岐接到外线。他亲自拨起了号码。

"是南条先生的府上吗？我是飞鸟……飞鸟忠熙，请问金田一先生，金田一耕助先生在吗？不好意思，能否请他接一下电话……"

第三章　考古学者

金田一耕助站在南原入口处无人值守的铁道口，等着飞鸟忠熙派的车子来接他。

台风已经彻底停了，天空仍黯淡地阴着，被风撕碎的云像箭一样飞逝。眼前突兀的离山虽然六合目[①]以下还可以看见山的地表，可西北方向上本可以看到的浅间山却完全被笼罩在云雾里。

无人值守的道口旁竖着一根四方的粗立柱。那是一根把烧热的石头垒起来后又用水泥浇筑的柱子，是指示南原入口的标示柱。金田一耕助立在柱子旁边，从袖子里掏出一根和平牌香烟点上火。

不时吹来的台风余韵搅动着金田一耕助那蓬乱的头发，呼啦啦地吹拂着白底深色碎花的衣袖和裤裙。天上不时会落下几颗大粒的雨点，可转瞬间却忽然停下来。

金田一耕助的眼前是东西走向的国道十八号线。沿着这条国道

①将从山脚到山顶的路程分为十个阶段，山脚为一合目，山顶为十合目。

往西，经岔道北上可达直江津。如果往东去，则可由碓冰岭南下至高崎。

由于需要把高原的蔬菜运往市场，所以这条国道的交通一直十分繁忙，今天大概是有地方出现堵车，车流似乎没有往常大。尽管如此，公共汽车、出租车、私家车、摩托车、自行车等仍是相当多，大家仿佛都在努力挽回台风耽误的时间。看到金田一耕助悠闲地站在那里，有些行人甚至还用怀疑的眼神盯上他两眼。

国道对面耸立着一座宅院，恢宏庄重的日本式结构展示着它悠久的历史，周围绕着一条同样古老的长长土墙，覆盖在巨大屋顶上的瓦片几乎都被风刮飞，到处裸露出光秃秃的屋顶，惨不忍睹。屋顶中间还横倒着一棵粗大的树，叶子已变红，砸坏一部分土墙后，将繁茂的树梢伸到了国道上。

金田一耕助忽然回过神来，打量国道的四周，只见路上全是断瓦残片和残枝败叶，国道边上的电线杆也已一根根地倒下，垂下来的电线像蛇一样在地上蠕动。

一切都在向人展示着今早袭击这里的台风是多么猛烈，不过金田一耕助的眼里却几乎没有任何感慨，这大概是因为他怀有一颗旅人之心。

看看手表，差三分钟一点。

马上就到一点零一分到达中轻井泽的白山号通过道口的时刻了……金田一耕助往新轻井泽方向望了一眼，忽然想起列车已不通，不禁苦笑了一下。

接他的汽车还没来，金田一耕助又抽出一支烟点上。天气似乎在往好的方向发展，四周稍微明朗起来。覆盖在离山上的云雾一点点地被剥离，不久，奇形怪状的山顶便开始显露。这座山一名兜山，外国人都叫它头盔山。

金田一耕助悠然地抽着烟凝望着山顶，他想起了去年的事。

去年正巧也是在这个时候，金田一耕助也曾在南原的南条家别墅里逗留。

著名的国际级律师南条诚一郎是金田一耕助的同乡学长。他是个大忙人，几乎从不来这别墅，每年都是他的夫人和在学校做老师的儿子夫妇带着孩子过来住。别墅里还有一处漂亮的平房样式的厢房，耕助随时可以使用。

去年耕助在那里小住的时候，忽然心血来潮一个人去爬了离山。他爬上山顶一看，风景十分优美，浅间山清晰可见。可不久雾气就突然袭来，他慌忙下山，途中与一对举止可疑的男女擦肩而过。

耕助心里突感不安，追赶着两人的足迹折回山顶。他的预感应验了，在山顶的洞穴里发现了服毒倒地的两名男女。由于他通报及时，男人捡回了一条性命，女人却没救过来，救助队赶来时，她早已经咽气了。

后天就是那个可怜女人的一周年忌日了。那个获救的男人后来怎么样了？只记得他的名字好像叫田代信吉……

“咦！”一个惊奇的声音忽然从身旁传来，“这不是金田一先生……金田一耕助先生嘛。”

“哎？”金田一耕助扭头一看，只见眼前站着两个男人。看到那个年长一些的面孔，他的嘴角不禁绽开。“您是的场先生吧。”

“看您这反应，金田一先生，您在这种地方傻呆呆地想什么呢？幸亏是现在这种时候，否则您在这种地方绷着个脸，别人还以为您要卧轨自杀呢。”

“不至于吧。”金田一耕助挠挠蓬乱的头发，略显害羞地苦笑一下，“我、我、我的脸绷得有那么严肃吗？”

“严肃也是优点啊。哈哈，我来介绍一下。”说着，他朝站在一旁的青年扭过头，“村上，你知道金田一耕助先生吧？”

“早就久仰大名了。”青年微笑着郑重地答道。

“这就是那位金田一耕助先生。金田一先生。”

“嗯？”

“您知道神门产业的飞鸟忠熙先生吧？”

“啊……”金田一耕助眨眨眼，“当然知道。”

“这位是去年秋天之前担任飞鸟先生秘书的村上一彦。飞鸟先生从神门产业退居二线后，他就重返学校，目前正专攻美学，现在差不多算是我的学生吧。”

考古学者的场英明摘下登山用的头盔，用手绢擦了擦额头。他的头发分得很整齐。台风离去的同时，气温也开始回升。

“你做过飞鸟先生的秘书？”金田一耕助略带口吃，打量了一下站在的场身边的青年。

“对。”一彦依然挂着微笑，“不过只做了半年而已。从学校毕业后，我就做了叔叔的秘书，可叔叔到了秋天就从第一线上退了下来，所以我也就被解雇了。”

“你叫他叔叔？”

“啊，对、对。”的场边留意着国道的中轻井泽方向，说道，“飞鸟忠熙先生的父亲飞鸟元忠公爵于昭和十年五月被暗杀的事情，金田一先生肯定知道吧？”

“当然知道。”

“当时有个叫村上达哉的寄宿生为救元忠公爵挺身而出，结果与公爵一起被叛军射杀，这事您还有印象吧？”

“啊，如此说来是有那么一个人，名字倒是不记得了。”

“您眼前的这个人，就是元忠公爵的忠义家臣村上达哉的遗孤，在飞鸟家出生并长大，所以他一直管忠熙先生叫叔叔。”

如此说来，他果然是个很有涵养的青年，脸上始终挂着平和的微笑，令人倍感亲切。二人都轻装上阵，上身穿着粉浆笔挺的纯白翻领衬衣，下身配着白麻短裤，肩背背囊，头上戴着的登山用头盔也是一样的，手里也都拿着冰镐。

“你们一直都在南原吗？”

金田一耕助把视线从二人的身上岔开，回过头来朝被覆盖在红松和落叶松中的南原别墅群望去。二人刚才就是从那里出来的。

“不是，我们是从北阿尔卑斯回来的，昨晚在这里的朋友家暂住了一晚上。金田一先生呢？”

“我两三天前就在南条……南条诚一郎的别墅里借住了……”

“啊，是吗？哈哈，那我们就是邻居了，因为我们暂住的是北川晴久的房子。他是我上学时的学长。”

“太巧了……你们现在要去哪里？”

“正打算去飞鸟先生的别墅呢，可不巧包租汽车和出租车都开出去了。”

的场英明从刚才起就一直在留意中轻井泽方向，原来是在等公共汽车。

“是吗？”金田一耕助故作轻松地说道，“那我们就一道去吧。

其实，我正在等飞鸟先生的车呢。”

“飞鸟先生的车？”的场英明惊奇地重新打量一下耕助的脸。

一彦一愣。

“金田一先生，”他不由得呼吸加速，“难道又出事了……”

“没错。村上，又出事了。不过，”金田一耕助严厉地盯着一彦说，“你为什么会这么想呢？为什么会说又出事了？”

“这……这……”一彦的脸上现出焦躁的神色，结巴起来。

的场英明立刻帮他接过了话茬。“金田一先生，理由很简单啊。”他用探询的目光审视着金田一耕助说道，“我们昨晚遇见凤千代子女士了。不，不是遇见，是看到她开车经过旧道附近，大概是昨天傍晚五点。我们昨晚之所以没有去飞鸟家拜访，其实也是因为这个。并且……”

他环顾了一下四周，继续说道：“各处的电线杆上都贴着津村真二的演奏会海报呢。在这个节骨眼上，如果再听到飞鸟先生请你的消息，就算不是村上，换谁都会胡思乱想的。村上，我说得对吧？”

“对，毕竟去年就出过事。还有，金田一先生，”一彦注视着耕助的脸继续道，“到底发生了什么？在这里不能说吗？”

“啊，”金田一耕助立刻打断了他，“反正你早晚都会知道的，在这里告诉你也无妨。只不过，具体情况我也不大清楚，我也是刚刚从飞鸟先生的电话中得知的。就连飞鸟先生自己都还不大清楚呢，因为他只说是凤女士刚刚打电话告诉他的。”

“到底是什么事？”

“槙恭吾先生……就是凤千代子女士的第三任丈夫，听说他死了，今天早晨才被发现的。”

“是被人杀死的吗？”一彦的声音沙哑起来。

“目前尚不清楚。不过，警方已经基本上认定是他杀，于是就去调查了正在高原宾馆的凤女士。凤女士就给飞鸟先生打去了求救电话，飞鸟先生才委托我对该案进行调查，其实……”

“什么？”

“上次我跟他见面的时候，他就提到能不能让我调查一下去年那个案子。”

“明白了。”的场英明爽快地说道，“村上，那就是说，你刚才打了电话之后，他才接到凤女士的报告。”

“一定是这样的。我打电话的时候，叔叔的心情还很不错呢。”

“可如此一来……”的场为难地低下头，“你看我办的这都叫什么事。在这种场合下登门，反倒会给他平添麻烦。”

“老师，我们还是先去打个照面再说吧。若是添了麻烦，我们立刻开溜也不迟。反正火车又不通，就算是想回东京也回不去啊。”

“对了，飞鸟先生不是还有事托你帮忙吗？”

“啊，既然发生了这种事，那我就更得去帮他看看了……那姑娘肯定吓坏了。”

“其实，金田一先生，哈哈。”

“怎么了？”

“没什么。其实，我正盯着一彦这个所谓叔叔的腰包呢。”

“盯着飞鸟先生的腰包？”

“摩罕吉达罗或者哈拉帕之类的名字，金田一先生大概也知道吧？”

“您说的是印度的古代文明吧？”这种程度的考古学知识金田一耕助还是有的。

“没错。其实，我们是想到那边去看看，我跟村上想组织一支探险队。这当然需要一笔巨额的费用，而飞鸟先生现在正表现出相当大的兴趣。他们有个神门奉公会，专门从事对教育事业的投资。我正想去找他谈谈能不能把一部分基金挪到我这边来呢，可既然发生了这种事……哎，你看我，光顾着说自己的事了，真不好意思，哈哈。”

尽管豪爽地大笑，的场英明仍难掩为难的神色。

考古学者也有两种人。不，严格来说，或许有三种人。

第一类是具有冒险家精神的考古学者，能够亲自赶赴现场并从事考古发掘。在距今约一世纪前，这些人中更多的其实不是学者，而是冒险家。十九世纪七十年代因发掘了特洛伊而闻名于世的海因里希·施里曼等人大概就具有这种特点。不只是施里曼，上个世纪动手发掘埃及金字塔的那些人大都是这种人。后来又涌现出福林德斯·皮特里、伦纳德·伍利等伟大的考古学者，那些现场的发掘者们也被要求具备学术方面的素养。总之，这种类型的考古学者需要具备强大的体力，无论是发掘了乌尔的伍利，还是再现了克里特岛米诺斯宫殿的亚瑟·埃文斯，据说他们年逾九十仍很健朗。

第二类考古学者则是纯粹搞学问的人，他们又分成两种。第一种是结合埃及的阿玛纳文献和苏美尔的黏土板，试图解读书写在上面的古代文字的语言学者。第二种则是将这些东西加以整理，重新构建体系，意图再现过去的历史文化学者。

的场英明坚信并宣称自己兼具了以上三种类型的所有特点。他的专业是古代东方文明，在日本国内，这方面的学者本就不太多，而且在语言素养方面，现在更是没有一个人能与他匹敌。这男人大概是一个语言天才，据说他不满四十岁却精通数国语言。当然，这里所谓的精通数国语言自然跟语言学不是一回事，不过在对古代东方的象形文字和楔形文字的解读方面，据说现在日本国内尚无出其右者。古代印度文明的图形文字至今仍无法解读，不过的场英明却宣称他最近已经找到了解读的线索，在全世界的考古学者中引起了巨大的轰动。这件事金田一耕助也知道，尽管多少有点儿投机冒险之处，不过金田一耕助仍不得不承认，这男人仍是一名年富力强的少壮派考古学者。他身高有一米七五左右，体型匀称利落，略显黝黑的肌肤像婴幼儿一样透着光泽，这是做冒险家也很理想的体型。

“金田一先生。”

“嗯？”

“是叔叔说要派车到这里接您的吗？”

“不，是我说要在这里等的。因为要找我住的房子太麻烦了，接我的人对南原并不熟悉。”

“那么，的场老师。”

“什么事？”

“肯定会是秋山先生来接。等他来了，我们就跟他商量一下，问问他现在去拜访合不合适。啊，开到那边的凯迪拉克不就是吗？”

只见十八号国道上果然有一辆大轿车正从新轻井泽方向驶来，看到三人后，一度开过头的车子又掉了个头，然后才来到三人面前。从驾驶座上跳下来的是秋山卓造，鲜红的毛衣已换成了普通的翻领衬衫。

“您是金田一先生吧？”秋山先用眼神跟的场英明和一彦打了个招呼，然后向金田一耕助扭过头来，“很抱歉来迟了。到处都是歪倒在地的树，堵得厉害，耽误了不少时间。快请，的场先生也请上车。”

“我们也可以去吗？”

“老爷子刚才还很后悔地说忘了问一彦在哪儿呢。他还说反正都是在南原，若是能找到，就让我一起带回来。原来您跟金田一先生认识啊？”

“啊，我以前曾遇到过一个案子，需要考古学知识，当时曾向的场先生请教过。的场先生，我就先不客气了。”

“快请。”

的场英明和一彦跟着金田一耕助上车后，车子立刻发动。的场英明看上去很满意。

第四章　女人与考古学

“秋山先生，听说槙先生……槙恭吾先生被杀了？”汽车刚行驶起来，一彦就迫不及待地问。他呼吸急促。

“一彦，具体情况我也不知道。老爷子只是吩咐我过来接一下金田一先生。”

“地点是哪儿？”一彦继续追问。

“好像是矢崎的工作室。金田一先生。”

“请说。”

“我得把您直接带到那边去，老爷子也赶去那边了。”

“飞鸟先生去现场了？”的场英明失望地皱起眉。

“是的。不过，老爷子说要我把的场先生带到万山庄……也就是我们的别墅。老爷子的意思好像是等金田一先生赶到后，就把一切委托给先生，然后返回别墅。”

“秋山先生，那凤千代子女士呢……”一彦对此似乎十分在意。

“好像凤女士也在现场。我只是把老爷子送到工作室门口就立刻赶来这边，所以具体情况我也不清楚……”

“据金田一先生说，目前尚不清楚是自杀还是他杀，具体情形到底怎么样？”

“一彦。”秋山手握方向盘，眼睛仍盯着前方，“我刚才都说过了，我到了门口就回来了，真的什么都不知道。就连什么不知是自杀还是他杀，我刚才都是第一次听到。”

“不会是自杀吧？从此前的情形看。”的场英明无意中咕哝了一句，忽然又后悔地闭上嘴巴。秋山对此也不愿多提，对话自然就此中止。

汽车正在离山下面的道上朝旧道方向奔驰。环顾四周，果然是凄惨至极。路两侧全是大片的红松和落叶松，树龄越大受灾越严重。有的地方，树龄都快到五十年的落叶松林全都被拦腰刮断，犹如被巨大的斧头砍倒一样。有一家平房的整个屋顶都被吹走，两三个貌似在小屋居住的人茫然地目送汽车离去。

早稻田大学棒球部的场地旁边有一块“狗窝”林立的空地。其中有三四处被风吹倒，看起来像经营者的人正在拼命将其支起来。

“金田一先生，这里就是白桦营。知道吗？”一彦指着车窗外提醒道。

“白桦营？”

“就是笛小路泰久跳水之前曾住过的地方。”

金田一耕助惊讶地扭头看看一彦，连忙从背后的车窗往外望。白桦营的“狗窝”群落已经飞到了十多米开外的后方。

“笛小路就住在那种地方？”

“听说是这样。”

“可我听说笛小路家在这边有别墅啊……”

“是的，不过……”

“不过……什么意思？”

一彦踌躇了一会儿。“我就在这里提前说了吧，反正都是些道听途说。笛小路家的别墅在樱泽，那别墅是凤千代子女士专为女儿美沙建的，美沙每年都会跟祖母二人去那里避暑。可是……”一彦支吾了一下，“可不知怎么回事，听说泰久先生跟这祖孙二人，就算在东京时也都是各住各的。因此……”

看来，就算一彦知道更多，他也不能说了，光是说这些就够让他后悔了。

金田一耕助也刻意绕开了这个话题，说道：“泰久先生在那‘狗窝’里住了很长时间吗？”

“这个我也不太清楚。”一彦先是谨慎地做了下铺垫，然后才说道，“泰久先生被发现死去，好像是去年八月十六日早晨的事情，不过听人说就在两天前的十四日傍晚，泰久先生就去了那边，当天晚上就在‘狗窝’住了一晚。十五日晚上，他本打算还住那里，可八点左右却晃晃悠悠地离开了，听说还抱着一瓶威士忌，喝得酩酊大醉。然后在第二天十六日早晨，他就被人发现死于非命。不过，这些全都是报纸上的信息，是我从当时的报纸上读到的。”一彦微笑着，不忘添上这么一句。

笛小路泰久的尸体被发现是在去年八月十六日早晨，这一点金田一耕助也印象很深。

那天早晨，他听人说轻井泽的一处泳池中发现了一具横死的男尸。当时他并未把这条传闻放在心上，下午就去爬离山了，结果撞见了那对殉情的男女，他还救了其中一个。当天晚上，他离开轻井泽返回东京。那天早晨听闻的横死男尸竟发展成一起重大案件，是他在返回东京后才从报纸上获悉的。

“你刚才说笛小路家的别墅在樱泽，对吧？”

“对。”

“那别墅跟尸体被发现的神门泳池相距并不太远吧？”

“是的，不过起码也有四五百米。”

“当然，我也是从报纸上看到的，我记得报纸上曾说，那天晚上最后一个看到泰久先生的……最后一个看到生前的泰久先生的好像就是他的女儿美沙……因此，我还一直以为他是在自家的别墅呢……”

“是的，那天晚上泰久先生酩酊大醉地离开‘狗窝’之后，就造访了樱泽的别墅。可不巧的是，老太太去了东京，并不在家。于是他就说明天再来，又跌跌撞撞地离开了那里。听说美沙还频频地挽留他，说外边危险要他住下来，可他根本不听，挣脱开就走了。美沙小姐还追了出去。那天晚上我也记得很清楚，雾非常大，美沙小姐立刻就跟丢了。泰久先生遭遇灾难似乎就是在那之后不久。漂着尸体的神门泳池则正好位于从樱泽别墅返回‘狗窝’的途中。”

心里明知道金田一耕助是在巧妙地诱导他，可一彦还是抵挡不住说出来的诱惑。说完之后，他才又后悔地直咬嘴唇。不过从另一方面来说，他大概也是出于一种想给耕助灌输一点儿有关本案的预备知识的好意，到了后来金田一耕助才恍然大悟。一彦便是这样的一个青年。

“金田一先生以为，”的场英明帮腔般从一旁插进话来，“去年的案子跟这次的案子果然是有关系的？”

“不，我现在还一无所知。其实，飞鸟先生委托我调查去年那案子也只是前天的事。我还没有明确答复他呢，刚才又接到了他的电话，这才匆匆赶了过来……接下来还有大量的情况需要调查。”

“金田一先生。”从刚才起似乎就在留意着身后对话的秋山卓造从驾驶座上招呼。

“嗯？”

“您马上就能看到笛小路家的别墅了。”

“什么意思？”

“一彦，你是要去探望美沙小姐吧？”

“秋山先生，你要把我送到樱泽吗？”

“我先把的场先生送到我们别墅，然后再绕到樱泽。金田一先生，矢崎现场是最后一站，还请谅解。”

“当然没问题。”

“的场先生。”

“请讲。”

“别墅里有个老女佣姓多岐，有事您尽管吩咐那老婆婆。书房里塞满了先生从事的考古学专业的书，老爷说了，您随便翻看就是。”

“那就多谢了。飞鸟先生的藏书我可是垂涎已久啊，正想抽空去拜读一下呢。”

的场英明把后背倚在靠垫上，心情不错。

车子从六本过进入旧道的商业街，眼前的情形再次让人回想起今天早晨的台风灾害。所有店铺的招牌都被吹坏了，屋瓦被吹飞，还有一家的二楼出现了垮塌。有的地方柏油路两侧水沟泛滥，到处都奋拉着电线。

穿过旧道不久就是旧轻井泽。轿车来到一栋大别墅前。不，虽说是大别墅，但里面树木很多，十分幽深，几乎看不见建筑物本身。门也只是三足鼎立地摆放着三个不高的木车挡而已，原木车挡本身也已被雨打得黑乎乎的。不过，并排在门内浅间石子路两侧的落叶松非常美观。大概是由于风向的缘故，这里的落叶松行道树并未受灾，下面像柔软毛毯一样的绿苔也很优美。秋山从刚才就在拼命地按喇叭，所以多岐早就到门前来迎接了。

“多岐，的场先生就拜托给你了。的场先生，回头见。”

车子又奔驰起来。离开飞鸟家的别墅两分钟左右，车子驶下一条幽曲的坡道。

“金田一先生，”秋山从驾驶座上招呼道，“左手边能看见的建筑就是高原宾馆。凤女士一来轻井泽就住在那里。三年前，那里就开始由神门土地经营。我家老爷虽然乍一看像绅士一样，长着一副仁慈的面孔，可在事业上却比鬼都可怕，完全是巧取豪夺。他简直就是个抢劫犯……”

“秋山先生！”一彦忍无可忍，大声地从后面责备他。

“哈哈，不用担心，一彦。这点儿破事金田一先生可是了如指掌。而且，正因为他是那种人，所以你我才都会打心眼里崇拜他，对吧，金田一先生？”

“嗯。”

“你可得小心点儿一彦，他是我们家老爷子的盲目崇拜者。若是一不留神，当着一彦的面说了老爷子的坏话，小心让他给咬一口。哈哈。”

“听说，一彦的父亲是在昭和十年五月的叛军事件时为元忠公爵殉死的，是吗？”

“这种事金田一先生是听谁说的？”

“的场先生啊，刚才。”

“是吗？的场先生、我和一彦的父亲，我们仨当时一起在飞鸟家做寄宿生，都怪我不中用，被叛军的残暴吓坏了，第一个躲到了壁橱里，吓得浑身发抖，这事您大概不知道吧？哈哈。”

“他撒谎，金田一先生。”一彦从一旁小声提醒，“秋山先生太过自责了。”

其实事情是这样的：秋山那一晚喝得酩酊大醉，就在寄宿生的房间里睡着了。等到他醒酒时已是黎明时分，事件早已经结束。

次年他便进了千叶船桥的陆军骑兵学校。二战结束时他做到了大尉，而就在那时，他的腹部被子弹打穿，于是被送回日本退了伍。战后不久，由于无法忍受旧伤的剧痛，他吸上了毒品，变成了一个彻头彻尾的瘾君子。尽管在忠熙的当头棒喝下他重新做人，可是自从那个叛乱之夜后，他就再也无法从自我厌恶的情绪中解脱出来。

金田一耕助虽然尚不了解具体情况，不过仍兴致盎然地审视着眼前这个男人。粗短的脖子，起露的肩部肌肉，还有那圆木般粗壮的胳膊。这个男人身为飞鸟忠熙保镖一事是尽人皆知的。

“金田一先生，右手边看到的就是神门泳池。”

金田一耕助从右手的车窗往外看。不过，眼前的树木似乎都比高原一带的树龄长，一棵棵又粗又高，尤其巨大的冷杉行道树更是好看。车子仿佛穿行在由两侧伸过来的冷杉树枝形成的隧道中，加之天空原本就忽阴忽晴，十分昏暗，所以就感觉越发阴沉。其他像栎树、柞树、辛夷树等也格外高大，大概是这一带偏离台风路径的缘故，被刮倒的树木也很少。在杂树林对面有一汪墨绿的池水，由于车子立刻就越过桥钻入了峡谷，所以池水转瞬间就从视野中消失了。

过了桥之后，道路就分成了两股，秋山介绍说往左是浅间隐，往右就是樱泽。这里不愧名为樱泽，跟前面刚经过的河不同，到处都流淌着小溪，所有地方都涨了水，将路面淹没。笛小路家的别墅大致就在穿过溪谷后的右边第一家。

这一带的别墅都没有像样的门。既没有篱笆，也没有与相邻别墅区分的界线。所有的别墅都一样，只是在从公路到私家道路的入口处竖着一块写有名字和房号的白漆门牌。笛小路家的别墅地势比路面还低，路上流进来的水和小溪里溢出来的水已把别墅围了起来。这一带大树也很多，笛小路家的别墅被栎树和柞树覆盖着，漂浮在水上十分雅致。有一棵栎树倒在了通往别墅的私家道路入口处，汽车无法进去。车子停下来的时候，金田一耕助的眼睛忽然透过树林捕捉到了美沙的身影。事后想来，印象仍十分深刻。美沙一定是听到汽车的喇叭声后从里面跑了出来，只见她正倚在由天然的白桦木搭成的门廊柱子上朝着这边张望。

汽车离她还有十多米远，中间又有树的遮挡，所以看不清楚她的脸。不过，那穿着粗印花裙子和绿毛衣的身体却透出一种尚未发育成熟的柔软纤细，显得那么无依无靠。

看到她的一瞬间，金田一耕助不禁联想到漂流到无人岛的少女。从路到门廊下面的这一段全被水淹了，而且，水仍不断地从路上流进来。水面上映着栎树、柞树和辛夷树歪斜的树影。

“美沙小姐，吓坏了吧。”

大概连秋山都同情起来，他从车子里大声地喊着。美沙一听到他的声音，顿时做出一副逃跑的架势，可看到从车上下来的一彦后，她却又改变主意停了下来。当时美沙的脸上究竟是一种什么样的表情，由于还隔着一段距离，金田一耕助也没能看清楚。

一彦似乎也犹豫了一下，然后立刻就把心一横，脱掉鞋和袜子，拄着冰镐哗啦啦地径直下了水。见此情景，美沙立刻就折了回去，大概是去拿抹布了。

“一彦，拜托了。”

“好的。”一彦头也不回地答了一句。

汽车丢下他后，调转方向再次驶出。终于要赶赴矢崎现场了。车子发动的时候，金田一耕助无意间回头一看，只见一彦背着背包摸到门廊的台阶下，美沙已从里面拿着抹布桶和毛巾走了出来。并无其他人影。

“那个小姑娘今年多大了？”

“美沙小姐吗？听说虚岁十七。”

“她一个人住在那别墅里吗？”

“不，跟她奶奶在一起。就是去年在这边离奇死去的泰久先生的母亲。不过，她奶奶去了东京没在家，她感到害怕，便给我家老爷发出了求救信号。我家老爷心地善良，就派一彦去看看。一彦也是个好脾气的孩子。”

“没有用人吗？”

“应该有，有一个年轻的姑娘……如此说来，刚才是没有看到那女佣的身影啊。”不过，秋山对此似乎并不在意，“金田一先生。”他笑呵呵地招呼。

“嗯？”

“那姑娘，方才我打招呼时，她顿时就做出了一副要逃跑的样子，对吧？也不知为什么，那姑娘好像有点儿怕我。”

“为什么？”

“为什么？大概是以为我在妨碍我家老爷子跟她妈妈的婚事吧。怎么会！”

“你是指？”

“我哪儿有那种本事。我家老爷可向来是我行我素的。再者说……”

“什么？”

“事业方面虽然厉害，可还是过不了美人关啊！这都什么事儿啊！”

金田一耕助的眼睛里越发流露出兴趣来，他从背后打量着这个男人黝黑而健壮的粗脖子。

“你好像是反对二人结婚啊。”

“我？”秋山的语气仿佛在说“哪有的事”，沉默了一会儿后，他竟扑哧一声笑了出来。“我说，金田一先生。”

“呃？”

“我们家老爷啊，除了女人之外还有一个弱点。”

“什么？”

“考古学。”秋山顿了顿，又说道，“我家老爷一旦迷起考古学来，连女人和事业都顾不上。毕竟年轻时他也曾在埃及和美索不达米亚搞过发掘。已故的宁子夫人因此吃了很多苦头，如今则是凤女士在尝这种苦头了。”

“什么意思？”

“还不是因为出现了一彦这么一个优秀的继承人，在频频地怂恿老爷呗。不过，一彦那孩子人品那么好，再加上老爷以前的那些经历，所以老爷对一彦喜欢得不得了。我可不是眼红啊。我家老爷究竟会拜倒在凤女士的石榴裙下，还是会抛下女人等一切魔障，把余生全都奉献给考古学？眼下他正烦恼呢。到底哪一方会取得胜利，现在正难解难分。哈哈。”

金田一耕助事后才知道，秋山卓造这种说话方式也是源自昭和十年的那次打击。自那以来，一种根深蒂固的自我厌恶情绪让他形成了这样的说话方式。

即使在秋山耍嘴皮子的过程中，车子也仍溅起水花继续行驶。狭窄的路面上经常会有歪倒的树木，所以车子不时需要倒回来，再绕个大弯。

樱泽的右侧南下便是矢崎，那里离樱泽已经有相当一段距离了。听说前面便是矢崎后，金田一耕助不由得从车窗里睁大了眼睛。

看来是矢崎河发洪水了，四周全被淹没。点点散落的别墅都浮在湖水上，像浮岛一样。

凶手……假如这起案子是他杀……这凶手选择的时间是多么绝妙啊。如此一来，就算会留下一些蛛丝马迹，恐怕也早被台风冲洗得一干二净了。

第五章　火柴图案

金田一耕助似乎比较喜欢看画，大型展览会他一般不会落下。并且，如果有空或者得便，他也会溜达到散布在银座后街的各家画廊去瞧瞧。

他也常常会去观赏属于白鸟会的槙恭吾的画。他对槙的画了解并不多，只知道大概是属于写实派。若是更新的流派，似乎就超出了他的理解范畴。

金田一耕助对这个画家感兴趣，是因为他觉得对方在颜色的运用上很大程度受到了雷诺阿的影响。雷诺阿是耕助喜欢的画家之一，槙恭吾擅长的主色调暗红色和橘色的使用方法跟雷诺阿颇有相似之处。尽管时代不同，槙的用法更单纯、更淡化，可是那种点缀着红色的橘色、耀眼的金色，还有那绿色与黑色的华丽和谐之美，仍让他觉得槙是受了雷诺阿的影响。

“不过，”当金田一耕助站在槙恭吾的工作室前时，他仍不禁咧开嘴角，“这工作室跟我有一次在美术杂志的插图中看到的雷诺阿的卡涅工作室简直就是一模一样啊……”

金田一耕助所乘的汽车溅着水花抵达槙恭吾那位于矢崎的朴素山庄时，已经快两点了。雾已散开，云也不觉间散去，暗淡的阳光开始闪耀，使得这一带遭受水淹的景色越发凄凉。

这一带跟旧轻井泽和樱泽附近不同，大树并不多见，只是零散地生着一些纤细的落叶松和红松。不过，这些落叶松和红松全都是从水中生出来的，散落的别墅也像浮岛一样各自独立，显出一副孤苦伶仃的样子。道路和被杂草覆盖的空地也全都淹没在泛滥的水中，形成了一大片湖泊。

槙恭吾简朴的别墅就在这湖水一隅，周围的杂树较多，孤零零地伫立在水中。

“金田一先生，真是劳您大驾了。”

车子轧着沉在水底的石子路开进去，来到别墅门廊迎接的是飞鸟忠熙。他穿着高尔夫短裤和花哨的翻领衬衣，身板依然挺拔。鞋和长筒袜全被水浸湿了，看着都冷。跟在他身后的则是凤千代子，即使是金田一耕助也常在电影、报纸的娱乐版或者杂志的卷首插图中见到她。千代子几乎没化妆，只穿了一件简单的连衣裙，也没有佩戴惹眼的饰物，不过，那大气的美貌已足以令四周生辉。

金田一耕助正要下车，忠熙却阻止道：“先生，别动，先别动。”

“嗯？”

“现场并不在这里，而是在后面的工作室。秋山，你也别动。”说着，忠熙从地基很高的木屐式别墅的木楼梯上走下来。

这时，千代子从他背后喊道：“亲爱的，我怎么办？”她俨然一副面对恋人的语气。

忠熙站在楼梯中间回过头。“你就先留在这里吧。那种东西，你就别再看了。”

“可是……”

“你害怕吗？”

“有点儿。”千代子侧过头，撒娇般向下瞧，言行举止跟忠熙那堂堂的仪表很是般配。

“这可不像是你啊。不是有警察吗？”

别墅里穿着便衣或制服的警察正在来回走动。

“所以我就更害怕了。”

“别闹了。现在不是撒娇的时候。你待在这里就行了。”忠熙果断地说完，下了楼梯，脚踏在汽车的踏板上。

千代子无聊地摇晃着身子，接着忽然想起什么似的弯下腰来，瞧了瞧车子里，说道：“金田一先生，拜托您了。”

“啊？您客气了。”

冷不丁被美女打了声招呼，金田一耕助吓了一跳，惶恐地低下头。可此时千代子已经立起身来，手搭在门廊的扶手上。在日光的映照下，她光彩照人的美艳给这萧条的别墅平添了一丝暖意。

忠熙在金田一耕助旁边坐下来后，秋山在驾驶座上问道：“老爷，去哪边？”

“从别墅往左拐向里边走。水底有石子路呢，错不了。”

别墅背后是稍高一些的杂树林，中间有一块区域被开垦出来，刚才引起金田一耕助微笑的那个工作室就坐落在这块土地上，水面上正映着它的倒影。铺满了浅褐色浅间石子的路曲曲折折地伸向工作室，不过车子却无法直接到达那里，有一棵巨大的辛夷树歪在路中。树没有完全横倒，因为繁茂的树梢下面正卧着一辆小小的希尔曼汽车，已经被压扁。

“金田一先生，只能请您下车了……”

“好的。”

金田一耕助撩起裤裙的下摆。看到忠熙鞋都没脱就直接下了水，耕助也毫不在乎地穿着白布袜和草鞋下到水中。水十分清冽。他这样做并非只出于虚荣心。浅间石子的块头很大，而且这一带的杂草中还生有带刺的蔓草和荆棘般的灌木。尽管只没过脚踝，可浸透夏季布袜的水仍冰冷刺骨。仿佛附近有一口泉眼，水正不断地从工作室流向别墅。蝉在某处鸣叫。

听到汽车的声音，一个身穿警服的年轻办案人员从工作室里探出头来。看制服应该是一名警部补。这个青年有着附近少见的白皙皮肤，戴着一副看起来度数很高的眼镜，乍一看还带着书生气，不过好像是个急脾气，像一名斗士，年龄大概有二十七八岁。金田一耕助随后便得知，这一位就是曾坚持认为笛小路泰久之死是他杀的日比野警部补。看来他已经从忠熙那里听说了，高度数眼镜后面的眼睛不停地观察着耕助，金鱼眼般的凸眼里多少带有敌意和轻蔑，毕竟个头矮小而寒酸的耕助就算是说恭维话也难称帅气。

“飞鸟先生，应您的要求，我们一直在保护现场……”

“多谢。这位是金田一耕助。金田一先生，这位是负责本案的日比野先生。”

因为在水中，介绍也极其简单。金田一耕助一面掩饰着他羞于示人的纤细的毛腿，一面低下头发蓬乱的头，跟对方打招呼。

金田一耕助感叹这间工作室跟雷诺阿在卡涅的工作室一模一样，便是在这之后。

这间工作室宽约四米，纵深约三米，高约三米，是一栋十分雅致的建筑，倘若周围不镶玻璃，很容易被误以为是杂货间。屋顶虽然铺着别致的瓦片，不过从南向北却只有一面斜坡，这大概也是容易让人误会的原因之一。

建筑物的四角奠着基石，地板高出地面十五厘米左右，清冽的水抚触着下面，翻卷着冲洗地板。碎玻璃到处都是，屋里恐怕也进水了。

“金田一先生，请。”

“可以吗，穿着湿透的草鞋进去？”

“没关系。里面从一开始就湿透了。”

门在建筑物的北侧。里面已经有两名便衣警察，再进去三个人之后，狭窄的工作室顿时便被挤得满满的了。

这间面积只有三坪的狭小工作室十分简陋。除了镶玻璃的墙面外，其他墙面都用格子板包了起来，不过木板本身已相当陈旧，且被今天早晨的台风吹得稀烂。地板果然已经浸水，房角处甚至形成了水洼，格子板上也到处是大片水渍。

槙恭吾最近无疑没有正经地干过活儿，房间里大大小小的画布散放了一地，既有已画完却不满意的，也有刚刚画了一半的，每一件作品的颜料看上去都相当旧了。格子板上用黄铜图钉钉着两三幅小作品，也都被水泡得湿漉漉的，有的水彩画连水彩都要溶解了。地板上也散落着两三件，大概是被风吹烂的。

金田一耕助还未靠近尸体便叹了一口气。如果说眼前这片狼藉全都是拜今早的台风所赐，那一定是在案发之后了。就算凶手曾在地板上留下过清晰的脚印，台风的威力也足以庇护他。

工作室西侧的格子板边有一张藤茶几，两侧分放着两把简陋的藤椅。槙恭吾的尸体背对北侧而坐，趴在茶几上。

金田一耕助在看到尸体头发的一刹那，简直不寒而栗。

槙恭吾的左臂斜向前伸出，右肘弯曲，额头贴在手背上，衬衫的右袖口被烧焦了，头部右半侧的头发也烧焦了两撮。金田一耕助连忙绕到茶几的对面一瞧，发现右脸到耳朵部分也留有全新的烧伤痕迹。

“金田一先生。”日比野警部补指着歪倒在被害人右臂前面的一支很粗的西洋蜡烛，喃喃地咕哝着，“假如昨晚台风的前锋并未把蜡烛吹灭，或许整栋小屋都会被点燃。若真是那样，尸体被发现时恐怕早已成焦炭。”他用铿锵有力的声音说道。

金田一耕助点点头。

茶几上并没有烛台，尸体右前方有一大摊烛泪，看来蜡烛就放在那烛泪上面。从蜡烛的粗细来看，肯定站得不怎么稳。

蜡烛是被风弄倒的，却不是被风吹倒，而是整栋小屋因风剧烈摇晃的时候，蜡烛没能保持住平衡。而且，蜡烛烧至衬衫的右袖，烧至头发，烧至右脸时，肯定是被吹进来的风刮灭了，才避免了一场大祸。

金田一耕助回过头，把视线投向工作室的南侧。被害人左前方的玻璃破了五六块，碎片就散落在耕助的脚下。昨晚到今早的风都从南面吹过来，很多树都是朝北倒的。亮丽的阳光现在正从损坏的窗户里射进来。

不过，金田一耕助望着天花板上垂下来的别致吊灯想，昨晚是从八点左右开始停电的，停电之后被害人要么是独自一人，要么还有其他客人，反正他正坐在藤椅上。由于停了电，他便点上蜡烛，因为没有烛台，他就在茶几上滴了几滴烛泪，直接把蜡烛放在茶几上。不过……

金田一耕助又把视线投向烛泪的位置，再次思考起来。

被害人大概是左撇子。一般人都是把蜡烛，不，不只是蜡烛，一般人在桌子上用台灯的时候，通常都是放在左前方……就算蜡烛是由情况跟被害人相似的客人所放，位置也过于偏向客人一边了……

“金田一先生。”一直追逐着金田一耕助视线的日比野一本正经地说道，“被害人不是左撇子。这个我们已经问过这里的女佣了，也跟凤千代子女士确认过。据说被害人是个右撇子。”

“啊，是、是吗？”

金田一耕助脸红了。他慌忙打量四周，目光立刻落到被害人正好背对的北侧格子板上凸出来的一个小装饰架上。上面有一个火柴盒大小的长方形座钟，指针停在了八点四十三分的位置上。是今早才停的，还是更早以前就停了呢？

除了座钟，装饰架上面还放有一个扭曲成乙字形状的益子烧花瓶，里面插着红瞿麦和地榆，两者似乎很久以前就已经枯萎了。架子上面也被水打湿了，但干燥的地方积满了灰尘。

金田一耕助的视线正要从装饰架移向尸体，忽然又被拉了回来。有一件青黑色的东西正若隐若现，仿佛跟花瓶和影子重叠在了一起。耕助不由得探过身去，仔细一看。

是烛台。

原来是一个造型别致的青铜烛台藏在了花瓶后面。烛台上似乎也落着一层薄薄的灰尘。

金田一耕助瞥了一眼日比野警部补。警部补一言不发，脸像能乐的面具一样毫无表情。飞鸟忠熙也发现了它，他蹙起眉头，目光落到茶几的烛泪上。

金田一耕助从刚才起就很在意一件事，即趴在那里的槙恭吾胳膊下面散落着火柴。茶几上的东西似乎就只有被害人的上半身、燃烧得只剩三厘米的蜡烛头和巨大的烛泪痕迹，再有就是这散乱的火柴，有二十根左右。

“要把尸体扶起来吗？”

“不，先别动……”金田一耕助抬手阻止警部补道，“尸体是谁发现的？”

“是一个叫根本光子的不常住的老女佣。”

“不常住的老女佣？这么说，这座别墅里除了被害人之外就再没别人了？”

“呃，是的，毕竟槙先生是孤身一人……”说着，警部补飞快地朝忠熙瞥了一眼，“离异之后，他一直单身。”

“啊，是吗？那个不常住的老女佣从哪边过来？”

“盐泽。”

“若是盐泽，那在西边很远啊。”

“呃，是的。最近这三年，槙每年来轻井泽，根本光子都会做不常住的女佣。平时她都是八点就赶到这里，今天由于台风，她迟到了很久，听说她赶到这边时已经十一点了。不过我说的这边并不是指工作室，而是指那边的别墅。根本光子带着后门的钥匙，所以她是从那里进去的。她说她没看见主人的身影，觉得有点儿奇怪，但她还以为主人是去察看台风的受灾情况了，也就没太当回事，于是就转了一圈，打开家中所有的防雨窗。”

“那别墅有防雨窗吗？”

这一带的别墅一般都没有。

“听说以前没有，可有一年冬天进了小偷，把里面祸害得不轻，后来就安上了。对了对了，这话是听凤千代子女士说的，因为被害人当时还跟她在一起，所以时间差不多就是昭和二十九年或昭和三十年。她是在昭和二十九年五月结婚，昭和三十一年春天离婚，所以安防雨窗的时间大概是昭和三十年。”日比野警部补故意把视线从忠熙身上岔开，一口气说到这里，又添上一句，“锁倒是很严实，只不过外观不大好看。”

“锁有异常吗？”

“据说没有。哪里都没异常。若是没有防雨窗，肯定会被台风糟蹋坏了。”

“然后呢？”

“根本光子说她查看了一圈房子的受灾情况，便来看了看工作室。看到那边有汽车，她就觉得很奇怪。”

“那辆车是槙先生的吗？”

“是的。”

“平时都是停在哪里的？”

“别墅门廊前面。平时都是任雨淋的。根本光子一般都提前做好晚饭，六点前后就回去。据说槙先生昨天白天外出，快六点钟时回来，根本光子便在那时离开，当时据说那辆希尔曼还停在老地方。”

“这么说，槙先生在昨晚六点以后再次外出了？”

“对，没错。然后又带了某人回来。”

日比野警部补分明在努力避免正视忠熙。忠熙大概也有所察觉，他紧绷着嘴唇，眼睛一眨不眨地盯着警部补表情的变化。他的冷酷无情与秋山所谓的在事业上比鬼还可怕的一面由此可窥豹一斑。

“那么，请谈谈根本光子发现这尸体的来龙去脉。”

“好的。”日比野警部补使劲儿咽下一口唾沫，说，“于是她就想，既然车子是在那里，那么老爷就肯定在工作室了，可门是锁着的，她就纳闷起来。”

“门是锁着的吗？”

“是的，锁得很严。大概是凶手离开这里的时候锁上的。”

“然后呢？”

“据说根本光子喊了两三声，没有回应。于是她绕到了南侧，从那些破损的玻璃中间往里一瞧，就发现了这具尸体。”

“原来是这样。那么法医的尸检呢？”

“刚才已经结束。”

“死因是什么？”

“可能是氰化钾中毒……”

金田一耕助轻轻地把鼻子挨近被害人的嘴。已经没有了氰化钾的气味。

服了氰化钾。不，就算是被灌了氰化钾，那又是借助的何种手段呢？环顾四周，这工作室里根本就找不到一个瓶子或是杯子。

“大概是被凶手带走了。”日比野警部补面无表情地说道。

金田一耕助的脸又红了，这名书生气十足的警部补难道擅长读心术？

“那么，死亡的推定时间是……”

“大致是在昨晚的九点到九点半之间。当然，详细时间还要看解剖结果。”

昨晚的停电好像是从八点前后开始的。若是九点到九点半之间，就难怪要使用蜡烛了。也许不同地区的停电时间会存在差异，不过具体情况只须问问这一带的人就会清楚。

“日比野警部补，就算槙先生在六点以后又外出了，又从外面带来了人，那他为什么不去别墅那边呢？这工作室……”

说着，金田一耕助摸了摸眼前藤椅的各个部位，然后把手伸到警部补眼前。他的指尖上沾满了黑乎乎的灰尘。

年轻警部补的眼睛这才从高度近视镜的后面露出笑意，但他并未现出得意的神色。

“金田一先生，这一点我们也注意到了。而且，理由也大致猜出来了。”

“你的意思是……”

“我们已经对被害人进行了初步的身体检查，没有发现钥匙串。”

“你的意思是说，被害人应该是带着钥匙串的，是吗？”

“根据根本光子的证言是这样的。被害人目前是单身，在东京的公寓里生活。听说公寓的钥匙和别墅的钥匙全都挂在一个银色的钥匙环上。他经常拿那几把甚至更多的钥匙跟根本光子开玩笑，有一次还说那就是他的全部家当。”

“就是说被害人并没有带那串钥匙？”

“是的。”

“可是，假如钥匙串是被凶手拿走了，那也是因为被害人把它带在身上，对吗？可如此说来，那别墅也应该会打开啊……”

“啊，不是那样的。”

“那是怎样？”

“我想会不会是被害人在外面把钥匙串弄丢了。”

金田一耕助蹙起眉，说道：“如果是这样，这间工作室也不可能打开啊。就算是被害人带人返回这里的时候，工作室的门碰巧是开着的，可凶手离去的时候，也无法再把门锁上啊……”他忽然又意识到什么似的朝门这边扭过头，“那么你们是怎么进来的？难道有配好的备用钥匙……”

“不，金田一先生，我们用的是那把钥匙。”

金田一耕助不由得瞪大了眼睛。而在接下来的一瞬，他便用五指胡乱地挠起蓬乱的头发。这是这个男人激动时的习惯性动作，他的脸色非常兴奋，笑容都要绽放出来了。

这名警部补分明是想测试一下金田一耕助。茶几下面，被害人右脚尖旁就掉着一把钥匙。

“原、原、原来如此，原、原来如此。”金田一耕助结结巴巴地叹了口气说道，“我竟连这个都没能注意到，我真的是有眼无珠啊。哈哈。”

警部补眼中的嘲弄神色消失了，警惕的神色却不断加深。

“失礼了。”他咬着嘴唇说道，“因为飞鸟先生说希望能尽量保持发现时的现场。我们从玻璃的破损处往里瞧了瞧，就发现那把钥匙在那儿。于是我们就用钓鱼竿把钥匙钓了出来，往锁眼里一插，结果毫厘不差，这才发现正是工作室的钥匙。”

"这么说，只有这工作室的钥匙并没有串在那钥匙串上了？"

"可以这么说。至于理由，我们问了根本光子也没有弄明白……"

"这么说，那就应该是这样的了。"金田一耕助习惯性地挠着蓬乱的头发说道，"被害人是在外面遗失了钥匙串……不，我们凭什么就认定钥匙串是在外面弄丢了呢？"

"因为别墅的正门锁得好好的啊。我们是把管理员叫来当面让他开门的。根本光子只带着后门的钥匙。"

这一带的别墅主人在避暑旺季结束后关门离开时，从被褥到各种生活用品，全都是扔在那里就抬腿走人，剩下的事情全都交给管理员。因此管理员便保管着两把钥匙中的一把，不时过来转转。一般来说都是数十户雇主雇用一名管理员。这管理员当然是本地人了。

"是这样啊。"金田一耕助表示认同，"这么说，钥匙串的丢失分明就是在昨晚六点以后，而且还是在离开别墅之后了，对吗？"

"是这样的。"日比野警部补依然一副郑重其事的口吻。

"可是，不知什么原因，只有工作室的这把钥匙是槙先生单独带着的。于是，昨晚从外头回来时，由于无法进入别墅，他无奈之下就来到了工作室。"

"可是，金田一先生，这究竟是不是无奈之举，目前尚不清楚。说不定是出于某种理由，他必须要到这工作室来一趟呢。只不过，被害人没带钥匙串一事是确定的，我们在搜遍了工作室的所有角落后也没能找到钥匙串，这也是确定的。"

"那汽车里面有没有找过呢？"

"还没有。您都看到了，因为车门打不开。"日比野警部补微笑着说道，"不过，就算汽车里有，结果还不是一样？如果有，被害人早该进入别墅了。”

“有道理。”这下轮到金田一耕助微笑起来，“这么说，你的意思是，被害人会到这里来，究竟是因为没了钥匙串不得已而为之，还是说他虽然有钥匙串，但仍由于某种特殊理由而来，这一点目前尚不清楚，对吗？”

“对，没错。我一直是这个意思。”

“你说得很对。我只不过是想再确认一下而已……那么，”金田一耕助依然挠着他蓬乱的头发，“被害人出于两个理由之一，把某人带到了工作室。然后，便被这人……即被X下了氰化钾毒死了。X之后便夺取了工作室的钥匙锁门离去。可是，那把钥匙出现在那里又如何解释呢？”

“当然是打破玻璃从外面丢进来的吧。”

“为什么？”

“为了装成自杀的样子。”

金田一耕助惊讶地重新打量警部补。“既然这样，那你不觉得把杯子之类带走的行为很奇怪吗？如果想制造自杀假象，那应该把现场做得更逼真啊。”

“凶手大概是在最后关头忽然意识到，如果留下杯子就会露出马脚吧。”

“疑似盛氰化钾的容器发现了没有？”

“没有，目前还……”

“若是想制造自杀的假象，就应该让容器滚落到某一角落，你说呢？”

“话是没错……”

一名便衣警察终于对这莫名其妙的问答忍无可忍，不由得从旁边插上了一句："金田一先生。"

"请说。"

"我们现在也只是刚开始调查。若是一下子全都弄明白了，犯罪调查岂不是变成了小菜一碟？难道您从中想到了什么？"

事后得知，这个刑警姓近藤，是轻井泽警局的头号老狐狸。他的脸几乎被晒成了柿漆纸的颜色，只有一双眼睛炯炯有神。头发理得很短，连头皮都被太阳晒黑了。矮个子、粗脖子、体型胖墩墩，从他匆匆地转来转去的样子看，他还是个很严重的罗圈腿。这个常年在现场摸爬滚打的刑警自然对金田一耕助这别扭的问答感到愤怒。

"没有，怎么可能，我也是才开始啊。哈哈。"后面的这一声"哈哈"似乎有些多余。

"既然这样，这些无聊的事就先放一放，我看还是抓紧看一下该看的东西吧。救护车来后，尸体就必须运走。"

还没等他把话说完，远处就传来了救护车忙乱的警报声。

"您看，来了。"

"啊，失礼了。那就请帮忙把尸体扶起来吧。"

"好的。喂，古川。"

被唤作古川的刑警年纪并不大，有二十五六岁，圆脸蛋，两颊上还明显带着青春的气息。不过奇怪的是，他从刚才起就用审视奇怪生物般的眼神注意着金田一耕助。

近藤刑警和古川刑警像是在弄一件易碎品似的，从左右两侧轻轻架起楨的尸体。他们之所以如此，是为了尽量让尸体下面火柴的排列保持原样，但火柴还是移动了不少。

据说昭和二十九年槙跟千代子结婚时是三十三岁。照此计算，今年是昭和三十五年，那他就该是三十九岁了。也不知他从前就是这种体质，还是年届中年开始发福了，总之他一身赘肉，脸也胖嘟嘟的，肤质细腻，富有光泽，生前一定是一个富有魅力的讨人喜欢的男人。

不过，槙的个子不高，顶多也就有一米六五。刚才碰到的凤千代子身为女人都有一米六三左右，如果再穿上高跟鞋，槙大概都没有千代子高。

槙的脸扭曲得非常厉害。如果夺走他性命的是氰化钾，那无疑是瞬间毙命。他瞪大的眼珠和扭曲的嘴唇令人毛骨悚然，从唇角垂下来的血又黏又黑，样子非常吓人。他的右脸也被烧得惨不忍睹，愈发增加了凄惨的感觉。除了右半边的头发有两撮烧得卷曲，右眉毛的外侧也被烧焦。

槙穿着一件短袖的开襟衬衫，套着背心，外面又加了一件齐腰的罩衫。假如槙曾外出过，这罩衫恐怕是当雨衣穿出去的。罩衫的右袖口有点儿烧焦，这一点前面也已经提过。

裤子则是裤线松弛的毛咔叽裤，似乎已洗过好多次了。鞋也严重走形。就算槙昨夜是外出见人了，对方恐怕也是一个让他无须打扮的人。抑或这男人生性就是不修边幅之人？

罩衫、裤子和鞋都是湿的，不过该是被从玻璃的损坏处漏进来的雨水浸湿的，而不是在暴雨中被打湿的。因为虽然从昨晚起风就很大，但当时雨仍未下。

金田一耕助把视线从槙的脸上移到茶几上。茶几上散乱地摆着一些火柴，从刚才在尸体下面发现这些火柴的时候，金田一耕助就已经注意到，火柴并非偶然从火柴盒里掉出来，而是出于某种目的被特意摆在那里的。

火柴共有二十一根。红头火柴有七根，绿头火柴则是十四根。红头火柴中有四根中间是折断的，剩下的三根则完好无损。绿头火柴则有七根被折断，完好的是七根。

也就是说，这里一共使用了四种符号：完好的红头火柴和折断的红头火柴，完好的绿头火柴和折断的绿头火柴。

恐怕是凶手或者被害人企图用这四种符号说明什么，那么，它究竟说明了什么呢？

金田一耕助再次把视线转回被抱起来的槙的脸上。槙那扭曲的嘴角似乎浮着一丝讥讽的微笑……

遗憾的是，被害人倒在茶几上的一瞬间，火柴的排列已被打乱，也许已经无法从中得到任何信息。不过金田一耕助还是从兜里掏出记事本，抄下了火柴的排列顺序。

顺序大致如图所示：

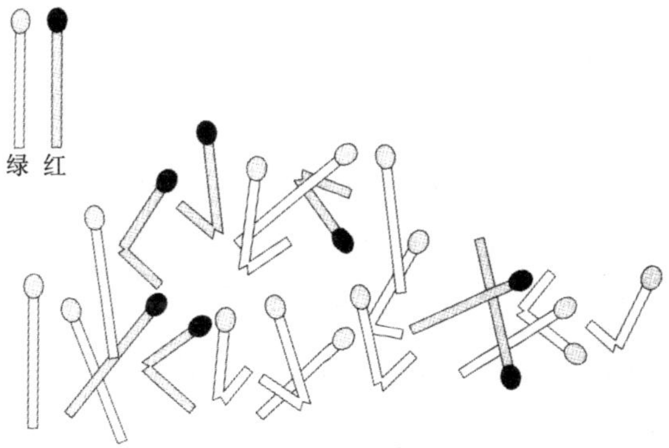

“听说，这男人是一个火柴拼图游戏迷。他有一个习惯，就是任何事情都会用火柴来说明。”

“火柴拼图游戏迷？”

金田一耕助把散在桌子上的火柴排列顺序详细记在本子上后，朝日比野警部补扭过头。

“这是听根本光子说的。人们用火柴可以玩各种游戏，对吧？比如说事先摆好十二根火柴，每两根为一组，共分成六组，或者用火柴棍搭建房子之类，这种游戏孩子们不是经常玩吗？这个男人，据说只要有空就玩这种游戏。”

拼图游戏和智力竞赛在战后十分流行，大概也是受到了收音机和电视的影响。无论把电视换到哪一个频道，都会有一两个智力竞赛节目。有一家电视台的智力竞赛节目甚至还宣称这种游戏会有助于大脑的训练，但实际上只是大脑的休息而已。

社会一旦在物质方面丰富起来，人在精神方面就会变得痛苦并孤独。社会物质丰富等同于机械文明的发达，同时，支撑这种文明的人在智慧方面就会更加进步。机械文明越发达，人在精神方面就会越发孤独和痛苦。智慧的人类逃避的方便手段便是智力游戏或拼图游戏。所以，与其说这是大脑的休息，倒不如说是逃避。

槙恭吾痴迷火柴拼图游戏，这说明他在精神上是多么孤独。难道在跟凤千代子婚姻生活美满的时期，他也仍是一个火柴拼图游戏迷？

“那你的意思是槙恭吾是在玩火柴拼图游戏的时候被人下了氰化钾？”

“不，不是这样的……”日比野警部补装模作样地咳嗽一声，说道，“嗯，这当然也是听根本光子说的。当一个人向他的对象说明什么的时候，或者试图说服对方接受什么的时候，有些人经常会使用一些小道具。比如火柴盒，或者随手摸过身边的东西来摆一摆……”

“我也经常摆弄这些玩意儿啊，抱歉，那然后……”

年轻的警部补有点儿怯场，不过他立刻重新调整好状态，说道：“可是，这一次的被害人，据说他在这种时候就会使用火柴。”

“是这样啊。那么，昨晚究竟是属于哪一种情况呢？他只是在单纯地玩火柴拼图游戏呢，还是试图跟某个人说明某种情况呢……”

“当然是后者。”日比野警部补生硬地说道，“因为他昨晚并非一个人，而是还有一个凶手为对象。”

金田一耕助略微思考了一下，然后微微一笑，说道：“可是，日比野先生，这恐怕是你先入为主，认定被害人是跟凶手一起回来的，才做出如此推断吧？说不定，被害人昨晚虽然外出了，回来时也照样还是一个人呢。而且他也很可能是在悠然地玩拼火柴游戏，然后凶手就来了……难道我们不可以这样推测吗？”

这名年轻的警部补明显深感意外。看来他从一开始就认定了被害人是跟凶手一起返回这里的。在突然遇到这种新的可能性后，他金鱼眼般的眼睛不知所措地在高度数镜片的后面快速地眨了起来。

“哼哼。”一旁的罗圈腿近藤不屑地哼了下鼻子说道，“那我倒是想请教了。您的意思是说这男人在停电摸黑的时候还不忘点上蜡烛，悠然地玩他的火柴游戏？金田一先生，我虽然不知道您到底是名侦探还是迷糊侦探，总之，还请不要在这里胡说八道瞎捣乱了。”

其实，有钱有势的飞鸟忠熙早就跟县警本部交涉过，金田一耕助已经拿到了介入这起案子的许可。不过，眼前的金田一耕助是这么一个又矮小又寒酸的人物，让人觉得似乎一无是处，这个刑警老狐狸自然会对他嗤之以鼻。

“哈哈。”金田一耕助爽快地一笑，说道，“可不是，近藤先生，你说奇不奇怪，我一插手，那些案子就离奇地全变成了谜案，于是我就得到了迷糊侦探金田一耕助这么一个美称。啊，开玩笑而已。近藤先生，你说得一点儿没错。其实我所说的连万分之一的可能性都不会有，我只是想提醒一下这样一个事实，即我们就连被害人究竟是跟凶手一起回来的还是各自分开来的，都还没有搞清楚，并且……”

“并且什么？您还有什么高见？”

金田一耕助犹如教训学生般的语气又让这个老练的实干派刑警反感起来，他也不由得开始顶撞。

“假如这火柴的排列图案真有某种意思，并且这还跟凶手有关，那么凶手为什么还要将这些火柴原封不动地留下来呢？就算是排列顺序多少被打乱了，可如果就此离去，对凶手来说是不是相当危险呢？”

言之有理。听他这么一说，老狐狸近藤也哑口无言了。他懊恼地转动着眼珠子，说道：“有道理，的确是这样，那么，关于这个问题，金田一先生有什么高见？如果有，可否让在下开开眼界？”

“哪儿有这便宜事。我这个人生性就讨厌别人抢我的功劳，呵呵。”这金田一耕助还真有点儿惹人厌，“……我就是想说，其实我也是一头雾水啊。我只是想提醒一下，这个案子没那么简单，只要随便看上一眼，就能发现种种疑问。”

说完，金田一耕助低了下头发蓬乱的头，再次巡视四周，说道：

“火柴盒好像并未找到吧？”

“这件事我们早就注意到了。恐怕是让那个莫名其妙的凶手带走了吧。”

近藤一肚子火。眼前这位说不清是迷糊还是聪明的对手让他吃尽了苦头。他再也不敢招惹他，便气呼呼地在工作室内转悠起来。可他越是急躁，那罗圈腿就越是醒目，真是可怜极了。

日比野警部补似乎彻底丧失了自信，嘴里嘀嘀咕咕的。他一面嘀咕，一面注意着忠熙的举动。

忠熙也死死地盯着散在茶几上的二十一根火柴，脸上分明挂着一种疑惑和不安。他慌忙环顾四周，视线落到被害人背后的架子上，于是弯下腰，瞧瞧茶几下面。茶几下面有个网架，上面杂乱地塞着略微变色的旧报纸和两三本美术杂志。

“飞鸟先生，您在找东西吗？”

忠熙并未理会日比野警部补的询问。他再次死盯着散在茶几上的火柴，手则下意识地在摸着翻领衬衫的口袋。他从口袋里取出一个小小的笔记本和自动铅笔，自动铅笔是红蓝双色的，为了记录高尔夫的比分，他的口袋里总是装着这两样东西。他不断把视线投向茶几，用双色笔仔细地记录起火柴的排列顺序来。

“飞鸟先生，您从这火柴的排列方式中发现了线索？”

可是，警部补又一次被无视了。他的脸红了起来。

“飞鸟先生，如果您从这火柴的排列方式中发现了什么，请告诉我们，隐瞒只会延迟破案。您从这火柴的排列中……”

可是，忠熙依旧把警部补的话当作耳旁风。他仔细地记录完火柴的排列之后，又把笔记本和双色铅笔装进口袋，然后默默地退到了工作室的一角。救护车上的三名工作人员已经进入了工作室。

“这尸体……”

“可以运走了。”

日比野警部补气得连话都说不出来，老狐狸近藤便替他答道。

可怜的日比野警部补连耳根都红了。年轻的古川则明显流露出警惕的神色，毫不避讳地盯着忠熙的脸，可忠熙仍置之不理，泰然自若。

当救护车上的工作人员把槙的尸体从藤椅上抬起来时，金田一耕助冲了上去。“啊，请稍等……”

原来槙的浅咔叽色罩衫贴近臀部的地方粘着茶褐色的东西。耕助仔细一看，好像是飞蛾的翅瓣，而且还沾着疑似体液的东西。

“日比野先生，请看这个。”

日比野警部补也仔细观察。他的动作十分生硬，身体还没有从愤怒中解放出来。

“是……飞蛾吧。”他声音沙哑，大概因为愤怒，连声带都变了调，“大概是一屁股坐在飞蛾的尸体上了吧，从这翅瓣和体液的黏着情形来看……”

日比野警部补本能地把视线移向藤椅上面，可是那里没有飞蛾的尸体。不只那里，整个工作室里似乎都没有。

“好吧，先把罩衫脱下来。小心别把翅瓣弄掉了，然后送到鉴定科去。”

就这样，槙恭吾的尸体因为要被送去解剖，由救护车运离了浸水的矢崎。

第六章　飞蛾的花纹

“这样合适吗？都已经死了两个人了，而且还都是死于非命。不，不是两个，是三个。算上死在东京的阿久津谦三，这已经是第三个了。你们却还在隐瞒，至少不坦率。照这样下去，案子永远都破不了，是不是？”

飞鸟忠熙刚才的态度强烈刺激了日比野警部补。这男人平时应该没有这么凶，现在却彻底失去了冷静，言辞不由得尖锐起来，而且在自己话语的刺激下，他越发激动。他毕竟还年轻，像这种大案子也是第一次碰到。并且无法否认，他的心底还有一种根深蒂固的自卑感。

他出身贫寒，成长经历也很艰苦。他靠打工挣钱从地方上的国立大学毕业，立志要做警察。国家公务员三级职业考试过关后，他年纪轻轻就成了警部补。不久的将来，他可能就会把那些在现场摸爬滚打的众多前辈甩在身后，成为警部，然后再晋升为警视。作为一名警察，他前途无量，从这种意义上来说，他也堪称是精英意识的具体体现。

无奈他还年轻，经验少，尽管位居搜查股长，指挥着众多刑警，可他总觉得那些老练的刑警都在用批判的目光审视他，尤其在调查这种重大案件的时候。这种意识总是刺痛着他的内心。

这样的心理演变成一种自卑感，尤其当对方是名人的时候，总会令他心浮气躁。

“听您这么说，那些人的死好像责任全在于我了？”

日比野警部补越是激动，凤千代子便越是平静。她坐在典型的轻井泽式雕花椅子上，手搭在两边的扶手上，姿态端正地与日比野警部补对视。金田一耕助由衷地赞叹她的美貌。她的容貌固然美，可容貌背后的东西更美，由内而发的一种气质伴着淡淡的香气，洋溢着一种婀娜艳丽。这种美让日比野警部补越发慌乱，越发失去分寸，越发被煽起了激动情绪。

飞鸟忠熙正背对着这边，从大厅背后的窗户里望着外面。从那里可以看到后面的工作室，还可以看到歪倒的辛夷树。刚才跟救护车一起赶来的办案人员正用滑轮把树吊起来，看来是想把希尔曼从下面拖出。树已经被扶起了一大半，希尔曼眼看就能出来了。

金田一耕助坐在大厅一角的旧藤椅上，用困倦的眼神静观日比野警部补跟凤千代子的对决。这里似乎是槙恭吾的起居室、书房兼会客室，面积至少有十二叠，跟后面的工作室一样也是一栋简陋的木建筑。忠熙现在所站的窗边，窗户之外的整面墙都被做成了书架，书却不怎么多，看来是当装饰架用的。书架上还适度地配有一些陶制的壶子和盘子。书大概有二十册，胡乱地塞在最下面一层。

“不、不，我不是这种意思，我说的不是这个意思。我只是希望您能更坦率地跟我们谈一谈……”

遗憾的是，日比野警部补都无法正视凤千代子的脸。这一情形则让他越发焦虑。这名年轻的警部补在千代子面前火急火燎地转来转去，眼睛鼓得像金鱼的一样，简直让人同情。

“可我觉得所有事情都回答得很坦率啊……既然这样，那我就再回答一次吧。”说着，凤千代子朝金田一耕助飞快地瞥了一眼，然后说道，“我也很久没见槙了。去年发生那案子的时候，我也没跟他见面。因为我们在昭和三十一年春天就已经分手了，已经形同陌路，没必要见面。”

这话分明是说给金田一耕助听的。可是对于这名耿直的警部补来说，他实在无法理解眼前这个可以脸不红心不跳地提起前夫事情的女人的心情。在这名道德健康的警部补眼里，这个连换四任丈夫都照样心平气和的女人恐怕就是一个妖妇吧。连笔者都想来奉劝这警部补一句——请你稍微翻翻最近的杂志，尤其是娱乐杂志。

“虽然日比野先生对我此时来这里的行为并不欢迎，不过正如我刚才已经声明的那样，我一是因为工作，二也是想来休养一下。而要休养，您难道就不觉得轻井泽是最合适的地方吗？所以忠熙先生也来了。”

这台词也是说给耕助听的。此时，她刻意避开了飞鸟先生的称呼而是改称忠熙先生，这一措辞引起了耕助的注意。他朝飞鸟忠熙飞快地瞥了一眼，只见忠熙正装模作样地站在书架前，从书架上拿起一本书，漫不经心地翻看着。

“既然这样，那您为什么不去樱泽的别墅呢？您女儿也在樱泽，而且昨晚她还是只身一人，难道不是吗？”

“看来日比野先生对我们母女的关系一点儿都不了解啊，美沙跟我完全是分开过的。美沙的事我全都交给了笛小路的母亲……虽然我也在远处温情地守候，有大事时母亲也会找我商量，不过，她日常的生活我全都交给母亲了。再者说，若是有我这样一个经常换男人的母亲在身边，对她的成长反倒不利，您不这么认为吗？”

说到这里，千代子瞥了一眼忠熙，脸颊微微有点儿泛红。日比野警部补正在心急火燎地转来转去，并未注意到她的表情。忠熙则十分淡然，又拿起另一本书。

“虽然日比野先生说美沙昨晚是一个人，可这种事我怎么能知道？从东京出发的时候，我又没跟笛小路那边联系过。”

这种行为让日比野警部补实在难以理解。母亲跟女儿的关系应该更亲密才是。

“那么，您刚才说，您昨晚一步也没离开宾馆，是吗？”

“对，既然这样，那我就把昨晚的事情再报告一遍吧。”

凤千代子仍把两手搭在椅子扶手上，稍微挺了挺胸，这大概也是为了说给金田一耕助听。

“我昨天从宾馆给忠熙先生打电话是五点十分前后。六点时忠熙先生就来到宾馆。不久，我们去餐厅吃了饭。吃饭大约用了一个半小时，然后我们就到前厅聊天，结果聊着聊着停电了，忠熙先生就回去了。就这些。”

“那飞鸟先生回去之后，您又做了什么？”

“睡觉了啊。要不还能干什么。”千代子嫣然一笑，说道，“当然，因为睡觉之前服务生端来了蜡烛，我就在床上看了一会儿书，看得眼睛发疼，就吹了蜡烛决定睡觉。可是外面的风越刮越猛，远处不知哪里似乎又在搞盂兰盆会舞，唱片的声音很吵，我怎么都睡不着。”

“在这期间，您就没想到要给女儿打个电话吗？”

“没想过。”千代子妩媚地一笑，“她的事我彻底忘了。不过在这边停留期间，我倒是想过要去见她一面……”

日比野警部补斜盯着千代子。可是，一看到千代子那淡然的神色，他又犹豫起来，在大厅里踱着步说道：“那么，请让我在这里把去年的事情再重新理一遍……”

“请便。”千代子仍然扶着椅子扶手，连眉头都没皱一下。

金田一耕助有点儿紧张。

“您还记得吧，去年的事情？”

“我自信还是记得的。但如果没有那件事，说不定就忘了。”

日比野警部补又斜盯了千代子一眼，说道：“去年您来到高原宾馆的时候，时间是八月十三日傍晚，对吗？”

“没错。”

“就在第二天十四日的傍晚，笛小路泰久先生就到了这边，在我们看来，笛小路先生当时很可能是紧随您来的。”

“这一点当时我已经说过了，就算是他是紧追着来的，可目的究竟是什么，我至今还不清楚。”

“保释金是您出的吧？”

“是的。因为我受了笛小路母亲之托。”

“他会不会是想来致谢？”

“也许是吧。如果是这样，那完全就是多余，因为我是为了美沙才出钱的。”

千代子的话听起来是那样冷酷。

“总之，您最终都没见他吧？”

“对。”

“不过，他还是打电话说想跟您见面？”

“对，他打了两次。不，应该是打了好多次，我出门了，所以我接听到的就只有两次。”

“是在十四日晚上跟十五日，即他死亡的当天晚上八点前后吧？”

“是的，那天晚上宾馆里有聚会，忠熙先生也来了，八点刚过他就打来电话。对了，忠熙先生。”

“嗯？”

忠熙仍在书架前面拿着书。他扭过头，显出一副正专心读书之际被意外打扰的神色。

“幸亏金田一先生在这里，我觉得这事最好让金田一先生也听一听，你说是不是？”

“啊，是吗，既然你这么想那就随便吧。”大概是自己都觉得这种态度有点儿冷淡，忠熙随即用温和的语气又添上了一句，“我就是因为这个才拜托金田一先生的。”

“金田一先生。”

“既然这样，那我也在这儿洗耳恭听一下吧。”

金田一耕助朝日比野警部补看了一眼，警部补也没说什么。他这么做与其说是无视耕助的存在，不如说是正沉浸在自己的思考中，根本就无暇顾及他人。

千代子上翻着眼睛做出一副整理思路的样子，不久，她把目光均等地分向金田一耕助和日比野警部补。

“当时，也就是去年案发时，由于我没太在意，一直没能跟日比野先生讲。不过，这次又出了案子，我才觉得这里边也许会有重要信息，所以刚才也跟忠熙先生谈论过了。”

“就是说，您还是对我们隐瞒过什么？”

日比野警部补的脸颊上又开始血气上涌，连审视千代子的眼睛里都透着咄咄逼人的神色。

“隐瞒？没错。就权当是隐瞒了吧，就连忠熙先生都说不需要说这么多呢。”

“到底是什么事？”

“我这不是正要说嘛。当时我正在高原宾馆的餐厅里出席聚会陪大家呢，结果服务生来了，说是他……就是笛小路来了电话。我们之前已经通过一次电话了，于是我就拒绝了他，说我们没必要见面。可是当天傍晚我从外面回来时，才知道他又给我打了好几次电话……”

“啊，请稍等。”金田一耕助打断她问道，“那一天，您去了哪里？”

“跟忠熙先生一起在高尔夫球场打球，从上午十点前后开始。因为那一天有忠熙先生举办的高尔夫球大赛。在俱乐部会所吃了午饭后，下午又在球场打了球，所以忠熙先生送我回宾馆的时候，就已经是下午四点半左右了。忠熙先生临时回了趟家，七点多又赶了过来，我们两人就去参加了宾馆的聚会，聚会是忠熙先生为宴请参加高尔夫球大赛的人而搞的。对了，我回去后不久，那人曾给我打过一次电话，我当时正在洗澡，就拒绝了他。”

“那么，他在聚会进行时打来的那个电话您接了吗？”

“接了。”

“您刚才说是八点多一点儿的时候，对吗？”

“对。好像是八点半。”

“那好，请继续。”

“我接了电话后，发现他已经酩酊大醉。此前接电话的时候他还没有喝酒，所以我就说我们没必要见面，若只是为了保释金的事，我是为了美沙才交的，请不用在意，若是还有其他什么事情，请通过他的母亲代为转达。我说完这些，他当时就知趣地打了退堂鼓。”

“这件事发生在十四日晚上，即笛小路先生到了这边的晚上吧？”

“对。”

“可是，笛小路先生为什么想见您呢？难道只是单纯地想为保释金一事致谢吗？”

“不，大概是……”千代子犹豫了一下，然后才说道，“大概是想要钱吧。不过他那个人，不喝酒的时候胆子挺小的，恐怕没能说出口。”

“您刚才说，十五日晚八点半左右，他打来电话的时候就已经酩酊大醉了？”

“是的。”

“然后呢……”

“我就把刚才的话又重复了一遍，拒绝跟他见面。结果他就发出恶毒的声音大笑起来，说你必须跟我见面，因为我今天见了津村真二，事情我都听说了。”

“他真这样说？”日比野警部补仍站在那里，俯视着千代子，高度近视镜后面的白眼球上似乎跳着一条条血丝，“事情是指什么事？”

“不知道。我至今都不知道。”

千代子的眼睛非常清澈，里面看不出有任何芥蒂。当然，纳闷的神情是很明显的。

“然后呢……然后他又是怎么做的？”

“我不是说他喝得酩酊大醉吗？他那个人一喝醉就胡来，一直都是这样，他被赶出电影界也是因为这个原因。生活潦倒、自暴自弃后，他就变本加厉了，这事我也听他母亲说起过。我不想跟他闹，于是就想挂电话。他只是说他见了津村，事情都听说了，都听说了，用那种醉汉特有的絮叨语气颠三倒四地啰唆个不停。我就火了，断然告诉他我要挂电话，结果他就说那你就不怕我去见飞鸟忠熙吗，我说随你的便，于是就挂断了电话。”

“啊，然后他就给飞鸟先生打了电话？”日比野警部补用气愤的语气说道。

“嗯，对。”

“飞鸟先生接了电话吗？”金田一耕助问道。

“没有，金田一先生，我没有接电话，因为觉得没必要接。可是现在想来，当时如果我接了那电话，说不定还能听到更多的事情，挽回这一切呢。”

“那件事……就是笛小路先生说他从津村先生那里听到了什么、一定要见面的事，凤女士并未告诉警察，对吧？”

“对。”

“不过，是我阻止的，因为津村当时也正在接受调查。她一点儿都不知道津村告诉笛小路的是什么事情，并且如果有必要，津村也会讲，于是我就劝她，没必要连这些也告诉警察。”

“关于这一点，津村先生什么都没说吗？”金田一耕助朝日比野警部补扭过头来。

“不知道。这件事我今天也是第一次听到。”如此一来，警部补的情绪恐怕就越发激动了。

“可是，那一天，笛小路先生跟津村先生见面的事情是真的吧？”

“是的，听说下午一点左右，他到浅间隐的别墅去见了津村。”

“津村先生的别墅是在浅间隐吗？”

浅间隐就在樱泽附近，金田一耕助刚才已听秋山卓造介绍过。

“虽说是别墅，却是租来的。津村去年也是住这一家。”

“关于那次的拜访，津村先生是怎么说的？”

“也没有什么要紧的事。笛小路只是絮絮叨叨地发了些牢骚，说自己的命运如何如何不幸。正好学生们从星野温泉的音乐节来迎接他，于是二人就分手了，不过津村抱怨说自己被笛小路抢去了一瓶尚未开瓶的尊尼获加黑瓶威士忌。正好在去年同一时期，他们也曾在星野温泉办过音乐节。”

“就是那一瓶威士忌吗，笛小路先生那天晚上抱着走的那一瓶？”

“对，没错。”

“那么笛小路先生在津村先生的别墅究竟待了多长时间？”

“听说只有二三十分钟。他说正好学生来迎接，于是二人就分手了。”

“如果是二三十分钟，倒是能正儿八经地谈一件事……”金田一耕助喃喃地说完，朝凤千代子转过身来。“也就是说，笛小路先生电话的意思是这样的：他当天见了津村先生，并听到了有关您的一些事情，而这些事一旦传到飞鸟先生的耳朵里，后果将非常严重，所以您必须见他，多少给他意思一下……是这个意思吗？”

“事后想想，恐怕只能这样理解了。可是……”

“可是？”

“我根本就没有任何乱七八糟的事情怕忠熙先生听到啊。当时是这样，现在也还是这样。不是我故意夸口，其实像我这样的人，始终都处在媒体关注的风口浪尖上，根本就无秘密可言。”

如果从另一个角度来听，这句话倒也可以理解为是对忠熙的哭诉。忠熙仍用一只胳膊支在书架上，温情脉脉地注视着千代子。

“关于这件事，您就没想过去问问津村先生？”

“没有。”千代子断然否认，然后又说道，“津村这个人……算了，我就不对人家说三道四了。津村今年似乎也来了轻井泽，你们为什么不直接去找他问问呢？”

“我们当然会去核实。正因为你们隐瞒了细节，才致使调查拖了一年。”

警部补抽动着脸上的肌肉，语带讽刺地说着，忠熙和千代子都未搭理他。

“笛小路先生打电话的地方查清楚了吗？”金田一耕助朝日比野警部补扭过头。

“查清楚了。那天晚上他一直在白桦营待到快八点。听说他一直独自喝威士忌，等他晃晃悠悠地拿着威士忌酒瓶出去，来到旧道附近一家名叫含羞草的咖啡厅时，时间是八点多一点儿。电话就是从那里往宾馆打的，因为提到了大明星凤千代子的大名，所以当时在含羞草的人都记住了他。他从被这二人拒绝到九点左右，据说一直都赖在含羞草里，又是骗红茶喝，又是骗威士忌。九点多的时候，他就晃晃悠悠地离开了那里，据说人们当时还七嘴八舌地议论，猜他到底是什么来头呢。”

“然后，笛小路先生就去了樱泽的别墅？”

“没错。他出现在樱泽的别墅时据说大约在九点半。不巧的是那老夫人回东京了，没在家。于是美沙小姐就挽留他，说他醉成那样挺危险的，干脆就住下来，结果他根本不听劝，甩开女儿，晃晃悠悠地跑了出去，不久就遭遇了那场横祸。”

日比野警部补一面用激动的语气说着，一面用探询的眼神反复打量着凤千代子和飞鸟忠熙。他的眼珠子都快要跳出来了，白眼球上的血丝也越发明显。千代子和忠熙二人则默默地交换视线，像活人画似的一动不动。

金田一耕助也沉默了一会儿，然后才说道：“那么，聚会是什么时候结束的？”

“啊，那个……”千代子猛然惊醒般说，“九点多结束的。”

“然后你们又做了些什么？”

“忠熙先生回去时是九点半左右。我把他送到了大门口，记得当时雾很大。然后我就洗澡上了床。对了，那一晚似乎也有盂兰盆会舞，我记得扩音器的声音很大，吵得我一直没能入睡。”

大概凤千代子也回忆起了当时的情形，她耸着肩膀，身子微微发抖，苍白的脸像蜡一样。

“飞鸟先生之后就直接回别墅了吗？”

“对。”

“坐车回去的？”

“不，是步行，因为很近。”

“那有没有人记得您回别墅时的时间？”

“这个嘛……”忠熙把目光落到地板上，说道，“我要是早知道会发生那种事，回到别墅的时候肯定就叫人了，可是我不知道啊。我走进大门后一个人都没有，就直接进了书房，看了一会儿自己痴迷的考古学书，后来就困了，正想睡觉的时候，多岐，就是我们家的一个老女佣……多岐就来了，她还一惊一乍地说，哟，是您回来啦。”

“那是什么时候的事？”

“好像是十点半吧。”

“那就是说，没有一个人能知道您回到别墅的时刻了？”

“差不多吧。”

忠熙直视着金田一耕助。当眼睛一眨不眨地凝视着一点时，忠熙的目光带着瓷器般的璀璨光泽射向对方。金田一耕助不由得感到战栗。

这时，日比野警部补不失时机地从一旁插了进来。“也就是说，你们二人根本就没有九点半之后的不在场证明。因为笛小路先生溺水是在十点到十一点之间，所以你们二人都没法证明自己不在场。而且，笛小路先生在溺水前的数小时之内，还跟某个女人……”说到这里，这名年轻警部补的脸终于红了，他略显支吾地说道，“明显有过性交的痕迹。我很想知道那女人是谁。”他的声音十分激昂，眼看就要爆发，眼镜后面的金鱼眼差点儿就要从眼窝里跳出来。

“那可就奇怪了。真是难以置信。”

“当时您也是这么说的。难道您不相信现代医学吗？”

“啊，抱歉。”千代子巧妙地岔开话题，“日比野先生，如果我回答说那女人就是我，您大概就会满意了吧？可真是不巧，我跟已分手的人是不会做那种下流事的……并且我……”说着，千代子露出令人着迷的酒窝，“我又不是十八九岁的小姑娘，请不要误以为我会屈服于他的暴力。”

“可是，假如笛小路先生以从津村先生那儿听来的秘密为把柄胁迫您……”

“所以我刚才都已经说了啊，请你们直接去问津村啊。”

千代子的声音变得歇斯底里，警部补也紧咬着嘴唇沉默下来。事情非同小可，如果继续逼问，难免会招致精神折磨的责难。

“我们当然会去见津村先生，见面后会帮您问的。这次我们一定会让他坦白交代。”尽管语气很强硬，警部补的脸上却没有自信。事到如今，这个女人为什么要吐露如此重要的事情呢？

“日比野先生，”金田一耕助从一旁插进话，“关于那个女人还有其他线索吗？”

“没有。当时轻井泽没有一个女人跟笛小路先生有瓜葛，也没有迹象显示有女人追随他而来，除了凤千代子女士。”警部补的声音高亢激动，金属般的质感在整个房间里回响。

满座全都冷下场来。凤千代子抓着轻井泽式雕花椅子的扶手，一脸严肃，俨然一个不怒自威的女王。飞鸟忠熙则依然站在书架一旁，一副事不关己的神色。尴尬的沉默持续了一会儿。

“那么……”金田一耕助忽然冒出一句，“飞鸟先生，昨晚怎么样？跟凤女士分手离开宾馆后……您是乘车回去的，还是步行？”

“我是步行回去的，不过从昨晚的情况来看，我是失策的。”

“什么意思？”

“因为我从宾馆走到外面一看，发现所有地方都因停电变得漆黑一片。结果我迷了路，到家时已经九点半了。”

“九点半……”日比野警部补的眼神里顿时流露出近乎杀气的怀疑。因为槙恭吾的推定死亡时间也是在九点到九点半之间。

“那就是说，您迷路的时间长达一小时了？”

“对，是这样的。”忠熙的脸上浮出苦涩的微笑，“可是，这里面是有原因的。因为我当时非常兴奋。”

“兴奋？为什么兴奋？您能在停电后的轻井泽转了一个多小时……而且，当时的风应该刮得很厉害吧。”

“啊，是这么回事。我在宾馆的前厅正跟她闲聊，突然就停电了，黑漆漆的一片。一瞬间，我就不由得……”

“不由得……”

“就不由得拥抱着她亲吻起来。”

“啊！”千代子的脸颊顿时像着火般滚烫，羞红的肌肤下面透着一种难说是鲜艳还是美丽的东西。

忠熙一面温情地守望着千代子的侧脸一面说：“抱歉，抱歉，没想到说走嘴了。哈哈。”他扯开喉咙爽朗地笑道，“我跟她虽然交往了一年多，可那种事还是第一次，所以就情不自禁……像小伙子一样兴奋起来。哈哈！”

忠熙再次放开喉咙笑了起来，这次的笑声比刚才更洪亮、嗓门更高，染红千代子肌肤的血色越发艳丽。

“然后呢……”日比野警部补把充满猜疑的目光钉在忠熙的脸上，说道，“您就那样转了一个多小时，难道途中就没有遇到过别人吗？”

“大概遇到过吧，但我没有印象。毕竟我的身心都处于极度亢奋的状态。”

就算这是事实，可忠熙为什么非要在这种场合下说出来不可呢，金田一耕助深感奇怪，千代子也同样惊讶地盯着忠熙。而忠熙则只顾幸福地微笑，千代子肌肤下面的血液也越发美艳。

“对了，在迷路后乱走期间，我只记得一件事。”

“什么事？”

“途中我想吸烟，便摸出打火机。由于风很大，打火机打不着，就放弃了。”

“那然后呢……”

“可是，过了一会儿我又想吸烟了，于是又摸口袋找打火机，结果没找到。之前我明明装进口袋了啊，看来是掉了。那是一个表面带有金字塔浮雕的打火机，一眼就能认出来。如果你们能帮我找到，那就能知道我到底都在哪儿走过了。”

正当警部补注视着忠熙的目光中疑惑越来越深时，年轻的古川匆匆走了进来。“对不起，主任。”

“什么事？”

“我们从被害人的夹克口袋里发现了这个。据那个不常住的老女佣说，是他昨天白天外出时穿的那件夹克……”

在轻井泽这地方，即使男人一天也要换好几次衣服，因为中午跟早晚的温差太大。

从夹克口袋里发现的是一件皱巴巴的印刷品。日比野警部补展开一看，不禁皱起眉头。原来是正在轻井泽举行的现代音乐节节目单。今年是津村真二的作品发表会，由津村真二亲自指挥。

“那就是说，他昨天去了津村真二的音乐会？”

“所以，有可能是在会场见的津村真二。”

“好。”

日比野警部补又朝凤千代子转过身，正要开口时，近藤却晃着罗圈腿急匆匆地走了进来。他似乎有点儿亢奋。“主任……”

“什么事？”

“汽车从树底下拖出来了，我们从车里发现了一样奇怪的东西。”

“什么东西？”

“你还是过来看看吧。”

日比野警部补与古川跟在近藤的身后匆匆走了出去，望着他们的背影，金田一耕助也慢腾腾地从椅子上站起来，朝凤千代子转过身来，说道：“我有点儿事想问一问凤女士。”

“什么事？”

“想必您从飞鸟先生那里也有所耳闻吧，就是槙先生尸体旁边所摆的火柴，关于这个您有没有什么线索？”

“我刚才也略微瞧了一眼，确实摆了些奇怪的东西……”千代子害怕地抖了一下。

“您的意思是说什么线索都没有？”

“没有，一点儿没有……”

“火柴的排列方式您仔细看过吗？”

“没有，我根本就没那勇气……”

“这样啊，飞鸟先生已经仔细地记下来了，待会儿请您再看一下，如果有什么发现请告诉我。”

“这么说，金田一先生认为那火柴的排列图案中隐藏着某种意思？”

“只能这么认为，当然，排列顺序已经被打乱了……”

“知道了。亲爱的……”

“待会儿我再把抄下的图拿给你看。”忠熙也不由得换上郑重的神情。千代子朝金田一耕助转过身来说道：“金田一先生。”

“嗯？”

“我向您发誓，假如那火柴的排列中真藏有某种意思，并且我还能看出来，我一定会向您报告。”

“多谢。”金田一耕助微微点头致谢，“我还有一个问题……”

“请说。”

“当然，这是听这边的老女佣根本光子说的，她说去世的槙先生空闲的时候，也就是闲得发慌或无聊至极时，经常会摆火柴玩，也就是把火柴拼图游戏或智力游戏当成消遣，这种习惯他以前就有吗？”

千代子微微蹙起眉来，说道：“不，这事我是第一次听说。至少跟我在一起的时候，他还没有这种小孩过家家般的习惯。”

金田一耕助露出苦恼的眼神，问道：“从性格方面来讲，他是属于哪一种人呢？是坦率直爽型，还是很难伺候的……”

“如果这样划分，他应该属于很坦率的那种类型吧。他经常开玩笑，有时也会说一些无聊的俏皮话，因为他本质上还是一个很善良的人……”

“啊，抱歉，也许我问得过于深入了。外面好像发现什么了，我得去看一下。想必不久后您就可以回去了。”

金田一耕助行了一礼，然后走出别墅绕到后面，只见那棵巨大的辛夷树已经被移开，压扁的希尔曼刚刚被解放出来。

日比野警部补露出奇怪的眼神，不过金田一耕助没有理他。

“车子里发现什么了吗？”

“瞧，就是那个……”

顺着近藤的手指一看，副驾驶座的旧靠垫被甩了出来，靠垫下面似乎露出一串钥匙。大概是起吊大树时震落了靠垫，之前藏在下面的钥匙才露了出来。

“是钥匙吗？”

经过一番努力，压扁的车门终于被撬开。车门并没有上锁，车钥匙仍插在发动机的钥匙孔里。

日比野警部补费了好大劲儿才钻进压扁的车门里，从靠垫下面取出那串钥匙。金属环上挂着好几把钥匙，看来这就是管理槙恭吾全部财产的东西。日比野警部补拿起来的时候，钥匙还发出喀啦喀啦的重金属声。

近藤一把夺过钥匙串，朝别墅方向跑去。那一双罗圈腿越发暴露无遗。

不久他就返了回来，将其中一把示意给警部补。

“这是外面大门的钥匙。”

连老狐狸都十分兴奋，但一身书生气的年轻警部补反倒更困惑。

“别墅的钥匙明明在这里，槙恭吾为什么要去那间工作室呢？”

金田一耕助绕到车子的后部，无意间打开后备厢盖。后备厢并没有上锁，里面放着备胎和工具之类。突然，金田一耕助眯起了眼睛。

“日比野先生，请过来一下。”

“什么事？”

“请过来看看这个。这里可有一样好玩的东西。”

年轻的警部补、老狐狸刑警和娃娃脸刑警古川都挤过来，往后备厢里一瞧，三人顿时皱起了眉头。只见备胎坚硬的黑色表面上沾着一只茶褐色的大飞蛾尸体，仿佛镶嵌着螺钿的徽章。

第七章　楔形文字

人一旦遇到异常事态，敌意和反感就会在瞬间烟消云散。

当众人挤在后备厢周围，从黑色备胎上发现那仿佛用螺钿工艺镶嵌在上面的徽章时，似乎连这一结果是由可恶的金田一耕助发现的都忘了，他们毫不掩饰地露出惊骇的表情，同时，围绕槙恭吾尸体现场的各种离奇矛盾也如上天的启示般在日比野警部补的脑海里闪现。当然，这些矛盾该如何解决，一切都还被尘封在模糊的烟幕中。

“金田一先生，您的意思是说，粘在被害人衬衫上的飞蛾体液和翅瓣就是来自这只飞蛾？”害怕被周围人听见的声音中已没有了刚才那高高在上的傲慢。

飞蛾的发现实属偶然，恐怕也称不上是金田一耕助的功劳。可是，由于这个发现，金田一耕助指出的各种现场的矛盾似乎在某种意义上被解开了。

“也不是没有这种可能性。当然，这种飞蛾在这一带似乎很常见。”

金田一耕助现在暂住的南原一带也有很多这种飞蛾。晚上若不小心忘记关闭玻璃门或纱窗，这种茶褐色的大飞蛾就会循着灯光飞进屋，金田一耕助没少为此烦恼。

“不过，飞蛾飞进汽车后备厢一事又该如何解释呢？而且还被压烂流出了体液。”

坚硬的黑色轮胎表面上粘着飞蛾的体液。

“古川。”日比野警部补抑制住兴奋，把凝重的面孔转向年轻的刑警，“你去找个人把这只飞蛾拿到鉴定科去，让他们好好检查一下，看看跟刚才送检的粘在被害人衬衫上的翅瓣是不是同一种类。”

“好的。”

古川小心翼翼地把飞蛾的尸体装进塑料袋，一溜小跑地离去。望着他的背影，近藤朝金田一耕助扭过头。“金田一先生。”他嘶哑的声音似乎压抑着激动。

“请讲。”

“如果确定粘在被害人衬衫上的翅瓣和体液就是这只飞蛾的，那么情况该如何解释呢？”

他的语气中已没有了刚才那顶撞的锋芒，审视金田一耕助的眼神中也多了一丝惊讶和温和。

“这……近藤先生如何认为呢？”

“会不会，被害人就是被塞在这后备厢里……”

他刚一张口，便慌忙环顾四周。这可是事关重大的言论。他陡然意识到，若真是这样，不仅可以从根本上推翻整个案子，同时也会成为本案调查的关键证据。

幸亏从镇上动员来的花匠们正在附近东奔西走，似乎谁都没有听到近藤的发言。

从这里可以看见别墅的背后，刚才忠熙向外望的大厅窗户也近在咫尺，不过忠熙的脸却看不见。金田一耕助来时乘坐的凯迪拉克应该就停在别墅正面，秋山卓造似乎就在驾驶座上。

“那么，近藤先生，这又能说明什么呢？”

“被害人是在外面被杀的，然后又被凶手运到这里……”

金田一耕助把苦恼的眼神投向日比野警部补手中的钥匙串，说道：“日比野先生，那钥匙串上有别墅的钥匙吧？”

“嗯。近藤，是这样吧？”不知不觉间，日比野警部补的语气变得坦率起来。

“当然，房门的钥匙就在那里面。”

“那，不好意思，能否请再试一次？顺便，能否请飞鸟先生和凤女士暂时离开这里……请恕我多嘴。”

日比野警部补也明白了金田一耕助的用意。如果那二人在场，反倒会妨碍调查。

“好，近藤，你去跟二人说一下。不过别忘了提醒二人，让他们先不要离开轻井泽。”

“啊，还有，请告诉他们，就说我过后会去别墅那边拜访。”

“好的。”

近藤不久便喀啦喀啦地晃着钥匙从别墅返回，凯迪拉克也溅着水花离开了山庄。金田一耕助回头一看，只见千代子正从车窗里向他点头致意。千代子依然非常美丽，忠熙的身影则隐在千代子的身后看不到。

“他说了什么吗，关于这辆车？”

“也没说什么……我只说这钥匙是从车里发现的。飞蛾的事情我故意没有说。”

“那钥匙呢？”

金田一耕助从旁边问道。

“果然是槙的钥匙串。我还请不常住的老女佣根本光子看过了，她说没错。”

“那就是只从钥匙串上摘下了一把，也就是工作室的钥匙。”

“没错。根本光子也说不清楚其中的理由……飞鸟先生还说一切都拜托了，他会在别墅恭候您大驾。”

“啊，是吗，多谢。”

“接下来该怎么办……金田一先生……”日比野警部补把期待的视线投向金田一耕助。

“先去那工作室谈谈吧。那地方最适合讨论了。”

“是啊。古川。”日比野警部补招呼年轻的刑警，“你先把后备厢里面好好检查一遍。金田一先生，需要提取指纹吗？”

“当然需要。”

“说不定，还会留有被害人的指纹呢。”近藤自言自语地咕哝了一句。对于这位老狐狸刑警来说，跟金田一耕助共事似乎越来越有意思了。

此时水已经退了不少，从网络一样的溪流间露出来的浅间石子地面的范围在逐渐扩大。这一带的地层排水快，所以从水中露出的部分已经迅速变干。

金田一耕助、日比野警部补和近藤三人踩着已干的地面进入工作室，里面只有尸体被运了出去，其他一如之前。蜡烛和火柴拼图仍保持着原样，原来湿漉漉的地板已经开始变干。

日比野警部补颇有用心地故意把门开得很大，然后把凝重的面孔转向金田一耕助。

“然后……先生有何高见？”

“啊，我看最好还是先听听近藤先生的意见吧。近藤先生，作为老前辈，您就先谈谈自己的看法吧。”

“啊，您这么一说，反倒弄得我……”就连这老狐狸刑警都害羞起来，只见他一面用粗大的手掌抚弄着被轻井泽的阳光染红的脸颊，一面说道，“那我就倚老卖老，谈谈我的想法吧。”

不愧是绰号老狐狸，只见他一面骨碌碌地转动大眼珠，一面说道：

“我想，假如被害人是被塞进汽车后备厢里后运到这里来的，那么刚才的种种疑问就都迎刃而解了。”

“那就是说，运送是在其变成尸体后，对吧？”日比野警部补一针见血，语气非常严厉。

“那是当然。有谁肯活着让人塞进后备厢啊。”

“还有呢？”日比野警部补的口气越发严厉。

“也就是说，应该是这样的。”近藤也非常激动，一面用粗糙的手拼命挠着剪得很短的花白头发，一面说道，“金田一先生刚才还在分析被害人与凶手究竟是一起回来还是分头回来的，不过，这一切都建立在被害人还活着的前提之上。假如被害人回到这里的时候已经变成了尸体，那么这些疑问就全都迎刃而解了。”

“再讲得具体一些。”

“好的。我们就先从被害人昨晚的行踪来考虑吧。”近藤上翻着眼睛，盯着天花板的一角看了一会儿，但很快就把目光转回到金田一耕助和日比野警部补身上，“槙恭吾昨晚开着希尔曼外出了。具体时间目前尚不清楚，但根本光子说她离开这里是六点左右，所以槙恭吾外出应该是在这之后。当时，槙恭吾把别墅锁得严严实实，然后钻进车里，把钥匙串塞到驾驶座靠垫下面……”

“为什么？他为什么要塞到靠垫下面？为什么不带在自己身上呢？”日比野警部补的指摘依然异常尖锐。

“为什么？请看这串钥匙。我刚才数了一下，看，一共挂了六把钥匙。”

“然后呢？”

“无论塞进哪个口袋都很占地方，所以他就顺手塞到一旁的靠垫下面。”

“是这样啊。那就权当是这样，然后呢……”

“然后他就出去见凶手了。对了，刚才金田一先生用了X的说法。在见X的过程中，他被下了氰化钾，结果就一命呜呼了。”

“有道理，再后来呢……”

“可是X无法丢下尸体。因为如果把尸体扔在现场，X当场就会暴露。于是X就在尸体身上摸了摸，找到一把钥匙，也就是这工作室的钥匙。X便贸然断定是别墅房门的钥匙……”

“倒是有这种可能性。若是只带一把钥匙，谁都会觉得是正门的钥匙。”

金田一耕助随声附和了一句，近藤越发得意起来。

“是吧？所以凶手就坚信肯定能进入别墅。只要能进去，茶碗、酒杯之类的都可以搞到，这样就能制造出自杀假象了，而且即使被看穿是他杀，最起码也能做出案子是发生在别墅里面的样子。于是，X 便把尸体塞进了槙开来的希尔曼的后备厢里。”

“那后备厢里有飞蛾吧？飞蛾为什么偏偏会在那里呢……”

日比野警部补似乎仍未释然。汽车后备厢里有飞蛾的确有些离奇。飞蛾若是活的当然离奇，纵然是死的结果也仍一样。面对这一疑点，连老狐狸近藤都有点儿畏缩。这时金田一耕助从一旁及时地帮他解围道："日比野先生，我们不妨这样想。飞蛾原本不在后备厢里，而是在槙先生与 X 见面的那个房间里。槙先生一不留神坐在了飞蛾的尸体上，又在一不留神时让 X 下了药。于是，当 X 抱起尸体时，飞蛾的尸体也就粘在了槙先生的衬衫上，直接被带进了后备厢……你看这样的假设如何呢？”

“就是这个！”近藤啪地打了一个响指，“如此一来，在槙被杀的真正现场，他坐的椅子或凳子上应该留有飞蛾的翅瓣。”

“只要未被 X 发现并擦掉。”

日比野警部补突然现出不安的眼神，他大概想起了金田一耕助刚才指出被害人的衬衫上沾着飞蛾的翅瓣时，飞鸟忠熙也正好在场。他略显不服地斜看了金田一耕助一眼，说道："再后来呢？X 就把槙先生的尸体塞进了希尔曼的后备厢，然后就开着那辆车运到了这里来，是吗？”

“对，没错。所以，X 肯定知道一到晚上那别墅里就只有槙先生孤身一人的事。”

“那，他当时就没有发现一旁靠垫的下面有钥匙串吗？”

“大概是没注意到吧。若是发现了，他恐怕会准备得更周密。也就是说，他并未发现钥匙串。并且，他还坚信被害人口袋里那把工作室钥匙便是别墅正门的钥匙，这也许是造成 X 重大失误的原因。”

“原来是这样。”金田一耕助微笑着说道，“那么，近藤先生，您认为真正的案发现场会是一个什么样的地方呢？”

“这个嘛……”说着，近藤压低了声音，“会不会是一栋相当幽深的别墅呢？从院门到房子正门有相当一段距离……若是那种地方，就算把汽车停在正门一旁，也不用担心被路过的人发现……”

近藤在大脑中描绘的也许就是飞鸟忠熙的别墅。金田一耕助刚才虽然只是简单地扫了一眼，但若是那种宏伟的别墅，倒的确很符合近藤所列的条件。

“那么，若是这样，为什么唯独工作室的钥匙摘了下来呢？这一点又变成了一个新问题。”

“这有什么大不了的。肯定是由于某种原因摘下来的。总之，只有工作室的钥匙被摘下来单独放在一处……反正这一事实是雷打不动的。”

“这个嘛……照您这么说的话，那倒也是。”

金田一耕助露出苦笑。这个问题不久后就获得了解决。为什么唯独工作室的钥匙被摘下来并单独放，这一疑问很快就弄清楚了。

“这个先放一放……”日比野警部补似乎仍有一点儿不能理解，“X 误以为被害人口袋里的钥匙就是别墅正门的钥匙，于是他就把被害人的尸体塞进后备厢，把希尔曼开到了这里。那后来呢？”

“可来了之后，他大吃一惊，那钥匙居然不是别墅正门的钥匙。而且，自昭和三十年前后的失窃案以来，别墅就安上了防雨窗，防止人从外面闯入。X 肯定一时不知如何是好，可他又不能把尸体再扔到外面，若是那样，他就白运到这里了。恐怕，这位 X 先生也彷徨了好一阵子。后来他发现，那把令人瞩目的钥匙就是工作室的钥匙。万般无奈之下，他把尸体抱了进去，而更可悲的是，这里不是别墅，既没有茶碗也没有杯子，甚至连火柴盒都没有。于是，他最初的如意算盘泡汤了，舞台装置也只能从简了。”

“可是，如果是这样，火柴和蜡烛又该怎么解释呢？你说是由 X 带到这里来的吗？”

“肯定是的。被害人的推定死亡时间不是九点前后吗？昨晚停电是在八点零三分，整个轻井泽同时停电，就算是被害人在某处跟 X 对坐过，那也只能借助烛光。想必金田一先生已经注意到了，请看看那蜡烛底端的洞吧。”

蜡烛分明曾被插在某座烛台上。底端的洞有点儿大，好像被某种尖锐金属的突起插过，这一点金田一耕助也注意到了。

“蜡烛上有指纹吗？”

“那倒没有，不过有用手绢拿过的痕迹。也就是说，本案从一开始就是 X 有预谋的犯罪。”

“X 把蜡烛跟尸体同时带来，由于没有注意到架子上的烛台，就把烛泪滴在那里让蜡烛立着，是吗？”日比野警部补一字一句用玩味般的语气说道。

“应该是这样。若是把自己的烛台带来，就会留下蛛丝马迹。还有，蜡烛摆放的位置之所以奇怪，也是因为那是凶手摆放的，凶手一定相当慌乱。”

“可是，火柴又该怎么解释呢？”

“恐怕是这样：被害人与 X 相对而坐的时候，不是照例在摆弄他的火柴拼图游戏，就是想通过火柴的排列来说明什么。而 X 始终想让人误以为这里就是案发现场，于是他就把火柴也带来了，可是火柴盒却没法带来。”

“为什么？”金田一耕助恶作剧般微笑着问。

“为什么？也许是火柴盒上带着 X 的指纹吧。”

“这样啊。”

“并且，说到那红绿双色的火柴，金田一先生，”

“怎么了？”

“在这一带的别墅里，大家全都使用液化气。经销液化气的商店一般都会把火柴作为赠品发给客户。那种火柴盒比明信片稍微小一点儿，中间有一道隔断，两头分别装着红色和绿色的火柴。这种双色火柴或者火柴盒，在轻井泽任何别墅中都有。比如这位一直坚信能进入那栋别墅的 X，他肯定就是以为到了那边就会有火柴盒。而这正可谓是 X 的一大误算。”

“金田一先生。”日比野警部补目不转睛地盯着金田一耕助，说道，“您在看到尸体的时候，立刻就意识到是从别的地方运来的吗？”

“怎么可能呢……”金田一耕助微笑着说道，“我既没有千里眼也不会使用魔法。不过，这里面有各种矛盾，让我无法坐视不理……怎么说呢，这也算是一种修炼吧……凭借着这种修炼，我产生了怀疑，而且绝不能等闲视之，要将其作为重要数据一个个积累起来。所谓的推理并非无中生有，而是数据的积累。就这样，在我不断积累数据却仍一无所获、一筹莫展之际，万分幸运的是，我从后备厢里找到了飞蛾这一数据。”

“一瞬间，您便做出了尸体是由外面运进来的推理，是吗？”日比野警部补的态度此时已经变成了一名虔诚的学生。

“日比野先生，一切全凭经验。”金田一耕助一面用温和的眼神安慰般望着年轻的警部补，一面说道，“我以前也碰到过两三次同样的案子，凶手都是把尸体从别处运来后伪造现场。这也可以说是从经验中学到的智慧吧。将棋名人在遇到困局时，有时候不也是靠回忆过去经历的各种棋谱，然后才死里逃生的吗？我只是走过的桥比你多一些而已，才积累了较多的经验……仅此而已，别的也没什么。”

“对了，金田一先生，听说您要走遍全日本，想修炼成一名侠探？”

“怎么会呢。”金田一耕助苦笑道，“日比野先生，不要看到我发现了粘在衬衫上的飞蛾翅瓣和体液或者后备厢里的飞蛾尸体，就把我捧到天上。那纯属偶然，就算我不发现，你们迟早也会发现。眼下这里已经有了各种数据，简直都让人蠢蠢欲动了。不过，我心中仍有很多疑团没有解开。”

“比如说……”

“火柴的排列。这也极可能如你们指出的那样，是槙先生在遇害之前，或者是在玩火柴拼图游戏，或者是想用火柴向某人说明什么，而我想答案恐怕是后者。并且，这一点又如你们说，恐怕凶手就是为了迷惑我们，想让我们误以为这里就是真正犯罪现场，才摆成这样。凶手恐怕是想完全依照第一现场的样子在这里再现。可凶手为什么非得连火柴都要带来不可呢？有这个必要吗？对凶手来说，我想只能是有害而无益。”

“您的意思是……”

“如果说槙先生是想用火柴向凶手说明什么，那么这排列中就一定蕴含着某种意思。就算排列顺序被严重打乱，至少也是能够用四种符号来说明的类型。而凶手却将其在这里重现，你不觉得对凶手来说会非常不利吗？”

“金田一先生。”日比野警部补压低声音说道，“飞鸟先生对这种火柴排列好像非常着迷，他会不会有什么线索呢……”

“这个嘛。”

金田一耕助的脸上忽然浮出恶作剧般的微笑。正当他要开口，一组人影从敞开的门外朝工作室这边走了过来。

走在最前面的似乎是不在这里常住的老女佣，后面跟着某处的推销员。他身穿染有三河屋白色字样的藏青色围裙。

“……打扰一下……”

根本光子站在前面，战战兢兢地打量着工作室的里面。今天早晨发现这起凶案的就是她，年龄大约五十岁，看上去是一个挺正直的老太太。

“根本阿姨，有事吗？”

“是，这一位是旧道三河屋的店员，姓须藤，他说他对这工作室的钥匙有话要说。”

一听到工作室的钥匙，日比野警部补立刻朝其他两个人扭过头来。

“是吗？须藤，快进来。工作室的钥匙怎么了？”他的语气非常爽快。

须藤君大概只有二十二三岁，他穿着长靴走进工作室的时候，先是战战兢兢地朝茶几方向瞥了一眼，大概是已从根本光子那里听说有尸体的缘故吧。

“是……那是昨天下午两点左右的事……”

“嗯，昨天下午两点左右怎么了？”

“我们店是在旧道那边，矢崎方向有三家需要送货，于是我就骑着轻便摩托车出了门。听到有人连喊“三河屋、三河屋”，我回头一看，原来是这里的主人正从车上下来站在一边。”

“是这样啊。”

日比野警部补与近藤交换着紧张的眼神。

“然后呢？”

“他问我接下来要去哪里，我就如实说矢崎方向有三家人需要送货。然后他又问我途中会不会还要绕道，我就说‘不，送完货后直接就回去’。结果，他就追问我说半个小时后能不能回来，我说肯定没问题，他便说能不能请我顺便去一趟他家帮他取东西，说着就从钥匙串上摘下来一把钥匙递给了我。”

说着，须藤指指近藤拎着的钥匙串。

“原来是这样，你说的那把钥匙就是这工作室的钥匙？”

“是的。”

“那么他让你取的东西是什么？”

“现在星野温泉那边正在搞现代音乐节吧？昨天、今天和明天，三天的时间……津村真二先生作曲和指挥……”

当说出津村真二的名字时，须藤的眼睛探询般望着日比野警部补。由于去年发生的那件案子，看来凤千代子身边的五个男人已经在这一带家喻户晓了。

“嗯、嗯，那后来呢……”

“他说请柬放在工作室里了，能不能替他取一下。”

“然后你就答应了？”

“是的。因为我正好顺路到这边送货。”

“在那期间槙先生是在哪里等的？”

“次郎。旧道那边有家名叫次郎的咖啡厅，他说会在那里等。”

“当时，槙先生是一个人，还是有同伴？”从一旁插嘴的是金田一耕助。

须藤瞥了他一眼，再次把探询的眼神转向日比野警部补，说道：“当时有一个同伴。”

“什么人？男的女的？”

“小姑娘。听说好像是凤千代子的女儿，名叫笛小路美沙。”

“笛小路美沙？”

日比野警部补的眼睛顿时从镜片后面放出光芒。金田一耕助也差点儿吹出口哨，嘴唇绷成了钱袋子状，不过还是忍住了。

如果细想一下，就算美沙跟槙在一起，也没什么大惊小怪的。毕竟他们曾经是继父和继女的关系。不过，对于这位不学习不看娱乐杂志，而且在道德上还有洁癖的日比野警部补来说，他一定从中感受到了无法释然的东西。

“是的。当时，看他们二人说话的样子……”须藤一面上翻着眼睛看着警部补一面说。警部补催促道：“嗯，当时二人说话的样子怎么样？”

“槙先生虽然拿到了音乐节的请柬，不过他似乎并没有想去的意思。看那样子像是在旧道遇上了笛小路先生的女儿后，在她的纠缠下才想去看一眼。”

这都算是什么女儿啊，日比野警部补不由得在心里厌恶地咋舌。

若是自己的女儿，他无论如何也不会允许她做那种事。

“然后，你就来到了这里的工作室？”由于日比野警部补沉默下来，近藤便替他问道。

“是的。”

“可是，根本女士为什么不知道这些呢？”

“啊，那个，这件事……”根本光子老实的脸上浮现出惶恐的神色，“听须藤先生的意思，当时是两点半左右，若是那个时间的话，我正去邻家三枝那里借电熨斗呢，我们家的坏了。”

“总之我来的时候，到处都没找到大婶的影子。我觉得让槙先生等久了也不好，就擅自进了这工作室。”

“请柬在哪儿？”金田一耕助问道。

“就在茶几上，随便扔在那里的。”

“当时工作室是锁着门的吧？”

“当然。”

“离开这里的时候，你也锁上门了，对吧？”

“嗯。”

“然后你就把请柬带给了次郎？”

“对。”

“当时，那个美沙小姐也在？”

“对，正坐在同一张桌子的对面。只是我总觉得有点儿奇怪。”

“什么意思？”

“我是说槙先生跟美沙小姐的关系……因为我曾听说他们一度是父女。”须藤浮出暧昧的微笑，自顾自地点点头。

“当时你就把工作室的钥匙还给了他，那他是怎么处理钥匙的呢？”

“刚才这位大婶也问过我这个问题，我把请柬和钥匙放到桌子上后，他点头说了声谢谢，然后我就直接离开了次郎。所以之后他是怎么处理的，我就不知道了。”

“主任，这个问题问问美沙小姐不就知道了？”

警部补刚点点头，金田一耕助立刻插进一句：“根本女士，你家主人昨天下午出去时的着装跟今天早晨被发现死亡时的有什么不同吗？”

“只有夹克不一样了，裤子还是原来那条。然后昨天中午那身工作服般的衣服当然也没穿。”

“帽子呢？”

“主人并不喜欢戴帽子，我听说战后他从未戴过一次帽子呢。有一次我还问过他，别的画家都戴那种叫什么贝雷帽的东西，他怎么不戴呢，结果他就笑着说他讨厌那玩意儿。”

槙恐怕是把从须藤手里接过来的工作室钥匙临时塞进了裤子口袋，而且还是里面的小袋。工作室的钥匙被摘下来的理由算是弄清楚了，可如此一来，就更有必要去会会津村真二了。

依照槙昨天下午穿的夹克口袋里发现的节目单，演奏会分成白天和晚上两部分，白天部分从下午三点开始，似乎是作曲家与听众间的讨论。

看看表，现在是三点半。这个时间津村真二仍在星野温泉。

“金田一先生，我们现在就去一下星野，先生怎么安排？”

“啊，如果方便，把我也捎去吧。不过在此之前，我想调查一下别墅那边……”

“别墅那边怎么……”

“你们也跟我一起去看看吧。”

金田一耕助想调查的其实就是忠熙刚才从书架上拿着看的书。忠熙看的两本书全都是考古学文献，一本是《早期伊朗的物质文化》，另一本是《乌尔的历史与遗迹》，似乎都是美索不达米亚地区古代文化的入门书。虽说是入门书，里面却登满了该地区的出土文物照片，赤土陶器和马赛克都以美丽的彩色插图方式呈现出来。

“金田一先生，这有什么好调查的？”

金田一耕助并不回答，而是打开卷末递到二人面前，只见上面用鲜红的印泥盖着“飞鸟藏书”的正方形印。

“啊，这是飞鸟先生的书啊。”

“可恶！看来那家伙最近还见过被害人呢。”

“恐怕是的。这不可能是去年一直外借未还的书。飞鸟先生刚才就在工作室里不停查找着什么，对吧？恐怕就是在找这本书。”

“可是，那家伙什么都没说啊。”

“恐怕不是觉得没必要说，就是不想说，尤其是当着凤女士的面。不过从这件事中我们也可以看出，凤女士曾经的四任丈夫跟飞鸟之间，说不定还有一种简单的来往呢。”

金田一耕助拿起《乌尔的历史与遗迹》翻了起来，不一会儿便发现了他要找的东西。只见他微微一笑，露出洁白的牙齿。

“日比野先生，请看看这个。”

“哎？”

“这楔形文字，你不认为跟刚才火柴的排列有点儿相似吗？”

金田一耕助打开给警部补看的是从乌尔地区出土的黏土板照片，

上面刻满了美索不达米亚的古代楔形文字，形状跟那些火柴的排列多少有点儿相似。

“金田一先生！”日比野警部补瞪大了眼睛，“您的意思是说，被害人死前曾用楔形文字留下了东西？”

“那倒不至于。”金田一耕助一笑，说道，“毕竟槙先生对楔形文字还没有那么深的造诣。”

“可是，金田一先生，飞鸟先生为什么会对火柴的排列那么痴迷呢？”

“这个嘛，近藤先生，”金田一耕助颇有兴味地笑道，“飞鸟先生很可能认为那火柴的排列是楔形文字。听说他现在正痴迷于古代东方文化，所以就将其看成了美索不达米亚的楔形文字，或者是古埃及的象形文字了吧。这正如痴迷将棋的人经常会连天花板上的节孔都看成角路或王将飞车一样。哈哈，并且……”

“什么？”

“正好他的别墅里来了一位这方面的专家，就是古代东方学的专家啊。所以，飞鸟先生就把它们抄了下来，大概是想去咨询一下那位专家的意见吧。不知那位先生，到底会流露出什么样的表情呢，哈哈。”

金田一耕助挠着蓬乱的头笑了起来，日比野警部补不由得跟近藤则疑惑地相互对视。

第八章　箱根手工艺

等等力警部已经彻底跟这位老妇人混熟了。对方恐怕做梦都不会想到，眼前这位上穿洗熨笔挺的翻领纯白衬衫，下穿浅茶色的麻布裤子，脚上趿拉着一双同样颜色懒汉鞋的男人居然会是警察。不过，等等力警部却深知眼前的这位老妇人是谁。

在上野站台拥挤的人群中，等等力警部就盯上了这位老妇人。

老妇人身穿茶色上等麻布和服，后颈露得很多，腰系宽松的纱质筒带，手里拎着颜色发黑的手袋，年龄大概有七十岁。她身材虽小，却显得非常干练，京都女人那种特有的鹅蛋脸已有些干瘪，但皮肤依旧很水灵，连一块老年斑都找不到。虽然画了眉，施了淡妆，看上去依旧十分自然。

她就是笛小路笃子。

笃子生长在贵族之家，可她的心从年轻时就受尽了伤害。被继母带大的她小时候就十分不幸，嫁给笛小路泰为后，她也一直为丈夫的花心而苦恼，最终连一男半女都没能生下来，只得领养了丈夫情人的儿子泰久。

因此，她的心自然失去了天生的滋润。作为一个顽强而坚韧的女人，她一天天衰老下去。她总是把自己关闭在躯壳里，很少会向人吐露真心。

战后的境遇更是加剧了她的顽固。当她的一切都只能依靠曾经从心底里鄙视和排斥的儿媳时，由于屈辱，她的心变得像冰一样冷，愈发顽固不化。因而她的表情总是很阴郁，总是刻薄而又充满警惕。她很少会笑，即便是笑的时候，笑脸也像是装出来的一样。

昭和三十五年八月十四日上午十点半左右，在上野站的上越线站台等待急行列车“草津温泉”号的时候，她那可怕的表情变得愈发可怕。不，不只是可怕那么简单。那可怕的假面下还有一种东西在闪烁，那似乎是一种强烈的不安和焦躁。倘若是眼尖的观察者，甚至还可能从中捕捉到一种难以摆脱的恐怖感。

明天就是在轻井泽丧命的笛小路泰久的忌日了。笃子大概是想在轻井泽为泰久一周年的忌日做一场法事。那天晚上笃子并没有待在轻井泽，这让现在的笃子异常痛苦、烦恼，大概是当时的回忆让她的心产生了恐惧。

平时绝不会表露内心的笃子现在之所以如此明显地展露出心中的不安和焦躁，大概是因为周围全是陌生人的那种安心感让她一不留神放松下来。尽管她倚在铁柱子旁，做出一副在读报纸的样子，可是她做梦都不会想到竟有一个眼尖的人始终在观察她的脸色。

昭和三十三年年底，阿久津谦三意外死亡的时候，警方仅仅将其定性为单纯的交通事故。尽管也调查了肇事车辆，却不是搜查一科负责的。用转向灯把人害死，无论从哪方面来考虑，这都只是一种可能性极低的杀人方法。自然，阿久津之死就被当作不幸的偶然车祸不了了之。

直至昭和三十四年八月，笛小路泰久在轻井泽的泳池里离奇死去时，阿久津谦三的案子才再次受到瞩目。当姓近藤的罗圈腿刑警从轻井泽警局进京时，负责案子的主任便是等等力警部。等等力警部跟近藤一起，把风千代子曾经的丈夫们以及最近极可能会成为她第五任丈夫的人物一一进行了排查。当时等等力警部就见到了笛小路笃子，只不过是以对方看不到的方法。

急行列车"草津温泉"号进站，乘客们开始上车，等等力警部一直紧跟着笃子，并且还成功地占到了与笃子自然相对的座位。两个座位都靠窗。

"草津温泉"号处于满员状态。虽然也有一些乘客是到沿线的避暑地避暑的，不过由于信越线和国道十八号线都不通了，肯定也有很多像等等力警部与笛小路笃子这样经上越线去轻井泽的旅客。

列车离开了上野站的站台，等等力警部并未轻率地同坐在正对面的老妇人打招呼。他用冷漠的表情望了一会儿窗外的景色，不久便从翻领衬衫的口袋里取出尚未读完的报纸，在面前展开。

笃子刚才那苦涩的神情已经从脸上消失，她大概知道这里已不再是纯粹的陌生人世界了。人一旦同车旅行，哪怕只是三个小时，陌生人也有可能变成熟人，这一点笃子本能地知道。她恢复了她天生的可怕表情，无意间观察起眼前的男人来。

不知道等等力警部在笃子的眼里会是什么样子。不过，她一定做梦都不会想到对方竟是一名警察，而且还调查过连自己都被卷入的某个案子。等等力警部身高一米七四，气质不凡，一看就有一种绅士风度。最近白发陡增的头发整齐地往左分，仪表也很不错，一副大公司高层的派头。

列车离开大宫站的时候，笃子想从手袋里取东西，一样奇怪的东西却突然掉了出来，滚落在等等力警部脚下。警部弯腰捡起来一看，原来是一个用箱根工艺制作的匣子，做工精致，有八个火柴盒组合起来那么大，表面搭配着白、黄、茶、褐、黑五种颜色的几何花纹，十分精美。这是一个魔术般的匣子，拉开这头的嵌木，推入另一头的嵌木，然后再把各个嵌木拉扯一番，忙活半天后才能打开。

等等力警部好奇地打量了一会儿匣子，不久便微笑着将它递给笃子，笃子默默地点头致谢后，接过匣子放进手袋，然后又取出一本小册子。等等力警部也像对匣子已失去兴趣一样在面前重新展开报纸。不过，笃子脸上瞬间浮出的狼狈神色却没有逃过等等力警部的眼睛。当然，接过匣子的时候，笃子的脸上又恢复了她天生顽固的冷漠。

笃子取出的是一本由某著名女诗人主编的短歌杂志。笃子也是该杂志的作者之一，她的诗稿每月都会在杂志上刊登。笃子翻开第一页，细心地研读起来。然后，她又从手袋里取出一支圆珠笔，在她看好的和歌上做标记。

不过，老辣的观察者等等力警部却是心知肚明。笃子的心其实并不在这短歌杂志上面。接过匣子的时候，笃子的表情并未显示出任何变化，而是跟往常一样，依然透着一种威严、镇定与从容。她对等等力警部的友善微笑所做出的回应，也不过是礼节性的点头致意。

她的一举一动仿佛已彻底忘记刚才匣子的事，只见她不时把握着圆珠笔的手放在杂志上，抬起头来凝望虚空，不过她这么做却未必是在吟咏刚才所读的和歌，而是在掩饰萦绕在心底的不安和恐惧，这一点等等力警部非常清楚。

这个老太太到底在害怕什么，又在彷徨什么呢？

可是，等等力警部依然一副冷漠的神情，他把从口袋里取出来的三种报纸轮番在面前展开。

上越线跟信越线是在高崎分开的。等等力警部在高崎买了盒饭吃了起来。笃子大概是想在抵达轻井泽之后再吃，她默默地望着等等力警部在对面狼吞虎咽。等等力警部满足了自己的食欲后，把空盒子塞到座位下面，又悠然地喝了一杯茶，然后再次把目光投向窗外。台风的灾害从这一带开始变得明显，一幕幕有如走马灯般在窗外铺展。

等等力警部忽然心血来潮地站起来，从网架上取下一个不大不小的黑色拉链皮包。他从包里取出一本名为《轻井泽旅行指南》的小册子，若无其事地翻看。

“抱歉，打扰一下……”笃子竟主动跟他打起招呼。鱼终于上钩了。

“啊？”抬眼正视笃子的等等力警部一脸真诚。

“您，是要去轻井泽吗？”

“嗯。”

“其实，我……”

话刚说了一半，笃子的眼睛里忽然又现出她天生的警惕。她用探询的眼神观察着眼前的男人，说道：“冒昧地问一下，您是去轻井泽的哪一带？”

“南原。”等等力警部的眼睛里依然满含真诚的微笑。那是一双能让对方感受到温暖的眼睛。

“南原？听说是一个好地方啊。那里有很多大学者吧？”

“对，因为那里本来就是学者们开辟的一处避暑地。”

等等力警部当即就向她列举了两三个知名学者的名字。这全是他跟金田一耕助现学现卖的，不过他孩子般单纯的自豪感却让这位高傲的女人微笑起来，似乎跟她平常那假笑有点儿不一样。但她仍未彻底解除警惕。

“那么，您在南原拥有别墅？”

“怎么会呢。”等等力警部微笑着答道，“我还没资格在轻井泽拥有别墅呢。南条诚一郎的别墅就在南原，南条诚一郎……您知道吗？”

“就是跟联合国教科文组织有关的那个人吗？”女人都仰慕名人，看来她也是名人拥趸之一。

“对、对，我就是想到南条的别墅去休息个两三天。正好比较闲。”

“不过，那位南条先生，我听说他目前好像在瑞士……”

“所以我才给他来一个大人不在孩子翻天呢。”

“哎呀，那可真好啊。您也是从事跟法律相关的工作？”

“是的。”等等力警部微笑着挺起胸。这并不是撒谎，虽不知笃子会如何理解，但等等力警部一直以一名法律守护者自居。

笃子似乎解除了警惕心，说道：“我现在也正要去轻井泽呢。”

“夫人是去哪边？”

“樱泽。不过听说台风挺厉害的……”

“樱泽好像首当其冲。”

“是啊。早晨我给孙女打了个电话，她好像也吓坏了。”

“还有其他人吗？”

“有一名女佣，我孙女还小。”

“那，您一定很担心吧？”

“是啊，我真恨不得插翅飞过去呢，可信越线又不行。”

“好像国道十八号线也乱了套。”

“是啊，所以我就走了这条线。毕竟是第一回走，总有点儿不放心……”

“啊，那倒是。”

等等力警部终于弄清了对方的真实意图，他微笑着，尽量保持着克制，说道：“其实，我也是第一次走这条路去轻井泽。听说，长野原那边好像有公共汽车去轻井泽。”

“以前从草津到轻井泽还有草轻电铁呢，像火柴盒一样的小电车。可后来连那个也废弃了……因为长野原有了车站……”

“您对旅行不大习惯吧？”

“毕竟是老古董了。”

“您每年都去轻井泽然后再出远门吗？”

“基本上不出去。顶多也就到碓冰岭一带……我去过鬼押出一次，那大概是我去的最远的地方了。”

“哈哈，从长野原发车的公共汽车，好像就是从上州三原经过鬼押出通往轻井泽的。”

“哟，那还挺远的啊。”

笃子发出担心的声音。看来她是旧式日本女人中常见的类型，在自己熟悉的铁路上活动时还挺安心，一旦稍稍偏离了熟悉的铁路，就会深感不安……笃子似乎也是这种类型之一。

“那，您看这么办行不行？我打算在长野原搭出租车过去，如果合适，您就跟我合搭一辆车吧。我在南原的入口下车就行，夫人您就直接到樱泽去，您看这样如何？从中轻那边算的话，南原更靠近新轻井泽一些，到了那一带您就会放心了。”

“那是再好不过了……可是，您不嫌麻烦吗？”

“怎么会呢？反正一个人坐两个人坐都是一样。”

“真不好意思，你我素未谋面就给您添这样的麻烦……不过，恭敬不如从命了。我一个人实在有点儿不放心……”

笃子把目光投向窗外。这一带应该只是被台风的尾巴扫了一下而已，可仍有房子的屋顶被吹走，到处都有歪斜的电线杆。

“果然，真够惨的。不过没事，不是有句老话叫出外靠朋友嘛，我一定会把您送到轻井泽的。”

事后想来，笃子都对自己感到不可思议：很少向人吐露心扉的自己，为什么单单对那个男人产生一种想依靠一下的感觉呢？等等力警部也同样心存怀疑：刚才这个老女人在上野站台上流露出的不安和焦虑，难道真的是来自一个不习惯旅行的女人的彷徨吗？若真是这样，倒有点儿小题大做了。

本应在下午一点三十五分抵达长野原的列车晚点了几分钟，当等等力警部跟笛小路笃子在带着乡土气息的站台下车时，已经是一点四十分了。发现在这里下车的旅客远超自己的预想，等等力警部有点儿慌乱。

“夫人，这些客人大部分都是去轻井泽的。我们要是不快走几步，说不定就搭不上出租车了。”

“哎呀，那可怎么办？”

笃子毕竟上了年纪，快不了多少。二人走出检票口时，站前广场上倒是停着一辆公共汽车，出租车却几乎全走了，唯一剩下的那辆也正在跟先到的客人交涉。

“夫人，看来是没办法了，只好乘坐公共汽车了。这趟车似乎是去轻井泽站的。如果需要，我也可以陪您坐到那里……”

可是，就连那辆车上都挤满了人。无计可施的笃子环顾四周，当她的视线落在正要搭乘唯一一台出租车的男人的侧脸上时——

“啊，樱井先生，樱井先生！”她低喊了几声，三步并作两步就要跑过去。

“您认识？”

“啊，那个，喂……”

“我来帮您喊吧。”

樱井这一姓氏引起了等等力警部的兴趣。根据警部的调查，焦点人物飞鸟忠熙的女婿就叫樱井铁雄。

听到喊声，男人惊讶地从车里探出头来。原来是这个人啊，等等力警部不禁失笑。若是这个人，刚才还跟等等力警部和笃子坐在同一节车厢呢。

“有事吗？”

被一个素不相识的人喊住，樱井铁雄惊讶地皱起眉。他的年龄应该在三十岁左右，圆圆的脸，眉毛又粗又黑，有如达摩大师一样，虽然称不上是标准的美男子，倒也深富魅力，显得精力充沛，结实的肩膀和胸膛从夏威夷衫下面凸显出来。

“那边一位老夫人找您有事。”

“老夫人？”

铁雄从车窗里探出头。看到正赶过来的笃子，他立刻就打开车门跳了下来。他肌肉发达，身材匀称，身手也很敏捷，不愧是神门产业的精英。

“这不是笛小路家的老奶奶吗？啊，快请，快请。”

“真不好意思把你叫住。我本打算让这位先生把我带到轻井泽，可不巧的是出租车都没有了……”

“没事。那就由我来送您吧。快，请上车。”看来铁雄是个爽快之人。

“那老夫人就拜托您了。我去坐公共汽车就行。”等等力警部谦让道。

“您这样可就太见外了……”

“不用客气。您也一起上来吧。您是到轻井泽的哪里？”

“南原。”

“他要去南条诚一郎先生的别墅呢。”

对于等等力警部来说，南条诚一郎的名字似乎是一个极好用的身份证。虽不知铁雄是否知道南条诚一郎，但他还是展露出天生的豪爽性格，说道：“反正南原是顺路。快，快请。”

“是吗？那我就恭敬不如从命了。我坐副驾驶座就可以。对了，我姓等等力，请多关照。”

坐进副驾驶座后，等等力警部忽然想起刚才看见的那个箱根工艺的嵌木匣子。无意间乘上同一辆车去轻井泽的三个人不就是三块嵌木吗？在把这三块嵌木推拉一番，究竟能从里面找出什么东西来呢？

第九章　A+Q≠B+P

当载着金田一耕助、日比野警部补和近藤刑警三人的汽车驶离矢崎的时候，大部分水已经都退了。刚才还是湖水般的景象，如今一片片的草地全露出头来，形成了复杂的浮岛。

就在即将离开矢崎的时候，金田一耕助忽然想起什么似的说道：“对了，星野温泉是在中轻井泽北边吧？”

“对。”

“照这么说，去年笛小路住过的白桦营就在这半路上了？”

“是这样的，怎么……”

“如果方便，我想到那边去看看，会绕远吗？”

“不要紧。吉本，那就顺便去一趟白桦营。”

“好。”

从矢崎到白桦营驱车需要十二三分钟。

在从旧道入口的交通环岛拐向六本辻方向时，他们的车还与载着笃子等人的车擦肩而过，不过没有人注意到，因为那是一辆轻井泽的出租车。现在正值暑期的旅游旺季，一到此时，来轻井泽的人就会暴涨，人数是平时的近十倍，尽管台风刚过，出租车依然在四处奔波。

刚才路过时，白桦营的露营者们还乱作一团，如今已经彻底恢复了平静。横倒的“狗窝”也被扶了起来。

三十多个如放大的狗窝一样的帐篷立在那里，中间有集体厨房，旁边有一栋貌似快餐吧的建筑，另外还有管理员值班的管理楼，一打听，管理员根津正在快餐吧那边。

三人走进快餐吧，里面有两个学生模样的露营者，正隔着柜台跟管理员根津大声说话。三人刚跨过门槛便听到一句“凤千代子的丈夫”。

金田一耕助跟日比野警部补和近藤三人不由得互递了个眼神。

根津一看到日比野警部补跟近藤的脸，一面尴尬地朝两名学生使眼色，一面打着招呼：“哟，欢迎光临。”他满脸堆笑，说道，“近藤先生，凤千代子的丈夫又死了一个，这是真的吗？”

“你耳朵倒挺灵啊，老板。”近藤朝两名学生扬扬下巴，“我说老板，你就别演戏了。刚才这两人谈的不就是槙恭吾的事吗？”

“老板，这些人是干什么的？”一个学生问道。

“警察先生。”

“啊！”

一个学生吓得一缩脖子，另一人则不快地说道：“这又有什么好怕的，我们又没干坏事。”

“听起来你们对案子好像知道点儿什么啊？”日比野警部补眼镜后面的眼睛放出光来。

“啊，不是这次的案子，我们说的是去年的案子。”

“那你们对笛小路的案子有了解？”近藤单刀直入。

“倒也谈不上了解。我们就是昨天在这里遇见了一个奇怪的男人。”

“奇怪的男人？”

“还是先自我介绍一下吧，旁边这位叫藤田欣三，我叫松村胜，都是Q大的学生，全都是马大哈。”

“算了吧，你是马大哈不假，别把我也算上啊。”

“好啦，你们到底是不是马大哈不关我们的事。我们想知道的是，有关去年那件案子，你们都知道些什么？”

“关于那个啊，警察先生，”一本正经地率先开口的是自认为并非马大哈的藤田欣三。怪不得否认自己是马大哈呢，连措辞都令人钦佩。“我们昨天在这里遇见了一个奇怪的男人，刚才正在谈这件事呢。”

“怎么回事？”

“刚才听了老板的话后，我才想起了名字，那人名叫田代信吉，是艺大音乐系的学生。”

金田一耕助不由得重新打量了一下学生的脸。

“田代信吉？什么人？”

“近藤先生也真是健忘啊。去年在离山发生的那起殉情案，女人死了，男人却获救，那人就是田代信吉啊。”老板边擦柜台边说。

“对、对，听你这么一说是有这么回事，那个人怎么了？”

“哦，近藤先生当时一门心思全扑到了案子上，大概没有听说。田代信吉殉情是在去年的八月十六日，跟笛小路的尸体被发现是在同一天，而在前一天晚上，田代信吉还在这里住过呢。”

“那就是说，他跟笛小路在一起待过？”近藤的声音不由得激动起来。

“没错。而且这两个学生还说，那晚上，他们曾看到笛小路离开这里之前跟田代信吉长谈。”

“也就是说，你们今年也在这里看见那个田代信吉了？”这一句则是金田一耕助的提问。

“嗯。”藤田欣三对忽然冒出的这个家伙深感奇怪，他从头到脚把金田一耕助打量了一遍，不过他的话语倒是很坦诚，“昨天见的。”

“在哪里？”

“星野温泉。”插话的是松村胜，“那边正在搞音乐节呢，对吧？他昨天中午来参加讨论了。我刚才还跟藤田说呢，他依然绷着那张脸，说不定还想殉情一次呢。”

田代信吉跟小宫由纪殉情是在去年八月十六日的下午，小宫由纪死去，田代信吉却获救了。金田一耕助也想起后天就是小宫由纪的忌日。尽管他并不清楚田代信吉之后怎么样了，但二人殉情的事肯定是商量好的，这一点已经通过小宫由纪的遗书弄清楚了。从二人的健康状态和境遇来看，大致上能猜出殉情一事可能是由纪主动提出来的。解剖结果则显示，由纪的肺病已经发展到相当严重的程度，所以苟活下来的田代估计也没被深究。虽不清楚田代究竟有多爱由纪，不过到故地来吊唁先自己而去的女人，恐怕也是人之常情。听说田代是艺大音乐系的学生。虽不清楚他有没有复学，但他来参加津村真二的讨论会并不奇怪。

去年连自己都被牵扯进去的那件殉情案似乎跟这次的案子有关

联，金田一越发感兴趣。

“你们有没有问那个田代信吉滞留在哪里？”

“没问，我们连话都没说呢。我们又不是老相识，只是在讨论去年殉情未遂的那个人是不是他，对，就是他，仅此而已。”

“反正我们也都是马大哈。去年听说离山有人殉情时，我们也跟救助队一起去凑了热闹，这才发现竟是在同一露营地待过的人。”

“当时我也跟松村探讨过。那个人在露营时也显得心事重重，原来是来轻井泽殉情的啊。”

“而且，你们还看见过那个人曾在前一个晚上跟笛小路长谈吧？”日比野警部补这才从一旁插进话，这个年轻的警部补年龄跟学生们相差并不大。

“当时，谁能知道他就是笛小路，并且还是凤千代子的丈夫啊。”

年轻的警部补对松村不屑的语气有点儿生气，道：“可是，刚才听管理员的话……”

“事情是这样的。”松村刚要再讥讽几句，藤田连忙从一旁接过话茬，“那天晚上不是盂兰盆节嘛，轻井泽这里到处都有盂兰盆会舞。于是我们这里的露营者们也决定来抽签，谁输了谁就请大家喝啤酒、吃花生米，搞个营火会。管理员也一起参加了吧？”

“当时我还是最大的赞助人呢。”

“当然得是你了。谁让你平时坑人那么狠。”

“好了，给我闭嘴，警察先生们是认真的。”管理员骂了一句，说道，“可是那两个人，笛小路跟田代……当时我们连他们的名字都还不知道呢，唯独他们二人拒绝参加。那个笛小路，营火会才刚开始，他就已经烂醉如泥了。之前我去劝他入伙时，他就已经酩酊大醉。他横躺在‘狗窝’里，嘴里嘟嘟囔囔地说着什么，还用弯钉之类的东西在枕边的格子板上乱写乱画。他像抱命根子似的抱着一瓶威士忌，‘狗窝’里酒气冲天。因此……”

“等一下。”近藤打断他说道，“你刚才说笛小路在格子板上乱写乱画？”

“嗯，也不知他是从哪儿捡来的，反正是用弯钉之类的东西。”

“老板，笛小路当时住的是……”

“第十七号房间。顺便说一下，那个田代信吉住的是隔壁第十八号。”

根津之所以能对答如流，恐怕是因为碰巧相邻的两个人都摊上了怪事，才给他留下了深刻的印象。

“那房间现在还在吗？”

“一如原样。要看看吗？”

“待会儿领我们去看看。那么，你接着说。”

在近藤的催促下，藤田继续说了起来：“好的。不久营火会就开始了。大家都醉了，还玩起了‘一头大象撞进了蜘蛛网’的游戏。可是，拒绝加入的那两人却仍在对面一角的山丘上谈着什么。那种时候有人不合群，我怎么都觉得别扭。”

“你可真是多管闲事。”

“这哪里是多管闲事。我这人天性热心肠。”

“你还热心肠呢，这是好心帮倒忙。”

“你说什么？”

“好了，别争了，那后来呢……”

“那天晚上雾很大。雾是在八点之后变大的，我刚开始往山丘上爬的时候，天上还能看见星星呢。”

“你去那里干什么？”

“我就说，咱们也不搞什么抽签请客了，只要来热闹热闹就行。”

“结果就被人家回绝了吧。”

“差不多吧。”藤田苦笑道。

“笛小路是怎么拒绝的？”

“他也没怎么样，只说他这样挺好的，还说田代也跟他一样……”

“活该！丢人现眼了吧。”

“两个人在谈什么？”

“我也不知道。他们听到我的脚步声后就沉默了。”

“所以说你是蠢货啊。你不能蹑手蹑脚地过去吗？你要是悄悄过去，说不定还能听到一个让警察先生感兴趣的故事呢。”

“哈哈，也是啊。”藤田爽朗地笑了。

“那后来呢？还有什么吗？”

“没有了，我的故事就这些。之后我就加入营火会里闹腾去了，连笛小路是什么时候离开的都没注意到，跟田代也没说上一句话。我知道的也就这么多，报告结束！”

藤田欣三从酒吧间的高脚凳上跳下来，立正敬了个礼。

“主任，我们去十七号房间看看吧。”

由于台风行进速度缓慢，不知道会在哪儿登陆，所以昨晚露营的人也不多，十七号一直空着。

“狗窝”真是名副其实，跟养狗用的木板小屋一样，不过并非直接建在地面上，而是由木柱从四角撑起，离地有一米多高。四面用木板围了起来，入口安着木门，里面大概有三叠大。

三十多个小屋一字排开，看上去煞是壮观，比帐篷村倒是高级一些。住宿人可以从管理楼租借被褥，做饭则在集体厨房。若是想喝两杯，去酒吧就行，实在是既简单又实惠的住宿场所，正因如此，一想到前子爵、曾经的偶像明星曾在这种地方住过，让人不觉有点儿心酸。尤其一想到他还是如今红得发紫、当世无双的凤千代子的第一任丈夫，悲悯之情就更难以言表。笛小路泰久一定是穷困潦倒。

"狗窝"的地板上连着一段木楼梯，有三级台阶。爬上楼梯，打开粗陋的木门，四周的格子板和地板全都带着一股潮气。木地板上到处是破洞，不少一枝黄花还从洞里抽出穗来，真是风雅过头便是惨淡。

屋内当然不可能有电灯，虽然有一个采光的窗户，但就算用木棍把弹跳式的格子板撑起来，也很难称得上是合格的采光窗，因而小屋里十分昏暗。

"藤田，笛小路是头朝哪边躺的？"

"从我们的角度来看，他头朝左背对这边，枕着左胳膊，右手在木板上乱写。"

藤田所指的地方是小屋的角落，而且还是采光窗对面，光线更显昏暗。金田一耕助拿出打火机递过去。

"多谢。"日比野警部补举着打火机，不自在地弯下身子调查了一下四周，说道，"金田一先生，是不是这个？"

"哪个？"

"这个，好像是个方程式啊。"

涂鸦就写在格子板上，离地板有五十厘米高，是从左往右逐渐向上倾斜着写的。那天晚上笛小路泰久写的那玩意儿肯定就是这个了，既然是醉汉所写，自然不清楚，不过仍可以大致判读出来：

$$A + Q \neq B + P$$

“A 加 Q 不等于 B 加 P……应该是这样读吧。请看。”

“哪、哪里……”

金田一耕助也弯下腰瞧了起来，的确只能如此解读。

“近藤先生，你怎么看？怎么读这个？”

近藤也端详了一会儿，说道：“主任说得没错。A 加 Q 不等于 B 加 P……这到底是什么？金田一先生，您看着像个有学问的人，有这种方程式吗？”

“这个嘛……”金田一耕助挠着蓬乱的头发，说道，“我也是才疏学浅，不知道有这种方程式。不过，日比野先生。”

“请说。”

“去年案件发生后，您不是调查过这‘狗窝’吗？”

“调查是调查过，但当时并没注意到这涂鸦，而且我根本就不知道还有涂鸦这种事。”

年轻警部补的脸因为屈辱而抽搐起来，不过他其实也用不着为这一疏忽自责，因为那涂鸦实在模糊不清，且正好是不容易被人发现的高度。

“A 加 Q 不等于 B 加 P。”近藤再次在嘴里咕哝起来，“笛小路究竟想表达什么意思呢？咦，主任，好像还写着其他东西。”

“哪里哪里？”

日比野警部补把打火机拿得更近一些，果然，方程式下面还有同样的划痕，比方程式更模糊，却不像是偶然划上去的，因为线条明显是有意为之。二人把额头贴过去，从蚯蚓一样歪歪扭扭的线条中勉强判读出来：

Sasuke Sasuke Sasuke

虽然文字越来越小，但似乎只能如此解读。

“金田一先生，这个是 Sasuke 吗？”

“大概吧，恐怕三个都是如此。”

“从打头字母大写的情形来看，这应该是个固定名词。Sasuke……佐助……主任，这次的涉案人员中有叫这个名字的人吗？”

谁都想不起来。在打火机闪烁的光中，三人面面相觑。

自杀也罢，他杀也罢，过失死亡也罢，如果说这是笛小路泰久在告别这个尘世之前所写的东西，那即是他的绝笔了，仅将其作为一个醉鬼毫无意义的涂鸦似乎并不妥。

并且……金田一耕助又思考起来。笛小路泰久在写下这些的当日午后还见了津村真二，又给凤千代子打了敲诈电话，说事情他都从津村真二那里听说了，小心他会告诉飞鸟忠熙，而如果是这样，这方程式和这个佐助的名字，会不会都与其有关系呢？

看来日比野警部补也陷入了同样的思考。

“看来我们无论如何得见一见津村先生。近藤，你把鉴定科的人叫来，让他们把这涂鸦拍下来。算了，还是先把这块木板拆下来，作为证据没收吧。”

“主任，最好是这样，反正是这么个小狗窝。”只要不是自己的东西，罗圈腿刑警就会变得大方起来。

“近藤。”

“是。”

“我接下来要调查一下十八号房间。在这期间，你先好好问问外面的学生，问问那个叫田代信吉的男人的外貌打扮。金田一先生。”

“嗯？”

“后天便是殉情者之一的忌日，那个田代信吉会不会在忌日这天来离山悼念呢？”

“可能性很大。”

“若真是这样，那家伙现在应该正住在轻井泽的某处。我们就是挖地三尺，也要把他找出来……说不定他从笛小路那里听到了什么呢。”

“可是，主任，那家伙说不定已经化名了。毕竟那案子都上了报纸。”

“所以才要你仔细问问他的外貌打扮啊。看来今年他肯定是避开这露营地了。反正他这样的年轻人不可能住一流酒店，肯定还会住在某处的露营地或者廉价宾馆里，你赶紧安排一下，快把那家伙找出来。”

“星野温泉那边呢？”

“那边我一个人就足够了。金田一先生也一起去吧。”

对日比野警部补来说，金田一耕助既令人不快，又是一个可靠的存在。无论如何，这个男人都不会添麻烦。

几人在去年田代信吉住过的十八号室并没有获得有价值的线索。跟隔壁的十七号一样，地板、四面墙和格子板全都被今早的台风打湿了。

从小屋来到外面，近藤立刻抓住管理员根津，跟他商量拆下格子板的事情。根津无疑十分为难，但他只能答应下来。

刚才的两个学生正满脸好奇地偷听着二人的对话。

“管理员。”金田一耕助忽然想起什么似的喊起来，“这十七号室，去年那案子之后还有客人住过吗？”

“当然了。杀人案又不是在这里面发生的。”

“那些房客的姓名住址，全都有记录吧？”

“全都记下来了。不过……”

“不过什么？”

“我倒没别的意思，只是无法保证他们提供的是否都是真实的姓名和住址。比如眼前这两个……”

“喂，你胡说什么呢，管理员？我们可都正儿八经地登记了姓名住址。”

“真的吗？藤田欣三，我看你这名字就像是个掩人耳目的假名，说不定你就是某一重大案件的通缉犯呢。”

“你胡说！浑蛋！”

“日比野先生，”金田一耕助朝警部补回过头，“可否请这位管理员提供一下自去年夏天案发以来曾入住过十七号室的客人登记簿？”

“金田一先生，”警部补刚要说什么，立刻又改变了主意，说道，“管理员，刚才这位先生的话你都听到了吧？一切照办。”

之后不久，二人就乘车离开了白桦营。

“金田一先生。”

“请说。”

“先生是不是怀疑，案发之后还有该案的相关人员曾住进过这十七号室？”

“如果真的有，那么到底会是谁呢？在这个案子的相关人员中……”

日比野警部补沉思了一会儿，忽然愕然地喃喃道：“津村真二？”

“这个得好好调查一下才行。总之，那涂鸦必须仔细地研究。”

“您的意思是说，事后有人动了手脚？”

“专家一调查立刻就会水落石出。从这种意义上来说，您让人连板子都拆下来的安排还是非常恰当的，佩服。”

日比野警部补沉默下来。这个书生气十足的警部补也逐渐意识到，金田一耕助这个人非但不会添麻烦，反倒是一个非常有用非常合适的顾问。

“日比野先生？”一阵沉默之后，这次是金田一耕助主动招呼来。

“请说。”

“那个田代信吉，若是遇见他，我也能认出来。”

“金田一先生……”警部补惊奇地扭头看看金田一耕助的侧脸，“为什么？你们认识吗？”

“哎呀，看来您还没听说过啊。我在把名片交给警察后就离去了……去年发现田代信吉跟小宫由纪殉情的就是我啊。”

“是先生发现的？”

日比野警部补再次被吓了一跳，他重新打量一下金田一耕助的侧脸。

“没错。去年同一时期我也在轻井泽呢。八月十六日下午，我曾一个人溜达着爬上了离山。我爬到山顶的时候，天色晴好，浅间和小浅间都看得很清楚。当时我还去一个曾发生过殉情的洞穴瞧了瞧，里面有许多蝙蝠倒悬在洞顶。不久，远处传来了雷声，看天色要变，我急忙朝泉水那边下山。可忽然间起了大雾，把周围都裹了起来。下山途中，我邂逅了一对正从下面爬上来的男女。跟他们擦肩而过时，我跟他们打了声招呼，提醒他们山上雾很大，就算爬上去也什么都看不见。可那对男女却完全把我的话当作耳旁风，径直往山顶方向爬去。”

“那后来呢？”警部补催促金田一耕助，似乎连口气都不想让他喘。

“我就继续往下走了大约五分钟。雾气越来越大，我忽然莫名地担心起刚才擦肩而过的那对男女来。于是我就在路边一块岩石上坐下，等待那两人下山。因为山上的雾气很重，就算爬上山顶也什么都不可能看见。可是那对男女却一点儿也没有下山的迹象。我终于忍不住，再次折回山顶。果然不出我所料，山顶被包在重重的迷雾里，我想那二人万一想不开就坏了，于是去那洞穴一瞧。结果就发现他们正躺在里面。女的已经咽气，男的还有脉搏。”

说到这里，金田一耕助闭上了嘴，把黯然的目光投向窗外。汽车正通过南原的铁路道口旁边，沿国道十八号线往西疾驰。

“那后来呢？先生是怎么做的？”

“当然是急忙下山了，正好在白桦营附近拦住一辆空车，然后就报告给了贵单位……报告给了警局。”

“啊，这么说，去年的殉情案就是先生报的案啊。”

“是的。事后我才知道是发生了笛小路先生的案子。因为当时警局里十分忙乱。那时我把详细情况告诉了一名警察，名片上则是我在南原寄居的……不知您知不知道，是律师南条诚一郎的名字。”

“啊，这名字我很熟，大名鼎鼎。”

“他是我的老乡兼前辈，所以最近两三年，我每次来轻井泽都会到南条别墅的厢房暂住。”

“原来是这样……”日比野警部补的语气郑重起来。

“我把南条的住址和电话号码写到了名片背面，交给警察后就离开了警局。当时是四点半多一点儿。我想也许警察随后就会跟我联系，于是就在南条的别墅里等着，结果什么动静都没有。傍晚七点左右，我听一个来南条别墅的推销员大声说离山那边发生了殉情案，女的死了，男的还有气，已被抬进了医院。于是我就放下心来，乘坐七点五十四分的‘丸池’号回东京了。因为我当时有点儿急事。”

“原来如此。”

“回到东京后，通过报纸我才知道，获救的男人是艺大音乐系的学生田代信吉，女的则叫小宫由纪，原本是歌剧团的成员，退出歌剧团后一直在做应召女郎。”

“哎呀……我做梦都没想到原来先生竟然就是那起殉情案的发现者。”

“我事后也问过南条先生的夫人，问警局方面有没有联系过，结果好像什么都没有。”

根据事后得知的情况，当时接待金田一耕助的警察后来指挥着救助队上了离山，却在途中把名片弄丢了。

第十章　祖母与孙女

大概是离草津温泉近的缘故吧，这一带到处都往外喷着硫黄的气味，所有河流和溪谷全都奔腾着浓浓的红褐色的水，让原本就被台风袭击过的凄凉光景愈发显得荒凉。

“冲刷岩石的清流”一说在这一带似乎并不合适。因为冲刷岩石的水和河边浅滩的溪流全都是红褐色。长野原车站前面就有一条很深的溪谷，风景本身倒无可挑剔，可当看到溪谷底部流淌的水呈现出红褐色时，笃子不由得缩起肩膀，打了个寒战。

为了提取硫黄，这里到处都砌着盐场一样的长方形浅池，池子里蓄满了浓浓的赤褐色水，但因台风溢出来的水把附近的田地全淹了，眼前的情形令人不禁联想起血池地狱，很是恐怖。

“真恶心。”

听到笃子不由自主地咕哝，樱井铁雄问了一句：“什么恶心？”

“抱歉，我说的是水的颜色。”

“咦，这一带奶奶没来过？”

“我第一次来。虽然每年都来轻井泽，但我从不出远门，刚才还被等等力先生笑话过呢。”

“那草津那边呢？”

“不知道，没去过。”

“为什么？有汽车这玩意儿，出去走走不好吗？”

“还是年纪的缘故吧，懒得动啊，也没那个心情。”

“为什么？依奶奶现在的身份，应该是无忧无虑啊。”

连后脑勺上都长着眼睛的等等力警部隐隐地察觉到，遇到铁雄这个年轻富有朝气且无忧无虑的旅伴之后，笃子原本有些放松的表情像被什么扎了似的又变得可怕起来。

等等力警部做出一副专心跟一旁的司机漫无边际地闲聊的样子，可他的所有听觉都集中在身后。

铁雄有没有注意到笃子的脸色变化姑且不说，但他毕竟还没有迟钝到会在这里说出凤千代子名字的程度，所以他径直闭了嘴，沉默下来。

尴尬的沉默蔓延开来，笃子似乎想摆脱这种尴尬似的，说道：“樱井先生到底还是年轻啊，身手就是敏捷。”

“什么意思？”

“只剩下这么一辆出租车，结果就让你逮住了。”

“是这样啊。”樱井微笑着说道，“奶奶，这可是轻井泽的出租车啊。”

“哟！”

“今天早晨我跟熙子通电话的时候，就想到长野原是个小站，出租车肯定不多，于是我就让熙子从轻井泽叫一辆出租车来迎我。”

“你办事可真是太周到了。我要是也这样做就好了。”

“这样不是挺好的吗，一辆车就够了。”

“不过……”

“怎么了？”

“那你夫人昨晚就是孤身一人了啊。”

“是啊。”

“我从刚才就想到了，昨天是星期六对吧？你昨天为什么不来陪陪她呢？虽然我知道你很忙。”

“哈哈，刚才我还被熙子抱怨了半天呢。可是，谁能想到台风会直奔轻井泽来呢。”

夏天的轻井泽对妻子们来说或许是天堂，在东京上班的丈夫们却需要付出巨大的牺牲。即使跟公司请假也顶多只有一个星期，就算利用周末来陪陪妻子，那期间却必须品味单身汉般的寂寞。

不过，对于有某种不方便的丈夫来说，这期间却可以享受到男人天堂的自由。不用在妻子面前一一交代深夜酒醉不归的理由，也照样可以自由地飞翔。

据等等力警部掌握的信息，铁雄恐怕也是这类人中的一分子。

铁雄跟熙子结婚已经整整五年。婚后不久熙子就怀孕了，可是六个月的时候，她遭遇了一场不幸的交通事故，导致孩子流产。而夫妇二人的不幸远不只这些，熙子被医生告知，她恐怕再也无法怀孕了。

除此之外，熙子的身体并未有任何后遗症，即使在夫妻生活方面跟以前也毫无异样。可是，二人却绝对不可能有孩子——在这种前提下做爱，夫妻二人无法不感到空虚。尤其是对于喜欢孩子、想要孩子的铁雄来说，这种空虚感自然更强烈。

铁雄出轨便是此后不久。就算再喜欢孩子，他也不会借助别的女人来要，他并没有这样的想法，而且年纪尚轻的他也无法忍受这种麻烦和纠葛。可若只是拥抱同一具空虚的身体，那还不如干脆换换花样呢——他自己也如此为自己辩护。熙子也在深刻反省着自己，她承认交通事故的责任全在于自己不小心，所以对丈夫的出轨也只能默许。

虽然这种深度的隐私等等力警部无法知道，但这男人在银座和赤坂的女招待之间的放荡不羁却广为人知，这些情报早被警部掌握了。

“也难怪夫人会抱怨。像昨晚那样的天气，孤身一人心里肯定会发毛。”

“她也已经不是小孩子了，她还有一个女佣在身边呢。”

“荣子昨晚也去了盂兰盆会舞吧？所以……”

“咦，奶奶知道我家的荣子？”

“知道。她还是我介绍到你家的呢。”

“荣子？奶奶介绍的？可我听说那姑娘是轻井泽人啊……”

“对，我家的里枝也一样。我家里也曾一度缺少用人，结果一个常来往的人就把里枝介绍给了我。后来我又听说你家里也缺少人手，就把里枝的朋友荣子给介绍到了府上。”

“哟，那可真是……真是太谢谢您了。我都不知道……”说着，铁雄点头致谢，又说道，“您刚才说荣子去盂兰盆会舞了？”

“毕竟是当地人，又逢一年一度的盂兰盆会舞，说是跟我家的里枝相约出去后就停电了。今天早晨我打电话时，美沙还在生气呢，说把她吓坏了。”

“这么说比起熙子，美沙小姐就更可怜了。偏偏在那种晚上出门，奶奶您这可不对啊。”

等等力警部简直跟圣德太子一样。据说圣德太子可以同时倾听十人申诉，而现在的等等力警部与他多么相似。他一面听着司机对昨晚台风漫无边际的谈论，一面留神着背后的对话，并将之刻在记忆里。

“奶奶，我迟一天来这里是有原因的。”铁雄不紧不慢地说了起来。

“什么意思？”

“明天是岳父举办的高尔夫球比赛。为了参加比赛，只得延迟一天。因为我也是靠薪水吃饭的，轻易得不到休假。最近这三年，岳父举办的高尔夫球大赛都定在八月十五日……”

听着铁雄的话，笃子嘴角绽开的微笑似乎直接冻结在了脸上。

这么说来，笛小路泰久的离奇死亡也是发生在去年高尔夫球大赛那天晚上。铁雄大概也意识到了这一点，他达摩祖师般的娃娃脸上顿时充满了狼狈。

铁雄觉得自己应该就去年的事情向笃子表示哀悼，正当他不知如何开口时，幸亏笃子不动声色地转变了话题。

“说到高尔夫，我倒是想起一个人来，叫村上一彦……”

“啊，一彦怎么了？”话题忽然转到意外的方面，铁雄似乎松了一口气，同时也现出惊讶的神色。

“那个人跟您府上是什么关系啊？飞鸟先生对他好像格外偏爱。”

“那个人啊……我也很忌妒他啊。”

“这又是怎么回事？”

“我们熙子对他也喜欢得要命，整天一彦长一彦短的。我说的话她可以不听，一彦的话她绝对奉若圣旨，弄得我这当丈夫的很没面子。”铁雄仍未摸透对方的真实意图，故作夸张地说道。

“不至于吧……”

“奶奶，说实话，一彦是我们夫妻的媒人呢。”

“什么意思？”

“那还是我迷恋熙子向她频送秋波的时候，毕竟竞争者有一大群，熙子当时又那么漂亮……”

“现在也仍然很漂亮啊。”

“怎么说呢，毕竟跟她高不可攀的时候不一样了，她现在已经是我的人了。哈哈，也不知我说这种话会不会遭报应。不开玩笑了，怎么说我也得打败各路竞争者。于是我采取了种种策略，不久就盯上了一彦，毕竟熙子拿他像亲弟弟一样疼爱。于是我就来了个射人先射马，决定先把他拿下。我后来才知道，还有好多竞争者都想拿下他呢。可不知为何，一彦偏偏就选中了我，他不仅给我提供各种方便，还给了我很多好建议。多亏了他，我才打败了众多竞争者，赢得了这场恋爱攻坚战的胜利。哈哈，一彦这孩子还真不错。”

映在后视镜里的铁雄看上去是那么无忧无虑，甚至让等等力警部都犹疑起来，这难道就是那个在银座赤坂的女招待之间赫赫有名的花花公子吗？还有，一彦又是何人呢。这位圣德太子先生越发把耳朵贴向背后的对话，当然，跟司机那不着边际的对话也仍在继续。

“啊，不好意思，净瞎说我自己的这些糗事了。对了，奶奶，一彦怎么了？”

“没什么，美沙不是说想看高尔夫吗？因此我曾托熟人把她带到俱乐部会所，那是去年夏天，结果飞鸟先生正好跟一彦先生一起来了。后来美沙纠缠不休，很想打高尔夫试试，飞鸟先生就笑着说好好好，那就一起去吧，一彦，你好好地照顾她。于是一彦就领着她上了球场，后来我就问美沙，她说一彦对她非常照顾。”

“哈哈，一彦肯定能当个好教练，他又是运动员，人很不错。”

“是啊，听说他后来还教美沙如何打球，又用车把美沙送到樱泽。当然这都是飞鸟先生吩咐的，不过……”

“怎么？”

“后来，就是去年秋天，我在一个音乐会上又遇见了飞鸟先生，一彦仍跟他在一起。当时我就觉得这年轻人知书达礼的，在现在的青年当中实属不多见。于是我就想问问他跟贵府上是什么关系……”

铁雄沉默了一会儿后，说道：“失礼了，有关一彦的来历，其实也没什么需要隐瞒的。昭和十年的那件事，奶奶想必是知道的吧？就是熙子的祖父壮烈牺牲的那件事……”

“啊！”笃子倒吸一口凉气。

等等力警部也吓了一跳，尽管他仍故意在跟司机搭讪，耳朵却越发伸向背后。

“听说当时飞鸟家有个村上……我记得名字好像叫村上达哉，有这么一个寄宿生。那天晚上，叛军闯入的时候，村上先生挺身而出欲救祖父，结果却第一个被杀掉了。后来祖父也不行了。”

“对、对，是有这么回事。那么，那个一彦是……”

“他就是村上达哉的遗孤。据说当时飞鸟家有个叫阿静的女佣，非常漂亮。他们二人生下了一个孩子，就是一彦。由于是那次事件的第二年降生的，他完全没见过自己的亲生父亲。”

“哦，那他的母亲呢？”

“听说阿静也在一彦五六岁的时候死去了。我飞鸟家的岳父母可怜他，就把他当作熙子和现在正在英国的熙宁的兄弟一样抚养起来。因为他毕竟是为祖父殉死之人的遗孤。”

“怪不得呢……我一直就觉得他是现在少有的好青年。所以，他才喊飞鸟先生为叔叔的，对吗？”

“他是我老岳父的绝对崇拜者，还有他的司机秋山，不信您跟这二人说句老爷子的坏话试试，不挨一顿揍才怪呢。”

“啊，那个秋山先生，”笃子似乎还想问问有关秋山的事情，可不知是担心自己问得太多，还是因为看到对方正好提到了忠熙又觉得机会不容错过，便又说道：“听说，飞鸟先生这个人拥有众多的崇拜者啊。”

“哈哈，我也是其中之一啊。老爷子这个人就是个矛盾统一体，这也是他的魅力所在。老爷子最好的地方就是无论对谁都很宽容，连我都有点儿太恃宠撒娇的感觉呢。哈哈。”

尽管他满不在乎地一笑了之，可映在后视镜上的脸上却掠过一丝悔恨的神情，这一点并未逃过等等力警部的眼睛。

从长野原到轻井泽的路相当长。经过鬼押出的时候又赶上了一起交通事故，车被堵了二十多分钟。一个年轻人的鲁莽驾驶致使租赁的汽车撞到了路旁的大树上，造成两人当场死亡、一人重伤的重大交通事故，现场因勘验禁止通行。一行人偏巧赶上，实在是不走运。

哎，现在的年轻人哟——不用说，笃子自然又絮叨个不停。

汽车来到中轻井泽时已过三点半，也就是说，从长野原到这里花了两个小时。

幸亏如此，等等力警部才得以了解到更多的情况。由于后来又谈到了秋山，他也弄清了秋山卓造跟飞鸟忠熙的关系。他还得知，那个秋山，只要是为了忠熙，就算是上刀山下火海也在所不辞。而另一方面，轻井泽警局的近藤坚信因转向灯致阿久津谦三死亡的汽车是白牌照车无疑。等等力警部不由得内心激动。

从中轻井泽到南原，如果开车，转瞬即到。车子在南原入口放下等等力警部之后，驶离国道十八号线，沿着刚才金田一耕助他们经过的离山下面的那条路从六本辻驶向旧道。途中经过白桦营，“狗窝”林立。不过从一旁驶过的时候，不知为何，笃子把脸背了过去，大概是不忍回忆去年的事。

从六本辻来到旧道入口的时候，车子正好与迎面而来的警车擦肩而过。虽然金田一耕助、日比野警部补和近藤三人就坐在那辆车上，彼此却都没有注意到。

铁雄的别墅位于从旧道的繁华街往东的位置，在高原宾馆的稍前边。这一带大概也属于旧轻井泽吧，冷杉行道树非常美观。在树林深处若隐若现的平房样式的别致别墅前，五六株白桦树斜倒在那里，不过已被收拾得很整齐，大概是神门土地公司的人过来弄的。

笃子在这里下了车，说是想去跟熙子打个招呼，不巧的是熙子正在洗浴。铁雄要亲自送她过去，却被她拒绝了。她搭出租车回到了樱泽。此时，水已经完全消退，但栎树则仍斜倒在那里。

当车子开过水的时候，歪斜的栎树枝叶下面有个人影忽然一晃。是个男人。那人正要往这边走，可是看到汽车后顿时一转身，匆匆爬上一道通往浅间隐的山坡，眨眼间便拐过对面的山崖消失了，脚步似乎有些踉跄。

由于只是一闪而过，笃子并未看清对方的脸。对方戴着一顶奇怪的鸭舌帽和一副大墨镜，脖子上还缠着一条貌似黑围巾的东西，抚摩着下巴的右手上还戴着乌黑的手套。如此说来，此人从上到下一身黑。

这一带两边都是山，光线本就昏暗，再加上天空刚放晴就阴了下来，还不时地洒下一阵阵的雨点。淡紫色的雾气萦绕在高耸的树梢间，突然出现又突然消失的男人看上去犹如一道黑色的烟霭。

那人是谁？我家的熟人中应该没那种人啊……

笃子在黑烟刚刚离去的栎树前下了车。水已经完全消退，美沙跟女佣里枝的身影在门廊出现。看到里枝，笃子不由得松了口气，跟司机客气地道了谢。

通向门廊的台阶是由泥土夯成的，有三级。门廊右侧是自行车停放处，美沙的自行车仍湿漉漉地放在那里。

“美沙子。”

尽管户籍上的名字是美沙，笃子却觉得这名字太简单，并不满意。因此只有笃子才会在后面再加上一个“子”，叫她美沙子。

“刚才从这里出去的人是谁？”笃子用盘问般的语气不快地问道。

“奶奶，您说什么啊？”

“刚才就是从这里出去的吧？一个身穿黑西服的男人，那人是谁？”

“没有啊，奶奶，谁都没有从这里出去啊。”

美沙一面跟着奶奶从门廊走进大厅，一面用天真的眼神望着奶奶。

大厅的一旁是厨房，往里则分别是八叠、六叠和三叠大的女佣房间。反正一年顶多也就用三四十天，所以轻井泽的别墅全都很简单。只有这一栋别墅与众不同，崖下溪谷的旁边还正儿八经地建了一间笃子喜欢的茶室。

“美沙子，你是不是撒谎了？我都看见了，有个男人从歪倒的栎树下面钻出，离开了这里，还戴着个大墨镜。”笃子依然是一副盘问的语气。她脸色可怕，眼睛里透着深深的疑云。

美沙大概是习惯了，她毫不在意地说道：“没有啊，美沙我不知道。要不就是别处的推销员吧。里枝，你知道吗？”

“不，我也不知道。”比美沙大两三岁的里枝反倒十分惶恐。

“若是哥哥，他根本就没戴墨镜啊，而且他回去都半小时了。”

美沙抬头看看墙上的鸟鸣报时挂钟，指针正指向三点五十五分。

“哥哥，哪个哥哥？”

“村上哥哥啊。”

“是一彦吗？”

“对。”

“一彦来这里了？”

“对啊。”

“为什么？”

笃子的话字字句句都充满了猜疑。

“奶奶您不是让我给飞鸟叔叔打个电话吗？我就打了。当时水都漫到门廊下面来了，我很害怕，就告诉了叔叔……”

“要说禀告。”

“是，我就禀告了叔叔，结果叔叔就说要派个人来看看我，我就说我没事，请不要担心……不，是禀告。然后哥哥就来看望了。”

“一彦是几点来的？”

“一点……”

“半。”里枝补充了后半句。

“里枝，你先到那边待一会儿。”

里枝退下后，祖母跟孙女二人隔着桌子坐下。

“一彦在这儿一直待到半小时前吗？”

“对。奶奶您说过火车会在一点三十五分到达长野原吧？因此应该正好在这个时间点到这里。从长野原到这里开车顶多也就两小时，所以他就说要一直陪我。当时水仍漫到门廊下面呢。哥哥说他刚从阿尔卑斯回来，只穿了条短裤，背着背囊。”

如此一来，就跟刚才那个男人更不一样了。

“因此一彦就一直在这里待到了三点半？”

“对。”

“你们都谈了些什么？”

“阿尔卑斯啦，还有埃及和阿拉伯的事情啦，不过美沙我都听不太懂……”

哎，真是些坏毛病，笃子暗自叹息。若是没有这种嗜好，那孩子就真是个好青年了。

“那你都做了些什么？乖乖地听着他说话吗？”

“是。”

说是祖孙俩的对话，其实更像是严厉的宿管老师跟被置于监督下的可怜学生之间的对话。虽然美沙早已习惯了，可她还是用惴惴不安的语气说道："哥哥一谈这种话题好像就很高兴。"

"你没有多嘴，也没有多事吧？"

"是的。不过……"

"不过？不过什么？你多嘴了还是多事了？"

"奶奶，对不起。不过，大概是美沙我手痒了，而且哥哥也让我那么做，所以，我就边听哥哥聊天边刺绣。"

一侧墙上的装饰架上放着一个可爱的藤篮。笃子站起来打开篮子，从里面拿出一块五十厘米见方的正方形粗麻布。美沙一定是想用这个做桌布什么的，花式新颖，色彩绚丽，刺绣完成了八成左右，是造型别致的阿拉伯式装饰图案。

"你就当着客人的面弄这个？那一彦有没有说什么？"

"他夸我绣得很漂亮。"

"美沙子。"笃子声音尖利，"我都跟你说过多少遍了？一个淑女，一个大小姐，是绝不能当着男人的面随便拿东西来解闷的。"

"奶奶，对不起。"

"别叫我奶奶。我看你无论长到多大都不会懂事的。"

笃子把刺绣的布揉成一团，扔进篮子里，啪嗒一声盖上盖子。

看来，一彦并未把槙恭吾的事情以及凤千代子来这里的事告诉美沙。

第十一章　师徒关系

星野温泉位于中轻井泽稍稍往北的地方，即使在轻井泽也是颇有渊源的旅馆，近些年每到夏天都会举办音乐会。

金田一耕助跟日比野警部补赶到时，会场里正在进行热烈的讨论。时间已将近五点，但由于是夏天，四周依然很亮。

尽管只是把普通温泉旅馆的演艺场稍微升级改造成小剧场，舞台上还是摆着一架三角钢琴，很适合四重奏。舞台上坐着三名讲师，正在跟观众席上年轻的音乐爱好者们进行热烈的讨论。观众席上铺着榻榻米，上面摆放着金属折叠椅，客人有三四十人。

日比野警部补朝舞台上瞥了一眼，说道："不在。"

"不在？津村真二先生不在？"金田一耕助小声问道。因为他跟津村真二尚未见过面。

"好像不在。"

会不会在观众席呢？日比野警部补找了一遍，也没有发现。

"喂，请问，"日比野警部补还是比较有心的，他不想妨碍讨论会，便贴近最后一排一名学生的耳朵嘀咕道，“津村真二先生在哪儿？”

“哎？”学生扭过头来，奇怪地打量着日比野警部补和金田一耕助，说道，“听说津村真二老师今天缺席了。”

“缺席？”日比野警部补一愣，回头跟金田一耕助交换了一下眼色，又弯下腰贴近学生的耳朵问道，“有没有主办方的人？我们是警察……”

学生又打量了一下警部补和耕助，然后跟右邻的学生耳语了几句。那名学生又跟右边的年轻学生低语了几句后，那名青年便站了起来，一面奇怪地打量着二人的身影，一面绕过观众席，一溜小跑地朝前面跑去。周围的年轻男女都直盯盯地打量着警部补和耕助。

观众席的最前面横放着一张桌子，一个四十岁上下的男人正坐在桌前，刚才的那名学生凑上前去与他耳语起来。男人一面打量着这边一面听着学生说话，不一会儿便不慌不忙地站起身，猫着腰朝这边走来。

“我就是主办者之一，有事吗？”

虽然语气很傲慢，可他的脸上却明显带着一种不安与畏惧。大概是因为去年同期也发生过这种事。

“这是我的证件……”说着，日比野警部补向其出示了警察证，“我们想就津村真二先生的事情问你几个问题……”

“啊，是吗，那就请到咖啡室来吧。”

他刚要带路，似乎又忽然想起刚才的学生，于是回头对他说：“你，去跟立花说一声，要他到咖啡室来一下。”

咖啡室里有四五位客人，主办者把金田一耕助和日比野警部补领到最靠角落的一张桌前。

“这是我的名片……”

金田一耕助也收到了名片，于是他自己也慌忙从怀里取出名片来。对方递过来的名片上印着“新现代音乐协会理事筱原克巳”的字样。

“啊！”筱原克巳一看到金田一耕助的名片，便在口中咕哝了一声，“久仰大名……早就想一睹您的风采了。”说着便恭敬地点头致意，“这次又有什么……”

“那我们就不跟你绕弯子了。”日比野警部补从一旁接过话茬说道，“我们想打听一下津村先生的情况，听说津村先生今天缺席，是吗？”

“这……”筱原现出一副愁容道，“津村完全没跟我联系……有一个姓立花的年轻学生马上就过来了，到时候请问问他吧。说是津村把钥匙弄丢了，现在正不知在哪里不知所措呢。”

“丢了钥匙？”日比野警部补再次跟金田一耕助交换了眼神。又是钥匙的问题。“钥匙？什么钥匙？”

“他自己住的小屋的钥匙。”

“那小屋在哪里？”

“听说在浅间隐那边。具体情况我不是很清楚……啊，过来了。立花，立花！”

来到桌旁的是一个颇有涵养的貌似富家子弟的青年，年纪跟日比野警部补相仿，当然，刚才那两名学生也一样。

筱原克巳介绍完二人后，立花也出示了名片。名片上印着“艺大音乐系作曲专业立花茂树”的字样。

“啊，你是艺大作曲专业的啊？”

“对。”

立花茂树拘束地坐下后，服务生来到一旁。

“金田一先生来点儿什么？”

“我来杯柠檬茶吧，要凉的。”

“日比野先生呢？”

“我也一样。”

“立花，你也来一杯？”

“好的。”

“请来四杯冰柠檬茶。”

在得知对方中有一人就是金田一耕助后，筱原克巳顿时变得殷勤起来。点了四杯柠檬茶后，他又在立花的耳边嘀咕了几句。立花顿时大吃一惊，重新审视起金田一耕助。耕助的名片上并没有头衔，看来立花并不知道他的大名。

“立花，金田一先生跟日比野先生是来问津村的事情的。你们现在还没弄清津村的下落吗？”

“啊，他……”立花茂树奇怪地笑道，“不知道躲到哪儿去了。”

“躲？”日比野警部补的高度近视镜片后面的眼睛放出怀疑的光芒。

“是的。我刚才去了一趟浅间隐的小屋，结果前面的门上了锁，窗户也都拉着窗帘。我喊了好几次老师的名字，结果什么回应都没有。说不定老师已经从轻井泽溜了呢，反正他那个人那么怪。”

立花茂树满不在乎地笑着，可对日比野警部补来说，这可不是闹着玩的。

“溜了？津村先生难道有什么理由非要从轻井泽溜走不可吗？”

“啊，那倒没有……只不过老师这人变化无常。只要有不如意的事情，就算有约在先，他也会爽约。以前他也不这样啊。”

听立花这么一说，筱原理事困惑地说道：“是啊，最近这一年，津村就像完全换了个人似的。对了，立花，你刚才不是还说大烟斗如何如何吗？我看你干脆把这件事也给二位讲讲吧……”

“对、对。我看到窗帘的一边有点儿往上卷，就往里瞧了瞧，结果发现老师最喜欢的那个烟斗被丢在桌子上。那烟斗昨天还在这里抽过呢，所以我就想，他昨晚肯定回来过，于是我一面喊着老师一面绕到后门。可无论我怎么喊，里边都没有动静，我只好作罢返回。不过，还真是奇怪。”

“奇怪？哪里奇怪？”

“前后门都锁着，可老师昨天还在这里抽过的烟斗却出现在屋里。所以，也不知道老师是怎么锁的。”

立花的话武断而又自以为是，让人有点儿摸不着头脑。日比野警部补不禁着急起来，金田一耕助慌忙不动声色的转移话题：“对了，说到钥匙。立花，听说津村先生昨天把钥匙弄丢了，到底是怎么回事？”

“对、对，所以我才说津村老师没法进屋，说不定正在哪里不知所措呢，所以我才去迎他，结果就发现大烟斗被扔在桌上。由此说来，大概是在哪里找到钥匙了吧。”

“津村先生丢失钥匙具体是怎么回事？日比野先生肯定也想听听……”

“这个啊……”立花茂树奇怪地笑笑，又说道，“昨天也是一样，这里白天是讨论会，晚上则是演奏会。由于是津村老师的作品发表会，所以老师就亲自指挥。可昨晚的天气越来越差，而且七点半左右还停过一次电。虽然当时立刻就恢复了，可由于担心会长时间停电，与其等停电后草草收场，还不如趁早收场呢，于是就临时中止了演奏会，毕竟客人也非常少。筱原先生，当时还是您决定的呢，对吧？”

“对。”筱原理事接过服务生端来的柠檬茶，说道，“因为我当时觉得若是停电后再中止，会给客人们带来麻烦的。”

说着，他就用探询的目光打量起金田一耕助和日比野警部补。立花茂树似乎仍未觉察，继续说道：“那时候是七点四十分左右，我就把老师们……包括津村老师在内一共是五个人，我决定用车子把其中的三位依次送回去。那时，津村老师才发现小屋的钥匙不见了，就慌乱起来。”

“津村先生把钥匙放到哪里了？”

“说是上衣口袋里。”

“钥匙真的没有了吗？”

“对，当时真的没有了。老师把所有口袋都翻了个遍。老师是带着德拉库尔的乐谱夹来的，于是连乐谱夹里面都检查了一遍，也没有。可是……”

“什么？”

“从大烟斗就那样丢在桌子上的情形来看，老师大概是把钥匙插在锁眼里忘记拔出来了吧。津村老师做事总是冒冒失失的。”

立花茂树面含微笑地朝筱原理事扭过头。筱原理事并未回答，依然在反复打量着耕助和警部补的脸。

“可是，如果津村先生并非插在锁眼里忘记拔出来，而真的是装在上衣口袋里弄丢了，那又是什么时候的事呢？”

“如果是这样，大概就是在白天了。”

“为什么？”

“因为晚上演奏会时老师是亲自指挥的，在第一次停电之前，他还好好地穿着上衣呢。”

“那他白天时把上衣脱了？”

“您看今天的讨论会应该也能看出来，老师们全都轻装上阵。即使在晚上的演奏会上，有的老师也穿这种随便的服装来指挥呢。可是津村老师不同，虽然说他最近性情大变，但在这一点上还是有点儿神经质和死脑筋，黑色上衣和领结一样都不能少。”

“关于津村先生的性格最近是如何变化的，待会儿还要请你详细解释一下。这么说，白天讨论会的时候，就连津村先生也只是穿了一件衬衫，是吗？”金田一耕助追问道。

“对，没错。讨论会之后，老师还在这里见了人。当时也只是一件衬衫。”

“见人……什么人？”一针见血地插进来的是日比野警部补。

“是我向老师通报的，我知道那人是谁。是一位叫槙恭吾的先生。”立花茂树稍微犹豫了一下，之后才又说道，“听说那个人是凤千代子女士的第三任丈夫？”到底还是年轻，他嘴角挂着微笑，眼睛里却充满了好奇。

“啊，对、对于凤女士来说，他确是在津村先生之前的丈夫。对了，当时槙先生是一个人吗？”

“不，他跟一个可爱的姑娘在一起，好像叫美沙，才十六七……

反正就是差不多这个年龄段的小姑娘。”

日比野警部补跟金田一耕助使了个眼色。二人果然去见了津村真二。

“当时，津村先生是怎么弄的上衣？”

“这个嘛……”

立花茂树刚歪过头，理事筱原克巳就已经插进话来：“这件事我记得，我当时也在咖啡室。我在那边，津村则正好在这张桌子边。他当时把上衣展开挂在椅子背上。要说我为什么记住了这些，因为他当时一面跟客人说话，一面欠着身把手绕到身后，慌慌张张地找着什么。他到底要干什么呢，姿势这么奇怪，我正纳闷的时候，没想到他竟从上衣的口袋里摸出一根烟，我忍不住一下子笑出声来。津村就是这么神奇的一个人，既然背着手拿，那就干脆连烟盒都拿出来算了，要么稍微站起来一些也更容易，可他偏偏搞得那么奇怪，所以我印象特别深刻。”

“津村老师就是这样的一个人，他本人是十分严肃的，可是在旁人看来，常有令人忍俊不禁的举动。”

“啊，请等一下。”日比野警部补忽然打断他，“你刚才曾说津村先生喜欢用大烟斗……”

“啊，抱歉。”立花茂树轻轻一低头，“烟斗和纸烟老师都抽。纸烟他喜欢抽希望牌的。尤其是昨天，他一直在嘟嘟囔囔地说什么烟斗塞住了不透气。他是个大烟鬼，烟一刻都不离手。”

“津村先生会不会有两支烟斗呢？”金田一耕助平静地从一旁插进一句。

“他不是那种人。他会把一支烟斗一直用到底，只要还能用，他就绝不会换新的。他倒也不是抠门，大概是有点儿偏执狂的倾向吧。”

“津村先生在这里见槙恭吾先生和美沙小姐大约是在几点？”

“是在白天的讨论会结束之后，大概是五点多吧。白天的讨论会是从三点到五点，晚上的演奏会则是从七点到九点。”回答者是筱原理事。

“我五点半左右告诉老师有电话的时候，他还跟客人在一起呢。”

“电话？”警部补立刻追问道，“谁的电话？”

立花茂树似乎也终于注意到警部补的脸色很不寻常，说道：“筱原先生，津村老师出事了吗？”

筱原理事并不回答，而是默默地注视着耕助和警部补的脸。立花茂树的脸色有些苍白。

“理由待会儿再说，你先继续说吧。五点半左右时给津村打来电话的是什么人？男的还是女的？”

“是一名女子。津村老师有很多女性拥趸。”

“名字呢？对方当然报出了姓名吧？”

“不，她并没有说出姓名。只是说我一转告老师就会明白的……”

“那你就盲从了对方的意思？连名字都没问就……”

警部补失望之极，语气不由得严厉起来。富家子弟类型的立花茂树似乎也很上火，白皙的脸颊涨得通红。

“我有什么办法？我只是传达。毕竟接不接电话是津村老师的自由。”

“津村先生接电话了吧？”

“当然。”这当然二字立花说得很用力，大概是对方强加于人的语气让他无法接受。

“请等一下。”警部补刚要继续开口，金田一耕助立刻打断了他，“当你告诉他有电话的时候，津村先生仍跟槙先生和那个美沙姑娘一起待在这里，是吗？”

“对，就坐在旁边的那张桌子。”

“当时津村先生反应如何？看起来像是不问名字也知道打电话的人是谁吗？”

“是的，如此说来，津村老师当时看上去的确有点儿为难。大概是顾及槙先生和美沙小姐，不便起身吧。于是我就说干脆回绝她，说到处都找不到老师，结果却被老师拒绝了。老师说了句‘那我去一下’，然后就站起身来走了。”

“那就是说，津村先生猜出对方是谁了？”日比野警部补单刀直入。

“不单是猜出，依我看他更像是一直在等这电话。因为当我告诉他有位女士给他打电话时，他当场就要起身，然后才忽然意识到面前还有两位客人，结果就扭捏起来。”

“这么说，那个打电话的人应该是槙先生和美沙小姐，至少是其中之一认识的女人？”

“这一点我就不清楚了。”

“是年轻女人吗？”

“反正不是个老太太。听那语气好像还怕被人听见似的。”

“你刚才说当时是五点半左右对吧？”

如果是五点半，凤千代子已经来到轻井泽了。不过，比起这个，金田一耕助似乎对钥匙更感兴趣。

“当时，津村先生的上衣……”

“啊，我倒不记得是不是像筱原先生说的那样挂到了椅子背上。但去接电话的时候，他只穿了一件打着领结的衬衫，并没把上衣带走。对了，衬衫口袋里还露着大烟斗的脑袋呢。”

“筱原先生，有关津村先生上衣的事情，您还记得什么吗？”

“啊，可是，我在那之前就离开咖啡室了。”

“这么说，后来就只有槙先生跟美沙姑娘留在那里了？”

“对。”

“二人是什么时候回去的？”

“不清楚。我比津村老师先一步离开这里，后来就再没看到二人。”

“筱原先生也一样吧？”

“对，我也是……”筱原理事也惶恐地点点头。

日比野警部补不耐烦地说道：“金田一先生，这件事问一问美沙小姐就能弄清楚。还有，关于那个无名女士的电话，你知道是什么内容吗？”

“真不巧，我可没有偷听别人电话的嗜好。”

血气涌上警部补的脸，金田一耕助却若无其事地说道：“立花是艺大作曲专业的学生对吧？”

“对，这个我刚才也说过了。”

“那你认识田代信吉吗？”

“他跟我是一起的，昨天还在这里见过面呢。”

“啊，是吗？那，田代被开除了吗？”

“不，不是被开除，是他自己退学的。他啊，虽然去年做出那么愚蠢的举动，不过那家伙还是挺优秀的。他灵感敏锐，连我都有点儿忌妒呢。可不知什么原因，他怀有一种自卑感。鉴于这种情况，他就逐渐被我们孤立了，终于在去年做出那种愚蠢的举动来。从那之后，他就愈发消极、自闭，干脆就不来学校了。我昨天见到他也是很不容易的，就问他回不回学校，结果他好像相当排斥……难道人有过那么一次后真的就无可救药了？”

一谈到田代信吉的事情，立花茂树就滔滔不绝。对于这个养尊处优的青年来说，像田代信吉那种男人的苦恼他恐怕是无法理解的。他倒也没用蔑视的语气，反倒是带着更多的同情。在完全不同的环境中长大的二人之间，也许就只能培育出这种水火不容的友情吧。

“田代信吉那小痞子跟津村真二也说过话吧？”日比野警部补问道。

一听到小痞子几个字，立花茂树脸上有些不快。

“他们毕竟是师徒关系。在讨论会开始之前，他们还在那边的前厅一角深谈了一阵子。我后来才听津村老师说，他对老师最近搞的一些创作狠狠地做了批判。他本来就是那种很极端的人，自从那件事以来就越发带刺了。”

“他在这里待到什么时候？”

“好像是待到了讨论会开始，后来不知什么时候就不见人了。我本来也想好好跟他聊聊呢。”立花茂树面露遗憾。

“他没说过住在哪里吗？”

“没有，我没有问。大概是去年的露营地吧。”

“穿着呢？”

“这个嘛，我记得是黄色的半袖衬衫和米黄色夹克，灰裤子有点脏，白色篮球鞋。他肩背绿色的双肩背包，站着跟津村老师说话，头发乱蓬蓬的，总之就是个颓废的、厌倦了一切的青年，想都能想象出来。”

涵养不错的立花茂树的表情中带着一种恻隐之色。

“他身高多少？”

“跟我差不多，大概有一米六七吧。自从去年那件事以来我就再没见过他，反正他脸颊消瘦、两眼放光，感觉挺瘆人的。可是，他有什么问题吗？”

“啊，没事、没事。那，你把昨晚的事情再给我们讲讲吧。你正要用车送三位老师时……”

日比野警部补话还未说完，金田一耕助就打断了他。

“日比野先生，我看还是先让他说说津村真二先生最近的变化吧。津村先生最近是如何不一样的……”

由于话题突然被打断，日比野警部补有点儿不服气，但他还是说道：“啊，是吗。那关于这一点就交给金田一先生吧，请。”

他之所以如此轻易就让出了提问的权利，大概是因为他自己也想问。

“立花，你来讲一讲？要不还是先听听筱原先生的说法吧。津村先生究竟是如何大变样的？”

“啊，金田一先生，”筱原理事抚弄着光秃的额头，有些为难地说道，“若是我乱说一通，事后恐怕会被津村怪罪。不过，他这人的本质也并不是如此善变。他现在和从前一样，一直都为人老实，常常较真，有时简直到了神经质的地步。只不过，最近，他也开始厌恶自己太老实、太实在、太较真、太认死理的性格，因此才故意爽约或故意缺席。可每当这种时候，他事后肯定又后悔不迭。所以有一次我就对他说，你就别再装模作样了，你就算装恶棍也装不出来，因为你根本不是那样的人。”

“津村先生喝酒吗？”

“对了，这也是津村的变化之一，虽然以前也喝，可最近一年却突然嗜酒如命。关于这个我也经常说他……”

笛小路离奇死亡的那一晚，他怀抱的那瓶尊尼获加黑瓶威士忌也是津村真二给的。

“津村先生是从什么时候开始变成这样的？”

筱原克巳犹豫了一下，说道：“是在那件事，就是跟凤女士离婚以后。”

跟凤千代子离婚后的槙恭吾变成了一个火柴游戏迷，津村真二则借酒浇愁，若真是这样，里面似乎是有难言之隐。

“对了，说到离婚，有什么具体的动机吗？”

“这……虽然我不想介入别人的隐私，如果非要让我来说不可，好像也没有什么特别具体的动机。两个人都是个性极强的艺术家，又各自有自己的工作，每天都忙得焦头烂额。这样一来，就很难过上满意的夫妻生活了，尤其对方又是一个有着多次离婚经历的女人。像立花的父母一样的例子实在是太少了。”

“真不敢当。不过筱原先生，我父母也经常剑拔弩张。”

“对、对，你可是纽带儿子啊。”

“什么意思？纽带儿子是什么？”

看到金田一耕助显示出旺盛的求知欲，二人大声笑了起来。

“金田一先生不知道吗，立花梧郎先生……”

“啊！”金田一耕助惊叫一声，不由得重新打量立花茂树，“那么这位是立花梧郎先生的……”

“宝贝独生子。”

“那就是钢琴家泽村文子女士的……”

“当然也是她的宝贝儿子。所以说儿子是纽带，纽带儿子，哈哈。”

金田一耕助这才终于理解其意。

若提到立花梧郎，他既是樱花交响乐团的组织者，也是培养者。立花梧郎培养起来的樱花交响乐团被誉为当今日本实至名归的最优秀管弦乐团，无论作为指挥家还是作曲家，立花梧郎都是当代第一人，许多优秀的音乐家都出自他的门下。而泽村文子则是当代第一女钢琴家。

“怪不得呢。”

金田一耕助深有感慨地叹息一声，不由得挠起蓬乱的头发，因为他突然想拿立花茂树跟田代信吉对比。那个破灭型的青年跟眼前这位出身优越的富家子弟终归水火不容吧。想到这里，他再次打量立花茂树，虽然看上去多少有点儿神经质，但柔弱纤细，五指并拢伸出来后还往上翘，给人一种温箱里养育出来的感觉。

“这么好的孩子，他父母当然非常喜爱。因此我们就老说他‘孩子是纽带，纽带孩子’。”

“原来是这样。”金田一耕助重新打量脸已变红的立花茂树，说道，“也就是说，津村先生跟凤女士之间就没有这种纽带喽？”

“有的夫妇即使有纽带，也照样会散伙。”

日比野警部补不快地咕哝了一句，他大概是在说美沙吧。看来其他三人也明白了这话的含义，尴尬的气氛弥漫开来，不过筱原理事终究还是处事老练，说道：“立花先生从一开始就反对二人结婚。他说反正二人是不会有好结果的。”

“啊，这么说，津村先生是立花先生的……”

“学生。而这立花茂树则又成了津村的得意门生。”

而且田代信吉也是津村真二的学生。

“听说二人是协议离婚，还比较顺利。但津村先生还是受到打击了吧，以至于连人都变了。”

“看来这里面还是有蹊跷啊。总之自那以后，津村就突然变得疑神疑鬼，不再相信人了。”

“不相信人？”金田一耕助立刻追问，“难道凤女士背叛或欺骗了津村先生？”

“啊，不是这样的，我是说，他就对恋爱啦婚姻啦，对这种事怀疑起来。”

“金田一先生，”立花茂树从一旁平静地插上一句，“关于津村老师性情大变的事情，请不要做过多的解读。老师他就算性情变了，那也是非常次要的。虽然老师似乎在努力展露自己的缺点，夸大自己的毛病，可这些终归都是表象，说到底他仍是一个热心而善良的人。而且，老师那出丑的样子也很奇怪，常常让我们忍俊不禁呢。”

“样子很奇怪？”

“比如说服装。老师最近不知从哪里弄来一顶鸭舌帽，但不是普通的那种，而是像夏洛克·福尔摩斯戴的一样，十分夸张，而且还是乌黑的。不清楚老师是否由此获得了灵感，反正他从上到下一身黑。脖子上围着黑围巾，连手套都是乌黑的，还有蜻蜓墨镜。因此我曾提醒过他。我说老师啊，您快别折腾了，太可笑了。您这么一弄，活脱脱就是暴力影片中出场的职业杀手啊。听我这么一说，他反倒很满意，还做出一副吓人的样子说，对，没错，我是杀手，我就是杀手。也不知是真是假，反正把我笑喷了。津村老师虽然变了，可顶多也就是如此，像个懵懂的孩子一样。”

“对了，如此说来，他昨晚回去的时候不也是一身杀手装扮吗？”

“没错。老师还大惊小怪地说丢了钥匙，对吧？于是我就拼命寻找，结果老师不知什么时候又换上了杀手的装扮，装模作样起来，真是让人哭笑不得，哈哈。”立花茂树由衷地发出深感有趣的笑声。

话题终于来到了回去的事情上，日比野警部补不耐烦地探出身子，说道：“那我问问昨晚的事情。你七点四十分左右正要用车一个个去送三位讲师时，津村先生就大惊小怪地说钥匙没有了，是吗？”

“没错。可能最终还是掉到哪里了吧，后来他就一起上了车，穿着我刚才所说的那身杀手打扮的衣服……哈哈。”

立花茂树又笑了起来，日比野警部补却毫无顾忌地问道：

“既然钥匙都没有了，为什么还要进小屋呢？”

“这个问题只要您亲自去一趟浅间隐就明白了，那是租赁的别墅，非常简陋，连防雨窗都没有，玻璃窗上只挂着窗帘，只要敲破一块玻璃把手伸进去，就可以从里边拔开插销。可是……”说着，立花茂树又纳闷起来，“我刚才去的时候，把所有玻璃全都检查了一遍，没有发现一处破损。所以，老师估计还是把钥匙插在锁眼里忘拔了，老师就是这么一个冒失鬼。或者是房东就住在隔壁，于是老师又借了一把钥匙。”

“然后，你就依次送了讲师们？”日比野警部补看上去十分不快。

“对，我就依次送走了其他两位老师……”

“是你开的车吗？”

“对，因为是我的车。”

“立花你在这边有别墅吗？”金田一耕助问道。

“有。我的别墅是在南丘。”

“怪不得。因此你就把他们依次送走……”

“津村老师是最后一个。可是到了旧道入口时，津村老师忽然说想下车。当时风已经挺大了，我也感到奇怪，可是他说要买点儿东西。当我返回六本辻时就停电了，我想老师这下子恐怕麻烦了，不过旧道那边倒是有卖手电筒的商店，于是我就直接回来了。这里还有一堆麻烦事需要我收拾呢。”

“可是你刚才去时，发现桌子上明明有大烟斗，却没能见到津村先生，是吗？”金田一耕助的声音中透着一股严肃。

“对。”

“而且，所有的窗玻璃都没有毁坏的迹象吗？而且门还……”

“前后门都锁着，所以钥匙肯定在某个地方。”

“那他会不会是在里面午睡呢？”警部补虽然嘴上这么说，可这无非是他的宽慰话而已。

“不，不太像……”

“为什么？”

立花茂树又绽开嘴角，说道：“津村老师这个人很讨厌飞蛾。”

“飞蛾？飞蛾怎么了？”

“像老师那种情况也许是病态吧。哪怕有一只飞蛾闯进来，他也会像小孩一样大惊小怪。所以，每当老师要执棒指挥的晚上，我们都必须十分留意所有窗户的纱窗。”

“为什么？飞蛾到底怎么了？”日比野警部补穷追不舍。

“刚才我去浅间隐一看，发现窗玻璃的内侧满是飞蛾。好像被印上去的花纹一样。”

日比野警部补和金田一耕助几乎同时从椅子上跳了起来。

“立花，不好意思，你能不能带我们去那小屋一趟？”

“金田一先生，出事了吗？”

筱原理事仍哈腰欠身，反复打量着耕助跟警部补。立花茂树那苍白的脸也僵硬起来。

“日比野先生，您不妨告诉他们吧……”金田一耕助提醒道。

“啊，是吗。”警部补眼镜后面的金鱼眼盯着二人，然后一字一顿地说道，“筱原先生和立花，你们俩都听好了，请你们协助调查。昨天还在这里跟津村先生谈过话的槙恭吾先生，昨晚……不，是今天早晨，已被人发现死在了自己的工作室里。立花，走吧。”

第十二章　考古学问答

“可是，的场先生，那边已经没有发掘的余地了吧？”

“怎么可能呢？印度河流域辽阔无边。虽然哈拉帕那边由于铁路建设毫无规划，现在已彻底荒废，再也无法恢复了，不过摩亨佐达罗那边还有发掘余地。飞鸟先生也知道吧，摩亨佐达罗的遗迹是由七个地质层构成的，迄今为止被发掘的只有上边三层。我们要把仍被埋的地下部分发掘出来，解开古代文明的全貌，这才是一个现代考古学者的责任。而且根据我的研究，印度河流域肯定还有一个仅次于哈拉帕和摩亨佐达罗的第三大古代城市，我也有这个把握。发掘一个世界上从未被人了解的古代城市，再也没有其他事业会比这更辉煌了。”

“那倒是。假如那种城市真的存在。”

“当然存在了，我的研究是没错的。并且，飞鸟先生，身为一名考古学者，只发掘新遗迹不算本事，尽最大的力量，以尽可能完整的形态努力保存好那些已经被发掘的伟大文明的遗迹，更是一项重大义务。”

“对、对，听说那里现在正濒于荒废的边缘呢。”

“没错。如果听之任之，它早晚会重归泥土。所以我们必须趁早去保护它，光靠巴基斯坦政府的力量是不够的。”

这里即是飞鸟忠熙所谓的洞穴。说是洞穴，面积却有十二叠那么大，除了入口的门窗外，四壁都摆满了高及天花板的书架，上面塞满了世界各国的考古学文献。其中还有不少是日本人的著述，不用说，的场英明的书自然也在其中。金田一耕助刚才在槙恭吾的山庄发现的飞鸟藏书，恐怕也是从这里的书架上带走的。

忠熙一方面是个冷酷无比的企业家，另一方面又是个梦想家兼好事者。即使在这三种身份间保持着微妙平衡的时代里，他也会时常躲进洞穴，让贤妻宁子忧心不已。父亲惨死之后，时代的潮流便把他的梦想尘封起来，不允许他再次去古代东方游荡。战后也一样，不用说，他被赋予的使命使他必须远离这种嗜好。可是即便如此，他也仍不时躲进这里，这似乎成了他缓解压力的唯一方式。

这里有忠熙的梦想。不仅有摆满了书架的文献和影集，五个大玻璃橱里还摆满了珍贵的古代东方的出土文物。既有埃及的阿玛纳文献，也有美索不达米亚的黏土板，还有据称是从埃及的某金字塔中发掘出来的由黄金、红宝石、蓝宝石和绿长石制成的项链，还有绶贝的腰带、手镜、化妆壶、镶嵌着宝石的象眼匣等，这些大概都是古埃及王妃们的日用品。还有从美索不达米亚的乌尔地区出土的石器和黏土工艺品，虽然忠熙谦虚地称其中大多数不是赝品就是仿造品，但这样也已经足够唤起一个梦想家的梦想了。这其中还夹杂着刚才提到的摩亨佐达罗的出土文物，例如泥塑的小兔和猴子等可爱的动物，还有在滑石平板上绘着大象和驼峰牛并雕刻有象形文字的东西，即印度河文明的图画文字板。

忠熙自负地以为，自己在战后的义务已基本完成，而且并不失败，而是成功地画上了休止符。因而他不由得认为，身为企业家的自己跟身为梦想家的自己之间的微妙平衡业已分崩离析。一旦这种平衡被打破，他才意识到，身为企业家的那些繁忙日子是多么空虚。不过忠熙对此并不后悔，他对自己的所作所为还是十分满意的。但大概是由于年龄的原因，他仍从中意识到了一种不足，这种意识还在逐渐增强。如果说忠熙对现在的自己还有些后悔，那肯定就是年龄了，自己竟在不知不觉中超过了五十岁。

忠熙最近感到十分焦虑。探寻古代东方文明是忠熙未竟的梦想，难道就这样以幻想而告终？这种焦躁不时地刺痛着他的心。的场英明往他耳朵里灌输的高谈阔论，也许就像是靡菲斯特的私语一样甜蜜吧。

“如果归于泥土，实在是太可惜了。真想趁着荒废前去看一眼啊。”

忠熙长叹了一声。他的面前正展开着一部有关印度河文明的厚厚文献，上面刊登着摩亨佐达罗庞大泥砖文明的遗址照片。那是一处古代城市的遗存，上面还有一处像巨大泳池似的遗迹。

“亲爱的，这是什么时候的东西？”

从一旁平静地插进来的是凤千代子。说实话，她内心深处对这靡菲斯特的诱惑十分恐惧。她最近也开始察觉到忠熙的弱点，而她自己也跟忠熙一样感到焦虑。

事后想来，昭和三十五年是此前空前繁荣的电影业所达到顶峰的一年。因为从这一年开始，电影在大众娱乐中的统治地位迅速被电视取代。不，在美国，这种更替其实早已实现，即使在日本，电视机也正以惊人的速度开始普及。彩电开始普及也是在这一年。电影的衰落已迫在眉睫。敏锐的凤千代子不可能感知不到这日益逼近的不祥脚步。而且她也跟忠熙一样面对着年龄的衰老，这让她无法不感到焦急。也难怪千代子千方百计想抓住这个机会，让自己跟忠熙的关系有一个结果。

可是，聪明的千代子却不露声色。她现在提出的问题仍是那么恬淡，甚至还透着一股热诚。

也不知的场英明是否察觉到她内心的纠结，反正他的回答平静而热情。

“由于这是繁荣于公元前两千五百年到公元前一千五百年之间的文明，所以如果从现在来推算，那就是四千五百年前到三千五百年前之间的文明了。对了，凤女士。”

“请说。”

“若说这印度河文明为什么珍贵，那是因为她不像繁荣于尼罗河流域的古埃及文明或繁荣于底格里斯河和幼发拉底河之间的古代美索不达米亚文明那样，是由独裁者或统治者的虚荣心缔造的，她是由普通民众的手为普通民众创造的文明。”

这番话似乎正戳中了飞鸟忠熙的软肋，至少从忠熙过去的言行来说，应该会产生这种效果，这是的场英明长期观察的结果。神门王国现在的繁荣正是由忠熙的独裁缔造的。

“所以，那里有的并不是像埃及的金字塔或者美索不达米亚的塔庙那样巨大的遗迹，而是正如您眼前看到的，全都是为普通民众设计的井然有序的城市规划遗迹。恐怕这才是世界上最古老的城市规划吧。”

“哟，真了不起，四千多年前就能建造这样的城市啊。这个，这不是下水道吗？”

千代子对眼前的照片显示出极大的兴趣，这既不是敷衍，也不是为了迎合忠熙的爱好，而是出于一种对珍贵的、高贵的东西油然而生的强烈关心和天生的好奇，这也给了的场英明更大的勇气。

“对，没错。请看，连检修孔都留着呢。从这些地方我们也不难看出，印度河文明的遗迹跟埃及和美索不达米亚的遗迹是不同的。埃及和美索不达米亚的遗迹不是为国王或神建造的宫殿、坟墓，就是神殿，而印度河文明的遗迹则是为丰富市民生活而建造的古代城市遗存。请看，那边就是大浴池的遗迹。”

千代子一面望着整齐的大浴池的照片，一面说道："啊，太棒了。"她的眼睛放出光来，这同样来自她孩子般的好奇和天性，“可是为何会濒于荒废的边缘呢？”

“这是因为啊，印度河文明是一种泥砖文明。”的场英明不觉间变成了上课般的语气，“所有的遗迹都是由泥砖堆砌而成。无论是照片上这叹为观止的城市规划，还是大浴池的遗迹都毫不例外。可是，那地方基本上属于多盐地区，地表全被盐分覆盖。如果亲临现场，就会发现那里四下就如下了一层霜的东京郊外的早晨一样，白茫茫一片，太阳一照还闪闪发光，甚至让人连眼睛都睁不开。盐分可是个无赖，这东西溶进地表附近的地下水后就会引发化学反应，把泥砖腐蚀得酥脆不堪。所以，如果放任不管，在地下沉睡了四千多年后以几近完整的形式被发掘出来的这些古代文明，恐怕就会因为被发掘出来而重归泥土。而且，只靠巴基斯坦政府的力量是难以挽救的，所以这就成了我们全体考古学者的责任，必须国际联手共同保护才行。”

“巴基斯坦好像就是从前的印度吧？”

“对，它是第二次世界大战后从印度独立出来的新兴国家，分为东巴基斯坦和西巴基斯坦，而这深受瞩目的遗迹便在西巴基斯坦。”

“听说的场先生最近刚去过，是吗？”从一旁插话的是忠熙。

“啊，我只是作为一名单纯的旅行者去观光旅行了一趟而已。不过，我还是深感可惜啊，一想到这宏伟的遗迹不久便要重归泥土，我就……因为，只要你随便拿起一块地表附近的泥砖一看，那泥砖转瞬就会化为酥脆的泥土。当时我就在那边仔细转了转，觉得还是有发掘余地的。当地人也深知这个道理，可是苦于没有经费。毕竟光是保护迄今已经发掘的遗迹就捉襟见肘了。”

“既然从前属于印度，那一定很热吧？”

“不，也不是。我去的时候是二月，据说是那边最好的季节，气候跟日本的五月差不多。”

“怎么样，凤，想不想去看看？”忠熙兴奋地说道。

“是很想去看看，如果你肯带我去。”

“女人去也没什么难的。什么探险发掘啊，乍一听像大冒险一样吓人，但那已经是从前的事了，现在已经成了一门科学，不过浪漫和新鲜感倒是没有了。如果要去，得先坐飞机到卡拉奇，再由卡拉奇往北三百公里就到了。摩亨佐达罗的市郊连游客用的机场都有，所以只要想去，连女人都很容易。”

“对了，摩亨佐达罗是什么意思？有什么特别的含义吗？”

“是死者之丘的意思。你去了一看就知道了，名副其实，那里完全是一片红褐色的沉默世界。整个都是恢宏的泥砖遗迹，连管道式垃圾井都有，简直像现代的住宅小区。由于腐蚀已经渗透到了遗址的上层部位，所以仿佛置身于死人世界一样，令人凄恻不已。”

假如一彦此时未进来，的场英明的长篇大论恐怕还将继续。一彦已把背囊和冰镐放到别处，短裤配纯白翻领衬衫的打扮看上去凉飕飕的。

一看到一彦的身影，忠熙的眼角立刻堆起了皱纹，露出洁白的牙齿。

“啊，一彦，辛苦了。我问过秋山了，说那边很惨，是真的吗？”

“是很惨，不过已经没事了，水已经完全消退了。凤阿姨，好久不见。”

“啊，真不好意思。”千代子一面眯眼看着对方，一面慌忙从椅子上站起来，说道，“听说你去探望美沙了，我这身为母亲的却不管不问，真是不好意思。”

“是叔叔吩咐的，不过已经没事了，请放心。”

“听说我婆婆出门了，是吗？”

“说到这个，都怪我没做好。”

“没做好？”忠熙插进一句。

“那边的奶奶乘坐的列车是一点半左右抵达长野原，而我去樱泽的别墅也正好是那时候。我想她从长野原那边很可能坐汽车回来，两个小时就足够了。于是我就等到了三点半，结果奶奶仍没到。”

“大概是上越线方面发生故障了吧。”

“不，叔叔，听说奶奶已经到了。”

“哎，什么意思？”

“我要是再等一小会儿就好了。可是那样一来，美沙小姐不是还得为我忙这忙那吗？我觉得很过意不去，并且水也都退了，我就在三点半告辞了，后来我又四处查看了一下台风的受灾情况，忽然想起樱井姐姐来，就去姐姐那里探望了一下。”

“啊，是吗？”忠熙的回答似乎有些冷淡。

“结果我去了一看，姐夫已经到了，说是刚刚到家。我一问，他说是跟笛小路奶奶一起回来的。”

“是吗。”

“铁雄来了啊？”

“是的。他还很不好意思地说，因为要参加叔叔的高尔夫球大赛，他就晚回来了一天，结果就闹出了大事。哈哈，我那姐夫啊，看来是被姐姐埋怨了。”

他无忧无虑地笑起来，表情是那么清爽。都说战后的男孩女性化了，可眼前这孩子却跟别人不一样。每次见到一彦，千代子心中总是十分感慨。他身高一米七四左右，运动神经发达，动作节奏感强，干脆麻利，据说上学的时候还曾做过足球运动员。虽然他肤色浅黑，肤质却光滑细腻，确实透着一股运动员的健美。

“熙子怎么样？她今早还打电话说树木倒得很厉害呢。”说话时，尽管忠熙努力装出若无其事的样子，可声音中还是带有一丝阴影。

“对了，姐姐说待会儿要跟姐夫一块儿过来呢，她还说晚饭要让您请客。至于歪倒的树木，她说事务所那边来了两三个人，已经清理好了。”

“那个……我婆婆是跟樱井先生一起来的吗？”

“对了，关于这个，姐姐还很不好意思呢，说是很对不住笛小路家的奶奶。”

“到、到底是怎么回事？”

“那个，笛小路奶奶好像是跟姐夫坐了同一列火车。可是由于火车很拥挤，两个人谁都没有注意到对方。在长野原下车后，由于经由上越线来这边的人特别多，出租车全被搭满，奶奶就走投无路了。姐夫却十分精明，他早就让姐姐从轻井泽叫了一辆出租车来。”

“铁雄自己的车呢？”

“啊，是这样的，他说上越线那边路况不熟，若是自己开车反倒会浪费时间。”

“倒也是，这种时候还是火车更准时些。”的场英明从一旁附和。

“然后，他在长野原站前正要坐上出租车时，就被奶奶叫住了，于是两个人就一起来到这边，途中还赶上了一起重大交通事故，堵了半天，这才晚了好多。若按顺序，姐姐家的别墅不是在先吗？所以奶奶就一直送到了别墅外，不巧的是姐姐正在洗澡，没能跟奶奶打声招呼，所以她很不好意思，说实在是失礼了。”

一彦这一连串的说明有条不紊、简洁明了，聪明的头脑着实令人赞叹。他说话间还一直面带微笑，连声音都是浑厚的男中音。

“啊，原来是这样……这么说祖孙二人都给你们添麻烦了，你看看我到底在干什么啊。”

“哈哈。”忠熙忽然发出爽朗的笑声，“你刚才不也是因为这个让年轻的警部补训斥了一顿吗？”

“没错。在那种人看来，我恐怕就是个坏透了的女人。”

千代子尽管嘴上这么说，心里似乎并不怎么在意。这大概就是她的优点。

“啊，对了，叔叔，那边怎么样？”

尽管对千代子有所顾虑，可一彦还是觉得应该问问。不用说，“那边”指的是矢崎那边的事情。

“啊，那边的事啊，一彦，你对这个怎么看？”的场英明指着桌子说道。桌子上摊着一堆考古学文献，旁边还摆着一堆奇怪的火柴。一彦刚才也注意到了。

“老师，那是什么啊？”

“听说被害人趴的桌子上就摆着这样的火柴。”

“被害人？槙先生他……”

“听说是氰化钾中毒，是被人下了毒。”忠熙平静地从一旁做说明，不过脸上仍有些紧张，“也就是说，槙昨晚曾在自己别墅的工作室里跟人聊天。然后就被那个男人……不，对方是男是女目前尚不清楚……被对方下了氰化钾。这些是警方的判断。据说，槙当时可能正用火柴向对方解释什么。所以，如果能破解出那火柴图案的意思，说不定就能弄清楚对方是谁。”

“飞鸟先生怀疑这有可能是楔形文字，就仔细地抄了下来。你对这个怎么看？”

“槙先生懂得楔形文字吗？”一彦尽管嘴上这么说，眼睛却早被火柴的排列方式吸引住了。

“啊，听说两三天前，槙来过这里还带走了两三本有关美索不达米亚古代文明的书。”

“听说槙最近状态低迷，画不出画来。他大概想借此来刺激一下自己，寻求点儿灵感吧。充其量仅此而已，他是不可能掌握楔形文字的，不过由于金田一先生也颇感兴趣地记了下来，我也就记了下来，说不定还有某种参考价值呢。尽管这种可能性不太大。”

“一彦，你有什么线索吗？”

“我？怎么会呢。”死死盯着奇怪火柴图案的一彦飞快地瞥了千代子一眼，然后立刻把视线转向的场英明，说道，“老师，您对此怎么……”

“不知道。首先这是不是楔形文字都还不好说呢。”

“是啊。就算槙先生懂一些楔形文字，可如果要以此来说明一些什么，对方也得懂楔形文字才行。可全日本根本就没有几个人懂。”

“哈哈，说得没错。看来我今天也太蠢了。”

忠熙说着笑了，不过一彦却没有笑。他已经不再关注火柴，而是注视着忠熙说道：

“叔叔，那么金田一先生对此有没有说些什么？”

“也没说什么……他那种人啊，就算发现了什么也不会透露，除非他掌握了确切的证据……”

“金田一先生还在槙先生的别墅吗？”

“他现在大概已经去星野温泉那边了吧，去见津村真二……”

“津村老师现在也到轻井泽了吧。”

“一彦你是怎么知道的？难道是看了电线杆上的海报？”

“不，我从东京起程之前就知道了。”

“咦？为什么？一彦你认识他吗？”

“不是这样的，我也没见过津村老师。只不过我有一个朋友……高中时的朋友，叫立花茂树，他进了上野的艺大音乐系，正在学作曲，每年都会给轻井泽的音乐会做负责人什么的。听说今年的音乐会是津村老师的作品发表会，是吗？”

由于铁雄跟熙子正好赶到，所以这话题自然是不了了之。

已经是五点了。

熙子果然十分妩媚。她在耀眼的连衣裙外面随意披了一件鲜红的开襟毛衫，可由于穿着得体，她并没有那种妖艳的感觉。高贵的容颜中透着一股野性，大概是遗传了外祖父的基因吧。她下巴略微突出，显得坚强而又略带叛逆。不过她看忠熙的眼神却有些躲闪，大概是为今早打电话时的冷漠有些过意不去。看来夫妇二人跟千代子都已熟识，打起招呼来也十分自然。

千代子为婆婆的事情致谢后，铁雄也用爽朗的声音客气地说道："啊，您太客气了。其实是奶奶先发现我的，而且，奶奶还有一名同伴呢。"

"同伴？什么人？"

"虽说是同伴，不过好像是在火车上认识的旅伴。她本打算让那个人把她送到这边，可由于出租车都搭满了，她正不知道怎么办才好呢。"

"那个人跟她一直到了樱泽？"

"不是的，听说那人要去南原的一个熟人家……"

"南原？"忠熙追问了一句，"南原的谁？"

"这……奶奶好像认识，我却一点儿也……不过是一位堂堂绅士。"

假如等等力警部也听到这话，他一定会十分得意吧。

铁雄跟熙子不可能没从一彦那里听说矢崎那边的事情，不过二人却都没有提起，难道是出于礼节上的考虑？

“对了，姐姐、姐夫我先介绍一下，这位是的场英明老师。”

“啊，先生的事情我们刚才都听一彦说了。有收获吗？”铁雄机敏地应道。

“收获？”

“就是说服老爸没有？您不是要到摩亨佐达罗探险旅行吗……”

“这件事啊？”的场英明也破颜一笑，“哪儿有那么容易呢。剩下的就看一彦的本事了。”

“没错。我爸他啊，什么都听一彦的。他对一彦真是宠得不得了。”说着，熙子转过身，往橱柜里一个劲儿地瞧。

“不过，夫人，我马上就会有一个强力的盟友出现了。我更是希望大增了。”

“那是谁？”

“凤女士啊。凤女士对我的提议也十分赞成，对吧？一彦当然会帮忙了，剩下的就全仰仗凤女士了……”

“哟！”从刚才起就在漫不经心地端详着橱柜中某王妃凤冠的熙子忽然抬起头来，望望千代子的脸。一瞬间，她的脸上浮现出一抹复杂的表情，不过旋即便化为温和的笑容。“凤阿姨，真的吗？您真要跟爸爸一起去？”

“呵呵，开玩笑呢。不过，他要真肯带我去，我倒真想去看看，我可爱凑热闹。”

“那您一定得去，陪爸爸去。的场老师和一彦都跟着呢，没事。您若一起去，我也能放心很多啊。毕竟我也是女人。”

“既然这么说，那熙子你呢，就不一起去？”

还没等熙子回答，一彦立刻插上一句：“不行啊。叔叔，可不能由着她们。”

“为什么，一彦？”

“您别看姐夫装得像大男子汉似的，可一旦没有了姐姐，他立刻就蔫了。不信您去他成城的家看看，过得就像光棍一样惨。”

“哈哈。”忠熙突然发出响亮的笑声。大家都吓了一跳，朝他扭过头。“没错，再没人能比一彦更了解铁雄跟熙子家的事了。好吧，那就不带熙子去了。就算我们去也不带她。”他故意用有力的声音说道。

铁雄一缩脖子，熙子则捧着从橱柜里取出的凤冠呵呵地笑起来。这时，秋山卓造慌慌张张地走了。眼前的秋山个头并不显高，却虎背熊腰的，不禁让人联想起虎头狗来。

“秋山，怎么了？怎么慌慌张张的？”

“啊，老爷。”秋山先是朝忠熙点点头打了个招呼，然后说道，“一彦、樱井夫妇，难道你们都没有注意到吗？”

“什么事？”

“有个奇怪的家伙正在附近鬼鬼祟祟的。”

“秋山先生，什么意思？”

“啊，在你来之前我就发现了。有个奇怪的家伙一直在对面的林子里鬼鬼祟祟，也不知是从哪里进来的，我就把他轰了出去，你没看见那个人？”

“没有啊，什么样的人？”

“脸我倒是没看见。因为那家伙戴着顶黑乎乎的鸭舌帽一样的东西，脸用黑围巾蒙了起来。对了，还戴着墨镜呢。”

“秋山，你为什么觉得他奇怪呢？”

熙子说话时背对大家，谁都没有看到她的脸色，唯有忠熙察觉到她的背影一瞬间僵硬起来。不过她的声音十分平静，没有丝毫阴影。

“老爷，刚才笛小路家的老夫人说，她也看到一个同样的男人离开了这别墅一旁的树丛。一个从上到下一身黑的男人。”

“啊，笛小路家的婆母来了？”

“是的，带着美沙小姐……说是来答谢今天的探望。”

秋山的回答随即被忠熙岔开。“啊，对了，一彦，你有没有说今早案子的事？”

“没有，叔叔，我没有说。毕竟只有美沙小姐一人。”

“凤阿姨来这边的事情呢？”

“没有，这个也没来得及说。”

“啊，是吗？秋山，你先把她们领到会客室去。等一下。”说着，忠熙看了看墙上的时钟，“现在是五点半，你告诉她们，就说今晚在这里吃饭，大家好不容易凑到一起。估计过不了多久就会来电。”

“可是老爷，那个奇怪家伙……”

“秋山，这可不像你的风格。大概是有人迷路了吧。”

“可是老爷，这也太巧了吧？”

“那，你就留神一些。”

说着，忠熙若无其事地把视线投向一彦。一彦虽然站在的场英明身后，目光却越过考古学者的肩膀，死死地盯着桌上的火柴图案。

第十三章　目击者

津村真二的小屋所在的浅间隐位于山间的一条峡谷里。群山从两面逼过来，一条狭窄的峡谷在山间穿梭。流淌在谷底的溪流大概就叫“樱泽”，尽管平时的水流并不大，可今天由于台风的影响，水流湍急，涛声震天。

峡谷的沿岸有一条尚未硬化的土路，爬上一道陡坡后伸向远方，路的左右两侧散落着点点别墅。沿着坡道往上爬，路右侧的别墅就建在面朝溪谷的陡崖上，这家在今天早晨台风过境时一定受惊不小。溪谷对面则是郁郁苍苍的山脚，化作一道陡坡迫在眼前。

当然，左侧的别墅大概同样深感不安。虽然是利用山脚少得可怜的一点儿平地建了数栋平房，可这些别墅恐怕也得时刻提防着背后山崖的滑坡。眼前就能看到两三处崩塌的痕迹。

不过，浅间隐这名字取得还真有水平。在轻井泽的任何地方都能望见的浅间山，在这里却完全被西面高耸的山遮住了。正因如此，被夹在山间的这条峡谷里的风势才不算大，歪倒的树木居然很少。

这一带出租别墅的主人是一个叫樋口操的女人。

樋口操夫人的丈夫樋口基一是战时一家大军需公司的高层。以前夫人曾跟丈夫一起住在田园调布的一处豪宅里。夫妇二人并无子女，毕业于女子美术学校的操夫人即便是说恭维话，也很难称得上是个好妻子。尽管她很善良，牢骚却很多，还经常歇斯底里，这让丈夫感到十分棘手。在战局紧张城市面临危险的时候，夫人就把丈夫丢在了田园调布的家里，自己一个人疏散到了轻井泽来。

一直留在田园调布的丈夫的生活起居则交给夫人从娘家带来的一个叫房子的女人打理。樋口先生为人一直非常正派，而房子不仅算不上漂亮，简直就是个丑女人，夫人做梦都不会想到二人之间会生出差错，可二人偏偏就出了问题。

而且，操夫人没有生育，房子却为樋口生下了孩子，主仆完全颠倒了。樋口战后遭到了清洗，一蹶不振。与此相反，房子却母凭子贵开始耍起奸妇的权力。操夫人想回田园调布也回不去了。

夫妻二人仍未正式离婚。孩子作为操夫人的孩子入了户口。房子给孩子入户心切，但以操夫人孩子的名义入户，这不能不说是她的一个失误。无论房子如何施展奸妇的性子，如何逼迫樋口跟操夫人离婚，樋口都没有答应。

不过无论户口如何，操夫人正室的位子事实上已经被房子夺走了。为了生活，操夫人只得另寻赚钱的门路。幸亏峡谷一带的广大地皮都在操夫人的名下，夫人就一点点把土地卖掉，并从卖地的钱中拿出一部分在自己的土地上建起孟加拉式的平层小别墅。对外出租的别墅现在有六栋，如果能建上十二栋，一栋房子一个夏天的房租就足够她一个月的生活费，这样她一整年的生活就有着落了。这是操夫人的理想，也是她对生活的设计，幸亏可卖的土地还有很多。

通过一座架在滔滔流水之上的桥时，金田一耕助发现这座桥竟是四小时前走过的那座。过桥之后道路就变成了 V 字形，往右一拐应该就是樱泽。他一问日比野警部补，果然没错。

这片区域都叫轻井泽，范围可不小。以前轻井泽曾号称“自行车之城”，即使是出去买一丁点儿东西也离不开自行车。如今轻井泽的这个称号正被“汽车之城”的称号一步步取代。尽管如此，笛小路家的别墅所在的樱泽跟津村真二租住的小屋所在的浅间隐正好是彼此相邻的两个村落，发现这一点后，金田一耕助不由得有点儿兴奋。

通过 V 字形下面的顶点的时候，金田一耕助弯下腰，从车窗里望了望右侧的路。歪斜的栎树仍如四小时前看到的那样。水彻底消退了，金田一耕助的心再次兴奋起来。

汽车驶进 V 字形左侧的道路，爬上坡又拐过一道弯。远处的坡上正停着一辆汽车，车子一旁站着两三个人，但人影转瞬就被前方立花茂树的车挡住，看不见了。路很狭窄，连小型汽车都只能勉强错车。

日比野警部补心情不快。刚才离开星野温泉时，晚饭吃得太急了，而且他给警局打电话时，才从长野县警本部得知山下警部正在赶来。山下警部是县里有名的干将，案子这么大，县警本部自然会派一名得力干将前来。

想来，凤千代子的前任丈夫中现在已经有两个死于非命。可是，两件案子都缺少他杀的确切证据，有可能是过失致死，也有可能是自杀。而到了第三名牺牲者才首次用了氰化钾，而且从尸体有可能被动过的事实来看，他杀的嫌疑很大。若沿着此次的案子剥丝抽茧，说不定前面两个案子也都能一起侦破。若真是这样，这可是近来罕见的一桩大案。

也难怪年纪尚轻的日比野警部补会立功心切。虽然他对县警本部派遣得力干将一事并不避讳，不过作为办案的负责人，他还是想稍微找出点眉目后再说。尸休有可能被动过，光是这一事实的发现就足够称为进展，可是指出这一事实的却并非自己，而是坐在一旁的寒酸的小个子男人。

日比野警部补紧咬嘴唇，抑制着自己的不甘，因为他看到有个特征鲜明的罗圈腿男人正站在前方所停的汽车旁边。难道连山下警部也来了？还有，站在近藤身旁那个身着纯白翻领衬衫的高个子男人又是何人呢？

金田一耕助偏巧坐在座位的对侧，所以汽车是看到了，站在车旁的人影却没能看到。当前方立花茂树的车子停下，立花茂树跟筱原克巳下车，金田一耕助等几个人也从车上下来的时候，看到站在眼前的等等力警部的身影，耕助不由得发出了惊叫。

“啊，警部，您怎么到这里来了？”

“不为什么。我去南原找先生，结果先生出门了。我没办法就去找他……”说着，他拍拍近藤的肩膀，“结果我到警局时，却让山下逮住了。听说先生认识山下？”

“岂止是认识啊。有一次还被他捉弄得很惨呢。呀，好久不见。”

“哈哈，您可真会说。被捉弄的好像是我吧？多日不见，您还是那么精神。”

“啊，多谢。只要您硬朗就行，这比什么都强。您可千万别觉得这是从哪里又冒出我这么个奇怪家伙来，毕竟我就是吃这碗饭的。”

“哪里，日比野，可让你逮到了个高人啊。你可要好好地跟他学一学。”

“山下先生认识他……啊不，认识金田一先生？”

“所以啊，主任，我刚才不是都说了吗？金田一先生想要走遍全日本做侠探呢。对了、对了，金田一先生，刚才失礼了。听说先生跟这一位很熟？”

“啊，说起来，我还是这位警部的跟班呢。”

“哈哈，你可真幽默。不过，金田一先生，你也是天生的苦命啊。”

“什么意思？”

“我还以为你来轻井泽是静养呢，看来又被卷进这谜案里了。”

“说什么呢。只有这样我才能生意兴隆啊。对了、对了，说到生意，这是津村先生的……”

金田一耕助说着扭过头来。坡的左侧有一条石子路，是用烧过的浅间山石沿坡铺成的，黑乎乎的石头间长满了蕨类植物的水嫩叶子。津村真二的小屋就建在这山崖上的平地上，十分雅致。论凉快，恐怕再也没有其他地方会比这里凉快了，除去淙淙溪流，这里的幽静也无可挑剔。不过周围的空气却有点儿阴湿，背后的山上还有悬崖塌陷的痕迹。

时间是六点半，本来这个时间天应该还挺亮，可在这山间的峡谷里，四周已经开始昏暗。

“这就是那个重点人物津村真二租住的小屋，听说他从去年起连续两年都租了这里。对面就是房东的家，只不过，房东跟津村先生似乎都出门了。”

近藤似乎已经在附近的别墅寻找了一圈。如此说来，从津村真二的房子再向上，倒是有一栋更气派的别墅。附近别墅的人们都在远远地围观，不知发生了什么事。

“金田一先生，您说这里是第一现场的嫌疑很大？”

“啊，山下先生，这种事您最好去问日比野先生。日比野先生，请吧。”

从刚才起就一直茫然若失的警部补这才回过神来，慌忙打量一下四周。当视线落在同样一脸惊愕的立花茂树身上时，他说道：

“立花，请你先确认一下津村先生在不在。如果是你，就算津村先生不在，你进去也没关系吧？”

“毕竟立花是津村的得意门生嘛。而且作为津村的朋友，我也有权进去调查。对了，日比野先生、金田一先生，你们也帮我们一把。”

“在此之前我想先调查一下房子的四周。”

“好的。立花，带路。”

筱原理事果然处事老练。他催促着脸色苍白的立花茂树，沿着跟路平行的一道缓坡往上爬。这样缓的坡路，汽车肯定也能爬上去。

日比野警部补和近藤紧随二人身后，金田一耕助被夹在中间，最后则是等等力警部跟山下警部。山下警部据说是柔道六段，他体格健壮，为人豁达，一点儿也不小气，素来任由部下们纵横驰骋施展本事。可尽管如此，跟金田一耕助随意搭讪了几句后，他竟有点儿紧张起来。

爬上山坡一看，只见房子背后有一处严重的山体滑坡，两三棵歪倒的树木耷拉在屋顶上，也许是像屏风一样屹立在背后的山崖起了保护作用，平房本身并没太受到台风的灾害。

小屋前有三级水泥台阶。立花茂树第一个登上台阶，检查了一下入口的门。

“仍然锁着门。”

“是吗，那能不能喊两声？”

“津村老师，津村老师。”

立花喊了几声，没有回应。随后爬上门廊的筱原克巳也从入口一旁的窗户往里瞧了瞧，说道：“啊，那里有烟斗……”

日比野警部补也把脸凑到窗户上，不由得皱起眉。只见窗玻璃内侧拉着深绿色的窗帘，以窗帘为背景的玻璃上贴满了大小不一的各种飞蛾。从反面看去，飞蛾的形状犹如一种奇怪的生物，令人毛骨悚然。其中还有很多是从希尔曼的后备厢中发现的那种枯叶色飞蛾。

“要不要打破窗户？”

“不，先等一下。”

日比野警部补从窗帘稍微翻卷的地方往厅里瞧了瞧，忽然像被弹回来似的回过头，似乎是被什么东西吓了一跳十分兴奋。

“金田一先生，请看看那个……”

“怎么，有发现？”

“桌子上是大烟斗，可是请看桌子下面……”

金田一耕助也弯下腰朝日比野警部补示意的窗帘缝隙望去。所有窗户都被深绿色的窗帘遮挡起来，屋子里十分昏暗，飘荡着一股死寂的冷气。金田一耕助目不转睛地看了一会儿，不久他的眼睛终于适应了昏暗，依稀浮现在眼前的是在任何带家具的出租别墅中都能看到的煞风景的一幕。

房间中央有一张长方形餐桌，桌上的烟灰缸一旁扔着一个大烟斗。果然是完美主义者津村真二喜欢的那种细长而雅致的烟斗。耕助的视线继续向桌子下面滑去，随之就被固定住了。

地板上散落着两根火柴，不，是三根。好像既有红头的，也有绿头的。让日比野警部补兴奋的看来就是这火柴了，而且其中一根中间还折断了。

“日比野先生。”

当金田一耕助直起身的时候，日比野警部补的身影已经不见了，身边只有近藤紧张地站在那里。等等力警部跟山下警部正站在台阶的中央，而在门廊的角落里，立花茂树则跟筱原克巳不安地对视。

“主任刚才绕到后面去了。金田一先生，那边有发现……”

“你自己过来瞧吧。桌子上的烟斗倒没什么，可桌子下面却散落着好玩的东西呢。”金田一耕助给近藤让出地方后，站到等等力警部跟山下警部中间，“火柴在本案中有着奇妙的作用，想必你们都知道了吧？”

“啊，刚才听近藤说过了，怎么？”

“但这里有一样更好玩的东西。近藤先生看完之后你们再看看，然后再发表一下看法。”

金田一耕助从台阶中央望向下边。虽说今天早晨遭受了台风的袭击，门廊下面偏左的地方却有明显的轮胎痕迹。金田一耕助刚才就注意到了这一点，日比野警部补无疑也注意到了。问题是这轮胎痕迹跟槙恭吾的车能否吻合。

金田一耕助正想就此询问立花茂树，近藤忽然发出了惊叫声。

“金田一先生，金田一先生，真正的杀人现场果然是在这里。无论是那轮胎痕，还是……”

看来近藤也注意到了轮胎印。两位警部轮番从窗帘的缝隙瞧着里面，全都掩饰不住惊愕的表情。

“金田一先生，看来必须得查看一下这房间里面。对了，日比野呢……”

山下警部话音未落，小屋的右侧就传来了日比野警部的声音：“立花，立花，你过来一下。”他大声喊道。

大家下了门廊，准备绕到那边。

“小心脚印。那边有些零散的鞋印看到了吗？不要踩到。”

果然，潮湿的泥地上散落着零星的浅脚印，由于是在屋檐下面，而且山崖也有点儿前突，所以即使猛烈的台风都没有将它们冲刷掉。山崖靠里的地方似乎发生了严重的坍塌。

不过，日比野警部补叫立花茂树却并非因为这些脚印，而是因为大家刚才瞧过的大厅侧面的窗外所挂的奇怪东西。那是一条乔其纱围巾，有四十厘米见方，茶色的底色上带着锈红色的条纹。

“啊，这……”立花茂树下意识地刚要伸手。

“别碰！”日比野警部补提醒了一句，用严厉的眼神盯着他，“立花，这东西看着眼熟吗？”

“啊，那个……”

“立花，你若是知道，最好趁早说出来。因为这很可能是一起重大案件。”

在金田一耕助的敲打下，立花茂树与筱原理事对视的脸不禁苍白僵硬起来。二人从刚才起就被这现场的氛围吓住了。

“啊，那个……昨天在星野温泉遇见田代的时候，他就背着个简便背包，这一点我刚才也都说了。”

“嗯，说了。你说他当时穿着篮球鞋。”

日比野警部补向山下警部指指印在泥地上的鞋印。山下警部默默地点点头，他并不想当场一一查证，只想事后慢慢地听人报告。立花茂树脸上的肌肉再次抽搐了一下。

“然后呢？”

“他那背包勒紧的口上，就露着这条围巾……不，我也不知道是不是这条围巾，总之露着一条跟这个同样花纹的围巾。我当时还多管闲事，说他真不像话，怎么还会有这玩意儿，说着就要帮他塞进去，结果他就说少管闲事，还哧的一声把我好不容易塞进去的围巾又扯了出来，故意让它耷拉下来。我当时还想，这人可真怪，所以就记住了这花纹。”

如此说来，田代信吉昨晚肯定来过这里。他在这里出现并不为怪，因为他跟津村是师徒关系，昨天在星野温泉也见过面聊过天。虽然立花茂树说自己什么都没问，但也许他昨晚早就约好要来这里了。

那条乔其纱围巾似乎曾一度被打湿。由于质地很薄，所以很快就干了，不过仍带着一种潮湿的感觉。

大家的目光随后便停留在挂围巾的那根铁丝上。铁丝是从屋檐垂直耷拉下来的，头上分成三股叉，弯成了三个钩，透过窗户触手可及。这么看，挂钩大概是用来晾晒袜子或是手绢之类的。铁丝下面则放着一块压咸菜用的镇石大小的浅间石，正经烧过，上面带着泥巴蹭过一样的印痕。

侧面的窗户上也拉着深绿色窗帘，窗玻璃内侧也停着两三只飞蛾，不过没有那边的窗户多。窗帘下面有一点儿缝，石头就放在缝隙下面。

日比野警部补踩着石头，弯腰从窗帘的缝往里窥探。从这里望去，厅中央的情形几乎一览无余。警部补仔细端详了一会儿铁丝的位置，然后朝立花茂树扭过头来，说道："立花，你好像说过你的身高跟田代信吉差不多，对吧？"

"对……"

"不好意思。我想请你模仿一下他背着背包从这儿往里窥探的样子……看看从背包里露出来的围巾会不会钩到这铁丝上。"

"好的。"立花茂树的声音在发抖。

这个实验似乎是成功的。当一个身高跟立花茂树差不多的人背着背包由此往里窥探时，铁钩正好耷拉在围巾容易被钩住的高度上。

"日比野先生，假设田代就是从这里窥探的，那家伙到底看到了什么呢？"筱原理事的声音也在发抖。

"问题就在这里。我也想知道这一点。"日比野警部补的声音冰冷而严厉。

田代信吉果然曾从这里往屋里窥探。他究竟看到了什么呢？不，更重要的是他后来怎么样了呢？

第十四章　氰化钾

令人窒息的沉默降落在呆立的所有人头上，这是一种冰冷异常、仿佛被冻结一样的沉默。天已经彻底黑了，众人简直连彼此的面孔都辨别不清了。

日比野警部补忽然想起什么似的说道：“对了，立花，你刚才说在房子周围转了一圈，难道就没有发现这条围巾吗？”

“没有，我……”立花茂树一面舔着干裂的嘴唇，一面说道，“我并没有转上一整圈。我只是从正门入口绕到了左侧，因为那边离后门近。后门也关着，我就想往后边绕，可那里有处卫矛树丛紧贴着房子，再加上悬崖坍塌，有些地方都走不通了。我因为讨厌粘上一身蜘蛛网，就折返回来。哪儿想到这里居然还会有这种东西……”

如此说来，日比野警部补的帽子上倒也粘着一点儿蜘蛛网。

“山下先生，照这样看，我们无论如何也要进去看一看了……”

“没问题。那就交给立花吧，让立花带我们进去就行了，只不过进去之后希望不要妨碍我们。”

“好的。”

大家返回前面的门廊。门廊的正面有门，上着锁，这一点在前面已经说过。门两侧有玻璃窗，其中右边是双槽推拉窗，接合处是用那种最原始的金属插销插起来的。立花茂树从警部补手里接过折叠刀，插进插销附近的玻璃边缘。

啪的一声，玻璃表面现出太阳光线般的裂痕，再一使劲儿，一部分玻璃便落到屋内。立花茂树伸进胳膊拔开内侧的插销，玻璃窗轻松地打开了，里面已经是漆黑一片。

筱原理事紧跟着立花茂树跳进去，然后说道：“请。”

“主任，金田一先生，请拿着这个。”还是近藤做事周到。他早就准备了两支手电筒。不用说，山下警部和等等力警部也准备好了同样的东西。

日比野警部补第一个跳了进去，说道：“各位，即使进来也别动。里面也许会留有犯罪痕迹。”

玻璃窗打开的一瞬间，有几只飞蛾一下子飞了起来，在交错的五道手电筒的光束中忽隐忽现，似乎在预示着某种不祥的结果。房间里已经完全黑了。

日比野警部补找到墙上的开关试着扭了一下，却只是咔嚓响了一声，电灯并没有亮。原来供电仍没有恢复。

五道手电筒的光束各自在房间内扫来扫去，不久，所有光束都集中到了房中央的桌子上。整座建筑比位于矢崎的槙恭吾的别墅更简单雅致，会客厅中央的桌椅之类也跟简单的房屋风格十分协调，展示着这里是附带家具的出租别墅。租房人只须把被褥和生活用具装进汽车从东京赶来就行了。

桌子上铺着一块钩花的桌布，上面似乎曾放过烟灰缸、台式打火机和花瓶等物件，可如今这些东西全被推到了桌子的一角，桌子中央收拾得十分干净。莫非有人昨晚曾在上面摆过什么东西？

只有那根大烟斗孤零零地放在收拾好的桌子中央，这又是怎么回事呢？这位房主在家抽烟斗，在外面吸卷烟，是个烟鬼，烟灰缸里却空空如也。

还有一样东西引起了金田一耕助、日比野警部补和近藤等人的注意。那是一盏放得离被推到一角的烟灰缸、台式打火机和花瓶稍远一些的青铜烛台。烛台的盘子里有被污垢染黑的旧烛泪，上面覆盖着一层新鲜的白色烛泪。

对于昨晚收拾这桌子的人来说，也许烟灰缸和打火机等东西并不需要吧？桌布和花瓶无疑会碍手碍脚，可是这烛台恐怕是必需的，而且就放在需要它的位置上。但这大烟斗又是怎么回事呢？它孤零零地放在桌子中央，有一种奇妙的暗示意味。

“立花。”金田一耕助在黑暗中喊了一声，把手电筒的光束移向窗边。立花茂树跟筱原克巳正靠在一起，绷着苍白的脸。

“你刚才说津村先生的烟斗塞住了，没法吸了，是吗？”

“对，因此津村老师才牢骚满腹。”

“日比野先生，请检查一下那烟斗。”

“呃，好的。近藤，你去检查一下。”

“OK！”

近藤答应一声，正要走向桌前，隔壁房间的电灯却忽然亮了。由于猝不及防，大家全都吓了一跳，金田一耕助忽然笑了起来。

“日比野先生，是供电恢复了，不信请打开那开关试试。你刚才不是打开，而是关上了。”

日比野警部补再次打开开关，当大厅的荧光灯闪烁了两三次后终于亮起来时，大家的脸上露出放心的神色。

“啊，可算是松口气了。”山下警部微笑着说道，“黑暗这玩意儿会把事态搞得更严重的。说实话，我心里刚才一直在打鼓呢。”

“这么说，这房子从昨晚到今天，开关就一直那么开着？”

等等力警部也舒了一口气，环顾房间。在荧光灯灰白的光线下，房间更显得煞风景，甚至不能仅以简陋来形容。

“应该是这样的。但由于停电，电灯一直没有亮，所以外面路过的人和今天白天来这里的立花才没有起疑。”

“这又说明什么呢？停电之前，有人回到了这里。正当其围着桌子跟某人谈话时，突然就停了电，于是这人就从某处拿来了烛台，是这样的吗？”

桌子被两把藤椅夹在中间。山下警部一面打量着藤椅跟烛台的位置，一面说道。

“大概是这样的吧。”

“烛台原先放在哪儿？”

“平时都放在那架子上，原本是用作装饰。”

立花茂树指了指墙壁，上面镶着一个简单的装饰架，上有一本跟明信片差不多大小的台历。台历的左侧放着一盏样式跟桌子上现在所放的烛台完全相同的、青铜材质的烛台，上面还插着一支崭新的蜡烛。原来这烛台是成对的。

轻井泽是一个多雷地区，雷电导致的停电事故时有发生，雷电太厉害时，电力公司有时也会提前拉闸断电。但凡有心的人家都会提前备好蜡烛，看来津村真二无疑也是个有心人了。

“原来是这样。”山下警部一面端详着两个烛台，一面说道，“对了，桌子上那个烛台上的蜡烛呢？”

“那蜡烛就在矢崎的现场。这烛台是成对的，无法连烛台也带去吧。”日比野警部补似乎也想明白了。

“是这样啊，这太有意思了。对了，近藤，你不是有件事要做吗？”

“啊，对、对。”

近藤慌忙走到桌子旁，取出手帕轻轻拿起烟斗，衔在嘴里使劲儿吹吸了两三次。

“这玩意儿，一点儿都不透气。”

“好。这么说，金田一先生，看来津村真二先生昨晚回过这里，无论钥匙在哪里。”

“恐怕是的。”

日比野警部补凑到金田一耕助身旁，视线再次落到散落在地板上的三根火柴上。红头的一根，绿头的两根，而且绿头的那根中间还折断了，似乎跟在槙恭吾的工作室里发现的出自同一盒火柴。

“槙恭吾很可能就是坐在这边的椅子上摆弄火柴的。因为烛台的位置是那样的。如此说来……”

日比野警部补的目光又落在藤椅上。那是一把简陋的藤椅，只在靠背和座位上贴有粗线条印花的棉靠垫。日比野警部补把脸一直贴到靠垫上，又摸摸坐的位置，然后伸手给金田一耕助看。

“金田一先生，请看这个……”

金田一耕助默默地点点头。警部补的手指尖上粘着疑似翅瓣的茶褐色东西。印花靠垫上也沾有疑似飞蛾体液的东西。

这里才是真正的杀人现场，这一点似乎已确定无疑。槙恭吾就是在这里被杀害的。他大概正坐在这把藤椅上，在桌旁摆弄着火柴，想以此向对面的某人说明什么吧。不久他就被人灌下了有氰化钾的饮料。是谁下的毒呢？

这疑问似乎是多余的。既然大烟斗在这里，那就说明津村真二昨晚的确回来了。而槙恭吾的死亡时间推定为晚上九点前后，津村真二完全有作案时间。可是，津村真二又去哪里了呢？

“立花，津村先生会开车吗？”

这也是金田一耕助正想要问的一点。

“会。老师有一台丰田科罗娜。”

“可这里没有啊。”

“事情是这样的。老师就算来到了这边，也经常会往返东京，毕竟他是大红人。前些天他还开着心爱的丰田科罗娜回了一趟东京呢，也不知道他当时是撞了别人的车，还是被别人撞了……”

“是他撞了别人。津村的那点儿破事我还不知道。”筱原理事一本正经地说道。

“也许是吧。他经常出事故，毕竟他这人总冒冒失失的。别的不说，就说这一次吧，车子破损十分严重，好像还进了某处的修理厂。不过现代音乐会无法耽搁啊，于是他就乘坐火车过来了，气得他好一阵发牢骚呢。”

“这么说，他会开车喽？”

“对，虽然就算是说恭维话，津村老师也很难称上是个模范司机……但他还是会开的。”立花茂树忧心忡忡地说道，“刚才听日比野先生说槙先生昨晚被杀了，这件事跟津村老师有关系吗？槙先生被杀之事跟这栋小屋究竟有什么关系？”

立花茂树逐渐激动起来，不过谁都没有立刻回答他。过了一会儿，日比野警部补才字斟句酌地说道：“假如有关系，那津村先生有没有某种动机必须要杀死槙恭吾呢？”

“岂有此理！”

立花茂树和筱原克巳几乎同时叫了起来。立花茂树越发激动，正要开口再说些什么，筱原克巳却阻止了他。

“津村就连一只虫子，不，他甚至连一只飞蛾都不会杀的。他那样的男人居然会杀人？真是天大的笑话！”

不过，有些穷凶极恶的杀人犯非常喜爱小鸟或是小动物之类，这种例子也不胜枚举。

“而且津村老师……”立花茂树终于控制住自己的情绪，说道，“其实他也很久都没见槙先生了。是我传的话，所以我比较清楚。久未见面却当晚就把对方杀死，您觉得这种荒唐事情有可能吗？津村老师可是既不疯也不傻的。”

“津村先生有氰化钾吗？”金田一耕助从一旁问道。

“氰化钾？这种危险的东西津村怎么会有呢？还有，氰化钾这玩意儿，我们一般人能轻易搞到手吗？”

“啊，这么说，槙先生就是被氰化钾害死的了？那岂不是更可笑了？津村老师昨天跟槙先生会面的事情，那可是槙先生自己上门的。津村老师完全没有预料到，就算是见面后突然起了杀心，也没地方去弄氰化钾啊。难道轻井泽的药店能随意出售这种危险的东西？若真是这样……若真是这样……”

“若真是这样，立花，你想怎么样？”山下警部微笑着问道。

“那我就去控告轻井泽的警察，不，我要控告长野县警！我控告他们对毒药取缔不严！不，在控告前，我还要先买一些氰化钾来，把诽谤津村老师是杀人犯的家伙一个一个全都杀死！全杀死！”

说着，立花茂树哭了起来，他把脸埋在筱原克巳的怀里呜呜地哭，场面实在感人。

“立花。”山下警部神情严肃地说道，“不光是轻井泽，全长野县的警察，不，全日本的警察都不会如此疏忽大意，你放心就是。日比野，这件事得慎重处置。看来相当复杂啊。”

“可是，若津村先生准备了一些氰化钾想用来自杀……”

“日比野先生，您把他跟千代子女士离婚的事情好像想得太严重了。津村可是个乐天派。乍一看，他因离婚十分痛苦，可那纯粹是表面现象。津村倒是很享受这种烦恼呢。”

“筱原先生说得没错。津村老师想自杀，这简直就是天方夜谭。如果津村老师真有这种想法，并且连氰化钾都准备了，我们是不会不知道的。因为老师是个冒失鬼，一个非常善良的冒失鬼。”

“等一下，立花。”金田一耕助从一旁插进一句，“这只是我忽然想起来的问题，希望你也不要太在意……与其说是问题，倒不如说是在向你征求意见。”

“好的，什么问题？”

“刚才日比野先生的一句话让我忽然想了起来，就是田代信吉的事。”

“田代怎么了？”

“田代去年殉情，结果只有女伴死了，他则获救。后天应该就是他那女伴的忌日了吧。他在这个时候来到轻井泽，很有可能是来吊唁的，当然也不能排除追随殉情的可能。”

“我也考虑过这种可能性。如果他真的这么想，我也会阻止他做这种荒唐事的。可是，金田一先生，这里面有什么问题吗？”

“田代去年因药物准备不足致使自己单独获救，活得丢人现眼。如果他今年打算追随殉情，会不会准备更足量的药物，也就是氰化钾呢？”

立花茂树不禁愕然，脸上略微露出一丝害怕的神色。正当他要开口反驳的时候，金田一立刻说：“不过，我也不是说津村先生就是用田代先生携带的氰化钾杀害了槙先生。如此荒谬的事情是不可能的。但田代会不会有杀害槙先生的动机呢？”

“这怎么可能。田代恐怕还不认识槙先生呢，至少在昨天之前……”

“那就好。刚才山下警部也说了，本案的困难之处就在这里。唯有这一点请大家做到心中有数，即这里就是犯罪现场。并且，既然津村先生的烟斗在这里，那么津村先生也肯定脱不了干系。还有，田代很有可能是从那个窗户上看到了什么。而且，两个人还都不在这房子里。”

这房子里一个人影都没有，这是近藤用他的罗圈腿转遍所有角落后得出的结论。

“因此我想拜托一下立花。了解津村先生跟田代二人的只有你，所以我们希望你不要对警察的办案方式带有偏见，并且希望你能以自己的方式，坦诚地与我们合作。也就是说，一旦你得到二人的信息，请一定要向警察报告，不要隐瞒。”

“金田一先生。”立花茂树哽咽着说道，“我坚信津村老师是无辜的，我在这里可以打包票，一旦有二人的消息，我一定会通知金田一先生。”

“多谢。对了，立花，这厅里丢没丢东西？比如说昨天还有今天却不见了的东西……”

“啊，您要问这个……我刚才倒也注意到了。那架子上现在放台历的地方，原先挂着一张巴托克的照片，老师是巴托克的崇拜者。”

“有多大？”

“不算大。差不多有平常的 B6 杂志那么大。”

“其他还有没有？”

立花茂树又巡视了一下四周，说道：“另外就是这玩意儿了。这台历，平时都是放在架子的角落里。”

“多谢。日比野先生，你还有什么安排吗？”

日比野警部补跟近藤商量了一下，说道：“请再往里边走走吧。看看还有没有什么东西不见了。筱原先生也请。”

会客厅的里面分别是八叠大的日式房间和三叠大的女佣房间，另外还有厨房、浴室带冲水设备的洗手间，哪里都没有发现津村真二的影子。

日式房间里铺着被分割成了三块的床垫，上面铺着被褥。枕边还扔着公文包，里面装着据称是津村真二昨晚指挥时曾穿的纯白衬衫、领结和黑色上衣。从这些情形来看，津村真二昨晚肯定曾回到这房子。如果是这样，难道津村真二真的是以立花茂树所谓的职业杀手的装扮消失的？

厨房收拾得很干净。会客厅和八叠间给人一种没人打理的凌乱感，可这样一个懒得生蛆的光棍家的厨房居然会收拾得井井有条，这引起了金田一耕助的注意。

“金田一先生，请看这个。”

近藤从配餐架上拿起一个火柴盒。不用说，为防止擦掉指纹，他是用手绢轻轻拿起来的。火柴盒比政府发行的明信片要小两圈，正反两面印着赠送火柴的杂货商的商标图案，但这商标跟在槙恭吾别墅里发现的火柴盒并不相同。

近藤打开火柴盒，里面露出的红头火柴的确是散落在大厅里的，因而跟槙恭吾工作室里发现的火柴是同一种。为慎重起见，近藤又打开火柴盒的另一头，结果里面露出来的绿头火柴也跟涉案的火柴是同一种类。

“近藤，你先从火柴盒上提取指纹。说不定会留有被害人的指纹。”

“那边的大厅里肯定也留有指纹，因为被害人并未戴手套。”

可是，据说杀手打扮的津村真二是戴着黑手套的。金田一耕助不由得不寒而栗。

“立花，津村先生在这里一直是自己做饭吗？”耕助朝立花茂树扭过头。

“对，老师在东京时也是自己做饭。”

“津村先生的厨房平常都是收拾得这么整洁吗？”

“怎么会。老师虽然在工作方面一丝不苟，可是在个人生活上十分邋遢。总之他笨手笨脚的，而且还是出了名的马大哈。不过这厨房收拾得倒真干净。”立花茂树也有点儿不可思议。

“这里放着威士忌酒杯和水瓶，威士忌的瓶子却没有了，这到底是怎么回事？津村先生喝什么样的威士忌？”

“若说威士忌，津村还是很奢侈的，他平时都是喝进口货，尊尼获加的黑瓶。”

筱原克巳加了一个注解，如此说来，据说去年笛小路泰久抱的那瓶威士忌也是尊尼获加的黑瓶。

“可是怎么没有威士忌酒瓶啊。老师平常都是放在橱柜这个位置。不会是唯独昨晚放到后面的冰箱里了吧……”

“后面的冰箱？什么意思？”日比野警部补当即问道。

“杂货间后面紧挨着悬崖，下面有个比较大的洞。老师把那里称作冰箱，生鲜食品之类全储藏在那里。我刚才看了一下，悬崖坍塌，洞被堵住了……”

“悬崖坍塌把洞堵住了？走，赶紧去看看。”

由于后门锁着，只得绕到前面。虽然外面已经完全黑了下来，但房子里所有电灯都亮着，反倒比刚才还亮堂了。

后门外的左侧是洗澡间的灶门，对面则建有一个小小的杂货间。由于来自背后的压力，杂货间已经往前倾斜了大半。杂货间背后有一块宽约两米的带状空地，由于背后悬崖坍塌，空地已被掩埋了五米左右，还有三棵杂树也整个滑落下来，繁茂的树枝倒栽在山崖下。

“洞穴在哪边？”

“那边，就在杂货间后面。”

“很大吗？”

“成年人弯下腰能进去。里面能铺开两张榻榻米甚至更大。据说是天然形成的，由于像冰室一样冷，津村老师就把它当作冰箱来用。”

可是，用手电筒一照，由于悬崖坍塌，树木歪倒，那里连靠近都是不可能的。

时间已经是七点，津村真二仍未回来，一身杀手打扮的他究竟到哪里去了呢？而田代信吉又是去了哪里呢？

第十五章　操夫人的推理

樋口操夫人完全陷入了亢奋状态。

一旦亢奋起来，这位夫人便露出了她的老毛病——絮絮叨叨没完没了，这一点让她的丈夫基一头疼不已。这位夫人有一种幼女般的幻想症，说着说着就会像孩子一样不断地产生幻想。在幻想的刺激下，她的絮叨越发没完没了，而在受到絮叨的刺激后，幻想便越发绝妙。

樋口操夫人这相互刺激的絮叨和幻想有时候是发自抱怨，有时候是发自忌妒，有时候又发自她对其他事情的愤怒和亢奋，总之她一旦说起来就口若悬河，别人连插嘴的地方都没有。这位夫人据说是东北人，说话带着东北口音。她到底是东京的女子美术学校毕业的，平时说话也听不出来，可一旦亢奋起来，她那东北口音便暴露无遗。难怪连基一都拿她没办法。

“你没事吧？这么亢奋……可千万别撞了车。”

尽管同行女伴战战兢兢，可是操夫人竟昂然说道：“你在说什么呢？我这还不都是为你着想？”

“要不你好好想想。这可是第三个人了，而且第四个人现在就在我家隔壁。就连这第四个都不知道会怎样呢。不信你等着，若真是那样，嫌疑必然就会落到你头上。被第二任丈夫抛弃的妻子就隐藏在第四个牺牲者的隔壁，谁都不会把这当成偶然现象。你可得挺住。”

“操姐。”对方已近乎哀鸣，由于极度害怕，连声音都发抖了，“讨厌、讨厌。你要那么理解，我可就直接打道回东京了。请你掉头到车站。”

“好吧，既然这样我也没办法。只是你想过这样做的后果没有？我是什么都不会说的，对你不利的话我绝不会乱说。可警察迟早会发现、调查的。被那女人的第二任丈夫抛弃的妻子，也就是你，居然偷偷摸摸地躲在那女人的第四任丈夫租住的房子隔壁……”

“我……我哪儿有偷偷摸摸地躲藏了。”

“可是警察会这么想啊，警察可都是疑神疑鬼的。他们会认为你是有意隐藏，会怀疑你是隐藏起来偷偷观察那男人的动静。不信你现在立刻就逃回东京试试。他们立刻就会怀疑你是在杀了第三名牺牲者之后悄悄逃离轻井泽的。难道这样的结果你也能接受？”

现在的操夫人正享受着自己的亢奋。亢奋打开了她的话匣子，话匣子又刺激了她的幻想，幻想回过头来又刺激了话匣子，而这种刺激又让她愈发亢奋。由于她一年的大半时间都耗在这远离人烟的轻井泽山谷里，空虚无聊便使她产生了种种消极的情绪，比如憎恶、抱怨、痛恨乃至无法实现的复仇心等，因此她一直靠这些充满恶意的幻想来麻痹自己，折磨自己。对她这个老女人来说，世上恐怕再也没有比这更痛快淋漓的兴奋了。

“要不你就主动送上门去？去告诉警察说那女人的第二任丈夫因为那女人而抛弃了你，虽然去年和今年都暂住在那女人第四任丈夫的隔壁，可这纯属偶然，你绝不是想要监视那个男人。可是你有这个勇气吗？”

“我讨厌这种事。我可不想被卷到这种案子里，再说我又没有在监视那个男人。”

“是吗？真的？”操夫人加重了语气，“你第一次来浅间隐住了三天左右，那已经是五六年前了吧？你当时不是还跟人说过吗？你说那么凄凉的地方打死也不会去了，无聊得要命。那么无聊透顶又不方便的地方，那个人……你说的当然就是我了，那个人居然一年到头都生活在那里，真是可怜死了。没错，我就是个可怜的女人。谁让我丈夫被别的女人抢走，让我无家可归呢。可是我认了，我不在乎这些。你又何尝不是这样呢？既然这浅间隐你一次就住够了，为什么去年和今年连续两年都来到了这里呢？警察会怎么看这个问题呢？就算你说纯属偶然，可人家会相信吗你？啊，危险！”

车差点儿就撞上了横穿十字路口的行人，还好操夫人来了个急刹车。

“你小心点儿，老太婆！”

差点儿被撞上的是一对年轻情侣，他们正要携手过人行横道，顿时像两只蚂蚱一样分头跳开，样子实在滑稽。

“你没注意到信号灯已经变红了吗？”

“什么啊，那孩子。”片刻之后，车子重新启动，操夫人愤愤地咕哝起来，“一个女孩子居然还用那种口气说话，这是什么世道啊。”

“操姐，哪里是什么女孩啊。你别看那样，人家可是个男人呢。”

“那头发披到肩膀上干什么？”

“最近不是流行这个嘛，男孩都留长发。”

“真恶心，我看这世道也到头了。所以啊，有多少好男人都被那种女人勾引去了，像你这么可爱的人也就只能跑到浅间隐这种无聊的地方来喽。”

“操姐，别再提了。”

“这样不正好吗，什么都不用顾忌。我可是为你好才这么说的。”

“可是，你光顾着说话，小心又要撞到人了。”

“拜托你说话别这么难听，我迄今为止还从未轧过人呢，也没有撞过。对了、对了，去年是一台破车，爬浅间隐的山坡时还在半道上熄火了，让你好一顿嘲笑。不过我这次是雷诺车，性能好着呢，而且我可是模范司机。先不说这个了，咱们刚才聊的什么来着？啊，对了对了。”

操夫人心情十分不错。由于今天停电不知什么时候才会恢复，于是操夫人便叫上客人一起到外面吃晚饭，在吃中华料理的地方听到了槙恭吾的案子。

她平日里就对女人的水性杨花和男人的不忠恨之入骨，因此对她来说，再也没有比这更合胃口的话题了。更何况她还暗自为自己能跟这案子扯上一点儿关系而感觉良好呢。至于这话题会如何让这位年轻的朋友受伤烦恼，她才不会关心。

“去年夏天，我在东京遇到久违的你，并在无意中提到那女人的第四任丈夫就在我隔壁租房的时候，你不是立刻就来了吗？你立刻就来到一次就住腻了的浅间隐，我可是全都帮你记到日记里了。你在十四日傍晚飘然来访，然后时隔一天后的十六日早晨，那女人的第一任丈夫就被发现离奇地死去。我事后翻看日记才大呼过瘾。你到底是跟那个姓笛小路的男人乘坐同一趟火车来的，还是紧跟在那男人后边来的？”

“别再说了。我跟那个人可什么关系都没有，只是偶然乘坐了同一趟火车而已。”

“看看，都交代了吧，这就叫不打自招。可是你不觉得这很奇怪吗？对了，我最近正在读侦探小说呢，近来好像是叫推理小说了，不过对我这种年龄的人来说，还是叫侦探小说更有感觉。我读的主要是外国的小说。但我就算读侦探小说，也对侦探毫无兴趣。我总是同情凶手。读侦探小说时，最终的结局总是凶手被捉住，对吧？于是我总是在想，这些人是多么愚蠢啊！要是我，就会给他们点儿颜色瞧瞧。所以最近我每天都要‘杀’上一个人，‘一日一杀主义’。可好玩了，用各种方法杀人，呵呵。”

操夫人愈发入戏，愈发亢奋，说的话也愈发危言耸听。不过，这奉行“一日一杀主义”的操夫人对自己的生命似乎非常珍惜，车子开得倒挺稳当。

“亲爱的，我刚才说过你不打自招了，对吧？你知道那男人，知道那女人的第一任丈夫，对吧？所以你不觉得奇怪吗？在跟你一同来到这里的第二天，那男人就在这里离奇地死掉了。对了，那正是去年十五日盂兰盆节晚上的事。回去之后我就调查了一下日记。不，就算不翻看日记也照样记得一清二楚。我的记忆力可是没的说，谁让我是马普尔小姐呢。”

操夫人越来越起劲，口若悬河，不着边际。她所谓的马普尔小姐似乎是阿加莎·克里斯蒂作品中的一个老处女。若说这马普尔小姐，应该是个侦探角色，由此看来，这位总是以凶手同情者自居的夫人有时候也会随机应变地化身为侦探。

“那天晚上，你以去看盂兰盆会舞为名一个人出去了吧？那天晚上雾很大，雾一大我就会犯神经痛。那可是个烦人的病，让人心情郁闷，所以我不是挽留了你吗？我说这样的夜晚就算有盂兰盆会舞也没意思。可你还是一个人出去了，从那时候起你就慌慌张张的。你回来时是几点来着？九点，十点，还是十一点？看来还是得查查日记才行。不过，我清清楚楚地记得，你当时脸色苍白，浑身发抖。你说是在浓雾里待的时间太久感冒了，还咕嘟咕嘟地喝起自带的威士忌。当时我还问你是从什么时候喜欢上喝威士忌的呢。”

女人把脸挡在黑色的面纱后，虽然隔着面纱，也能看出她的脸色已经白得像漂白布一样。操夫人也知道，可在一种残忍的快乐的驱使下，她仍无法控制自己的饶舌。

“而且，第二天早上你就仓皇逃了回去，对吧？当时我什么都没有觉察，不过傍晚看电视新闻时，却看到那男人的事上了电视。于是我就幸灾乐祸，把前一晚的事情仔仔细细地记到了日记里。”

“那……那就是说，你认为杀人的就是我？”

“杀人？看看，又不打自招了吧？就是说，那男人果真是被杀的喽？但报道上说不是自杀就是死于事故。好了，谁让我一直是凶手的支持者呢，不用担心。不过如此说来，你昨晚的表现也挺奇怪。那是几点钟的事情来着？我虽然这把年纪了，却总是吃得饱睡得香，谁让我问心无愧呢。”

尽管标榜自己是“一日一杀主义”，却仍问心无愧，若真是这样，这位夫人恐怕不是个乐天派，就是在游戏人生了。怪不得会是侦探小说迷。

“你冷不丁就钻到了我的床上吧？还说起风了，二楼哗啦哗啦响，睡不着。虽说我那床是双人床，睡两人也没问题，但还是睡不踏实。你辗转反侧，到半夜时还做了噩梦。从你二楼的房间可以看到隔壁的小屋吧？你昨天晚上看了吧？肯定是看到了什么，看到津村真二先生的房子里发生了什么。如此说来，你钻到我的床上时，睡衣都湿了呢。你是不是趁我熟睡时偷偷溜出了房子？啊，真遗憾，我这人也太贪睡了。看来问心无愧也有利有弊啊。”

操夫人说完，抿嘴一笑，这分明是说话者本人要施以最后一击时的会心一笑。这大概就是所谓的窃笑吧。从后视镜中看到这笑容的女伴不由得毛骨悚然。

“亲爱的夏江，你打算怎么处理那东西？”操夫人的声音温柔得离奇。

“那东西……

“你少装糊涂，就是氰化钾。”

一瞬间，女人猛地一哆嗦。通过身体接触立刻感知到这一点的操夫人感到了无比的愉悦。

“你可别说你不知道氰化钾为何物，你骗不过我。被那女人抢走丈夫是几年前的事来着？你来到了浅间隐，当时还拿出氰化钾，说要跟我一起死。虽然你我都是被丈夫抛弃的女人，可以说是同病相怜，可不巧的是，我并非被抛弃。现在也一样，因为我根本连婚都没离呢。丈夫这玩意儿是一种很闹心的动物，我只是暂时将他寄放在其他女人那里而已。说白了，就是给丈夫找个玩具玩而已。那死鬼马上就会回到我身边跪地求饶。对，没错，肯定会这样，这一点我跟你是截然不同的。”

由此看来，这位夫人恐怕不知已经等了多少年了。她恐怕每天都在翘首以待，等待电话，等待来信，甚至等待她丈夫亲自来跪地求饶。然而当希望一个个化为泡影，夜幕降临的时候，她就幻想着用种种手段杀死丈夫跟那个可恶女人。久而久之，她便练成了这“一日一杀主义”。

“你当时那气势汹汹的样子吓死人了，完全就是气疯了。你发疯地说不活了，让我跟你一起死，一起奔赴黄泉路。我也对你同情不已，放声痛哭。不过，请不要误解。我刚才也说了，我只是同情你才哭，不是感同身受而哭。因为我完全没必要与你感同身受，毕竟你是被丈夫抛弃了，而我不一样。但幸亏你听了我的劝，回心转意了。”

但事实可能正相反。或许提出自杀的是女伴，而产生强烈共鸣并发疯般寻死觅活、还让对方一起去死的，正是操夫人。女伴反倒害怕起来，于是死神便落荒而逃，连滚带爬地逃回了东京。可无论如何，女伴带有氰化钾一事却好像是事实。

“喂，亲爱的，昨晚那人是被氰化钾毒死的吧？真是太棒了，你到底是如何让那人，就是让昨晚那人服下氰化钾的？能不能教教我。你不用担心。我刚才不是说了吗，我一直是站在凶手这一边的。”

“操姐。”女伴的声音很严肃，“假如……我是说假如，你听好了，假如说就是我给昨晚那人下的毒，那动机又是什么呢？我为什么无缘无故给人家下毒呢？”

“怎么能说是无缘无故呢？昨晚那男人不是那女人的第三任丈夫吗？这缘分还算小吗？”

“那倒也是啊。可就算是这样，我为什么非要给那人下毒不可呢？”

“所以你才把那女人曾经的丈夫一个个都杀了啊，使用种种手段。”

“那你是说我连自己的前夫都杀了？”

“当然。你最痛恨的就是那畜生吧？所以你自然先拿他开刀。”

“可我根本没有汽车啊。我连开车都不会。”

“所以你才雇了杀手啊，最近不都时兴这个吗？报道上经常有的。”

“雇杀手？”女伴沉默下来，思考了一会儿，说道，“可是，操姐，我为什么要把那女人的丈夫全都杀死呢？还不惜使用各种手段。动机又是什么呢？”

“这不是明摆着嘛。就是为了嫁祸给那女人啊，把那女人塑造成一个杀人魔鬼，送上断头台。你可真不是一般人，所以我才特别喜欢你，我一直觉得你一定会下手，那可是一个让你连氰化钾都备下了的女人，她是自作自受。你真是太棒了。”

“你先等等。你这么夸奖我可承受不起。可那女人为什么要做那种事呢？她也需要动机啊。动机又是什么呢？”

“这还用说吗？大家不都在说，那女人正在跟即将成为第五任丈夫的男人处于热恋中。若是前夫们还活着，那不是很可笑吗？毕竟这次的丈夫人选可是个大人物，是前公爵的大少爷，战后的大富豪，而且还很有男人味。说句难听的话，你以前的男人连人家的半根脚趾都赶不上呢。所以，那女人自然就产生了一种想法，纵然是杀死三五个男人也在所不惜……”

“是啊，若是那女人，就算她不去雇杀手，也会有仰慕者为她赴汤蹈火在所不辞。”

“没错、没错。我想说的就是这一点。而且她毕竟是那种女人，决断力肯定超过常人一倍。所以，她会命令仰慕者……”

“可她这次的丈夫会答应她这么做吗？他能真心爱上一个沾满男人鲜血的女人吗？”

“所以说这正是她这次的丈夫教唆的啊，嫌弃前夫们活着碍眼呗。”

“可是，如果一个男人真正爱一个女人，会让心爱的她去干这种事吗？让她罪上加罪？”

“所以才说是她这次的丈夫干的。那男人可不是一般人，他不但让战后差点儿倒闭的神门产业起死回生，还把它发展成了今天的大企业。只要被他盯上，无论付出多大代价都会搞到手。所以他一旦迷上了那个女人，杀上三五个人那还不是小菜一碟。据说那男人信奉的原则就是顺我者昌，逆我者亡。”

操夫人的推理变化无常，令人丈二和尚摸不着头脑。她亢奋至极倒也没什么，语言却越来越粗俗，令人无法忍受。

“哎呀，我该怎么办啊？”操夫人忽然没头没脑地叫了起来。

“什么怎么办？”

“电灯怎么亮着啊？”

“电灯亮了好一阵了。马上就到浅间隐了，你可得认真点儿。千万别再像去年那样熄火了。”

汽车慢慢朝金田一耕助今天路过两次的那座桥靠近。路在桥对面变成了V字形，爬上左边的山坡就是浅间隐，而往右一拐就是樱泽，这一点我们在前边已经提过。

当操夫人驾驶的雷诺车来到桥头的时候，从浅间隐方向驶来的两辆车正急拐弯进入樱泽方向的岔道。

“啊，那不是警车吗？浅间隐出事了？”

“操姐。”女伴的声音在发抖，“如果浅间隐出事，刚才你的那些事会告诉警察吗？”

“我才不呢。我不是说过了吗，我永远都站在凶手一边。而且我非常讨厌警察，那些家伙就像驴一样，全都没脑子，一点儿都不可靠。”

跟丈夫闹纠纷的那一阵子，操夫人把辖区警局的门槛几乎都踩烂了，说哪怕只把田园调布的房子拿回来也好，可事情最终也没有得到解决。自那以来她就对警察十分不信任，而且每次接待她的那个警察耳朵还出奇地大，于是她便认定警察全都是驴。

爬上浅间隐的山坡后，只见左手边津村真二的小屋里灯火通明，有人正在进进出出。烧过的浅间石的悬崖下停着两三辆车。

“果然出事了。你昨晚看到什么了，对吧？”这位日本产马普尔小姐的好奇心顿时燃烧起来。

“亲爱的，我求你了，什么都不要告诉那些人。到时候我会告诉你，到了该说的时候，我会第一个告诉你并跟你商量。我求你了。在那之前拜托你什么都不要说。”

“放心，我知道。我不是一直在反复强调吗？我永远都会站在凶手……也就是你这一边。”

车子经过津村真二的小屋旁，停到操夫人自己的别墅前，一名年轻的便衣警察走上前来。原来是满脸青春痘的古川。

“请问您是不是樋口操夫人？”

“我就是樋口操……”

从狭窄的雷诺车驾驶座上下来的操夫人穿着一身像蝉羽一样光亮的、犹如丧服一样的黑色套装，在同龄的日本女人中，她算是个高个子。

“出事了吗，隔壁那边……”

“嗯，关于这件事我们正想问您……”

“啊，是吗？亲爱的，”操夫人朝仍僵在汽车里的女伴扭过头。“亲爱的，你先进去打开灯。我讨厌黑暗。”然后她又朝古川回过头，说道，“什么事？”

说着她便朝隔壁方向走去，散发着威风凛凛的气势。她的脸盘在女人中相对较大，皮肤白皙而优雅，但左眼大概是有点儿眼底出血，看上去浑浊无光，有些吓人。

“啊，那个……”

古川朝车里的女人扫了一眼，倘若是等等力警部或者是罗圈腿刑警近藤，恐怕一眼就会认出她就是被凤千代子的第二任丈夫阿久津谦三抛弃的藤村夏江。

从仙台女子中学到女子美术学校，藤村夏江都是樋口操的学妹。自从被阿久津谦三抛弃后，她就退出了话剧界，在女子美术学校的一名学姐经营的妇女服装杂志社里供职，低调地混着日子。

去年笛小路泰久离奇死亡案发生的时候，藤村夏江似乎来过这里。而日比野警部补却遗漏了这一点，这不能不说是他调查上的一大失误。犯罪调查似乎困难重重。

第十六章　万山庄的人们

笛小路笃子突然变得心神不宁。她觉得有阵阵冷风吹进这大厅，全身都难受。莫非只是因为自己在年龄上跟其他人相差太大？并非如此。

就说刚才，在对面餐厅一起吃饭的时候，现场还没有这种僵硬的气氛。高原宾馆还专门派来了厨师，饭菜无可挑剔，吃饭的过程中大家也是谈笑风生，都不忘奶奶长奶奶短地安慰笃子。媳妇千代子也十分得体地跟她打招呼。进餐过程中说话最多的当属樱井铁雄和村上一彦，二人一面不时地说几句俏皮话逗大家笑，一面不失时机地把话题引到自己身上。虽然的场英明是第一次见面，不过其他人都是老相识，所以气氛也非常融洽。笃子还带有一种自负，自认即使在这样的场合也绝不怯场。

当时那些人谈的是什么话题来着？对了对了，谈到了明天高尔夫球大赛的事情。去年是十五日举行，今年也同样是在明天的十五日由忠熙来主办，笃子今天在来这里的车上就已经听铁雄说过了。

他们又商量了一下，大家好像都参加，在这一点上也没有任何分歧。美沙说自己也想参加，笃子刚责备了她两句，一彦便说："这有什么不好的，奶奶，我给她做教练。美沙小姐天赋不错。"

他爽快地说完后，坐在一旁的熙子和熙子对面的铁雄也帮起腔来。今天从长野原到轻井泽的路上，笃子跟铁雄一直乘坐同一辆车，这人似乎有一个"极乐蜻蜓"[①]的绰号。

"没问题吧，阿姨？美沙就交给我好了。"一彦的语气始终充满阳光。

于是千代子也微微笑道："我倒是没问题，但一切还得看奶奶的意思。"

众人围着一张长方形的餐桌而坐。忠熙坐在正面，对面坐着千代子，这是女主人的位置。从忠熙的位置往右拐过直角是笃子，再右面分别坐着熙子和一彦。笃子的正对面是的场英明，然后并排坐着铁雄和美沙。千代子在一彦和美沙的左右陪衬下，显得十分幸福。

所有人的语气都很融洽，也没有任何成见，所以笃子也最终选择了妥协，答应让美沙明天参加高尔夫球赛。忠熙对此一句话都没有插嘴，眼角始终堆着笑。侍者是由老女佣多岐跟女佣登代子担任的，连笃子都感慨招待得十分周到。秋山并没有露面。

明天就是泰久的忌日。虽然笃子对他毫无感情，可碍于情面，她还是打算在泰久绝命的这轻井泽为他办一场略表心意的法事。不过，笃子还没有傻到会在这里提出这种话题的地步。在这次的聚餐中，若说还有什么事让笃子放心不下，恐怕也就只有这一点。

①在日语里指游手好闲的人。

然后还谈到了什么话题来着？对了、对了，还提到了摩亨佐达罗和哈拉帕之类的名字。一谈到这些话题，的场英明就滔滔不绝。忠熙也对这种话题很感兴趣，笃子就乖乖地听着。看的场英明那高谈阔论的样子，似乎是想把忠熙拉拢过去，可如此一来，千代子将会怎样呢？笃子有点儿担心。虽然的场英明的谈论逐渐火热起来，但他还没有性急到当场就要得出结论的地步。忠熙也并不单纯，尽管他听得很热心，可最终也仅限于听听而已，然后会餐就结束了。

聚会地点随后移到了大厅。笃子本想就此作别，可觉得刚吃完饭就走实在太失礼，便决定再休息一会儿，可就在她犹豫之间，现场的气氛却急转直下。原因究竟是什么呢？其实笃子也隐约明白。正因如此，她才一直怀疑金田一耕助的来由。

大厅有二十叠左右。天花板一直贯通到二楼，中央是枝形吊灯。墙壁上到处都安着牵牛花形状的西式电灯，大厅里亮如白昼。除了通向露台的巨大拱形门扉之外，左右两侧还安着对称的矩形窗户。门和窗都是用由菱形和矩形组合成的同款木条做成。窗外殖民地风格的露台天花板也是由菱形木条组成的，每隔一定距离便有一盏跟房间内一样款式的吊灯，也是灯火通明。天花板之所以设计成贯通式的，大概是为了让夏季更舒适，而大厅这边则砌有环绕着伊斯兰风格的多边形拱形结构的大暖炉，洋溢着一丝令人怀念的明治风格，透着时代的印记。大厅里放着几把扇形靠背的藤椅，旁边分别搭配着藤茶几，一切都显出恬静的气氛。笃子不便立刻告辞，也是被这明治格调迷住的缘故。

移到大厅之后，融洽的聊天仍在继续。大家各自找到彼此的聊伴，享受着聊天的乐趣。笃子的聊伴是熙子，她一直在询问今天那起交通事故。

这时，多岐走了进来，说道："金田一耕助先生打来电话。"

大厅气氛的冻结就发生在这一瞬间。大家停止了闲谈，一齐望着忠熙。忠熙犹豫了一下，说道："啊，是吗？那我过去接一下。"

其实大厅里也有台式电话，就安在一个带轮的小推车上，可以在大厅里任意移动。但忠熙还是离开了房间，闲聊就此陷入了冰谷。大家似乎都知道金田一耕助是何人。

"哥哥，是客人？"敏感的美沙似乎被现场的气氛吓到了，低低的声音在发抖。

"没事。不用害怕。"一彦小声地安慰了一句，不过声音中分明失去了刚才的阳光。

笃子直起身子审视着每个人的脸。除自己以外……不，除了自己跟美沙以外，似乎所有人都知道金田一耕助这个名字，而且这名字还让他们产生了一种紧张的联想。

十分钟后，忠熙回来了。笃子正想站起来礼节性地道别，可还没等她起身，忠熙便抬手阻止了她。

"啊，夫人，请您再稍待一会儿。刚才的电话……"忠熙的眉间露出难色，"就是从您府上打过来的。"

"从我家打来的？"

"您樱泽的别墅。"

"从我家的别墅打来的？什、什么意思？"

"我从刚才就想告诉您，只是一直没能找到机会。看来您还没有听说。"

"到，到底是什么事？"

“今天早上，槙恭吾被人发现在轻井泽离奇死去。”

笃子盯着忠熙的面孔沉默了半天。尽管她都一大把年纪了，可腰不弓背不驼。听了忠熙的话后，她越发挺直了身子，露出秃鹰般的眼神，表情几无变化。由于她沉默得太久，其他人甚至连大气都不敢喘。许久之后，她终于开口说道：“还是在那个神门泳池吗？”

“不，不是神门泳池。槙先生是在他矢崎的别墅里被发现死于非命的。”

“死于非命？”

“喝了氰化钾。”

铁雄跟熙子应该都还不知道氰化钾的事情。二人全都吓得喘不上气来，而笃子的表情却没有变化。当然，那可怕的脸色越发可怕了，这一点毋庸赘言。

“槙先生是自己喝的氰化钾，还是……”

“警方也还没有弄清这一点，但已怀疑是他杀并展开了调查。”

“可是，这件事跟我家别墅又有什么关系呢？”

“这件事啊，由于是电话通知的，有些情况还不太清楚，但警方似乎想找津村真二问点儿事。津村正在星野温泉搞音乐会，您知道吧？”

“他去年也搞过啊。”笃子含糊地答道。

“所以警察就去了他那边，从现场去的。可我听说，本该待在那里的津村却不见了人影。对了，一彦。”

“嗯？”

“你刚才所说的立花听说就在星野温泉。”

“啊，立花出事了？”

“很抱歉打断一下，您说的那立花是……”

“这立花啊，就是一彦高中时的朋友，同时又是津村的学生。立花似乎是这次音乐会的负责人，因此他知道津村的别墅。听说津村跟去年一样，还是在浅间隐。”

“听说那里是租住的别墅啊。”笃子仍模棱两可地回答着。她的视线钉在忠熙身上，表情始终非常僵硬，没有任何变化。

“啊，是吗？总之，警方在立花的带领下去了趟浅间隐，结果在那里也没能见到津村的影子，因此津村的嫌疑就越来越大。听金田一先生刚才在电话里的口气似乎就是这种感觉。”

忠熙刚才所说的最后一句实在不该轻易吐露，而他也还没有糊涂成这样。可他还是说了出来，莫非是有意说给在座的某个人？

“那个，抱歉，请问您所说的金田一先生是干什么的？”

“您不知道金田一先生？”

“我早就两耳不闻窗外事了。唯有守望这孩子……守望着美沙子的成长是我下半辈子唯一的乐趣。”她最后一句话似乎纯属多余。

“啊，那是当然。金田一先生是个有点儿奇怪的人物，总之就是干私家侦探的那种人。虽然‘那种人’这个词听起来有些失礼……”说到这里后，忠熙的语气突然热烈起来，“由于某种原因，我一直希望能了解一下从前年到去年接连发生的几起案子的真相，我想这种心情夫人您也可以理解。于是我就拜托金田一先生来调查，因为两三天前我恰好就在这里遇上了他。可当时，金田一先生只是回答说先考虑一下。今天早晨又发生了这第三起案子，于是我就再次恳求他出面调查，他这才答应下来，赶赴现场。”

“您也去过现场了？”

“跟阿凤一起去的，毕竟我不能把她一个人撇下。结果金田一先生就来了。”

“一彦先生也一起去的？去那现场……”

“怎么会呢。我今天不是跟美沙小姐在一起吗？”

“不过，这次的事情你却知道，对吗？”笃子一副责备般的语气。

“对，我是听秋山先生说的。因为秋山先生跑到南原去迎接金田一先生了。昨晚我们也……”

一彦的话还没传到众人的耳朵里，笃子就插了进来，声音十分尖利。“那金田一先生就在南原？”

“对。听说是暂住在南原南条诚一郎先生的别墅里。恰好隔壁就是……奶奶，您怎么了？”

向来喜怒不形于色的笃子此时都不由得脸色大变。她紧紧地攥着等等力警部在火车上曾看到过的那个手袋，细细的手指犹如铁丝般有力。而当她意识到众人的视线都聚到自己身上之后，紧绷的嘴唇上才终于浮出一丝微笑。

“飞鸟先生，您认识一位姓等等力的先生吗？虽然我不知道他的习惯称呼是什么。”

“等等力先生？奶奶，不就是今天跟您一起乘车从长野原到这里的那个人吗……”

“极乐蜻蜓”樱井铁雄不由得从藤椅上站起身，因为笃子的脸色出奇地难看。

“对，从上野就一直在一起。他说要去南原南条诚一郎先生的别墅……”

“那，难道您完全不知道他的习惯称呼？”

“夫人，那个人，是不是个子跟我差不多，仪表不凡？”的场英明从一旁说道。

“对，您这么一说还真是，的场先生认识那个人吗？”

“飞鸟先生不认识那个人吗？”

“不认识，是名人吗？”

“从某种意味上说算是吧。他不就是金田一先生那有名的搭档、警视厅搜查一科的等等力警部吗？”

一瞬间，椅子上的笃子变得直挺挺的。她紧紧攥住缠在左手的黑色手袋，一脸凝重，原本就非常可怕的表情此时变得愈发吓人。

“我也只见过一次，事后才听说是个有名的能人。金田一先生跟等等力警部，这二人一唱一和，从某种意义上说也算是名人了。”

忠熙刚想说句什么，可他忽然又改了主意闭了口。也不知“极乐蜻蜓”铁雄是否察觉到他的反应，只听他继续说道：“那就是说，奶奶，他在火车上跟您聊了很多喽？他没告诉您他是警视厅的人？”

笃子根本没有回答。大概是因为愤怒和屈辱，连话都说不出来了。

倘若樋口操夫人在场，恐怕又要一展她天生的口才，来一番长篇大论——所以说那些臭警察才全都是狗东西啊，因为他们什么东西都要用鼻子来闻一遍，所以才被称为人民的公敌啊，等等。

“可是叔叔，津村老师不是不在吗？那金田一先生为什么还要去樱泽呢？”

还是一彦脑子快，缓解了现场的尴尬。

“啊，这件事啊，他说有点儿事想问一下美沙小姐，希望能把美沙小姐留下来，他马上就赶过来，怕彼此错过，所以打了电话。”

大家一齐望向美沙。众目睽睽之下，美沙不由得身体发硬，可爱的表情也变得僵化。只有笃子对她连睬都不睬，这让美沙的心情越发难受。

“美沙，你怎么了……”

千代子实在不忍看下去，刚要开口，却被忠熙从一旁制止。

“阿凤，你最好什么都不要说。人家只是想问几句话而已，也没什么大事。”

对话就此中断，又过了三分钟左右，多岐来到门口说道：“金田一先生到了，另外还有两名警察……”

忠熙刚从椅子上站起来，金田一耕助便走进房间，依然是一副超凡脱俗的样子。

“实在是打扰了，大家好不容易聚到一起，却闯进我这么个奇怪的家伙来，请见谅、请见谅。”

当笃子明白眼前这位身穿皱巴巴的裤裙、头发十分蓬乱的寒酸男人便是金田一耕助时，她的身子越发僵直，眼睛里燃烧着敌意，仿佛吃了一记肩透[1]。她连忙用目光寻找等等力警部，却没有看到他的影子，只有日比野警部补跟罗圈腿刑警近藤在一起。

“哪里哪里，金田一先生，今天实在是有劳了。我先给您介绍一下。”

连忠熙这样的人物都大献殷勤，笃子自然越发吃惊，眼睛里也越发充满了敌意，越发变得可怕。

“这位是笛小路夫人，美沙小姐的祖母。那位就是您要找的美沙

---

①相扑决胜技巧之一。在对方深入进攻时，伸出一手搭住对方肩膀，让开身体，用另一只手猛击对方肩部，使其向前倒下。

小姐。”

美沙早已从椅子上站了起来，眯着眼睛打量着金田一耕助那蓬乱的头发。听到忠熙介绍，她才慌忙点头致意，然后红了脸低下头。金田一耕助刚要微笑着打招呼，笃子尖锐的声音却插了进来：“先生，美沙她怎么了？这孩子才十六岁啊。”

“请不用担心。我只是有两三个问题想问问她。美沙小姐，我们待会儿再聊。”

“听说金田一先生认识的场先生，是吗？”忠熙根本没拿笃子的脸色当一回事。

“已经是前年了吧，曾承蒙他的帮忙。至于一彦嘛，刚才就已经见过面了。”

“那一位是我的女婿樱井铁雄，旁边是我的女儿熙子。”

一彦这才明白过来。难道叔叔早就知道金田一耕助要来这里，才故意把相关人员都召集到一起？若是这样，且不说的场老师和自己，熙子姐姐跟铁雄姐夫又是怎么回事呢？难道这二人也都跟这次的案子有关系？铁雄如今正躺在安乐椅里，一脸稀奇地打量着金田一耕助，熙子则礼貌地点点头，无聊地摆弄着手绢。

接下来，金田一耕助介绍了日比野警部补和近藤刑警。注意力一直被耕助吸引的笃子这才注意到这位罗圈腿刑警，弄得藤椅都咯吱响了一声。笃子记得这个男人。去年秋天，这男人曾造访过自己在吉祥寺的家。

罗圈腿刑警微笑着点头致意。

“金田一先生，该怎么办合适呢？需要一个一个叫进房间单独讯问吗？对面早就准备好了一个小房间。”

“我看就不必了吧。大家心情都这么惬意，我看干脆我们也加入进来，谈笑之间就把事情解决了。日比野先生，你意下如何？”

“好的，一切全由先生。只不过，有件事我想私下里问问凤女士。”

“哟，我肯定没问题。任何事情您都可以在这里问。只是，如果是涉及调查方面的机密，那就另说了……”

“那我们就随机应变吧……该从哪里说起好呢？”

金田一耕助把身体深深地埋在藤椅里，仰望着高高的天花板。天花板是木质的灰泥天花板，典型的明治建筑样式，颜色暗淡，显得古色古香。周围用浮雕做了三层边框，中央同样是浮雕的大花，花中心则吊着雕花玻璃的枝形吊灯。

“失敬了。那，日比野先生，在询问美沙小姐之前，能不能先把浅间隐的情况给大家介绍一下？反正各路新闻记者都拥来了，哪怕只披露一下明天早报能刊登的部分也好。”

“好的。”

年轻的警部补大概是意识到该轮到自己出场了，他略显紧张地整理了一下思路，很快便把视线转向忠熙和千代子。

“想必你们都已知道今早槙先生的尸体是在何种状态下被发现的，毕竟是那个样子，所以我们在调查初期便把那工作室当成了犯罪现场，这也实在是无奈之举，还请理解。”

忠熙和千代子全都一愣，可还没等他们开口，警部补就继续说道：“可是，在金田一先生的提议下，我们怀疑真正的犯罪现场并不在那里。被害人拥有一辆希尔曼。他很可能在昨晚六点之后开车外出了，并且在目的地被下了毒，死后又被用车运到了矢崎。这种嫌疑已非常大。”

所有人都闭口不言。在这天花板很高的大厅里，尽管是盛夏，可由于是高原气候，而且又在夜里，一过八点气温便急速下降。冷飕飕的空气弥漫在房间中。日比野警部补从高度近视的眼镜片后面审视着忠熙跟千代子的脸色，说道：“可是，我们仍不知道真正的犯罪现场在哪里。而另一方面，我们急需见到津村先生的事情想必飞鸟先生跟凤女士也都知道吧？”

忠熙跟千代子默默地点点头。

“因此我们便去了星野温泉。可是，本该待在那里的津村先生却没在。这一点主办方也觉得很奇怪，于是负责的筱原克巳跟立花茂树……对了，听说立花茂树君是您的朋友？”

“对，立花提到我了吗？”

“没有，立花什么都没有说。刚才金田一先生给您打电话时，才知道他跟您的关系。”

“啊，原来是这样，然后呢？”一彦十分理解满座人的紧张心情，言简意赅地催促道。

“听筱原先生和立花谈话的过程中，我们忽然感到了一种不安，觉得非常有必要去津村先生的别墅看一下。幸亏立花知道那别墅，于是在他的带领下，我们就去了一趟浅间隐。可是那里也没能见到津村先生的人影，不仅如此，我们甚至还怀疑，也许那别墅才是真正的犯罪现场。金田一先生，我这样说可以吗？”

“言简意赅，介绍得非常好。那么诸位，如果有问题，请尽管提问。当然，有的问题日比野先生能回答，有的则无法回答。”

“那我先来。”沉默了一会儿，忠熙投来严肃的目光，说道，“这么说，槙昨晚去浅间隐的别墅造访了津村，而津村在那里给槙下了毒，将其毒死后又把其尸体用希尔曼拉到了矢崎，并把那里伪装成了犯罪现场，是这样的吗？”

“目前看来是这样的，在时间上也很吻合。您也知道，槙先生的死亡时间是在九点到九点半之间。可是……”日比野警部补把昨晚的经过简要地介绍了一下，又说道，“立花说他先在旧道的入口让津村先生下了车，当他开车折回六本辻时就停电了。由于昨晚的停电是从八点零三分开始的，所以津村先生下车的时间应该是八点左右。我们的调查结果也显示，停电不久后，的确有人在旧道购买过手电筒，从外表长相看的确是津村先生。而照此推断，他应该是在八点三十分之前返回了浅间隐。而且我们也有证据显示津村先生昨晚肯定返回过浅间隐。”

冰冷的沉默滑落进大厅，大家都呆呆地凝望着自己视线的前方。对于某些人来说，这或许只是毫无意义的凝视，可对某些人来说，这凝视中也许就隐藏着某种深深的意味。日比野警部补的视线则死死地盯住凤千代子不放。

“可是……如此下结论也未免太操之过急了吧。”

忽然，一个声音冷不丁冲破了凝重的空气，说话者竟是所有人做梦都未想到的“极乐蜻蜓”樱井铁雄。

第十七章　愚人的瞎猜

铁雄的这句话分明是不假思索地脱口而出。比起这句话本身的意思来，更让大家吃惊的是他的语气，仿佛一个梦游患者的呓语一样，冷不丁冒出这么一句。就连铁雄自己都很意外，脱口而出后，他发现大家的视线全都汇集到自己身上，一下子慌乱起来，达摩大师般的童颜顿时变得像着火般通红。

“啊、啊，抱歉，是我一时想多了。”

“没事、没事的，樱井先生，”金田一耕助微笑着说道，“在这种情况下，外行人的直觉往往更不可小觑。看来您似乎有某种想法啊，如果有请尽管讲，日比野先生刚才的话中有什么不妥之处吗？”

“不是，金田一先生，您就别取笑我了。我也是个糊涂蛋，一不小心就胡言乱语了。”

忠熙也转过惊讶的目光，说道：“铁雄，金田一先生都那样说了，你有什么想法就说来听听。”

“真是的，怎么连爸爸都这么说啊？好吧，那我就谈点儿个人的愚见。”

“你快别说了。”熙子从一旁阻止道。

可铁雄连听都不听，说道：“没事，没事。反正只是我个人的一点儿和愚见。不是有句话叫作‘有话不说憋死人’吗，那就姑且听我说几句吧。”

说着，他还重新端正了姿势，看来这男人还真是一只“极乐蜻蜓”。

“日比野先生，按照你刚才的说法，一切都要在津村从旧道直接返回浅间隐这一假设成立的前提下，对吗？”

日比野警部补似乎愣了一下，而忠熙则仍保持着微笑说：“我明白了，铁雄是说津村也有可能会在中途绕道吧。”

“爸爸，我还有一个细节想不明白。听日比野先生的意思，立花是用车一直把津村先生送到了旧道，对吧？那么，他为什么不干脆送到浅间隐呢？”

“啊，这个问题啊，”金田一耕助依然挂着微笑，说道，“立花说他原本打算这样，可是车来到旧道的入口后，津村先生却忽然说想在那里下车。”

铁雄歪过头，做出一副思索的样子，说道：“若真是这样，那岂不是更奇怪了吗？虽然我昨晚并没在这边，但立花折回六本辻的时候，不是已经停电了吗？”

“对。”日比野警部补的身体十分僵硬。

“照这么说，当时的天气情况已经相当糟糕了，不是吗？”

跟日比野警部补相反，金田一耕助面含微笑说道：“我昨晚也在这边，您说得没错。所以当津村先生提出要在旧道入口下车的时候，立花等人也觉得很奇怪。”

“所以，津村先生肯定是绕弯去了别的地方……”

“可是铁雄，照你这么说，津村为什么不让立花把他送到目的地呢？”

“这个嘛，大概……啊，当然这只是我的一点儿瞎猜了。会不会是津村先生不想让立花知道自己的去处呢？”

“出于什么理由？”

“因为女人之类啊……”

金田一耕助微笑着说道：“日比野先生，看来该轮到美沙小姐出场了。”

日比野警部补默默地咬着嘴唇。原来，这位年轻的警部补在接触到浅间隐别墅那异常状况的一瞬间，竟然把打电话女人的事忘记了。也难怪他忘了，因为那件事他既没有跟上司报告过，也没有告诉过近藤。

日比野警部补一碰到近藤那怀疑的眼神，就不由得自我厌恶起来。或许这件事本身并不重要。樱井铁雄刚才所说的事也许正如他自己说的那样，只是瞎猜而已。也许津村真二真的是直接从旧道返回了浅间隐。可自己因此就把打电话女人的事情忘记了，这实在不可饶恕。年纪尚轻且心地善良的日比野警部补忽然气馁起来。

“金田一先生，这方面就全交给您了……”

“这怎么行，日比野先生，这可是你的案子啊。只是有一点我要提醒一下，就是美沙小姐正是敏感的年龄段，所以请尽量手下留情。”

“金田一先生，美沙出事了？”千代子从一旁担心地询问。

不过，金田一耕助却觉得，比起千代子，这个问题倒是由笃子提出来更恰当。看到笃子的嘴唇始终没有张开，金田一耕助便若无其事地笑道：“哟，要不是樱井先生刚才的提醒，有件事我们差点儿忘了。关于这件事，美沙小姐或许会知道点儿什么。日比野先生，请吧。”

日比野警部补用眼角的余光留意着近藤准备记录的情况。“好的，那……美沙小姐，”他顺势说道，“昨天下午你在旧道见过槙先生吧？”

千代子大吃一惊，笃子的眉毛则猛地抽动了一下。美沙露出一副要哭鼻子的表情，说道：“奶奶，对不起、对不起。都怪美沙太寂寞了。”

“用不着哭啊，小姑娘。没有人责备你。但那到底是偶然，还是你们早就约好的？”

“不，根本不是约好的。怎么会约好呢？美沙去旧道是去买书的。结果叔叔就从车里打了声招呼下了车。啊，不，忘了用敬语了。”美沙留意着奶奶的脸色，改口说道。笃子默默地把脸扭向一边。

“然后你们就决定去听津村先生的音乐会吗？”

“对。”

“那，这主意是谁提出来的？”

“当然是槙叔叔，美沙我一点儿都不知道这种事。”

“不过，美沙小姐你也想去看看吧？”

“因为美沙我很寂寞，也想去见见津村叔叔……不，是拜会。因为大家对美沙都很和蔼。”

美沙抽泣起来。千代子深深地叹了一口气，这一点给人留下了深刻印象。

“可是，当时槙叔叔并没有带音乐会的门票，是吗？”

“是的。”

“那叔叔是怎么办的？”

“对了，当时有个不知哪里的哥哥，不，是小伙计，他正好路过。叔叔就让他去取票……不，是拜托他去取票。”

美沙说话的规矩实在太多。平时对尊长都必须用敬语，而对推销员之类却不能以哥哥来称呼。

“当时叔叔有没有给小伙计钥匙？”

“对、对，门票是在工作室，叔叔就把工作室的钥匙交给了小伙计。”

“叔叔只带了那一把钥匙吗？”

“不是的，他还带了好多别的钥匙，都挂在一个银环上。叔叔只把工作室的钥匙从上面摘下来给了他……不，是递交给他。”

“然后你们又做了什么？”

“去次郎咖啡厅一边喝红茶一边等。然后不久，哥哥，不，那个小伙计就把票带来了。”

“当时叔叔是怎么处理小伙计还回来的那把钥匙的？又挂回原先的钥匙环了吗？”

美沙一脸奇怪地望着警部补，她的泪水已干。思考了一会儿，她说道：“对了，叔叔是把钥匙装进裤子口袋里了。”她指指内侧小口袋的位置说道。

至此，工作室钥匙的问题似乎已经解决。警部补额头的汗水流得比美沙还多。

“然后，美沙小姐就跟槙叔叔去了星野温泉吗？在那边都干了什么？”

“去了之后，希望却落空了，美沙我很失望。本以为能听到音乐，可音乐只在晚上有，白天只有谈话。不过，我还是玩得很高兴。”

“玩什么很高兴啊？”

美沙飞快地瞥了奶奶一眼，恶作剧般缩了下脖子，说道：“弹子机。”

金田一耕助差点儿笑出声来。星野温泉的前厅里确实摆着两三台弹子机。他把温和的目光投向美沙，说道：“美沙小姐是第一次玩弹子机吗？”

“嗯，槙叔叔给我钢球说让我试试，我就试着玩了一会儿。叔叔玩得很棒，哗啦哗啦地赢了好多。”

“那美沙小姐呢？”

“美沙我不行，老是输。”

“美沙子！”笃子不由分说地斥责道。

美沙顿时露出一副哭鼻子的样子，但她仍向笃子投去挑衅的目光，说道：“奶奶，对不起。可美沙我都已经十六岁了，也想尝试一下常人都可以做的事情。”

“弹子机又不是常人都可以玩的。”

“您这话可就不通情理了，我上学的时候就经常逃学泡在弹子房里呢。”“极乐蜻蜓”铁雄说道。

“铁雄你现在不是还在打吗？”

“弹子机啊，我也在玩啊。”一彦也微笑着助阵。

“可你们都是男人啊。”

“哟，奶奶，我也玩弹子机啊，都是铁雄教的。他这个人啊，约会的时候总是选弹子房当作见面地点。不过那玩意儿，玩起来还挺带劲儿的。”

在金田一耕助等人加入后，熙子还是第一次发言。她的语气有点儿雀跃，但立刻就后悔般压低了声音道：“美沙真够可怜的，连学都上不了。”

金田一耕助立刻追问道：“美沙小姐不上学吗？”

本以为笃子会说些什么，可她始终沉着脸，紧闭双唇。

实在没办法，千代子便回答道：“这孩子体弱多病，有小儿哮喘病。小学二年级到三年级的时候曾大量缺课，不得不把二年级重新读了一遍。奶奶看她可怜，就让她退了学，自己进行家庭教育。可真是辛苦奶奶了。”

“原来是这样……”金田一耕助自言自语地咕哝了一句，然后点了点头发蓬乱的头，“那，日比野先生。”

“对，那个……”警部补看了一眼自己的记事本，说道，“玩完弹子机之后，美沙小姐就去见了津村叔叔，是吗？”

“槙叔叔说想见他一下。”

“跟谁说的？”

“名字我不知道。是一个哥哥，跟这边的哥哥差不多大。”说着，美沙朝一彦扭过头，“然后津村叔叔就出来了。看到美沙我，他吓了一跳……不，是非常愕然。但他立刻就微笑起来，拍着我的肩膀说欢迎欢迎。津村叔叔非常疼爱我，槙叔叔也是。”

“那阿久津叔叔怎么样？”

金田一耕助一问，美沙的眼里顿时放出光来。

“阿久津叔叔是美沙我的救命恩人。”

“什么意思？”

“啊，事情是这样的。”千代子从一旁接道，“那还是我跟阿久津在一起的时候，差不多是昭和二十五到二十八年之间的事了。这孩子得了白血病急需输血，正巧阿久津跟这孩子的血型相同，就给她输了血。她从此就非常感激。”

真是一段美谈。当时的阿久津是如此疼爱美沙。这不正说明他深爱千代子吗？

“这样啊，真是一段感人的故事。日比野先生，请继续。”

“啊，好的。美沙小姐，你们是在哪里见到津村叔叔的？”

“咖啡厅。”

“两个人都谈了些什么？”

“也没谈什么。反正都是些好久不见啊、身体可好啊、音乐的事啊、绘画的事啊，净是这种话题。”

“听说，津村叔叔当时脱掉了上衣，那上衣他是怎么处理的？”

“上衣？对了，叔叔把上衣搭在了椅子背上，还不时地从口袋里掏香烟呢。”

“听说叔叔把钥匙装到上衣口袋里了，美沙小姐不知道吗？”

“不知道。”

“美沙小姐，那你知不知道是叔叔把钥匙从上衣口袋里弄丢后让人捡走了，还是有人悄悄地从口袋里把钥匙偷走了？”

美沙瞪大了眼睛，说道：“不知道。”

“那我再问一个问题。槙叔叔跟津村叔叔有没有约定晚上在哪里见面？”

“不知道。我想并没有那种约定。”

“美沙小姐一直都在那里吗？自始至终？”

美沙歪头想了想，说道：“我去过一次洗手间。然后……”她观察着奶奶的脸色说，“我还玩了一会儿弹子机，因为叔叔给的钢球还剩下一些。”

日比野警部补朝金田一耕助瞥了一眼。槙跟津村之间会不会是在这期间约好的呢？

“我最后再问一个问题，有没有人给津村叔叔打过电话？”

“有，所以我们就回去了。”

“是谁去接的电话？”

“刚才的那个哥哥。”

“哥哥是怎么说的？有没有说是男人打来的，还是女人打来的？”

“说是个女人……打来的。”

日比野警部补把视线从美沙身上移开，环顾着大家。尽管他并没有刻意去注意千代子，可所有人都看得出来，他还是无法抵挡这种诱惑。胡乱猜想的铁雄显得很不自在，所有人都陷入了短暂的沉默。

“当时津村叔叔有什么反应？立刻就站起来走了吗？”

美沙又歪头想了想，说：“不是，叔叔扭捏了一会儿。对了，那个哥哥还问要不要去替叔叔回绝，然后叔叔就站了起来。所以我们就回去了。”

“哥哥有没有说起那女人的名字？”

“没有。”

“那，津村叔叔为什么要扭捏呢？会不会是槙叔叔也认识那女人呢？”

美沙奇怪地望着警部补，突然惊讶地朝千代子瞥了一眼，然后又立刻垂下长长的睫毛。

“这种事情美沙我不懂，因为哥哥并没有说出名字。”

美沙的语气有点儿歇斯底里。千代子则表情僵硬，不过除了笃子跟近藤，没有一个人看她。

“然后美沙小姐就回了家？”

“不是，是请槙叔叔用车把我送到了旧道的次郎。”

“次郎？到次郎有事吗？”

“我把自行车寄放在那里了。”

“这样啊……那，你跟槙叔叔是在次郎前面告别的？”

“是。”

“你骑自行车回家时是几点？”

“快到六点了。昨晚里枝……就是我家的女佣，里枝说要去看盂兰盆会舞，所以美沙就急忙回了家。”

“这么说，那个女人给津村叔叔打电话是在五点半左右了？”

美沙再次瞥了千代子一眼，眼睛里透着害怕的神色。“美沙我不清楚。”歇斯底里地说完后，她又补充了一句，“不过，我想大概是那样的。”低声回答后，她的额头上已挂满汗珠。

日比野警部补满意地朝金田一耕助扭过头来，说道：“先生，您还有什么要问的吗？”

“没有了，你问得够详尽了。对了，美沙小姐好像很累了，我看就让她跟奶奶一起回去吧……”

金田一耕助话音未落，笃子就站了起来。“美沙子，咱们走吧。”

一瞬间，美沙的眼睛里闪过一缕恐惧的神色。她站起来，身体似乎有些摇晃，悲哀地望着奶奶说道："奶奶，美沙能不能参加明天的高尔夫球比赛？"

"啊，欢迎你来，美沙。"忠熙抢先说道，"有一彦哥哥照顾你。"

"但上午不行。因为你还有重要的事情呢。"

所谓的重要事情，大概就是指为泰久做法事。

"美沙，你正午前后来会所就行。大家都在那里吃午饭。从中午起跟哥哥打球。"

这时，一彦把恶作剧的目光投向金田一耕助，说道："先生，您怎么样，要不也来打打高尔夫？"

"我不行，我是运迟啊。"

"运迟是什么？"

"运动神经迟钝，简称运迟①。"

冷不丁被他来了个突袭，大家全都惊愕地望着金田一耕助。耕助却一副泰然自若的样子。熙子忽然笑出声，记完速记的近藤也大声地笑起来，就连日比野警部补都笑喷了，其他人就可想而知了。没有发笑的唯有笃子跟美沙。忠熙也强忍住笑说道："说得好。看看先生的打扮，就算是说恭维话，也很难称得上运动神经超群啊。"

"是吧？不过，这世上还真有邀请我这种男人去打高尔夫的傻瓜呢，啊，抱歉，是好事者。"

"您真敢说啊。不过，金田一先生，我可是个推理小说迷呢，推理小说里不是经常有吗？就是借助扑克牌、围棋或将棋来分析性格，然后从中挖出凶手。说不定，看一看打高尔夫的样子也有参考价值呢。"

---

①日语中，"运动神经迟钝"写作"運動神経音痴"（うんどうしんけいおんち），金田一将其简称为"うんち"，与"大便"同音。

金田一耕助直盯着一彦的眼睛，说道：“有道理，那我就跟老母亲去商量一下。如果母亲答应，我就去参观参观。”

“金田一先生，您的双亲都还健在？”的场英明问道。

“哎呀，早就身在九泉了。所以我才能干这种丢人的职业啊。”

大家再次笑翻了天，唯有笃子没笑，脸色反倒越发可怕。她一本正经地说道：“那，我们就此告辞。”

“夫人，请稍候。让秋山送您吧。走夜路危险。”

忠熙按铃的时候，熙子也站了起来，说：“亲爱的，我们也告辞吧。”

话音刚落，忠熙便说：“熙子、铁雄，你们再待一会儿吧。一下子全都拍拍屁股走人，这对金田一先生太不礼貌。对了，铁雄的瞎猜不是也挺好的嘛，哈哈。”

金田一耕助默默地望着挂在正面墙壁上的巨大匾额。那肯定是明治时期大家的书法。

“万山庄”三个浮雕的黑字跃然匾上。

最终，只有笃子和美沙被秋山卓造开车送走了，其他人都留了下来。

第十八章　谁有氰化钾

夜已经很深了。在万山庄的大厅里，高原的凉气越发寒冷。走了两个人，也就减少了两个人呼吸的气息。虽然只是两个人，冰冷的空气却突然把大家包围起来。

“金田一先生，要不要来点儿酒？”

“多谢。我倒也不是不能喝，但今晚就算了吧。别看目前是这种状态，这可是我生意的关键时刻。要不，您干脆给我来杯热咖啡吧。”

“好的。”

不久，多岐便为每个人送来了咖啡。热咖啡的苦味惬意地刺激着神经，大家似乎都感到了身心的安慰。

“那个……日比野先生，接下来该你正式上场了吧。是不是可以开始了？”

“好，那就开始吧。”日比野警部补放下咖啡杯，忽然对千代子一本正经地说，“有件事我想问一下凤女士，如果方便，可否借个房间……”

“不用，我在这里就行。请开始吧。”

千代子留意着正准备笔记本跟铅笔的近藤，不慌不忙地说道。她白天流露的那种气势已不复存在。警部补这边也收起了白天时的锋芒，温和了许多。忠熙则饶有兴味地审视着二人。

“那我就再问您一遍，您昨天到达轻井泽时是几点？”

“我今天白天就已经说过了，我昨天来这边乘坐的是四点五十分抵达轻井泽的列车，然后立刻就上了出租车，在宾馆的房间里安顿下来时差不多是五点零五分。”

“然后您有没有往别处打过电话？”

“这一点我白天也已经说过了，在宾馆的房间里安顿好后，我立刻给忠熙先生打了电话。”

“还有没有给其他人打电话？”

“日比野先生，我知道您的意思。您是不是想问五点半左右给津村先生打电话的那个人是不是我？可是我明确地告诉您，那不是我。不可能是我。”

“您什么意思？”

“因为忠熙先生说让我过来一起吃饭吧。当时是五点十分左右，我需要赶紧洗个澡，还得换衣服，所以挂断电话时我就看了看表。这样一个女人还会给其他人打电话吗？”

“关于这件事，日比野先生，能不能让我在这里说两句？”忠熙从一旁从容地招呼道。

日比野警部补吃惊地面向他，说：“啊，请讲。”

忠熙仍面含微笑，从容地坐直身子，说道：“她昨天给我打来电话，说希望能商量一下有关她个人烦恼的事。可昨晚停电了，我就没能听到。不过，就算她不说，我也知道。”

“什么意思？”

“日比野先生，你有电视吗？”

“电视啊，倒是有……”

忠熙忽然说起这不着边际的话，日比野警部补一脸诧异。

“那位警察先生呢？”

“啊，我老婆最近迷上了电视。好像正在看一部什么婚外情电视剧。”

说着，近藤还故意扮了个鬼脸。金田一耕助则饶有兴味地审视着忠熙，他也不明白忠熙到底在说些什么。

“问题就在这里。警察先生，目前日本的电影还很繁荣，据说去年日本电影吸引的观众人数还创造了新纪录，人们都在热议今年还会不会再创新高。可在美国，据传电影已经在走下坡路了。正如那位警察先生刚才说的那样，所有家庭主妇都被钉在了电视机前，不再去电影院。日本也马上会变成这样。如今电视机的生产量不断攀升，成本也不断下降，而今年又开始了彩电的生产，所以日本电影也早晚会被电视吃掉。真要到了那一天，她们这些电影演员就会第一个被扫地出门。”

“不会吧……”

“不，日比野先生，是真的。她的演出费恐怕是最高的，当电影进入衰退期的时候，她这种人肯定第一个被敬而远之。”

“你还挺了解的嘛。像这种情况在我们演艺界叫作被封杀。”

千代子也微笑着予以附和，脸上却是一副对忠熙的心思捉摸不透的样子。

“对，像你这样的，就是第一个被封杀的对象。再加上你现在正陷于进退两难的困境。”

“进退两难？”

“阿凤，现在舞台那边已经给你送来了一个好消息吧？”

“咦？”这下连千代子都睁大了惊奇的眼睛，重新打量着忠熙的脸，“亲爱的，你连这个都知道了？”

“阿凤。”忠熙略微加重语气说，“我可没有在你的周围安插间谍啊。但你是那方面的名人，我在社会上也吃得开，自然会掌握各种信息。对了，那件事你是怎么想的？就是以你为核心组建剧团，开一个大剧场的事。”

“你什么都知道了啊。”千代子叹了口气。

不过在金田一耕助看来，这未必是不高兴的叹息。

“那当然是荣幸之至，也是一个女演员最幸运的事情了。不过说实话，我没有自信的。”

“怎么会呢？做一个舞台女演员，你也会大获成功的。你可是演艺界之花，演话剧也有丰富的舞台经验啊。”

“可是，以我一己之力让一个大剧场二十五天每天都爆满，我实在有点儿不自信……若是失败可就惨了。”

“那，这件事需要什么时候给人家答复？”

“对方说希望能在二十日之前答复他们，也好安排明年的日程。我现在都不知该怎么办好了，才迫不及待地跑了过来。”

忠熙眼含恶作剧般的微笑，望着千代子说道：“可是，你的答复不是昨晚就出来了吗？”

“啊？”

千代子惊愕地望着忠熙。她盯着对方微笑的眼睛，一时没明白过来，但没多久，她的脸便像着火似的红了起来。不一会儿，她又伴着深深地叹气说道：“那就是说，你什么都知道了啊。”

“我这个人，很不可信吧？”

“抱歉。”

“这件事，我看待会儿再慢慢商量吧。”

当着大家的面，连忠熙都有点儿脸红了，但他很快重新朝警部补转过身来，说道：

“因此，日比野先生，她是在迫不得已的情况下才给我打的电话，那声音语气我一下子就能听出来。像她这种人在跟我约好见面之后，还会再给其他男人打电话吗？”

日比野警部补困惑地望了望金田一耕助。耕助正想对他回应些什么，铁雄吱吱呀呀地晃动藤椅，插嘴道：“关于这个，我想……我可以插两句吗，日比野先生？”就连这“极乐蜻蜓”都不自在起来。

“哦？”

“我刚才的瞎猜终究只是些不经大脑的胡思乱想而已，说到底……不过是由结论倒推出的假设而已。”

“您的意思是……”

“啊……我是说津村先生啊，就凭他的人品，若说杀人……而且还是用氰化钾杀人，那就是有预谋地犯罪了，对吧，金田一先生？”

“对。然后呢？”

“他那个人……我想津村先生是做不出这种事情来的，所以我就不由得多嘴了几句。”

“您认识津村先生吗？”日比野警部补怀疑地皱起眉头。

“曾经见过一次面，当时熙子也在。”

“哟，什么时候的事，在哪里见的？”千代子也惊愕地望着铁雄。

铁雄终于平静下来，说道：“去年秋天。我一个朋友的作品入选了日本美术展，我就拉着熙子去看，津村先生正好也去了。津村先生还有一名女伴，那个女人还是熙子大学时的同学呢。”

“爸爸也知道吧，就是山崎先生的女儿智子小姐。”熙子也从一旁添上一句。

不过忠熙却用淡淡的语气说道：“是吗？那后来呢？”他催促着铁雄继续后面的内容。

“在智子的介绍下，我们四个人就去喝了茶，闲聊了大概半小时。但我肯定无法对津村先生漠不关心，从各种意味上说都不会，因此我自然就开始仔细观察他，他那个人纯真善良得简直都令人可怜，还冒失得让人可叹。”

“哥，这么说，津村先生跟你倒是很像嘛。”

一彦见缝插针地从一旁插话，忠熙紧绷的嘴角不由得绽开来。

“瞎说些什么呢，你这小子，哈哈。当然，人家比我潇洒多了，不过论冒失却远在我之上。冒冒失失地，说难听点儿就是个马大哈啊，对吧，凤阿姨？”

“他这点早就很出名了，而且还老出差错。要说善良啊，我看再也没有比他更善良的人了。”

“所以，像他那样的人怎么可能会用氰化钾杀人呢……当然，这结论只是我个人的一点儿愚见，对我的高谈阔论请不要太拘泥。”“极乐蜻蜓”先生做出一副十分惶恐的样子。

“金田一先生，关于这一点，立花是怎么说的呢？”一彦从一旁问道。

“对了，立花也跟樱井先生意见相同。他啊，简直都有些发狂了，哈哈。”

“发狂了？”

“是啊，他是快发狂了。氰化钾这东西可不是随处都有卖的，对吧？要不就是轻井泽的药店在随意出售这种危险药物了，若真是这样，他就要以取缔不彻底的名义控告长野县警……他这个人啊，看上去挺老实，一旦急起来还真是个冲动狂。”

“可是，金田一先生，这也不是全无道理啊。”

“很有道理，所以问题就在于谁有氰化钾，或者说谁以前有过氰化钾。还有一个问题，津村先生既然拥有这么多支持者，他为什么还要隐匿起来呢。”

“关于这一点，先生有什么线索吗？”

“我？怎么会呢。”金田一耕助盯着一彦的眼睛说道，“我可是刚参与这个案子。就算我是个名侦探，也不可能一蹴而就啊。都说罗马并非一日建成嘛。”

绝妙之时，金田一耕助竟然搬出了这么一句绝妙警句。

“就算是这样，金田一先生，听说您的搭档等等力警部已经来到这边了，不是吗？”从一旁笑嘻嘻地插进来的是的场英明。

听他这么一说，连金田一耕助都惊奇地瞪大了眼睛。“咦，的场先生，您是怎么知道的？”

“哎，这么说，警部还没告诉您那件事？”

“哪件事？”

“您肯定见过警部了吧？”

“对，见过了。警部真的是神出鬼没，我们还没在浅间隐站稳，他就绕到前面等着了。但案子也变幻莫测，我们连个说话的时间都没有。的场先生怎么会知道呢？”

“这件事就由我来说吧。警部太不厚道了，弄得人家笛小路奶奶很不舒服呢。”

为了挽回刚才的面子，“极乐蜻蜓”铁雄一面不忘观察着对方的脸色，一面风趣地讲述了今天的经过，同时又把等等力警部暴露身份的始末也介绍了一下，弄得金田一耕助越发惊讶。

“警部也太狡猾了，这大概就叫欲盖弥彰。但这件事我还没听说呢。我哪儿有那时间，这么一堆事。”

“金田一先生，上次我求您调查这起案子的时候您就说，两三天之后警视厅就会来人，说不定那人知道这起案子，所以等听听那人的意见后再说，您说的那个人就是等等力警部吗？”

“对，没错，先生。只不过，我也还不知道他会在多大程度上参与案子，只是听他说起过用汽车转向灯致人死亡究竟是不是有意而为之类。我当时立刻就觉得很可能是阿久津谦三的事，跟这次的案子多少会有点儿瓜葛，就那样回答了他。原来是这样啊，警部跟笛小路家的奶奶居然还有这么一场戏啊。”

“不过，笛小路夫人为什么刚才没提这些呢？”日比野警部补反倒是对此深感意外。

“这是因为啊，日比野先生，母亲她很受伤。她那么心高气傲的，说不定还以为是被跟踪了呢。”

“没有，绝对没有，他周末前来的事连先生都告诉了。那好吧，反正今晚我会跟他在南条的别墅同床共枕，到时候我会好好训斥他。”

“你们好像很亲密啊。”的场英明微笑着说道。

“我们是互相帮衬，就像是鸡犬之声相闻的邻居一般。”

近藤扑哧一声笑了起来，但他没有再多问。

金田一耕助忽然转向忠熙，说道：“先生，接下来得请您坦白交代了。”

“坦白交代？”

“您最近见过槙先生吧？”

忠熙破颜一笑，说道：“啊，您说的是那考古学的藏书吧，日比野先生？”

“对。”

“抱歉。当时你我之间充满了火药味，我就没说。大前天的时候，槙先生的确曾忽然来访。至于目的嘛，他是白鸟会的顶梁柱，可是去年秋天展览会的时候，他由于偷懒就没有参展。今年为了挽回颜面，无论如何也要参展，可又苦于没有灵感。他说要是看点儿考古学的书，说不定还能获得灵感呢。于是我就把为数不多的收藏品拿给他看了，把书也拿给他用了。”

“可是，你们有没有谈别的事情呢？”

“我也一直觉得他所谓寻找灵感之类纯粹是借口，他肯定还有别的事情。可是直到现在，我都想不到他会有其他什么事。刚才我还试着问了一下阿凤，她说跟津村相比，槙这个人还是很有城府的。如此一来，他找我肯定有事想说，可他最终没能说出来就回去了。”

“那会不会是出什么事了呢，毕竟槙先生来这里需要相当的勇气。”

金田一耕助痛苦地思考了一会儿，忽然用恶作剧般的眼神看着忠熙，说道：“对了，先生，那火柴的排列图案怎么样了？是楔形文字吗？”

忠熙忽然瞪大了眼睛。每当此时，他的眼睛里就会流露出一种瓷器般的光泽，令人望而生畏。不过，下一秒他便和的场英明交换了一下眼色，接着发出爽朗的笑声。

“实在是见笑了。那才是愚人的瞎猜，极不可靠。”

的场英明也忍俊不禁地说道：“金田一先生，鄙人也是才疏学浅，没见过那种楔形文字。不过，先生可真是可怕。”

“哪里，我迷恋麻将的那时候，也经常把所有人的脸都看成白板呢。”

“金田一先生，”一彦见缝插针，“那您又是怎么看那火柴的排列图案的呢？我刚才也从叔叔那里听了些意见，您对此是怎么想的呢？”

“这个嘛，”金田一耕助凝视着这名聪明的青年说道，“那玩意儿恐怕是具有某种意义。不过，既然形状被严重打乱……而且，就算那是从真正的犯罪现场带过来后又摆起来的，能否摆成原来的样子还难说呢。一彦你有什么意见吗？”

“先生们都弄不明白，我又怎么会知道呢？”

金田一耕助默默地望着有点儿慌乱的一彦，不久便把视线转移到了千代子身上。“那，我有件事情想在这里问一下凤女士……”话音刚落，他忽然又意识到什么似的说道，“日比野先生，那件事由我来问可以吗？”

“可以，请问。一切都交给先生了。”

日比野警部补之所以当即同意，大概也是因为他觉得要对付这类人，最合适的人选恐怕就是金田一耕助这种慢条斯理的人。近藤则用略显紧张的眼神注视着千代子。

“金田一先生，什么事情？”大概是被近藤的紧张情绪传染，千代子的语气也严肃起来。

“那个，您认不认识一个名叫 Sasuke 的人？”

第十九章　佐助小丑

金田一耕助尽量不动声色地提起这个名字。他想确认一下对方的反应，结果却让他很失望，对方的反应很微弱。

“Sasuke……”

千代子在口中念叨着，呆呆地望着金田一耕助。突然，她似乎想起了什么，瞪大眼睛重新打量着对方。

“您认识吧？”

“难道您说的是那个人？可是，您怎么会忽然……”

发现警部补和刑警的目光正死死盯在自己身上，千代子又惊又吓，似乎感到了某种惶惑。

“凤女士，如果方便，能否请您谈一谈有关那人的事？我们现在也只是知道 Sasuke 的发音而已。”

“那倒是没什么不方便，金田一先生，那个人早就去世了，为什么现在忽然又提起来？难道跟这次的案子有关系？”

“当然。那我们就公平些吧。日比野先生，算了，这件事老狐狸刑警说更合适——近藤先生，您就把Sasuke这一名字的发现经过讲一讲吧。”

“好吧。既然都指名道姓了，那我这个老狐狸就讲两句。”

果然，在这种场合下，还是老刑警比年轻的警部补更压场。近藤骨碌碌地转着狐狸般的眼睛，绘声绘色地讲完了发现Sasuke的过程之后，问道：“金田一先生，这样可以吗？”

“非常棒。如果脱下这身警服，您完全可以去当一个说书人啊。哈，开玩笑。”

在听近藤讲解的过程中，千代子的表情变化十分强烈。开始时她只是露出惊吓和迷惘的样子，可后来，愤怒的火焰渐渐染红了眼睛。愤怒平息下来后，猛烈的嘲讽又浮上了她扭曲的唇角。可当近藤讲完时，这种嘲讽的神色却消失殆尽，千代子又恢复了平静。

“就这样，如同老狐狸刑警刚才讲的那样，如果这是笛小路先生的绝笔，那里面肯定有某种缘由。因此，我首先想问您，那Sasuke对应的汉字该怎么写？”

“是猿飞佐助的佐助。但那不是真名，而是绰号。”

“此人跟笛小路先生和您的关系是……”

“我正想讲讲这件事呢，我首先要声明的是，我很不理解笛小路为什么会在那时候忽然想起佐助这个人。可是，在听事情原委的过程中，我忽然想起一件事。我想会不会是源于那件事，气愤之余就不由得失去了常态，让大家见笑了。忠熙，这件事请你也好好听一下。因为这是我年轻时做的事，从中你会看出那时的我多么任性傲慢。”

“那我就听听，听上去很有意思嘛。”

“不，不是有意思，而是非常可悲。”千代子似乎也调整好了情绪，带着啼笑皆非的表情讲了起来，“也不知金田一先生是否知道，我进入电影界是在昭和十五年的时候，当时虚岁十六。因为是东洋电影公司，所以制片厂在京都。东山的山麓有一家叫千佳的素食餐馆，生意至今都很兴隆。”

“千佳啊，我也知道。就是高松千佳女的房子吧？”

“啊，忠熙也知道那个阿姨啊？”

“知道。她可是京都的名人啊。不过，你怎么称她是阿姨呢？”

“因为跳舞的关系啊。以前妈妈从新桥出道的时候，对面就是这位老大姐。因为这种关系，我进东洋电影公司时就被安顿在了千佳。可是……”

“啊，请稍等，不好意思打断一下，凤女士，您说这些对我可是十分失敬啊。”金田一耕助厚颜无耻地说道。

千代子也诧异地皱起眉。“嗯？”

“您刚才还说也不知道金田一先生是否知道呢，殊不知，我从您的处女作开始就一直在看您的作品。您的处女作是《少爷小姐》吧？”

“啊！”

千代子红了脸，忠熙却笑出声来。

“哈哈，金田一先生原来是她的影迷啊？”

“哈哈，这有什么好笑的，真失礼啊。别看我长得这样，可是做凤千代子影迷会的会长都绰绰有余呢。她的第二部作品《美丽的青春》、第三部作品《来自星星的使者》，还有跟笛小路先生发生那件事之前的电影《天使的诱惑》，我全都看了。”

“哎呀，真是惭愧。”

金田一耕助说的似乎是真的，千代子却高兴不起来，心里反倒有些发毛。其他人也弄不清这男人的葫芦里究竟卖的是什么药，都用疑惑的目光盯着他。不过，金田一耕助却毫不在意。

“其实，我还是您父亲千景先生的忠实拥护者呢。您是他的女儿嘛，我自然就成了您的影迷。所以，您的报道一上报纸杂志，我自然就十分关注，就了解了您的好多事情。听说，身为新桥名伶的令堂跟千景先生的结合就是画笔做媒，对吧？”

“是的，母亲跟父亲学过画。”

“画的作者名是歌红吧？”

“没想到您这么清楚，因为母亲本名叫歌子。”

“凤女士，那是昭和三十年的事了。那年我恰好在处理一个案子，就记住了。银座的一家百货店曾办过千景先生的遗作展吧？”

“先生去看了？”

“那是我第三次去看《萤火虫》。我认为那是贯穿明治、大正、昭和三个年代的名作之一。千景先生最擅长的朱和蓝的融合实在精妙绝伦。听说歌红女士的画作也参展了，是吗？”

“那只是件小作品而已。”

千代子又惶惑又高兴。忠熙饶有兴味地注视着金田一耕助，其他人则惊愕得连话都说不出来。

“当时我却粗心大意地漏看了，事后看了报纸才知道，那也是一幅美女图吧？”

“对，一件拙作而已……”

“阿凤，当时歌红女士参展的画是不是《舞扇》？”

“你也知道啊？”

“也许歌红女士觉得是拙作，不过实在是棒极了。她完全就是昭和时代隐藏在民间的美女闺秀画家啊。金田一先生。”忠熙早就发现这是金田一耕助的圈套。不过，他索性将计就计，笑眯眯地说道：“您若是想看歌红女士的画，只管去我东京的家里。除了刚才谈到的《舞扇》，还有《昭和风俗·美人十二态》的画帖呢。”

“啊！”千代子错愕地望着忠熙，呼吸有些急促，“那幅画在你家里？”

“最近才弄到的，还有刚才深受金田一先生赞赏的那幅《萤火虫》。哈哈。”

忠熙快活地笑了起来，目光却没有从金田一耕助身上离开。耕助也瞬间被惊呆了。他这个人，一兴奋就有口吃的毛病。

“厉、厉、厉害！实、实在是厉害！”他一面结结巴巴，一面用五根手指使劲儿挠着蓬乱的头发，头屑飞舞，唾沫横飞，“真想去观赏一下啊。《舞扇》广受赞誉，据说色彩美极了。”

“《美人十二态》也很棒啊。虽然坊间盛传歌红女士的画里有千景先生的手笔，这当然是胡说。画帖展现的是昭和时期女人的风俗史，从遮耳束髻到短发，从烫发到战争期间农妇的劳动裤打扮都有描绘。烫发可以另当别论，可劳动裤的打扮千景先生是不可能会知道的。那雏妓的农村劳动裤装扮，色彩实在是美极了。”

“是吗、是吗？那我回东京后一定前去参观。”至此，金田一耕助才终于回过神来似的，不好意思地环顾着大家的脸，“咦，一彦，你怎么了，怎么那样盯着我？”

一彦瞬间露出畏惧的神色，但他立刻就露出洁白的牙齿笑了，说："先生可真厉害。"

"厉害？什么意思？"

"您懂得也太多了，真可怕。"

"一彦，在这种情形下你应该这么说才对：先生可真是博闻强识啊。现在的年轻人啊，都不会说日语了。啊，开玩笑。"

说到这里，金田一耕助朝千代子转过身来，说道："凤女士，那么，请继续讲吧。令堂跟京都千佳的老板娘高松千佳女很亲近。因为这层关系，您就被安置在了千佳。我就是从这里把话题打断的吧？请接着讲。"

"好的……"

千代子尽管有些惶惑，可还是在金田一耕助的催促下继续讲了起来。刚才耕助跟一彦之间的确迸发过火花，忠熙也注意到了这点。不过这背后的名堂，忠熙和千代子就搞不懂了。

"高松阿姨有个叫鹤吉的儿子。比我大五岁，当时是虚岁二十一。那鹤吉就是佐助。"

"咦，难道是鹤吉使用了忍术？"

"不，不是那个佐助，金田一先生读过谷崎先生的《春琴抄》吗？"

"《春琴抄》？读过啊……"

"听说那部作品发表时是昭和八年，后来就被拍成了电影《阿琴与佐助》。我说的就是那个佐助。"

"哦，原来是这样。"忠熙绽开了嘴角，"这么说，你就是那春琴了？"

"我刚才也说过了，当时我是个多么任性傲慢的姑娘。"

尽管脸色绯红，可千代子仍不忘向忠熙献媚，带着一种少女般的天真。金田一耕助默默地听着。

“鹤吉当时是京都某大学的预科生，对我非常热情，处处照顾我。最后连学业都放弃了，像个随从一样泡进了摄影棚。虽然我无意辩解，但说真的，我什么都不知道的。鹤吉怎么就成了佐助，我连这其中的意思都搞不懂。我是早熟了点儿，但当时还没有看过《春琴抄》。而且《阿琴与佐助》一片的上映也是在我进入电影界很久以前的事，那电影我也没看过。所以我就认为电影界大概都把随从之类的人称为佐助吧。”

“对那个鹤吉，您是不是也使出了春琴般的暴戾？”

“没错。金田一先生，毕竟我是个我行我素的独生女，稍不如意就会发脾气，可身边都是前辈啊，对吧？所以除了鹤吉，我就再没有对象可以发脾气。于是我就动辄对他耍性撒泼、闹别扭，还打他呢。”

“你这么一闹，鹤吉就会很高兴，是吗？”

“在旁人看来是这样的。但我仍弄不明白。我只是把他当成了一个善良的哥哥，一个无论怎么惹都不会生气的人，只知道自己任性撒泼。”

“可是，凤女士，请恕我问一个更私人点儿的问题，《春琴抄》中的阿琴跟佐助是私通的，那您跟您的佐助哥……”

“先生，我们没有那种事。”

“可是，笛小路先生会不会是对你们俩的关系产生了怀疑呢？”

“我刚才也想起这点，所以十分懊悔。而且，他为什么这时候才想起鹤吉的事情来呢？我实在不解。”

“如果不妨碍，能否略谈一二？”

“没事，我正想跟你们说说呢。”千代子稍微调整了一下坐姿，“太平洋战争爆发是在昭和十六年十二月，次年春天，鹤吉哥就接到了入伍通知单。鹤吉哥早就辍学了，只有我们少数几个人给他开了个欢送会，然后四五个人就去圆山公园散步，圆山公园夜间的樱花很美。当时我和鹤吉哥与其他人走散了，公园里有个角落非常昏暗，结果鹤吉哥忽然说希望我能让他吻一下。”

“这就是所谓今生的回忆，对吗？”

“差不多吧。”

“于是，你，就让他吻了？”忠熙的声音很温和。

“对。因为鹤吉一脸认死理的样子，而且当时还说了这么一句。他说说不定连这圆山夜间的樱花都是看最后一眼了。这句话触动了我，我就不由得……之后，我就只记得鹤吉哥哭着说不想死、不想死之类。”

“结果就被笛小路先生看到了？”

“我当时并没注意到，可后来笛小路却抖搂出这件事来挖苦我，但我觉得笛小路并不是真的在吃醋。因为鹤吉哥那人，即使是说恭维话，也称不上是标准的好男人，笛小路也很有自信。只不过，由于之前人们就对我跟他的关系有种种议论，笛小路大概是觉得没面子。因为当时我跟笛小路的关系也只是风言风语，都没亲吻过呢。”

“您跟笛小路先生的那件事是……”

“是在昭和十七年九月。也就是说，自从那件事发生之后，笛小路就完全黏上了我。恰逢时局不利，电影开始走下坡路，我很消沉，笛小路也抑郁，因此才做出那种惊人之举。”

“笛小路先生也应征入伍了，对吗？”

“他接到入伍通知是在昭和十八年十月。当时我已经怀上美沙五个月了，因此笛小路的母亲就答应我入了他们家的户籍。可是，金田一先生，”说到这里，千代子忽然一本正经起来，“笛小路为什么会在那会儿想起鹤吉来呢？战后我跟笛小路生活了一年左右，但在这期间，我们一次也没有提到鹤吉的事情。他好像已经彻底忘掉了鹤吉。”

“您说过，笛小路先生临去世那天曾给您打电话要求见面，对吧？还说他都听津村真二说了。听津村真二说了的是不是就是那件事呢？”

千代子瞪圆了眼睛，说道：“不可能。津村应该不知道鹤吉的事。鹤吉跟我保持关系的时间很短，只有极少数人知道。”

“笛小路先生为什么不写 Takamatsu（高松）或 Tsurukichi（鹤吉），而写 Sasuke（佐助）呢？”

千代子略微思考了一会儿，说道：“会不会是忘记了本名呢？因为他老是左一个佐助、右一个佐助的，而且对他来说，鹤吉哥终究只是个小丑般的存在。而且，千佳当时也只是个小店而已。”

“那您后来跟千佳……”

“呵呵。”千代子换成一副啼笑皆非的表情，“因为我做出了那种出格的举动，阿姨非常生气，曾一度跟我断绝了关系。鹤吉也因我而辍了学。可是后来，鹤吉却从前线给阿姨寄来一封信，信中写道：‘我让千代子给了我一个临别之吻，虽然只有一次，可我还是希望您能替我对千代子说声谢谢’。那封信阿姨也拿给我看了，后来鹤吉哥大概死了。他还说：‘既然横竖都是一死，念不念书都无所谓。更珍贵的是她让我吻了她。’鹤吉哥是阿姨的独生子，因此阿姨至今仍把我当作她的亲生女儿一样疼爱。每次因工作关系到京都时，我都会跟阿姨一起到鹤吉的墓前去祭奠。可我真的没想到，就因为这个，鹤吉哥的名字竟被搅进了这个案子。”千代子用谈谈的口吻说着，难以抑制愤慨与遗憾。

这时，日比野警部补忽然探身说道：“他死了吗？”

“是的，在瓜达康纳尔岛。”

“确定死了吗？”

“阿姨都接到公报了，但遗骨倒是未运回来。”

“很多时候，人们坚信已在前线死去的人实际上仍活着，这种情况经常有。所以他会不会是仍然活着并悄悄地返回了日本呢？”

“不会吧……”

“不，这种可能性是有的。”老狐狸刑警也附和着，“那家伙正在把笛小路等做过你丈夫的人一个一个地干掉……”

“呵呵，警察先生还真会想象。”

千代子笑了笑，并未理他。这时，“极乐蜻蜓”从一旁插了进来。

“这么说，那个什么佐助，已经盯上了笛小路的别墅和这里？”

“樱井先生是什么意思？”日比野警部补趁势问道。

“日比野先生，笛小路奶奶说她今天返回樱泽时曾看到一个奇怪的人从别墅里出来。秋山先生也说发现一个同样的家伙混进了这里，就把他轰了出去。笛小路奶奶又说傍晚来这里时，又发现一个样貌相同的人从这一旁的篱笆走了出去。”

“什么样的人？”

“两个人说法完全一致。都是从头到脚一身黑，头戴黑色鸭舌帽，眼戴墨镜，围着黑围巾，戴着黑手套。总之，就是时下非常流行的杀手打扮，哈哈。这到底又怎么解释呢？”

其实，铁雄也并未将此事当真。正因为没有当真，才说得漫不经心，可日比野警部补和近藤却霍地从椅子上站了起来，反倒弄得铁雄目瞪口呆，一脸惊讶。

“金田一先生，那不正是津村先生吗？”

“对，没错。津村那家伙已经盯上了美沙。”老狐狸刑警顿时来了精神。

“金田一先生，津村老师怎么了？”就连老成的一彦都有些着急。因为他看到二人的反应实在超乎寻常。

金田一耕助仍斜躺在宽大的椅子里，一面挠着蓬乱的头发，一面为难地说道：“那个，昨晚销声匿迹的津村先生打扮得跟樱井先生刚才所说的一模一样，都是一身杀手打扮。”

“可金田一先生，津村先生为什么会盯上美沙呢？”千代子也被二人的神色震慑住，可她仍忍不住抗议。

老狐狸刑警闻言，当即吼道：“因为那孩子知道些什么！虽然美沙并未意识到，可她肯定抓住了津村的重要把柄。所以津村就想趁美沙说出来之前把她……”

刑警最终还是没有把话说完。因为他发现熙子正脸色苍白，浑身发抖。

就这样，嫌疑三转两转，最终又转回了津村真二的身上。

忠熙默默地站起来朝电话走去。他叫来多岐，命她给笛小路的别墅打电话。不久，那边就接了。

“喂，美沙，我是飞鸟叔叔。秋山已经回来了？还在你那边？那你让他来接一下电话。”

不久，秋山便接了电话。

“秋山？你刚才在干什么呢？吃大餐？嗯，好，好，那正好，你在那边再稍微待一会儿。警察马上就过去。理由现在还不能说。不过，不要吓着美沙小姐和老夫人。好，拜托。”

忠熙挂断电话的时候，日比野警部补早已来到他身边等待。警部补叫来属下，让他们到樱泽的笛小路别墅和万山庄严密警戒。

就这样，万山庄大厅的气氛顿时紧张起来，但由于迅速采取了警戒措施，这一夜倒也什么事都没发生，平安地度过了。

就这样，决定命运的八月十五日终于迎来了黎明。

第二十章　果岭早已知道

一彦打完上半场的第六洞走向会所时是正午十二点三十分。他的搭档是铁雄、熙子夫妇。

一彦的成绩相当差，超了八杆。与此相反，铁雄则杆数出色，心情不错。熙子的成绩比一彦还差。二人都有多次失误，经常在粗草区找球，挨了铁雄不少奚落，将球打上果岭之后，也经常犯低级错误，推球失败。

三人的差点是一彦十六，铁雄二十四，熙子三十六。就算熙子是女性可以另当别论，可如果是如此的差距，一彦是不该输球的。不过今天一彦的运气实在差。打完上半场的时候，铁雄超了四杆，熙子则超了十二杆。

"你们俩是怎么回事？"由于失误太多，铁雄皱起眉说道，"担心昨晚的事？"

"我可不像姐夫那样是'极乐蜻蜓'，我生性敏感。"

"怎么回事？你状态这么失常会引起金田一先生怀疑的。是不是有什么心事？”

“拜托你安静一会儿，别再说多余的话了。可恶，完了！”

“哈哈。你那是朝哪儿打呢？”

一彦的状态的确失常。球倒是飞了，却飞到了意外的方位。

熙子则是无论别人说什么，都只是笑嘻嘻的，但多半都是在障碍区里鏖战。

“真拿你们没办法。你们这么低迷，搞得我都泄气了。反正昨晚不是什么事都没发生吗？”

“什么事都没发生只是表面结果而已。我也认为叔叔是不会出差错的，可我半夜里还是醒了三次。秋山叔叔似乎也一夜没合眼。”

“抱歉，对不起，我要是也在万山庄住下来就好了。”

“少来这一套。”

一彦昨晚跟的场英明一起住在了万山庄。听他的意思，秋山卓造似乎整晚都在警惕。

“没想到爸爸竟满不在乎啊。熙子，爸爸有没有说些什么？”

“没，也没说什么。”

今天的熙子话格外少。一彦也察觉到了这点，但他并未刻意去问。

“他可跟别人不一样，脸皮厚着呢。不过，既然有秋山跟便衣警卫，想必高尔夫也会打得不痛快吧。”

“也不知比分如何，待会儿问问。虽然表面上满不在乎，可如果比分很差，肯定就有鬼。”

熙子的玩笑中似乎也透着担忧。忠熙、千代子和的场英明就在前面的球场上，身边还跟着保镖秋山卓造和便衣警卫，否则秋山是不会被允许上球场的。铁雄等三人已是最后垫底，所以就算一彦跟熙子再怎么失误，也不用担心后面还会有一组人追上他们。这个高尔夫球场虽然只有十二洞，却起伏连连，困难的路线很多。

“那不是美沙吗？”

打完第六洞，来到会馆前面五十米左右的地方时，熙子忽然小声叫了起来。站在会馆阳台上怯生生地挥着手的正是美沙。她身着一件红底黄色条纹的毛衣，围着一条粉红的围巾，看上去十分可爱。尽管她在冲三人挥手，手势中却透着一种拘束，看上去十分惹人怜爱。

一彦停下来看向前方，露出一丝严肃的表情，但立刻就露出洁白的牙齿笑了。

“美沙，你来了。”说着，他使劲儿朝美沙挥挥手。美沙也受到鼓舞似的，手势也变得有力。一彦迅速环顾四周，却没有看到一个警卫的人影。

“真可怜，那孩子还什么都不知道呢。”

听到铁雄的念叨，熙子说道：“什么都不知道？你说的是津村先生吗？”

“没错。”

“这完全是胡说，津村先生怎么会盯上她呢？这种事全都是那些人的幻想。”

铁雄惊奇地望着熙子，可熙子却毫不理睬，也使劲儿朝美沙挥手。

到了会馆后，熙子问道：“美沙，你来了啊。奶奶什么都没说吗？”

“没有。是她让我来的。”

“是吗，那太好了。”尽管嘴上这么说，可熙子的声音中还是透着一丝敷衍。但她似乎立刻就意识到了这一点，又说道：“美沙，吃饭了吗？”

“不用，美沙我已经在家里吃过了。”

会馆里，人们几乎都已吃完饭，纷纷来到大厅和阳台上。共有二十多人，其中还有一些人已经去了草坪，正在挥舞球杆。三名便衣不露声色地围着会馆，其中之一便是古川。

只有刚才紧挨在一彦等人前面打球的忠熙一行还围着餐桌。忠熙的搭档是千代子跟的场英明。不远处，保镖秋山正在大口吃着满满一碗咖喱饭。忠熙等人对面则坐着金田一耕助和另一个人，此人体格敦实，正边喝咖啡边抽烟。见此情形，一彦不禁瞪大了眼睛。

“金田一先生，您也来了啊？”

“吓着了吧？难得你盛情邀请，所以我连我的运迟都顾不上就来了……啊，抱歉，开玩笑。”

千代子还在对着眼前的盘子埋头吃个不停。忠熙则把吃完的盘子推到一边，说道：“别急，没事，我已经吃完了。的场先生，不好意思……”

“我没事。凤女士，你可别噎着。”

“呵呵，没事。”

“啊，实在不好意思。对了，樱井先生，听说警部昨天帮了不少忙呢。”

一彦跟熙子一愣，惊讶地朝坐在耕助旁边椅子上的男人望去。等等力警部依然穿着那身笔挺的纯白翻领衬衫，从气质来看，果然不像警察。

“樱井先生，昨天实在是失礼了。”

“您客气了，都怪我不知道您是警视厅的人。”

“关于这件事，我昨晚还被金田一先生狠狠训了一顿呢。不是我故意假装，实在是没有机会做自我介绍啊，真抱歉。”

“他这人啊，对身为警察怀有一种自卑感，你们就原谅他吧。啊，诸位，请。你们是马上要吃饭吗？我们马上就走。”

“金田一先生，没关系，我们就在这里吃。姐，你到这边来吧。”

大多数人都吃完了，已到了大厅和阳台上。大家都是应忠熙之邀而来，无疑都知道昨天那件事，但没有一个人傻乎乎地提起。餐厅里明显有很多空位，一彦跟熙子找了一处空位坐下来，各自点了份简单的午餐。

“美沙，到这边来。给你点份红茶和蛋糕吧？”

“谢谢一彦哥。”美沙显得十分高兴。

铁雄在等等力警部的旁边坐下来，说道：“警部，有什么收获吗？”

“收获？”

“您昨天跟笛小路奶奶和我的那趟旅行，就没有什么收获吗？”

“这个啊，樱井先生，我若是知道这边出了这种案子，出于职责，我也会眼观六路耳听八方，使出浑身解数去打探，可不巧的是我什么都不知道。”

“我倒是没什么，但笛小路奶奶很生气，她怀疑您是不是一直在跟踪她。”

“怎么会呢。”

“总之我没什么，毕竟我完全没有作案时间。”

“姐夫，你是不是平常说话都这样，才被人叫作‘极乐蜻蜓’？”

一彦也从对面参与进来，看来尽管他在大口吃午饭，眼睛和耳朵却也留意着这边的对话。

“‘极乐蜻蜓’这绰号好啊。不过，你是什么意思？”

“我是说，当案件发生的时候，越是没有作案时间的人就越是可疑，我喜欢的推理小说里都是这么说的。”

“但我完全没事。因为根据爱因斯坦的法则，一个人不可能同时占据两个空间。当然，如果我得了梦游症，就另当别论了。”

悠然享受着饭后一支烟的忠熙一直不动声色地观察金田一耕助和等等力警部这对搭档，听到铁雄刚才的一番话，他不由得笑了起来，道：“铁雄，你怎么又把老一套法则搬出来了？不过，没人会以为你有梦游症。”

“所以我才说我没事啊。不过，如果我以现在这种样子变成六条御息所[①]那样的幽灵飘然出现，大家肯定都会被吓坏的。”

周围的人全都笑出声来。千代子捧腹大笑，熙子则把午餐盘子推到一边，笑得连饭都吃不下去了。忠熙默默地审视着熙子，只有美沙愣了一下。

“警部，”的场英明开口说道，“您以前认识笛小路老夫人吗？”

“认识。”等等力警部爽快地答道，“见过一次。所以我觉得这次还真是一段奇缘呢。凤女士。”

“请说。”

---

①日本古典名著《源氏物语》中的人物，因遭下人羞辱，内心受创以至灵魂时时出窍。含恨而死后，其亡灵仍不安宁。

“见到你婆婆后，请一定向她转达我的歉意。”

“好的。”

“这么说，我们岂不是让您一下子全看到了？”铁雄煞有介事地发出担忧的声音，惹得大家再次笑翻了天。

只有一彦故意绷着脸，说道：“姐，我看你的缰绳可得勒得再紧点儿啊。你看我这位姐夫，一说起来嘴上连个把门的都没有。”

“放心吧，一彦，他这个人啊，虽然说荒唐段子逗人笑很拿手，但人不傻，都是想好了才说的。这个想必一彦你也知道吧？”

尽管有些歇斯底里，可熙子忽然变得开朗起来，却是从这时才开始的。她全然不顾大家的视线，说道：“先不说这些了，金田一先生，您打算如何？是不是也想打几杆球？”

“啊，说到打球啊，樱井夫人，我身边的这位警部可跟我不一样，他还是有点儿运动神经的。我们谈起今天的高尔夫球大赛时，警部就说一定要来看看，然后就不请自来了。幸好南条也打高尔夫，有整套球具。至于警部的球技……那我就不清楚了。”

“那，金田一先生呢？”

“我袖手旁观啊。瞧瞧你们的本事。”

“哟，这么吓人。一彦，你是干事，你打算让他们进哪一组呢？”

“啊，那就跟我们做搭档吧，反正我们也是殿后的。我在跟大家抢分的同时，还得给美沙做教练呢。”

“咦，一彦，金田一先生不跟我们一组？”忠熙脸上有点儿狐疑。

“叔叔有秋山先生跟着呢，我看就算了吧。金田一先生最好还是跟警部搭档。”

“哎呀，那就是说，先生是要看看我们的本事喽？真可怕。”

“没事。姐夫又不会变成六条御息所。”

这一次谁都没有笑。这种分组方式的确异常。忠熙从来都是心事不外露，千代子的表情则有些僵硬。金田一耕助和一彦之间从昨晚起就火花乱碰，这是为什么呢?

时间已经过了下午一点，早出发的组已经到了球场。午后，参加者除了新加入的金田一耕助、等等力警部和美沙三人之外，一共是二十一人。有四人一组也有三人一组的，总共分成了六组。忠熙的搭档是千代子和的场英明，还有保镖秋山卓造。由于各组相隔六分钟依次开始，所以从第一组出发到殿后的一彦一组，中间隔了有三十分钟。

一彦性格实诚，对美沙悉心照顾。他又是从会馆配备的球具中为美沙选择合适的球杆，又是帮她选择球鞋。

“一彦，给你添了这么多麻烦。”千代子也来到一旁帮美沙整理服装。从这些情形来看，她还像点儿母亲的样子。

“您太客气了。不过，美沙还真是长身体的时候，比去年成熟了不少呢。”

“呵呵。”

美沙很高兴。虽然这女孩一离开奶奶的身边就很快乐，但她的身上仍带着一种阴影般的东西，莫非是境遇的缘故?

轻井泽的天气从来就善变。上午还是大好的晴天，可到了下半场，云层就开始翻滚，近在咫尺的离山已经被彻底埋进了雾里。球场就在离山背后。

“一彦，美沙就拜托你了。”

千代子、忠熙和的场英明的开始时间是一点半左右。秋山和球童随后跟去。两名便衣不露声色地在后面追赶。六分钟之后，殿后的六人出发了。这一组加进了古川刑警。

金田一耕助仍未摸清一彦的意图。力劝自己来参加今天的高尔夫球大赛的是一彦。对此一彦昨晚还表达了这样的意思："从打高尔夫球的样子可以看出人的性格，推理小说里不是经常有这种从中挖出凶手的情节吗？"

难道一彦是想让他对相关人员中某人打球的样子进行观察，从性格中推断出凶手？可是，从打高尔夫球来推理是不可能的。因为高尔夫球跟扑克牌、围棋、将棋不一样，虽然它是大家汇集到一起打，可选手们都会被分成若干组。虽然与本案关系最密切的凤千代子跟飞鸟忠熙被编入了同一组，但他们六分钟前就开始了。对这两个人的打球情况进行观察是不可能的。而正在耕助周围打球的是一彦、铁雄和熙子。难道一彦的意思是让耕助观察这两个人的表现？

下午的开球是从第七洞开始的。根据这个高尔夫球场的参考手册，第七洞有三百六十八码，二百二十码的左侧有树林需要注意，可以往右侧横切沙坑的稍左打。果岭是在陡坡上，如果不能两杆打上去，球就会掉到沟里，球掉下来的时候，第二打一定注意要让球停在坡的下面，切忌打过。铁雄不仅让球掉在沟里，第二打时球还越过果岭，所以立刻被判了出界，一进入下半场就十分被动。与此相反，熙子不知为何忽然来了状态。一彦虽然身兼二职，一面打球一面还要为美沙做教练，成绩却比上午好多了。进入下午后，三人的情绪似乎都变了。等等力警部虽然对球场不熟悉，但他还是发挥了天生的悟性，似乎还能跟上。

金田一耕助穿着草鞋在草坪上走来走去，煞有介事地观察着他们打球的样子，可实际上他什么都不懂，还不时提出一些不合时宜的问题让等等力警部难堪。

当熙子在第八洞开球失误的时候，金田一耕助突然意识到：前天傍晚给星野温泉的津村真二打电话的女人会不会就是熙子呢？意识到这一点，他的脑细胞突然加速运转起来。

如此说来，熙子也在去年秋天的日本美术展上见过津村真二。既然连铁雄都说对津村无法漠不关心，熙子恐怕就更不用说了。津村这边很可能也是同样情况。他一表人才，而熙子又如此妩媚，即使二人之间产生情愫也毫不奇怪。

从昨晚到今天早晨，金田一耕助跟等等力警部谈了一个通宵。根据警部的说法，铁雄就是一个花花公子，所以妻子熙子暗地里报复也不是没有可能。正如近藤昨晚也说过的，现在已是一个婚外情电视剧流行的时代。

金田一耕助深知，如此揣测在调查凶手方面非常危险。不过他仍抵制不住这种诱惑。

如此说来，也许铁雄的瞎猜并非是单纯的瞎猜。难道铁雄知道了妻子的不忠，故意含沙射影？不，不像。在当时的情况下，嫌疑几乎全都指向了千代子，所以，他大概是出于一时的侠肝义胆或是骑士精神才说出他的胡乱推测。可令他万万没想到的是，他竟在不知不觉中为妻子掘好了墓穴。

金田一耕助现在才意识到自己的失误，他自责不已，后悔疏忽了当时熙子的神情。唯一可以确定的是，昨晚熙子似乎一直在刻意保持低调。她平时都是这样吗？对，如此说来，一彦大概也注意到了这一点，因此才邀自己今天来打球，让自己观察熙子打球的样子。

第八洞有一百九十六码，距离很短，熙子尽管在开球时失误，可后面的杆法就娴熟多了。到了这里，铁雄的成绩也仍不如意。一彦仿佛跟上午时换了个人一样，打得非常顺利，不过由于身兼美沙的教练，还是很费力。等等力警部也打得中规中矩。

在从第八洞走向第九洞的路上，金田一耕助又转念想了起来。

昨天等等力警部在汽车里施展了圣德太子般耳听八方的绝活儿，根据他获取的信息，把铁雄跟熙子撮合到一起的就是一彦。自己昨晚也亲眼看到了一彦对二人的敬爱之情。既然这样，他为什么还要做出告发熙子的举动呢？还是说，一彦今天邀请自己的目的根本就与熙子无关，而是在于他处？不，或许一彦并没有邀请自己，这只是自己一厢情愿。

不过，有一点需要事先交代一下，金田一耕助并不是暗自沉浸在这种妄想中并跟任何人都不说话，他也是跟等等力警部不相上下的圣德太子。他一面跟一彦、铁雄和熙子随便开着玩笑，一面跟着他们在球场上转来转去，仔细留意他们的对话。

通过他们的对话，耕助推断出上午时熙子和一彦都不在状态。可进入下午的下半场之后，一彦的状态似乎已逐步回升，况且他还无法只专注于自己打球。看来他真是个好青年，毫不嫌弃地照顾着美沙。熙子似乎也打出了状态。与此相反，铁雄不知为何打得十分艰难。三人中最在意金田一耕助的难道会是他？

等等力警部在第九洞开了一杆漂亮球，博得了大家的喝彩。球旋转着飞了出去。耕助也送给了他一句赞美之词，但他的大脑仍在思考另外的事情。

无论铁雄是否知道事实并在影射妻子，可如果他的瞎猜真的应验了，结果又将如何呢？

津村真二在旧道买了手电筒后会不会是去了樱井家的别墅？樱井家的别墅也在轻井泽，而津村在那里又待到了几点？无论槙恭吾是他杀还是自杀，他死于氰化钾的时间都是在前天晚上的九点前后，这一点已经通过后来的尸检得到确认。如果津村真二在樱井家的别墅里一直待到了这个时间，那他就是清白的。可这却需要熙子的证明，而且绝非易事。不过，熙子应该知道津村当时的着装，跟立花茂树分手时，津村是一副杀手打扮。

金田一耕助不禁又陷入了深深的自责。当大家为那个杀手打扮的男人盯上笛小路的别墅跟万山庄一事而大惊小怪时，熙子的表情又是怎样的呢？他竟然一时疏忽忘记了观察。

可是……想到这里，金田一耕助忽然瞪大了眼睛。难道飞鸟忠熙知道这件事？他对自己从前天晚上停电以后到九点半之间的行为根本就说不清楚。虽然他说了一些诸如跟凤千代子第一次接吻非常兴奋，以及途中丢了打火机等无聊透顶的事情，但任何人都能听出来这只是蹩脚的借口。忠熙刚停电就亲吻了凤千代子一事似乎是真的。如果不久后就从宾馆出来了，时间大概会是在八点十分。如果他之后去了樱井的别墅……然后又见到了正好在场的津村真二……

想到这里，金田一耕助突然不寒而栗。

是飞鸟忠熙？不会吧？

可是，槙恭吾在四五天前的确造访过忠熙。所谓创作停滞不前，为寻找灵感想借考古学书籍，无论怎么想都只能是并不高明的借口。难道槙当时给忠熙带来了某种信息？而槙掌握的信息肯定是关于千代子的秘密。

“我都听津村真二说了，听他说了。你就不怕让飞鸟忠熙知道？”

去年笛小路泰久曾给千代子打过这种涉嫌敲诈的电话。对千代子来说，这无疑是个致命的秘密。难道槙也知道这个秘密？并且……并且……如果是忠熙，他倒也能弄到氰化钾。

就算是忠熙不直接下手，他的身边也还有一个秋山卓造。根据等等力警部昨天在汽车里掌握的情况，为了忠熙，秋山卓造这个男人，连上刀山下火海都在所不辞。而且，据说近藤也十分怀疑撞死阿久津谦三的车有可能就是忠熙的。如果是这样，驾车的可能就是秋山卓造。而且秋山前天晚上还去看了盂兰盆会舞。也就是说，他不能完全排除作案时间。而开车正好又是秋山的拿手好戏。

金田一耕助目前最大的苦恼就是津村真二下落不明。觊觎笛小路别墅和万山庄的那个杀手装扮的男人真的会是津村真二吗？金田一耕助对浅间隐的出租别墅后面的悬崖坍塌一直深感蹊跷，日比野警部补也抱有同样的怀疑。在警部补的命令下，塌方被清理干净。清理作业昨晚彻夜进行，立花茂树所谓的天然冰箱也在今天早晨被完全挖了出来。金田一耕助听说后，也在今早的九点前后跟等等力警部一起赶赴现场，结果却一无所获。既未发现威士忌酒瓶，也没有发现酒杯。

通过对附近的走访，耕助才发现自己怀疑凶手有可能在那里藏匿东西的想法很愚蠢。悬崖发生坍塌的时间据说是在昨天早晨八点左右。就算凶手想要藏匿东西，也不可能预知到那悬崖会坍塌。

还有一点让金田一耕助感到可疑。那就是田代信吉的存在。田代信吉的存在并非幻想，因为立花茂树曾见过他并跟他说话，而且他的遗留物还以奇特的形式在津村真二的别墅外面被发现。田代信吉之后究竟消失到哪里了呢？轻井泽警方现在正全力追查这两人的下落。

那件事发生在第十洞的果岭上面。第十洞在这处高尔夫球场上属第二长洞，距离有四百四十三码。由于铁雄失误太多，再加上一彦给美沙做教练耽误的时间，当四人的球被击上果岭时已经是三点多了。浓雾从离山冒出来，包围了这些打高尔夫球的人。站在果岭上望去，四周都淹没在浓雾中，一片荒凉。就连球场左右的白桦和槲树丛都变成了朦胧的水墨画。果岭上飘忽不定的乳灰色雾气在眼前清晰可辨。

金田一耕助当时就站在一彦旁边。把球击上果岭的一彦捡起球，又用红毛线在原地做了个记号。等等力警部第一个尝试轻击，他的球离洞约有十码远。警部在球和洞之间不停走动，还不时地蹲下来测算角度，研究草坪。草坪早已被雾气打湿。

不久，等等力警部做了一个深呼吸，两手握着推杆站在了球后。由于距离洞还有相当一段距离，只靠轻击球是不行的，必须用类似近穴击球的打法。警部挥了两三次球杆，便毅然将压力施加在球上。

奇迹发生了。本以为球会滑向十码处的草坪上，没想到球却扑通一下飞进了洞里。掌声与欢声顿时响起。

“好球！”铁雄叫道。

等等力警部也高兴地高举推杆，做了一个胜利的动作。

“漂亮！”一彦喊道。

接下来是一彦上场。他朝着站在一旁的美沙扭过头，说道：“美沙，你把那根红毛线帮我拿过来。”

“红毛线？”

“对啊，你眼前不是有根红毛线吗？”

金田一耕助惊讶地看向美沙。只见美沙正在东张西望。她的眼皮底下果然有一段红毛线，正静静地躺在绿色草坪上。不知不觉间，等等力警部也来到了一旁，打量着美沙与她脚下的那段红毛线，眼睛里闪着异样的光。

“喂，美沙，那红毛线不就在你脚下吗？”一彦再一次用尽量轻松的语气说道。但由于嗓门太大，声音还是有些沙哑。

也许是注意到了四人异样紧张的情形，铁雄跟熙子也凑了过来。古川也蹑手蹑脚地来到大家身后。

一彦又说了一声：“美沙，那红毛线就在你脚下啊，还没看到吗？”

美沙将视线从草坪上抬起来，望着正围着自己的六名男女的脸。她的身体线条因为绝望而僵硬起来，表情如哭鼻子一样扭曲。

“怎么，美沙，你是色盲?！”

铁雄没头没脑地冒出一句，美沙不由得向后跳了两三步。古川刚要伸出长臂抓她，金田一耕助立刻从一旁用力按住了他的胳膊。

美沙像佝偻病人一样弓着背，下巴向前突出，她瞪大眼睛打量着六人，眼里冒出憎恶的火焰。为保持平衡，她把两手放在胸前，手指弯得像鹰爪一样，不住地发抖。她的嘴唇严重扭曲，整张面孔都变了形，病态的唇间就差没吐出泡沫来。

虽然金田一耕助此前也见过不少凶恶男女的狰狞面孔，不过像此刻美沙这样丑陋的面孔他还是第一次看到。正因为对方是一个年方十六的少女，带给人的恐怖感便越发强烈。这分明是精神畸形的表现，精神畸形伴随着精神绝望，让她变得越发丑陋，越发充满毁灭感。

金田一耕助、等等力警部、铁雄、熙子和一彦五人仿佛连骨髓都被冻僵了似的，呆呆地凝视着这个丑陋的生物。

金田一耕助这才恍然领悟了一彦的用意。原来一彦早就知道了，他早就知道美沙是色盲……是红绿色盲，也知道笛小路笃子一直在拼命隐瞒这一点。

“……”

古川咕哝着往前一步，美沙则紧张地往后躲了两步。她的脸被雾打湿，看上去越发丑陋，越发绝望。

古川又往前一步。美沙又躲了两步。正当古川欲再往前一步的时候，远处忽然传来砰的一声。

大家惊愕地扭过头，雾里又传来同样的一声。

“那不是枪声吗？”铁雄叫了起来。

“是第十二洞那边。”一彦应道。

这处球场不仅起伏很多，还被裹在浓雾当中，视线完全被遮住了。

“第十二洞？那不正是爸爸在打球的地方吗？”熙子的声音在发抖。她的脑海里无疑浮出了那个杀手装扮的男人可怕的影子。

一彦抓着推杆狂奔起来。这时，第三声枪响传来，和刚才的枪声方位有点儿不一样。当一彦加快速度、铁雄跟熙子也随后追赶时，第四声枪响又传到耳边，紧接着有人在雾中叫喊着朝这边赶来，分明是连滚带爬的叫喊声。

“飞鸟先生……飞鸟先生……”

雾中的声音好像正在如此叫喊。似是球童的声音，呼吸急促，在雾中一面喘息一面逼近。

“飞鸟先生中枪了……飞鸟先生中枪了……秋山先生追上去了……秋山先生追上去了……”

这时，第五声枪响再度传来，听声音比刚才远了许多。

金田一耕助和等等力警部也跟在一彦等人身后追赶。古川早已抢先一步跑了起来。冲下果岭的时候，金田一耕助一扭头，只见正跑向相反方向的美沙的背影。那身穿红底黄条纹毛衣的身影眨眼间就消失在雾中，只有那舞动的粉红色围巾深深地印入了脑海……

第二十一章　雾海

昨天的台风过境后，轻井泽的季节好像一下子从夏季到了秋季。到了晚上，雾气非但没散，反倒越来越浓。虽然那引以为豪的落叶松林全被拦腰折断，可万山庄仍稳稳地坐落在深深的树丛里，而这树丛中的万山庄，此刻所有房间都灯火通明。不过，就连这灯色也因浓雾而朦胧、模糊起来，反倒有点儿凄凉的感觉。浓雾凝成水滴，顺着树梢簌簌地落下，不由得让人疑为雨声。

昭和三十五年八月十五日晚上八点。

现在的万山庄仍沉浸在深深的忧愁中，在灯光中匆匆进出的人全都大气也不敢喘，连走路都不敢出声。虽然那极富明治风格的大厅里也灯火通明，却只能看到三个人影。

其中两人正在藤茶几旁下围棋，是等等力警部跟山下警部。金田一耕助也把藤椅拽到棋盘一旁观战，不过也不知他是否真的在观战，反正茶几上的烟灰缸里堆满了山一般的烟蒂。三人全不说话，只有两名警部落子的声音在长时间地回荡。在这明亮的大厅中，三人看上去仿佛三尊正在祈祷的雕像。

不，三人真的正在心里祈祷。而等等力警部和山下警部的一颗颗黑白棋子中似乎便承载着三人的祈祷。

金田一耕助万万没想到凶手持有手枪，这不能不说是他的一大误算。

飞鸟忠熙万一有个三长两短，金田一耕助的责任可就大了。不，对于金田一耕助来说，凶手拥有手枪倒还不算什么，更要命的是他竟然没想到凶手竟会在绝望心理的驱使下盯上飞鸟忠熙的生命，这是他更大的失算。思维的齿轮在某处出现了错位，他需要重新梳理一遍案件的全貌并将其重新组装起来，这就是他身旁的烟灰缸里烟蒂成山的缘故。

刚才一彦从医院打来电话说，忠熙已经摆脱了生命危险。子弹已被取出，输血也很成功，忠熙的意识一直很清醒。做完手术后，他还扭头朝的场英明说了这么一句："如此一来，我就欠下先生两个人情了。"

其实，这句话的含义是这样的：遭到枪击时，忠熙正好站在第十二洞的果岭上面，他正要进行最后的推球。从球到洞只有三码远。忠熙本想一杆拿下，所以十分慎重。他双手握杆稍微前屈的姿势可谓最易受到枪击的姿势。

想一睹他球技的的场英明就站在他身边，洞的旁边是千代子和球童。秋山卓造站在果岭尽头，两名刑警则远远地围着果岭。这一带的雾似乎最浓，像深海底部一样的浓雾在果岭外面打转。

秋山卓造所站的果岭尽头对面有个黑影在动。雾很浓，黑影的移动也十分从容，所以谁都没有对黑影起疑。人们还以为是负责警卫的便衣。

由于正是推球的一瞬间，大家全都屏息凝神。雾气一缕缕流动，四周十分安静。远处啁啾的鸟鸣反倒增添了这种静寂的效果。

正当深吸一口气的忠熙终于要推杆的时候，果岭尽头忽然传来砰的一声，只见一道苍白的闪光穿过了浓雾。忠熙的身体猛地一歪，却没有立即倒下。一瞬间，他的眼睛瞪得像陶瓷盘子一样大，凝视着雾中的狙击者。若不是站在身边的的场英明低叫一声“危险”并随之把忠熙扑倒在地，同时自己也趴在了草坪上，恐怕那第二发子弹早已要了忠熙的命。

术后忠熙所谓的那两个人情债之一便是指这件事。

第二声枪响跟忠熙倒地几乎发生在同一时间，凶手大概以为这次的狙击已经成功了。当凶手转身要逃的时候，千代子本能地向前跑了两三步，并在雾中清晰地看到了对方的身影。

对方头戴一顶形状奇怪的黑色鸭舌帽，眼戴墨镜，脸用黑色围巾包了起来，手上戴着黑色手套，从上到下一身黑色的杀手装扮。但千代子无法确认对方究竟是不是津村真二。对方仿佛在雾中一闪而过的一缕黑烟。千代子四肢僵硬。黑烟转瞬便融入了翻卷的乳灰色雾中。

“秋山，别追……秋山，别……”

千代子听到微弱却又坚决的命令声，愕然回过头，秋山卓造已经猛地撞开千代子，在雾中狂奔起来。一瞬间，映入千代子眼帘的秋山的脸像被泼了颜料一样血红，而他在雾中狂奔的背影则像发疯的阿修罗一样。两名刑警也稍迟一步跟在秋山的后面追了起来。

“畜生！畜生！”

跟千代子撞到一起的时候，秋山嘴里那咬牙切齿的声音如暴风雨一样敲打着千代子的耳朵。

也许秋山并不是有意把千代子撞倒的，这只是在情急之下才发生的冲撞。秋山口中怒吼的骂声恐怕也并非针对千代子，而是针对枪击自己主人的凶手。不，更准确地说，那恐怕更是对自己的强烈自责。自己就跟在主人身边，却眼睁睁发生了这种事……不过，千代子却悲愤交加，心里难过极了。

"千代子……拦住秋山……对方有枪……"

此时，忠熙的一句呼唤给了她强烈的勇气，为她动摇的内心撑起了一根支柱。

"秋山先生，秋山先生，快回来！老爷担心你……"

千代子从濡湿的草坪上重新坐起来，先是冲着雾中大喊一声，然后就跑到忠熙身边。

的场英明已扶起忠熙的上半身，将他搂在怀里，正用白手绢捂着忠熙的左腹部。看到那白手绢上染满了鲜血，千代子都快疯了。

"亲爱的，亲爱的，你可要挺住啊！"

忠熙紧紧抓住千代子的手。"千代子，放心……那家伙……那家伙……"话还未说完，他就在的场英明的怀里昏了过去。

一切都只发生在一瞬间。此时最沉着的当数的场英明。为了尽量减少忠熙的出血，他先让忠熙轻轻地在果岭上躺下来，然后才训斥起茫然失措地站在一边的球童。

"还愣着干什么？还不赶紧叫人！位置应该是第十一洞或第十洞。"

当球童发疯似的飞奔而去时，雾中又传来了第三声、第四声枪响。

“秋山先生……”

当千代子大喊着让秋山回来的时候，她只觉得遭受枪击的人仿佛就是自己，肉体上一阵痛苦。

一彦等人随后赶来。忠熙实在幸运，现场竟有那么多经验丰富的人。首先是的场英明，他在那种状况下的应急处理非常得当。就连完全外行的一彦和铁雄也临危不乱，没有让现场陷入混乱。

等等力警部在确认的场英明实施的应急措施有无不当的时候，接到球童的报告后已经撤回的客人全都从会馆赶了过来，其中还有一名跟忠熙私交甚笃的著名外科医生。不久，急救车跟日比野警部补一行赶到，忠熙被担架抬上了救护车。除了著名的外科医生，千代子和熙子也一同上了车。这时，的场英明却畏畏缩缩地从一旁说道：“很抱歉，能不能让我也上车？”

“老师……”

面对一脸狐疑的一彦，的场英明有些害羞地看着他，说道：“一彦，就在飞鸟先生倒下的一瞬间，我问了他的血型……他说是 AB 型，我也是 AB 型，这个一彦也知道。说不定我还能帮上点儿忙呢。”

“老师！”

一彦的声音哽咽了，金田一耕助不由得再次向这位沉着冷静的考古学者致敬。忠熙所说的两件人情中的另一个就是指这件事。

“啊，是吗？既然这样，那我就留下来吧。”一度钻进救护车的千代子连忙下了车，说道，“的场先生，那就拜托您了。快，请您快上车。忠熙先生遭到枪击的时候，在场的只有的场先生和我。现场必须有人留下才行……熙子，那就拜托你了。”

“熙子，我也去，我也是AB型。一彦，你随后也来一趟。”

“极乐蜻蜓”铁雄此时也表现得异常麻利，当他最后一个钻进救护车后，车立刻从果岭上飞驰而去，转瞬便消失在了雾里，只留下一串急切的警笛声。

经过如此一番忙乱，留在果岭上的就只有金田一耕助、等等力警部、千代子和一彦四人了。一彦也跟赶来的客人一起回到了会馆。临回去之前，他对千代子说道：

“凤阿姨，警察问完话后，请您立刻来一趟会馆，咱们一起去医院。叔叔恢复意识之后，若是发现你不在身边，会觉得很凄凉的。”

一彦刚才看到，尽管忠熙已经昏迷，可他仍紧紧地握着千代子的手。千代子深深地向他鞠了个躬。

“多谢，那我马上就去。”

一彦追着客人们离去之后，果岭上就只剩千代子、金田一耕助和等等力警部。日比野警部补为了监督他的部下们，已不知消失到了高尔夫球场的何处。雾越来越浓，站在果岭上的三人犹如漂浮在幽冥之海一样。这幽冥之海的远处还不时传来刑警们的喊声。在千代子听来，这声音犹如从噩梦中追来的恶魔的声音，令她那被雾打湿的肩膀微微发抖。

“凤女士。”不久，金田一耕助开了口。为避免惊扰对方的情绪，他尽量用柔和平稳的语气说道：“您刚才得知飞鸟先生是AB型血，为什么立刻就下了救护车啊？”

“因为我是A型血。”千代子露出一副若是相同血型则很乐意献血的表情。

“昨晚就已经听您说过了，您说美沙小的时候有一次急需输血，当时就是阿久津谦三提供的吧？”

“对。”

“他是什么血型？”

“B 型。”千代子说完，发现等等力警部的态度很奇怪，便不解地皱起眉头，“怎么，有问题吗……”

警部不忍去看千代子的表情，不由得背过脸去。因为他今天早晨跟金田一耕助一起去了轻井泽警局，查看了去年在此地死于非命的笛小路泰久尸检的专家鉴定书。笛小路泰久的血型是 O 型。

等等力警部深知，O 型血男人跟 A 型血女人之间生不出 B 型血的孩子。那么，美沙的父亲到底是谁呢？

金田一耕助把苦恼的目光转向正从雾中靠近的一个黑影，说道：“难道，凤女士并不知道笛小路先生的血型？”

“他……他……”千代子似乎也意识到一只黑色的爪子正朝她袭来。她一面把视线投向金田一耕助苦恼的侧脸和等等力警部宽阔的后背，一面答道：“O 型。嗯，对，没错。他的确是 O 型。可是……可是……金田一先生，”她喘息着说道，“怎么，这个有问题吗？”

原来这女人还什么都不知道，而且还毫不顾忌地坦白了自己的不忠。她长期背叛并欺骗笛小路泰久，在身为笛小路泰久妻子的时候，她就跟其他男人通奸并生下了美沙，否则美沙的血型就不可能是 B 型。这女人尚未发现血型的秘密，也并未意识到善于捕捉机会的金田一耕助正在对她进行诱供，毫不顾忌地交代了自己的不忠和背叛行为。

可是……等等力警部只觉得自己呼吸加快。这件事跟美沙是色盲到底有什么关系呢？金田一耕助是不是一开始就知道此案跟色盲的情况有关呢？昨晚回到南原的南条别墅后，他立刻就查起那里的百科事典来，那不正是色盲的条目吗？

“金田一先生！”千代子的声音在发抖，“血型有问题吗……”

等等力警部回头一看，金田一耕助正把双手搭在千代子的肩上。

“凤女士，我看咱们今晚就好好谈谈这件事吧，我也还有两三个问题没弄明白呢，不过我相信您。血型的事情您最好先不要告诉任何人。您现在也还不明白其中的意思。总之我以后会告诉您的……今晚……啊，日比野警部补似乎已经到那边了。您把刚才的情况大致说完后，最好立刻就返回会馆，跟一彦赶赴医院。飞鸟先生现在比谁都需要您。”

当金田一耕助迅速说完并离开千代子身边的时候，日比野警部补从雾中现身。

日比野警部补十分激动，还变得疑神疑鬼。对于这名年轻的警部补来说，忠熙遭到枪击无疑是他的一大失败，他实在无法坦然地接受这一事实，怀疑里面存在着巨大的欺骗。

千代子将当时的情境再现了若干次。虽然枪击者是从昨晚起就成为人们议论话题的那个杀手打扮的男人，却没人看清楚他的面孔。因而当千代子陈述到她无法确定对方究竟是不是津村真二的时候，警部补的怀疑终于到达了沸点，提问也极其冷酷且严厉。

可是千代子非常配合，她耐心地把同样的陈述重复了好多遍，还补充说，的场英明也应该目击了同样的情形，希望警方也去找他问问。她觉得被害人忠熙也许看到了对方的脸，可正当忠熙想就此说点儿什么的时候，却陷入昏迷。等忠熙醒来后，希望警方去问问他。可千代子话未说完，就忽遭打击似的一阵头晕，打了个趔趄。

她恐怕是忽然想到万一忠熙无法醒来的情况而受到了打击。

金田一耕助实在看不下去，便从一旁插进话来："日比野先生，差不多就行了。凤女士都说了，的场先生也在现场呢，回头再去问问他，若是两个人陈述有出入，到时候再追查怎么样？"

然后他朝千代子转过身来，说道："凤女士，一彦恐怕正在会馆等着呢，我看您还是立刻去趟医院吧……"

日比野警部补这才放弃对千代子的追问，为防止发生意外，他命令年轻的便衣将千代子送回了会馆。

剩下的便是沉浸在浓雾中的荒凉的高尔夫球场了。除了远处不时传来鸟儿喧闹的啼叫之外，冷清的第十二洞一带已完全被淹没在浓雾的大海中，连数米远的前方都难以辨清。金田一耕助蓬乱的头发早已被雾打湿，在日比野警部补的带领下，他和等等力警部甚至走到了一百米开外的树林旁边去查看。血流到了粗草区尽头的草上，几名一脸严肃的警察正在附近警戒。其中一人脸上的亢奋仍未完全消退，说道："我和山口跟在秋山先生后面追凶手一直追到了这里。当时凶手射出的两发子弹之一击中了秋山先生的脚。秋山先生倒下了，凶手便趁我照顾他的空当逃进了林子里。山口则随后追了下去。"

那树林当然正沉浸在一片雾海里，本该耸立在树林背后的离山已被高密度的水滴幕布包裹起来，连轮廓都看不清了。

"我先叮嘱了一下秋山先生不要离开这里，然后就冲进树林去追凶手和山口，却没找到。不仅如此，还有枪声从那个方位传过来，于是我又试着去了那边。虽然没找到凶手，草上却留着血迹。我连忙折回这里一看，秋山先生已经不见。不久，山口也折返回来。"

这名便衣姓木村，刚才无疑也向日比野警部补做了同样的报告。

他难掩亢奋的神色，言辞中却难免带有一种背诵般的语气。

金田一耕助一问，得知秋山卓造似乎是左脚踝处中枪。虽然他本人说子弹并没有打中，只是擦破了点儿皮肉而已，骨头并没有异常，不过从积存在现场的血量跟洒落在树林中的点点血迹来看，他还是出了很多血。虽然如此，秋山卓造还是追着凶手冲进了树林。而凶手不仅带着手枪，似乎还已自暴自弃。

金田一耕助不寒而栗。

日比野警部补所能采取的方案也只有两个：全城戒严与搜山。第一种方案应该已付诸实施，搜山行动却行不通，时间跟气象条件都不成熟。马上就五点了，夏天日长，五点这个时间问题倒是不大，不巧的是偏偏有大雾，随着夜色降临，雾气恐怕会更浓。

离山不是一座很大的山，却时常有熊出没。在这样的一座山里去找一个人已经不算简单了，而且对方还持有凶器，也不知道有几发子弹。加之有浓雾的保护，说不定凶手只听到脚步声就会从雾中开枪，这也难怪现场的警察非常紧张。

行动计划必须重新修正。

当大家留下两名警察警戒，其余人都撤回会馆的时候，客人自不必说，就连一彦和千代子都不见了。一名交通稽查的警察正在等候日比野警部补，根据他的报告，樱泽笛小路的别墅里，笃子跟女佣里枝倒是在，却没有看见美沙的人影。美沙说正午前要去一趟高尔夫球场，出去之后仍未回来，看来是直接从第十洞失踪的。

金田一耕助和等等力警部坐着日比野警部补的车，从高尔夫球场绕到了医院。一彦正在医院负责打理，根据他的介绍，忠熙被送到医院后不久就恢复了意识，并让他给二人传话，说他现在精神面貌不错，正在输血，请不用担心。至于联络地点和今晚的住宿，他希望能使用万山庄，这样他自己也比较放心。对此，金田一耕助也托一彦转达说："那就请转告老爷，案子也进入了最后阶段，今明两天就会查明案件，抓捕凶手。祝早日康复。"

据说听到这消息后，忠熙非常高兴。一彦说，忠熙身边有千代子和熙子在陪护，凤阿姨的陪护似乎给了叔叔很大勇气。

一彦开着凯迪拉克把金田一耕助和等等力警部送到万山庄，在等等力警部的要求下，中途还顺道去了一趟警局，捎上了山下警部。就这样，万山庄被选定为所有事务的联络地点。

昭和三十五年八月十五日晚上八点半。

雾越来越大，丝毫没有放晴的迹象。尽管玻璃窗关得紧紧的，可雾气还是不知从哪里钻了进来，万山庄古色古香的大厅也因这淡紫色的雾气而变得朦朦胧胧的。

刚过八点半，日比野警部补赶了过来。不用说那杀手打扮的狙击凶手，就连秋山卓造和美沙的去向都仍然不明。秋山肯定是去追击凶手了，他的安全很令人担心。而美沙又是怎么回事呢？美沙跟狙击凶手之间难道还有什么关系吗？

"搜山一事只能等到黎明了。"日比野警部补望着笼罩在窗外的浓雾，恨恨地咕哝着，"当然，我已经向全城发出通缉。若在此之前发现凶手模样的人即可逮捕。还有那个令人瞩目的白桦营十七号房间的涂鸦问题，目前正在鉴定中，我想不久就会出结果了，一有结果立刻就会向这边报告。"

"那第十七号房间的住宿人名单……"金田一耕助问道。

"啊，这个也正在做。幸亏立花茂树有津村真二的书信，如果去年案发后津村曾到那里住过并在住宿人登记簿上登记，马上就会查明。”

“那我就静候佳音了。”

尽管嘴上这么说，金田一耕助却未必乐观。他满眼苦恼地望着正在棋盘上上演的白热化大战。执白子的是山下警部，局面似乎对他不利。

八点四十五分，电话铃响了起来，现在这部电话已经变成了对外直拨电话。电话是熙子打来的，说让金田一先生接。

金田一耕助接过来后，熙子说道：“是金田一先生吗？我是樱井熙子。我现在在医院，您那边都有哪些人？”

“除我之外有日比野警部补，还有县警本部那边派过来的山下警部，以及你认识的等等力警部，就这些……”

熙子想了一下后说道：“好的，我立刻赶过去，请大家等我回去。我有话要对大家说。”

熙子的声音很从容，可像坚硬玻璃一样的语气中却流露出强烈的决心。放下话筒后，金田一耕助不由得深深叹了一口气。

第二十二章　打火机

“金田一先生，您对这个打火机有什么线索吗？”

匆匆打完招呼后，熙子从手绢中取出一个金壳打火机，放到金田一耕助面前。从表面带有金字塔浮雕的样子来看，这个打火机恐怕是请人专门定做的。金田一耕助拿在手里看了看，向日比野警部补递了个眼色。

“这是您父亲的打火机吧？”

“关于那件事，父亲是怎么说的？虽然父亲还不能多说话，但从表情来看，关于这打火机，父亲好像是跟先生说了些什么。父亲都说了什么呢？”

对方完全是单刀直入的语气。尽管嘴角挂着微笑，微笑下面却带着一种强硬，仿佛在向对手挑衅，眼睛里也闪着无所畏惧的光。由此看来，这女人还真是个不寻常的斗士。金田一耕助反倒被震慑住了，连连眨着惺忪的眼睛，说道：

“是吗？您父亲是说过，他说是前天晚上在雾里把这东西弄丢的。”

“弄丢了？到底是什么意思？这可是父亲珍藏的打火机啊，而且父亲也不是这么不小心的人。他有没有说是在什么状态下弄丢的？”

“这、这……也就是说，您父亲是在前天晚上八点多从高原宾馆离开……对了，八点刚过时停电了吧？当时，您父亲正跟凤千代子女士待在宾馆的前厅里，突然间停了电，于是，他就不由得……嗯……二人就不由得拥抱，嘴唇碰到了一起。也就是说……就是接吻了。然、然、然后，那个……”

“然后……父亲说怎么了？”熙子步步紧逼。

“樱井夫人，先别说这个，您还是先说说您是在哪里捡到这打火机的吧。”

一旁的日比野警部补冷不防问道，熙子却连理都不理。

“然后父亲说怎么了？”

熙子依然是逼问的语气，眼睛里闪着无惧的光，嘴角挂着可怕的微笑，不知情的还以为是嘲弄对手的微笑。

遭到熙子藐视的警部补顿时涨红了脸，他刚要开口说话，看到了山下警部的视线，随即沉默下来。从等等力警部仍手捏棋子恋恋不舍地盯着棋盘的情形来看，棋局似乎已经扭转，这盘棋等等力警部下得真是不合时宜。

最可怜的要数金田一耕助了，在这悍马般的女斗士樱井熙子的连连逼问下，他只觉得接吻的当事人仿佛就是自己似的又羞又臊，他张口结舌，拼命地挠着自己蓬乱的头发。

“这、这，就、就是说，事情其实是这样的，呵呵。”大概连自己都对这狼狈相感到奇怪，金田一耕助傻笑了一声，使劲儿咽下一口唾沫，然后气提丹田，才终于把形势扭转过来，“于是令尊就从宾馆跑了出来……也就是说，他是在跟风女士接吻之后跑出来的。可是外面由于停电一片漆黑，连东西南北都分不清。而且由于令尊接触到了风女士那滚烫的肌肤，顿时就恢复了青春血气。按照令尊大人自己的说法呢，就是恍恍惚惚，连自己去了哪里、怎么去的都记不清了，反正回到家时是九点半或十点。怎么说呢，令尊完全沉浸在青春的幸福中，在旧轻井泽一带的黑暗中转悠了一个半或两个小时，什么都不记得了，而且连途中有没有遇到人也说不清……令尊就是这么说的。”

可怜的金田一耕助汗流浃背，光是解释完这些就费了好大力气。

“那打火机呢？打火机的事父亲是怎么说的？”熙子步步紧逼，毫不留情。

“啊，那、那打火机的事嘛。”金田一耕助又口吃起来，开始用手挠蓬乱的头发，甚至连谁是讯问者、谁在接受讯问都弄糊涂了。日比野警部补十分不满，数次想发作，但山下警部却十分老到，一副拼命控制着不让自己笑出来的样子。等等力警部虽然正板着脸，一面计算着黑白棋子一面往棋子盒里装，脸上却难掩对耕助的怜悯之情。装完棋子后，他又不慌不忙地点上一支烟，大概是觉得多一事不如少一事吧。

面对悍马般的女斗士，孤立无援的金田一耕助看来是豁出去了，只见他挠着乱发说道：“也就是说，令尊在漆黑的夜色里瞎碰乱撞的过程中忽然想吸烟了，于是取出打火机点烟，可是风太大打不着火，他就放弃了。可过了一会儿，他又想吸烟了，于是就摸了摸口袋，结果打火机已经没了。刚才明明装进口袋了，难道掉出去了？那可是一个特征明显的打火机。因此，若是能找到捡到打火机的人，或许就能搞清楚自己是在哪里转悠了。”

“这么无力的解释。”

“您说得没错，作为解释来说是很拙劣。”

“那金田一先生怎么看待这件事呢？”

“我觉得这有点儿可疑。不，是非常可疑。也就是说，并不能完全排除令尊大人有给槙恭吾下毒的作案时间。”

“什么意思？父亲他……”

“在令尊宣称的恍恍惚惚到处乱转的时间里，他会不会是去了矢崎给槙恭吾下了毒呢？事后确定了案发现场其实是在浅间隐后，作案所需的时间就更短了。所以无疑是他。”

“如果是他，动机又是什么呢？父亲为什么非要毒死槙先生不可呢？”

“恐怕是占有欲的问题吧。令尊的占有欲要比常人强一倍，他是不会眼睁睁地看着那些曾经傲然占有过这个将属于自己的女人的人活在这世上的。因此，他就一个个地都……”

“呵呵。”悍马发出歇斯底里的笑声，“可是，氰化钾又该怎么解释呢？父亲是从哪里弄到的呢？”

“樱井夫人，您可不要小瞧了令尊。像飞鸟忠熙这般人物，要想弄到一两吨或者一两卡车的氰化钾，那还不是小菜一碟。飞鸟忠熙是无所不能的……令尊早就把这种观念深深地植入了世人心里，至少我金田一耕助是持有这种信念的。”

金田一耕助一面眨着无神的眼睛，一面操着樋口操夫人般的口吻。悍马熙子也有些底气不足，道：“不会吧……像金田一耕助这样的大侦探居然也会有如此荒唐的念头？”她的声音已经变小，这恐怕是她斗志萎缩的证据。

“可是，夫人，所谓迷糊侦探就是各种荒唐事情都能予以考虑的侦探。能否成为一个迷糊侦探是需要通过一个特定的筛子来筛选的，那就是能否考虑各种荒唐的事情。你比如说眼前的等等力警部，正因为他这种人平时深受常识这种无聊桎梏的束缚，所以一开始就不相信像飞鸟忠熙这样的人物会做出这种荒唐事来，因此他这种人数十年如一日都只能是警部，一辈子都翻不了身。山下先生也跟他半斤八两。至于我金田一耕助嘛……好了，高谈阔论到此结束，这打火机您是在哪里发现的？”

“据说是放在了我家别墅门廊的扶手上。”

熙子最初的气势荡然无存，她居然乖乖地回答起来，分明是中了金田一耕助的毒气弹。也许是她已经发现即使虚张声势也没用。

“据说？什么意思？”

性急的日比野警部补刚要开口，却被金田一耕助抢先阻止。

“因为这并不是我发现的。而是神门土地派来帮忙的花匠发现后交给我的。”

“什么时候？”

“昨天早上……不，已经快中午了。听说是孤零零地放在那里，一副显摆的样子。”

“这么说，令尊前天晚上从高原宾馆跑出去之后，又顺便去了贵府的别墅？”

“应该是的。”说完，熙子立刻又添了一句，“为慎重起见，刚才在医院时，我还特意请凤阿姨看了下这打火机，她说父亲前天晚上在宾馆跟她见面时的确带着。”

“可是，令尊为什么没把这件事告诉我们呢？为什么没把他造访您家别墅，还有将打火机放在扶手上的事告诉我们？”

熙子的眼睛里又恢复了凶光，嘴角挂着无惧的微笑说道：“金田一耕助先生恐怕知道其中的理由吧，反正我是一点儿都不知道。在花匠发现打火机交给我之前，我根本就不知道父亲前晚来访。”

“也就是说，令尊去了您的别墅，可不知为什么，他没有跟你打招呼，只把打火机放下就回去了，是吗？”

“所以理由到底是什么呢？先生恐怕已经知道了吧？”

这大概就是所谓的短兵相接。熙子一下子劈过来，而接招的金田一耕助却十分懈怠，只知道为难地频频眨眼。日比野警部补实在看不下去，刚想助一臂之力，听到山下警部一声咳嗽，忽然又改变了主意。

金田一耕助苦恼地沉默了一会儿，不久就叹了口气，说道：“樱井夫人，您可真不厚道。”

“没错，谁让我是飞鸟忠熙的女儿呢。一旦把我惹急了，我也会弄上一两吨氰化钾让你看看的。不过，先生刚才是什么意思？”

“您自己难以启齿的事情全让别人来替您说。好吧，谁让考虑那些乱七八糟的荒唐事就是我的职业呢。也就是说，事情恐怕是这样的。”金田一耕助这次没有再挠他那蓬乱的头发，而是用恼火的目光盯着熙子的脸，说道，“令尊大人吻了凤千代子，这也就是求婚了，而且凤女士也愉快地接受了。婚约在这里就成立了。令尊第一个就想把这喜悦告诉您，或者是想寻求您的理解。还有一点，令尊大人还知道樱井先生前天晚上回不了家的事情。而且由于停电，四下一片漆黑，风又刮得厉害，他很可能非常担心您。于是出于多种原因，他就去了您的别墅，这大概就是父爱的体现吧。”

“请千万不要跟我讲什么父爱，我已经不是小孩子了。”

“恐怕是的。因为您趁丈夫出门之际就把其他男人领进了家里。”

一度从熙子眼中消失的凶光突然再度剧烈燃烧起来，变成一股杀气刺向金田一耕助。她又露出悍马般的本性，起身就要扑过来，眼睛里燃烧着通红的火焰。日比野警部补错愕地站起身来，而山下警部和等等力警部仍泰然自若地打量着二人的脸。

熙子喘着粗气，把全身的憎恶都汇聚到眼睛里，低头瞪着金田一耕助。可当她看到对方那烦恼的眼神后，眼中的凶光却逐渐消退下去。不久，她无力地坐在了椅子上。

“金田一先生。”她呻吟着说道，“我错看您了。”

“什么意思？”

“父亲那么信任您，所以我一直都以为您是一个稍具同情心的人。”

“抱歉。”金田一耕助坦率地点点头说道，“您好不容易来这里想坦白一切，可我刚才却残酷地给了您一巴掌。不过，您似乎对令尊抱有反感啊？”

“怎么会呢。”熙子强烈否认，她忽然老实下来，耷拉着肩膀说道，“我一直尊敬他。不，我对父亲的喜欢胜过了尊敬，那么好的父亲是不多见的。所以我就越发恨自己，是我让那么好的父亲受了那么多痛苦。”

“您认为令尊看到了什么呢？”

“不，我想父亲什么都没有看见，毕竟是漆黑一片，不过我想父亲肯定是听到了。”

“听到了？听到了什么？”

“钢琴的声音。”

“钢琴的声音……谁弹的钢琴？”

“当然是津村先生。”

“津村先生到您府上弹钢琴？”

“除此之外又能做什么呢？那么黑……”

听了熙子一本正经的抱怨，金田一耕助不禁笑出声来。等等力和山下两名警部也瞪大了眼睛，可接下来的一瞬间，二人的嘴角绽开，脸上的肌肉忽然松弛下来。只有年轻的日比野警部补仍瞪着怀疑的金鱼眼。

“熙子女士，”金田一耕助不由得脱口而出，可说完之后，他却有些害羞地用手挠起蓬乱的头发，“啊，冒犯了。不过，请允许我直呼您的名字。我想称您为熙子女士，可以吗？”

“没事，请只管叫就是。不过也请允许我对先生您撒娇。”

“啊，多谢。那我问您，您是不是跟津村先生有婚外情？”

熙子默默地望着金田一耕助，不久，她现出害羞的神情说道：“我跟您实话全说了吧。星期六傍晚五点半左右，我往星野温泉打电话的时候，是有这种打算。不过那是一时冲动，因为那天过午铁雄打来电话说他有事走不开，今晚回不来了。上个星期六他也同样食言过，但那一次他好像真的有事，父亲也安慰我说他公事繁忙，就原谅他一次。可前天的事情就非常可疑了。抱歉，他到处勾三搭四、花天酒地的事您知道吗？”

“啊，倒是听警部说过。但他其实还是爱您的，对吗？”

“我一直为此而骄傲呢。没错，先生说得没错，他是很爱我。不过我却不争气，怀着身孕却乱开车，结果出了交通事故导致流产，后来还被贴上了不孕的标签……他出轨就是从那时候开始的。”

“您不争气？是怀孕这方面……”看到金田一耕助一脸严肃的表情，熙子却忽然笑出声来，说道：“啊，抱歉。难得先生为我担心，我却还笑话您……不过，说起来还真奇怪。”

“奇怪？”

“交通事故之后，医生说我不孕的几率有百分之九十，怀孕几率只有百分之十，那也就是说基本上不行了。因此他就彻底陷入了悲观，开始出轨。可后来我却慢慢地恢复了，大夫说百分之五十的怀孕几率是没问题的。但他不知道。”

“您没告诉他这件事？”

“因为说不出口啊，我总不能说我是如此情况，请你不要再花心了，一心一意跟我过日子吧。而且，这件事大夫已经跟我说了半年了，却仍不见动静，所以我没有自信。如果真能怀孕，我想等怀上之后再给他一个惊喜，给他一个天大的惊喜。因为他也非常想要孩子，虽然希望渺茫。”

“那，令尊知道吗？您怀孕几率起码有百分之五十的事？”

“父亲恐怕只知道我不孕几率有百分之九十吧，所以他非常担心我们夫妇。”

“这怎么行，我看得赶紧挑明，好好鼓励鼓励您丈夫，让他努力加油才是啊。”

“那就请金田一先生帮着说说吧。让他去 K 大医院找妇产科主任吉村医生问问。”

“好的。K 大医院的妇产科主任吉村大夫，对吧？”

看到金田一耕助往记事本上记，日比野警部补一脸诧异。等等力警部和山下警部则一面严肃地互递眼色，一面关注着二人的对话。

“这么说，熙子女士是不会轻易出轨的了？如果怀孕可能性很大的话。”

“我怕的就是这个。可是，当我五点半左右往星野温泉打电话的时候，我真的想跟他上床。铁雄那人我了解，要干坏事或者干完坏事的时候，说话总是语无伦次。星期六下午他打来电话时就是这样。既然你都那么做了，就别怪我任性。”

“抱歉打断一下，您跟津村先生是从什么时候开始的……”

“这个啊，昨晚铁雄不是说过了吗？去年秋天在日本美术展上见到他，然后跟朋友一起去喝茶。那之后还不到一个月，我在一场音乐会的走廊里又遇见了他，当时只有我们两个人，还一起去喝了茶。再之后我们就经常互通电话，或是在各处的咖啡厅、画廊或商场见面。”

“这件事您没有告诉您丈夫吧？”

“这个嘛，虽然我也没干过什么亏心事，但我不想让人觉得我是个好奇心强的女人。对方似乎也出于同样的理由而没有告诉任何人。”

“那么，您并不是因为做了亏心事而隐瞒，而是在隐瞒的过程中逐渐愧疚起来……”

“金田一先生，”熙子略微加重了语气，“您说得没错。”

“那么，能否给我讲讲前天晚上的事？”

“好的。”熙子轻轻点点头，说道，“前天五点半左右我打电话时，心里的确深感愧疚。丈夫来不了了，女佣也要出去看盂兰盆会舞，十一点之前恐怕回不来。当我说‘我一个人很寂寞，你过来一下吧’的时候，我的声音有点儿尖。他也有点儿犹豫，就说‘那么演奏会结束后我立刻赶过去，九点半之前一定赶过去’。但他的声音却在发抖，似乎害怕被人听到，或许我是有点儿清高，不过我想他恐怕也是那种心情。”

“原来是这样，后来呢……”

“所以，留给我们的时间就只有九点半到十点半之间的一小时。我想尽量有效地利用这一个小时，于是就做了各种心理上的准备。当时的我真是个坏女人，我在心里不断地喊着：铁雄，你给我记着，铁雄，这是你自找的！”

“您还是很爱您丈夫的。”

“先生！”熙子有点儿哽咽，“可结果却弄成了这个样子。但伤感的话我就不说了，我只说事实吧。七点左右，里枝……就是笛小路家的女佣，她来叫上我们家的荣子一起出去了。对了，盂兰盆会舞的会场就在我家附近，所以只要能听到扩音器还在响就没事，因为她们不等到结束是绝不会回来的。”

“啊，请允许我打断一下，停电也能听到扩音器的声音吗？”

“这个啊……”熙子微笑着解释道：“事后我问过荣子，她说负责人中有电器商的儿子，是他带去了电池，声音很大。当然跟往常还是不一样的，这件事我想日比野先生也知道。”

“停电后我也从黑暗中听到了《煤矿小调》一类曲子。我觉得很奇怪，就跑去一看，发现他们把电线接在了电池上。另外他们还用放在公园的金属纸篓点上了三堆篝火，全在灯火中跳舞呢。我就批评他们说就不怕危险吗，他们居然笑着说消防员们早就准备好了，正轮流跳呢。”日比野警部补似乎也收起了锋芒，苦笑着说道。

“没错，是弄得十分周到。”

“毕竟一年只有那么一次。电器商老板也喜欢弄这些事，他还在前面领头呢。我仔细叮嘱了一下防火事宜，然后就回去了。”

“对了，扩音器的声音连浅间隐都能听到吗？”

大家一愣，重新打量着金田一耕助。警部补的脸上立刻浮出兴奋的神色“大概能听到。因为那里地势很高，地形也是朝这边张开的。但这得跟当地的住户确认一下才行。怎么，有问题吗……”警部补问话时的声音有些嘶哑而哽咽。

“好，请一定确认一下。熙子女士，请继续。”

听到金田一耕助刚才的问题，熙子似乎也产生了一些动摇，但她努力抑制住内心的不安，说道:“刚才说到七点左右荣子跟里枝一起出去了，然后不久就听到扩音器的声音传来。再后来我就弹了一阵钢琴。我虽然知道津村先生最早也要在九点半左右才能过来，可我心里还是七上八下的……七点半左右曾停过一次电吧？不过立刻就恢复了。”

“对、对，听说因为那次停电，电器商老板就开始忙活，他先是给电力公司打了电话，在确认不知何时便会真正停电后，就四处奔走。”

“那么，用电池控制的扩音器是从什么时候才开始响起来的呢？”

“当时停电是从八点零三分开始的。扩音器响起来大概是在八点十五分，而我去查看情形的时候则是八点半。”

“大概正好是在那个时间。第一次停电之后，我立刻就在钢琴上面准备了两支蜡烛。然后就完全停电了，弄得我很被动。因为这样一来，盂兰盆会舞很可能就会中止，演奏会那边也不知会怎样，我胡思乱想，又无事可做，因为房间里黑漆漆的。没办法，我只好弹起钢琴，然后津村先生就来了。”

“津村先生带着手电筒吗？”

“对，他说是从旧道的商店里买的。在这里我要事先声明一下，在昨晚听到大家的话之前，我根本就没有意识到津村先生当时是杀手装扮。”

“津村先生有没有戴墨镜？”

“没有，他没有戴那种玩意儿……”

大概是津村真二也感到害臊了吧，看来是在途中把眼镜摘了。如此一来，杀手装扮也就显得不伦不类了。

“那后来呢？你们后来都做了些什么？”

“什么都没做啊。要是有灯倒也另当别论，可房间里只有两支蜡烛在照明，这样一来反倒有点儿怪怪的……气氛也太过适合做那个了。”

“也就是说，你们并没有进行到那一步，并没有卿卿我我，然后就忽然拥抱接吻之类，是吗？”

“毕竟我们两个是第一次独处。”

“停电反倒破坏了你们的好事，这么说，你们跟《藤十郎之恋》是相反的了？”

“他那个人啊，是无法为了自己的艺术而欺骗女人的，再说我也变不成阿梶那样。”

“哈哈，连我都不知道该不该同情您了。那，最后的结局怎样呢？”

“我们两个人都变得十分拘束。他后来就说钢琴弹得不错啊，我就说让您见笑了，您能不能给我弹支曲子听听，他说好的，于是就为我弹了一首《月光奏鸣曲》。”

“津村先生是不是一副贝多芬的样子？”

“是的，大概是在弹奏时不知不觉就陶醉在现场的气氛中了。毕竟是在烛光下弹钢琴，而且他也是个有名的钢琴家。他完完整整地给我弹了一遍《月光奏鸣曲》。对了，津村先生开始弹的时候，扩音器的声音也刚好传来，所以正好是日比野先生说的那个时刻。”

“《月光奏鸣曲》完整地弹一遍得花多少时间？”

“大概二十分钟吧，因为三个乐章他全都弹了。之后，在我甜言蜜语的一再请求下，他又弹了肖邦的三支小夜曲。其间，暴风变得越来越猛，他大概是心血来潮，又给我弹了肖邦的两支练习曲《冬风》与《革命》。”

“那是什么样的曲子？”

“非常激昂的曲子。最后则是李斯特的《爱之梦》。就这样，一个多小时就过去了。”

熙子的脸上一副哭笑不得的表情。

“这么说，你们连好好说话的时间都没有，是吗？”

“我们当然在曲子的间隙里聊了天，但像爱情、恋爱什么的完全没有谈，我们谈的全是有关音乐的话题。不知不觉间就到了九点半。于是他就问女佣是不是要回来了，我说是啊，今天就到这里吧，于是他就回去了。”

“九点半？你确定是九点半吗？”日比野警部补又追问了一句，不过语气中已经没有了刚才那样的猜疑。

“没错。因为他当时曾问我时间，我就看了一下手表。准确地说是九点三十五分，然后就有了我刚才说的那几句对话。他终于要起身离去的时候，我说你好不容易来一次，我却什么都没招待你。我的脑子当时真是坏掉了。你想，我丈夫是喝威士忌的，所以兑水的威士忌和下酒小菜我原本早就备下了，可是我竟连这个都忘了。”

“这么说，津村先生就那么不吃不喝地弹了一个小时左右？”

“是这样的。而且，他还致谢说，很高兴今晚能以这么好的心情弹琴，十分感谢。我的心情也差不多，于是我就说下次要他一定见见我先生，他立刻恭维说你先生可真幸福，能有你这么个好妻子。”

“也就是说，为了打发黑暗中的无聊，津村先生才开始弹钢琴。弹着弹着，你们两个就都陶醉其中，然后忽然回过神来……是这样的吗？”

“金田一先生，非常感谢，您说得一点儿没错。”

“当时，津村先生有没有说过有人到浅间隐那边等他？”日比野警部补适时地插上一句。

“没有，压根儿就没有……然后，到了他终于要出门的时候，我说你回去之后也还是孤身一人，挺寂寞的吧，结果他说没事，早就习惯了。”

“您看手表的时候是九点三十五分，又说了这么几句后就出门走了，时间差不多快九点四十了吧？”

“对。而且……这件事还有点儿下文呢。”

“下文？”

“他那个人总是冒冒失失的，这事昨晚不是也提到了嘛。他常常丢三落四，于是他走之后，我就检查了一下，结果发现他把德拉库尔的乐谱夹忘在了钢琴上。于是我拿起夹子匆匆去追他，在往浅间隐的一个拐角处追上了。不过在那之前，我曾看到有个身影在前面走路，我小声喊了一声津村先生，结果那个人回头看了一眼，忽然慌慌张张地跑向了高原宾馆。虽然停了电，周围一片漆黑，但还没有黑到伸手不见五指的程度，周围还泛着一丝光亮。我当时根本就没有意识到，但现在回想起来，那竟然是父亲。”

熙子眼里噙着泪，声音有些哽咽。沉默片刻，金田一耕助问道：“令尊大概是想确认一下对方是谁吧？”

“我虽然不知道父亲是什么时候来的，但他的耳朵很尖，肯定一下子就能听出来弹钢琴的是不是我。而且房间那么狭小，他肯定连说话声都听到了。金田一先生，您说黑暗这玩意儿可真是奇怪。”

“什么意思？”

“我们只是一直随便聊而已。肖邦如何，李斯特又如何……明明没做什么，两个人却都害怕被人听到似的，这也难怪父亲不放心了。”

“原来是这样。看来您真的做了一件不孝的事。作为父亲，为了促您反省，他便留下了打火机并跟踪了津村先生，对吗？”

“我想是的。所以被我喊了一声后，他才慌忙逃走了吧。”

“不久后，您就追上了津村先生吧？”

“是的，我是在往浅间隐方向的拐角处追上他的。他十分惶恐。我还目送了一会儿他的背影，感觉他的脚步并不像有人在等的样子。他一只手拎着公文包，弓着腰，慢吞吞地爬上坡。目送着他远去的背影……其实我很早以前就注意到了，我感觉他似乎在背着罪恶的十字架。”

“罪恶的十字架？”金田一耕助一愣，“什么意思？”

"啊，就是感觉他心里压着一种深深的忧愁……我一直以为他是因外出和我见面而遭受良心上的苛责呢，可现在想来似乎不只是如此。我感觉他一直背负着沉重的精神枷锁。"

金田一耕助跟日比野警部补交换了一下眼神。难道是向笛小路泰久轻率透露某一秘密让他背上了沉重的十字架？莫非在跟与凤千代子相关的人见面时，那十字架就越发沉重了？

"先不说这些，那您觉得按照津村先生当时的脚程，他回到浅间隐要多长时间？"

"这……我并不知道津村先生别墅的具体位置。"

"日比野先生，您能估算出来吗？"

"这个嘛，那得看走得快慢了，若是慢吞吞地走，估计要二十分钟，或者还要多一些吧。"

"那他回到家时差不多是十点，或者十点以后了。"

而在这一时间，一切应该都已结束。

"对了，父亲还托我带口信呢……"

"什么事？"

"就是今天枪击父亲的人，父亲清楚地看到了对方的脸，并不是津村先生。"

"那是谁？"日比野警部补的声音格外小。

"父亲好像也不认识。也许是父亲完全不认识的人吧。但如果说到服装跟津村先生一样这点……"熙子的声音和眼神都在发抖，浑身起鸡皮疙瘩，全身僵硬，"他，现在还没有下落吗？"

"还没查清。"金田一耕助和山下警部、等等力警部、日比野警部补交换了一下眼神，声音沙哑地说道。"津村先生那个人，像是会持枪的人吗？”

“不会吧……就连凤阿姨都一再强调，就算是津村先生之后的表现很不正常，她也绝不相信津村先生会持枪。”

第二十三章　另一个女人

然后，熙子又忸怩了一会儿，忽然心一横，毅然把目光朝向金田一耕助，说道:“金田一先生，希望您尽早侦破此案。父亲不久就会康复，他还说康复后希望能在今年秋天跟凤阿姨完婚呢。”

“熙子女士，您同意二人结婚吗？”

“父亲是个了不起的人，他大概就是世上所谓的能人。可另一方面，他恐怕又是一个人们所谓的幻想家。他就像断了线的风筝一样，不知什么时候就会飞得无影无踪了……母亲在世的时候，为了抓紧这条线都不知吃了多少苦呢。不过发生了这次的案子，我算是看清了人的性格和脾气。若是凤阿姨，我想她会紧紧抓住父亲这只风筝的丝线的。”

“我明白了。还有呢？”

“说实话，我不想说这种事，可我还是觉得说不定会对大家的调查有所帮助，所以……”

金田一耕助、日比野警部补和山下、等等力两名警部的脸上立刻现出紧张的神色。

“樱井夫人，”日比野警部补迫不及待地问道，“莫非您对这案子知道些什么？”

熙子明显露出犹豫的神色，一副欲哭的表情。

“我不知道这件事究竟会不会对破案有所帮助，而且说不定还会给那个人带来意外的麻烦，所以此前我一直没告诉过任何人。而且，金田一先生……”

“请讲。”

“也许是我不想让人把我当作女侦探，所以我一直把它藏在心里，直到发生了今天的事情，我才觉得最好还是让您听听……”

金田一耕助一面用温和的眼神望着仍在犹豫的熙子，一面说道：“熙子女士，您之所以犹豫不决，是不是担心会冤枉那个人？”

“对，就是这样。”熙子露出强忍悲痛的笑容。

“若是因为这一点，那就请您尽管相信我们四个人。虽不知道您了解的是什么事，但如果听了您的叙述后，我们觉得此人跟本案有关，我们当然要去调查，可如果只是您多虑了，我们就权当没有听见。不知道这样可不可以？”

“金田一先生，那就听您的。各位也请包涵。”熙子仍显出一副内疚的样子，她一面用缠在手指上的手绢擦拭着额头，一面说道，“这其实是去年的事了，是去年八月十五日晚上。”

“就是笛小路先生去世的那天晚上吗？”

“对，那天父亲同样举办了一场高尔夫球比赛，后来就在高原宾馆跟大家聚餐。我们夫妻也参加了。可是……”熙子笑着说道，“凤阿姨也一起参加了，所以铁雄就说，最好趁着坏了别人好事遭报应之前赶紧撤。于是我们在八点刚过时离开了宾馆，一度回到家里。我家附近就是盂兰盆会舞的会场，吵得格外厉害，在家里都待不住，索性就跟铁雄一起去看盂兰盆会舞了。荣子也在跳。”

“是这样啊。”

“我们去看了一会儿会舞，觉得没意思，就决定去旧道散散步。可是要想从会场穿到旧道，喏，就是最近由于皇太子跟美智子妃的爱情故事而出名的那个网球场，从那里必须穿过乱七八糟的小巷。我们走到一半时，有个人踉踉跄跄地从对面走了过来，正好撞到我丈夫身上，随后便发着牢骚走进了旁边一家叫含羞草的店。”

“是笛小路先生吧？”日比野警部补的声音十分沙哑。

“对。但当时我并不认识他。事后看了报纸，我才跟铁雄聊起来，原来就是这个人啊。所以，前面这些事铁雄也知道。不过后来的事情就只有我一个人知道了，因此，我一直非常烦恼。”

熙子依然是一脸复杂的表情，不断擦着额头的汗。

“所以您才在这里全部倾倒出来，把烦恼都推给我们，是吗？”

“您就做一回好人吧，金田一先生。”熙子有些撒娇地说道，“撞上笛小路先生……当然，当时我们并不认识他——撞上这个醉汉后不久，我们就来到了通往旧道的一个拐角，那里有一家邮局，然后我们就跟那个人擦肩而过了。问题就是那个人……”

“谁？那个人是谁？是我们知道的男人？”

日比野警部补探出身子，其他三人也直盯盯地审视着熙子的表情。

熙子再次似哭似笑地说：“不，是女人。我想她大概也出现在日比野先生的调查名单上了吧……她叫藤村夏江。”

熙子说完，又擦拭起额头的汗，大概披露这件事让她良心上很过意不去。日比野警部补哑然地凝视着熙子，等等力警部则一声惊叫，顿时凑上前，说道："樱井夫人，那天晚上藤村夏江女士到轻井泽来了？"

"对。"

"警部，这藤村夏江女士是……"

"金田一先生，抱歉，一不留神忘了告诉您了……"等等力警部十分不好意思地说道，"藤村夏江女士就是阿久津谦三先生……也就是凤千代子女士的第二任丈夫……她是阿久津先生的前妻，她是因为凤女士而被抛弃的人。可是，樱井夫人，"说着，他朝熙子转过身。"您认识她吗？"

"啊，事情是这样的。她现在正在一家名叫《装美苑》的女性服装杂志社里做记者。银座有家女士服饰店叫RONMO。我做西装的时候，总是去找那里的女老板出主意，所以经常遇见藤村女士，不知不觉间就连她是阿久津谦三先生前妻的事情都知道了。"

"那天晚上，您在轻井泽见到了藤村夏江女士？"

看到日比野警部补异常沮丧，等等力警部立刻替他说道。忽略了藤村夏江那天晚上出现在轻井泽一事，不仅是日比野警部补的一大失误，也是等等力警部的一大失误。

"对。"

"那你们都谈了些什么？"

"也没谈什么，只是……"熙子揉着手绢，脸上现出焦虑的神色，"我刚要跟她打招呼，发现她一脸想不开的表情……这一点并不是我事后才想起来，而是当时就发现了。我觉得她似乎是在监视某个人，或者是在跟踪……反正她看上去就是那种样子。我最终没跟她搭话……所以我觉得，她根本就没意识到在那里遇上了我。后来在银座的店里我也经常见到她，她也没有表现出可疑之处。”

“因此您才说藤村夏江女士看上去像是在监视或者跟踪某人的样子？”

“警部，人是卑鄙的动物。虽然日比野先生对这里的情况比较熟悉，可在那样一个时间点，而且那小巷又那么混乱。她像一阵风一样嗖地从小巷里……当然我这么说有些夸张，反正她从我的眼前嗖地就疾步穿了过去，还绷着脸，眼睛直盯着前方……于是，我最终没有去惊动她，目送着她离去。后来我看到她在含羞草的门前停了下来，打量了一会儿店面跟招牌，便继续向前，走到前面不远处的一家书店前又停了下来，拿起一本杂志，还不时朝含羞草这边扭头。我正看到这里，铁雄就喊我了，于是我们就直接去了旧道。我了解的就这些……”

仅仅这么点儿事情就让熙子痛苦不已，大概是因为她从藤村夏江的表情中感受到了异样的东西。

一阵令人窒息的沉默之后，等等力警部痛苦地清了清喉咙说道：“山下，这件事不要责备日比野。这是我们的……不，准确地说是我的责任。去年案发后，近藤进京就是找我商量的。当时我们把跟凤女士有关系的人全都摸排了一遍，也暗中调查了藤村夏江。近藤应该正式跟她见过面，但对于她那天晚上的下落却没有事先排查，这完全是我的责任。我万万没想到那天晚上她竟然会出现在这边……”

等等力警部感慨万千，日比野警部补则完全丧失了自信似的，一副垂头丧气的样子。看来，这件事对警方无疑是一个沉重打击。

“对了，夫人，”山下警部探身说道，“藤村夏江并未进入含羞草的店里，是吗？”

“反正我没看到她进去。”

“那就是天意了。若是那女人进了店里，说不定就会出现在日比野的调查视野中了，可她只是从店前一晃而过。对了，樱井夫人，”

“嗯？”

“您并不知道那晚走进含羞草的醉汉就是笛小路先生。可是当日后发现的时候，您有没有觉得藤村夏江跟踪监视的就是笛小路先生呢？”

“所以，我才一直不敢把这件事说出来啊。”

“也就是说，根据您看到的，藤村女士是在书店前面监视含羞草，并且等笛小路先生出来后继续跟踪，或者是跟他接触……”

“您是山下先生吧？有没有接触我就不知道了。但从藤村女士当时的表情跟举止来看，我觉得她是打算等笛小路先生从含羞草出来后继续跟踪的。”

“这么说，您觉得笛小路先生的离奇死亡跟这个女人有关……”

“这个嘛，我就不好……”熙子身子抖得厉害，“只不过，我觉得她也许会知道些什么……”

可怕的沉默在万山庄的大厅里蔓延开来。与笛小路在落水之前发生肉体关系的女人会不会就是那个女人呢？这一念头闪过每个人的大脑。

“等等力先生，笛小路跟这个藤村夏江有没有关系？”

“没发现有任何关系，若是能有一丁点儿，我们就早对藤村女士那晚的行动进行更严密的调查了。”

“熙子女士。”金田一耕助从一旁插进一句，“您丈夫不知道这件事吗？”

“他什么都不知道。RONMO 的老板我丈夫也见过，因为她经常来我家。但藤村女士仅仅是因为杂志社采访的关系……”

“那个藤村夏江来轻井泽后都去了哪些地方？”日比野警部补问道。看来连这名年轻的警部补也来了劲儿。

“日比野先生，关于这个，我还像女侦探一样侦查过呢。RONMO 的老板每年都来轻井泽。但她在这边并没有别墅，都是去旧道的旅馆。藤村女士也还没跟她要好到会去那里找她的地步。但是《装美苑》的社长，一个在女性服装界也算有名的女人……”

“是女社长？”

“对。”

“名字叫……”

“高森安子。我也在 RONMO 见过两三次，她是藤村女士在东京女子美术学校读书时的学姐。不过据说高森女士的别墅不在轻井泽，而是在山中湖那边。反正我这女侦探调查的结果就只有这些。”

不过，从调查到这一步来看，熙子对藤村夏江这个女人还是抱有强烈怀疑的。

“樱井夫人，非常感谢。日比野，你赶紧去调查一下这件事。如有必要，也可以直接跟藤村夏江接触一下。”

其实，之后过了还不到一小时，日比野警部补就跟藤村夏江有了一个戏剧性的邂逅。

在大家的感谢和金田一耕助的安慰下，熙子似乎卸下了一些心理负担。她前脚刚回去，后脚古川就来了。在金田一耕助的建议下，罗圈腿刑警近藤被安排了另外的任务。古川带来了鉴定结果。

首先是那令人瞩目的飞蛾，粘在被害人槙恭吾衬衫上的翅瓣和残留在津村真二在浅间隐别墅的翅瓣属于同一种飞蛾，确定是在希尔曼的后备厢里发现的大红裙杂夜蛾。第二，车的后备厢中检出了槙恭吾的指纹。第三，关于从白桦营第十七号房间的板壁上发现的那奇妙方程式涂鸦，经过各种科学检查后发现，那原本是 A + O ≠ B 的方程式，后来被修改成了现在的样子。第四，根据白桦营的管理员根津提供的住宿人登记簿，去年八月二十八日晚上，有个名叫三轮浩造的人曾在第十七号房间住宿过，签名笔迹跟立花茂树所持的津村真二的书信笔迹酷似，只不过根津对三轮浩造的事情一点儿都不记得了。以上四点便是古川带来的结果。

读了报告之后，日比野警部补很振奋，金田一耕助却没有任何兴趣。

原来津村真二早就知道血型的秘密了。他大概是从给美沙输过血的阿久津谦三那里听到的，并且很可能轻易就把这秘密透露给了去年八月十五日下午来访的笛小路泰久。既然 A 型血的女人跟 O 型血的男人生不出 B 型血的孩子，那么美沙就是其他男人的孩子了。笛小路泰久很可能因此想起了千代子爱过的高松鹤吉，即佐助。意识混乱的他也许连佐助应征入伍跟美沙降生在时间上存在巨大偏差的问题都没有意识到，而且连高松鹤吉的真名都想不起来了。发生了那种事情后，津村真二对自己的轻率行为十分后悔，就去了那令人瞩目的十七号房间，结果看到了那方程式。于是他修改了一下，不过从他对 Sasuke 未做手脚的情形来看，这里面似乎还藏有某种暗示。很可能就是这件事……即向笛小路泰久透露血型秘密一事让津村真二背上了沉重的十字架。

“对了，古川先生，还没有津村先生的消息吗？”

“还没有……看来他是枪击了飞鸟先生后直接逃进离山里了，毕竟雾这么大。”

雾越来越浓。

“秋山卓造呢？”

这是金田一耕助的担忧之处。秋山卓造在老公爵被暗杀的时候也曾失手过，这一次也一样……

金田一耕助神情黯淡地问道：“美沙小姐呢？”

“她啊，近藤一直在监视樱泽别墅那边呢，现在还没有消息。”

还没有消息。美沙也杳无音信了。

日比野警部补正要说什么，等等力警部却从一旁阻止了他。这位警部深知金田一耕助的脾气。金田一耕助望着空中发呆，慢慢地挠着蓬乱的头发时，便是他的某种意念正在脑细胞中凝结的时候。眼下的他正是如此。

“日比野先生，”过了一会儿，金田一耕助开口说道，“我刚才想起一件奇怪的事情来。”

“奇怪的事？”

“就是这一带的别墅。无论哪家都会在避暑期结束后把被褥全扔在那里，直接撤回东京吧？”

“对啊，怎么……”

“在这种情况下，有人会把被褥寄存在当地人的仓库里，还有人会在天花板上面造一个暗橱，将它们塞进去。我现在暂住的南条家就是这样。”

“对，然后呢？”日比野警部补的嗓子有些发干。他似乎明白了金田一耕助想说的意思。

“津村在浅间隐的别墅又是什么情况？出租别墅里会不会有这种东西？”

“金田一先生！”日比野警部抬起腰，“我知道那边房东的电话。要不要问问？”

“不，不。”金田一耕助慌忙阻止，“那出租别墅现在有没有人监视？”

“早就派人监视了，因为津村随时都有可能回来。”

“能不能让蹲守的人暂时撤下来？他们撤下来后，您自己再悄悄地调查一下……如有必要，我们陪您去也行。”

“金田一先生。”山下警部的嗓子似乎也在发干。他咽了口唾液，说道：“先生怀疑那暗橱里面有东西？”

“不，不，这只是我的猜测。也许会有威士忌酒瓶或酒杯……或者是其他……不过，也有可能是瞎忙活一场。”

日比野警部补却忽地站了起来，苍白的脸上带着一种临上战场般的激动。

第二十四章　操夫人的冒险

被夹在山沟里的浅间隐山谷一带雾气尤为厉害，过了晚上十点，要说是咫尺莫辨，确实有些夸张，不过连十米远的地方都看不清却是真的。虽然陡坡上到处都亮着街灯，也只能把周围四五米远的地方染成淡紫色，再往前光线便朦胧地融入浓雾，融进黑暗。

散落在山坡两侧的别墅也大都进入了梦乡，很多人家已经熄了灯，只有门灯在雾中孤寂地洒下朦胧的光，而有的人家连门灯都熄了。虽然还有一些尚未入睡的人家仍有电视或收音机的声音传出来，但大概是怕被人听见吧，声音尽量开得很小。整座山谷仿佛屏住呼吸弯下腰，沉入了雾海的底部。爬上山坡后，只有在右侧山崖下流淌的溪水比平时要喧闹一些。

这寂静的山谷从昨晚开始也变得喧闹起来。首先是警察来了，新闻记者随之赶到，围观的人群也聚拢过来。尤其是今天下午发生了高尔夫球场枪击事件，听说那持枪凶手很可能就是这峡谷里的居民，整个浅间隐自然是人心惶惶。

事态发展到这种地步，樋口操夫人自然春风得意，忙得不亦乐乎，仿佛盂兰盆节跟新年凑到了一起。对于这位平时闲得无聊以至整日迷恋“一日一杀主义”的夫人来说，再也没有比这更合适的案子了。

凶手就住在自己家的隔壁，而且还是自己家的房子？哇，太棒了！樋口操夫人简直要高兴得跳起来了。但她还是施展出她天生的口才，对津村真二的为人大加评论。听到她的高谈阔论，有人就把津村真二当成了恐怖的杀人魔鬼，也有人恰恰相反，认为津村真二完全是这个可怕杀人案的牺牲者。樋口操夫人也不傻，她也害怕说得太绝对，给自己断了后路，而且更重要的是，她一直是凶手的支持者。

她家的门铃从昨晚到今天一直响个不停。警察就不用说了，媒体记者们纷至沓来，附近好事的看客们也纷纷涌来。她毕竟是杀人案重要嫌疑人的房东，而且她家里还有电话。记者们前来借用电话时，她从来都是来者不拒，极力表现自己的慷慨大方。同时她一改自己平时的小家子气，少见地端出茶点来招待客人，还不忘适时地从他们身上收集信息。她在这一天里说的话恐怕抵得上她十年所说的了。最后，这些前来采访的记者都被这位夫人滔滔不绝的带东北口音的话吓跑了。

不过说实话，从这一天下午起，就连这位精力超群的夫人都多少感到有些疲劳。前一天晚上，操夫人几乎一夜未合眼，因为警察对后面的坍塌山崖进行了发掘。作为房主，操夫人有权参与，她不喜欢自己的房子被人随意损毁。

她一再追问发掘的目的，却没有得到满意的答复。她觉得甚至就连那些正从事发掘的人都不清楚确切理由。但好奇心极强的她每隔一小时左右便去察看发掘的进展，并且每次回来后都不忘威胁藤村夏江一番。

啊，藤村夏江！

这才是操夫人所握的一张最有力的王牌。正因为紧握着这张王牌，操夫人才会在与令人唾弃的调查当局和冒失的媒体记者的对比中感受到一种优越感。而正因如此，操夫人才会热切地关注此案并为此感到兴奋和陶醉。

“亲爱的，夏江，照这个进度，明天早晨洞穴肯定就会被彻底清理出来了。那里面到底有什么啊？你肯定知道，就赶紧招了吧。”

前面就已经介绍过，这位夫人一旦兴奋起来就胡思乱想，很令人头疼。而且由于眼底出血，这位夫人的一只眼还有些白浊，所以每当此时，她的样子看上去就更加吓人，藤村夏江自然吓得直打哆嗦。

“你昨晚一直从这房子的二楼监视隔壁吧？你到底看到了什么？你看到的事情跟后面的洞穴究竟有什么关系？从那洞穴的大小来看，东西肯定小不了。啊，我明白了。是尸体吧？那些人正在找的是尸体对吗？夏江，你这人也够绝的啊。嫌一个一个杀太麻烦，昨晚竟一下子就杀了两个，把槙恭吾跟津村真二一次性全干掉了。然后你就把津村真二的尸体藏到了洞里吧？没想到我居然还有你这么一个超级棒的朋友。”

遗憾的是本文作者并不擅长东北口音，无法完全复制操夫人那生动的语言，甚是遗憾，若有高手在场，真希望能把以上的话全都用东北方言写出来，让大家一睹为快。而且这操着一口热辣口吻说这些的还是一位一只眼白浊的老女人。所以，尽管夏江并未被她揪着头发按倒在地，也已经抖如筛糠了。她连声音都发不出来，只知道抽泣。

“算了，你不说我也马上会知道。反正洞穴清理干净后，一切就都水落石出了。不过，你说这算是什么事呢？我这么珍视的出租别墅竟然就这样变成了一个旷世女杀人魔的旷世犯罪现场。明年谁还敢来租我这房子啊，可恶。”

无论明年还有没有人肯租住，反正操夫人眼下是把这些利害关系全都抛到了脑后，她一直坚信并惦念着会有尸体被挖出来，而且最好是血肉模糊惨不忍睹的那种尸体，所以她一整晚都不知去了现场多少次。当最后发现竟连一只老鼠都没有挖出来的时候，她已不是失望至极，而是怒从中起了。说得更直白一些，她完全被气晕了。

不可能！她一气之下，索性亲自化身为一名调查指挥官，让人把洞穴的所有角落都挖了一遍，可仍一无所获。这时她忽然把脸一翻，冲着调查人员说道：“你们这么兴师动众的，到底想要从这里挖出什么东西？吵得我昨晚连眼都没合。”

“抱歉。我们也不清楚会挖出什么来。这只是上级的命令。”

“你们的上级究竟想挖出什么东西来，弄得这么大张旗鼓？”

“这个……反正我们上级马上就过来了，到时候您直接问他们吧。”

不久，几个貌似上级的人物赶来。当看到最后赶来的两人中有一人衣着非常奇怪时，操夫人再次被激起斗志。她义正词严地询问对方究竟想在这里发现什么，并说自己作为这里的房主有权知道真相。

面对她的质问，那个衣着奇怪的男人挠着蓬乱的头发，用不屑的、絮絮叨叨的语气回答起来：“啊，夫人，很抱歉惊扰了您。我们本以为，这起案件的凶手就算有超能力，也不可能在前天晚上就预知到昨天的台风会把山崖弄塌，并把这洞穴掩埋起来，没想到我们还是看走了眼啊，哈哈，实在是给您添麻烦了。”

这男人还真会忽悠，真是太小瞧人了。操夫人恨恨地目送着絮叨男人离去，可忽然间，她却灵机一动，从絮叨男人刚才话语的反面开始思考。

“……这起案件的凶手就算有超能力，也不可能在前天晚上就预知到昨天的台风会把山崖弄塌，并把这洞穴掩埋起来……”

倘若把这句话反过来理解，那么那些家伙是在怀疑这起案件的凶手隐藏了什么。如果从他们将隐藏地点瞄准了洞穴来看，那一定是一件相当大的东西。如果藏匿地点并不是这个洞穴，而是以前就存在的地点……想到这里，操夫人差点儿窃笑起来，她慌忙换上一副一本正经的表情。

操夫人忽然兴奋起来，忽然觉得那些令人唾弃的警察和冒失的媒体记者等利欲熏心的人顺眼起来，忽然想即使暴露自己的东北口音也要好好地说道说道，而这一切原因其实就在这里——

那个隐匿地点只有我一个人知道。

尽管昨天一夜没合眼，可操夫人今天仍然没睡觉。对于自认是睡觉懒虫的这位夫人来说，这种情况实在少见，但如果跟她的担心（一旦稍不留神睡过去，她的王牌很可能就会趁机溜走）和期待（那个惊天大发现马上就要揭开了）相比，这点儿睡意根本就算不了什么。因此一整天里，她都在掐自己的大腿。

傍晚前后高尔夫球场发生了枪击案，凶手疑为津村真二，还有大批武装警察严阵以待，来到隔壁别墅蹲守，操夫人的信念也差点儿动摇了。

遭受枪击者据说是飞鸟忠熙。虽说生死不明，但从警察全副武装的情形来看，无疑是生命垂危。飞鸟忠熙算是那女人的第五任丈夫。第一任到第三任丈夫各自死于不测，而若是第四任丈夫又枪击了第五任丈夫……一想到这里，就连痴迷“一日一杀主义”的操夫人都不禁打起了寒战。

说不定正在自己家里哭个不停的女人就是津村真二的同伙呢。因此她才来到了我的别墅，而每当她来到轻井泽的时候，就都会发生可怕的案子？

入夜之后，操夫人偷偷地给正在蹲守的警察送去了茶点，不动声色地向对方打探消息，当她知道凶手尚未确定是津村真二，且没有一个人目击到正脸之后，她才稍稍安下心来。操夫人深知凶手并非夏江，虽说夏江原先做过话剧演员，女扮男装倒也并非不可能，但她今天一步都没有离开过自己的家里。

可是，如果警方一直潜伏在隔壁别墅，肯定会妨碍自己的惊天大发现。就在操夫人焦躁不安的时候，十点左右，一名受她茶点款待的警察过来跟她打招呼，说他们要立刻撤退。

“您可听好了，夫人，千万要注意，我们有其他重要任务需要撤走。您今晚绝对不能外出，一定要把门窗关严，谁来都不能让进。因为对方是带着枪的，并且如果隔壁的房子有异常动静，请立刻给警局打电话。请您千万要留神。”

对方竟特意来告知蹲守解除，这简直是操夫人意外的幸运。

操夫人巧妙地把自己伪装成一个胆小的老女人，故意在远去的警察身后重重地锁上门。她就这样静候了五分钟。如果有五分钟，那些人就应该已下坡并左拐了。反正从他们的样子来看，他们肯定走得很急。整整五分钟之后，操夫人走进靠里的一个房间。这是一个八叠的日式房间，藤村夏江连坐垫都没垫，瘫软地坐在那里。她头发散乱，面色青黑，大概是今早没化妆的缘故。在操夫人的不断要挟下，她已经精疲力竭。

“你在发什么呆啊？快、快起来。起来跟我一起去。”

“去、去哪儿？”

“那还用说吗？去探险啊。”

“探险？探什么险？”

“还探什么险，当然是隔壁。去隔壁的别墅探险。那是我的别墅，我去我的别墅探险有什么好怕的？给，这是你的手电筒。拿好，然后跟我来。别磨蹭。”

操夫人的语气咄咄逼人。

藤村夏江到底有多少岁了呢？据说她在昭和二十五年跟阿久津分手的时候是三十四岁，算起来她今年应该是四十四岁了。但她看上去却比操夫人要老得多。这也难怪，从昨晚到今天，在操夫人不断的逼问和折磨下，她已经彻底吓破了胆，与此相反，操夫人正斗志昂扬，她想杀一杀那些蠢驴般的警察和那个小瞧人的絮叨男人的嚣张气焰，全身都充满了斗志，跟平时比起来，她简直年轻了十岁。

“快，别磨蹭了，跟在我后面。你要想逃跑，我就会大声喊杀人了。啊，对不起，我是不会发出这么粗俗的声音的，谁让我一直都站在凶手这边呢。”

说实话，操夫人倒是从未觉得这个年轻的朋友便是凶手。如果认为她是凶手，操夫人恐怕连一刻都没法跟这个朋友待在同一栋房子里。不过夫人却觉得很有意思，这复杂的人际关系和错综的人间缩影的关键就掌握在自己手里，她喜欢这种感觉。

还有一点，其实操夫人也不敢独自一人到隔壁的别墅去探险。被她彻底剪了刺的藤村夏江已经唯唯诺诺，像幼儿一样听话。谁都喜欢去任意操控别人。

“喂，小心脚底。手电筒不能往上照！”

操夫人从后门来到外面。那里有一段下到隔壁别墅的台阶，是由一段崖体削成的。尽管土质台阶很滑，在手电筒的帮助下，二人还是顺利地到了下面的院落。幸亏后面的塌方已被那些蠢家伙们清理干净了，所以二人才顺利地摸到了津村房子的后门。操夫人是房东，有后门的钥匙也毫不奇怪。

后门里面是一块狭小的三合土地面，上去后是厨房。房子里当然漆黑一片，但操夫人却轻车熟路犹如在自己家一样，不久便摸到了女佣的房间。这房间是三叠的日式房间，里面只有一半地板被抬高了，大概是为了当作床用。房间的天花板原本就不高，站到地板上触手可及。

“亲爱的，你把手电筒往天花板上照。不是那边，是这边。”

房间并不高，站到地板上还得弯腰，否则根本就直不起身。藤村夏江乖乖地把手电筒的光束照过去后，操夫人便伸出两只胳膊嘎吱嘎吱地鼓捣了一阵子，不久，一块一米见方的天花板完全错到了一边，中间空出了一个黑乎乎的大洞。

“啊，那是什么？”夏江的声音像是从喉咙里挤出来的一样，抖得厉害。

“暗橱啊。虽然说现在出租别墅里不需要这种东西，但说不定以后还要卖给别人呢，未雨绸缪，我就事先做了这个。”

操夫人把脑袋钻进天花板里，四下里摸索了一阵子，不一会儿便拽下一条五级左右的木梯子，梯子一头还带着钩子，大概是用来钩住天花板内侧的。操夫人把梯子斜着架好，试了试稳定程度，重新拿起手电筒说道：“你先从这里爬上去。”

“我？”

“没事，爬就是。要不我可喊了啊，杀人了……”

“这上面到底有什么啊？”

“所以我们才去探险啊。如果有东西就再好不过了，就算什么都没有也不亏本啊。上啊，快上。”

操夫人浮现在手电筒光束中的脸上带着一抹奇怪的阴影，一丝窃笑此时显得尤其恐怖，而她那只白浊眼睛的眼底出血则愈发加剧了这种恐怖效果。

“上面太黑了。”

“对了，那里垂着一根绳子，一拽电灯就开了。不过你还是别拽了，不能让灯光露到外面。因此我才把手电筒递给你啊。”

“可是我害怕……”

“是吗，那你就别上了。但我可要拼命喊了。杀人……”

“好了、好了，我知道了。我上还不行吗？你就别要挟我了。”

天花板里面是三叠左右的阁楼，虽然阁楼顶是沿屋顶的角度朝一个方向倾斜的，但高的地方还是能容下一个人站着走。除了屋顶里面最低的地方留有一个排气的小窗之外，其他地方都挂着白铁皮，倒还比较清洁，轻井泽跟东京那样的大城市不一样，灰尘比较少。不过大概是从小窗里吹进来的吧，房间内还是弥漫着雾气，晃一晃手电筒，紫色的条纹在黑暗中纵横交错。

一只没有灯罩的灯泡从天花板上垂下来，下面乱七八糟地堆了一堆旧藤椅和断腿歪斜的镰仓雕漆茶几，还有躺椅等破烂家具。看来这些全都是操夫人的，只听她说道：

“哟，原来我那张躺椅是在这里啊。说不定还能用呢。”

她贪婪地说着，朝躺椅上看去。可就在这一瞬间，她忽然一把死死抓住一旁的夏江胳膊。

“怎、怎么了，操姐？”

“那、那……那不是人……人头吗？”

“瞎说。这种地方哪……哪儿会有……有人呢。”嘴上这么说，可夏江的声音抖得一点儿都不比操夫人差。

躺椅背对二人而放，上面盖着一张一叠大小的旧地毯，操夫人望着那地毯也很眼熟。不过，在两个战栗女人手电筒交错的光柱中孤零零地从椅背上露出来的，不正是一个人的后脑勺吗？而且盖在躺椅上的地毯还鼓了起来……

在这里我们应该对操夫人的胆魄报以掌声。若是平常，操夫人早就吓跑了，可这一次她却没有逃。恰恰相反，她反倒发出了胜利的欢呼，硬拽着夏江的胳膊冲向躺椅。

“找到了，找到了。果然是在这里啊。亲爱的你真是太棒了！一晚上就把两个全干掉了……”

“不、不，我什么都不知道啊。你快饶了我，饶了我吧……”

“瞎说。除了你还能有谁知道有这么一处隐蔽的地方？你是不是去年来的时候就发现这里了，并且还巧妙地利用了它？这到底是谁啊？看样子像是个男的……算了，我也不问你了，自己去查查就是。看看你干掉的另一个男人到底是谁。”

操夫人用力拽着不情愿的夏江绕到躺椅正面，犹如旧时虐待儿媳妇的婆婆一样。途中，她被耷拉到地板上的地毯角绊了一下，横躺在躺椅上的人也随之露了出来，竟是一个样子十分古怪的男人。

男人身穿绉纱衬衫和绉纱短衬裤，腹部扎着毛线腹带。两条细细的毛腿从躺椅上耷拉下来，脚上穿着袜子，仅此而已。

操夫人的手电筒从男人的下半身慢慢朝上移去。当圆圆的光圈捕捉到对方的脸时，她竟高唱起了凯歌。“啊，果然是真的。亲爱的你真是太棒了！终于把那女人的五个丈夫全都亲手干掉了。太棒了！夏江，你真是太棒了！”

不过，这恐怕已经是操夫人所能忍受的极限了。由于长期的孤独生活与无处发泄的愤懑、抱怨和痛恨，她不仅亲自撕碎了自己的心灵，而且由于推理小说读得太多，她还沉溺在各种扭曲奇怪的妄想中，再加上这次发生在身边的案子的强烈刺激，这位夫人的神经已经紧张到了极限。而此时密室中电灯的突然亮起，更是给了这位夫人一个决定性的打击。

藤村夏江吓得啊的一声大叫，操夫人的神经自然也就短路烧毁了。

“谁？是谁在那里？”

可此时的操夫人已无法回答，她的灵魂已经出窍，只剩下一具躯壳。

“谁？不回答我就开枪了。”

“别开枪。”夏江发出了哀鸣。“操姐，操姐，你怎么了……哎呀，快来人啊。”

“怎么，原来是女人啊……”

这时，只见一个人咕哝着小心地单手持枪，从盖板上露出头来，原来是近藤。他望着蹲坐在那里的两个女人惊呆了，但很快他的视线就被吸引到躺椅上，急忙爬进天花板里。

“金田一先生，金田一先生，这里果然有尸体……津村真二的尸体……”

金田一耕助跟在日比野警部补的后面爬了上来，即使看到这个絮叨男人的身影，操夫人的脸上也没有任何反应。

津村真二正横躺在躺椅上，身上只穿着内衣，脸跟槙恭吾有着共同之处。他的整张脸已经严重扭曲，嘴角露出一点儿黑乎乎的舌头。而且将尸体搬运到这里的人大概连给死人合上眼的常识都没有，尸体的双眼睁得大大的，眼里透着一种寿山石般的光泽，甚是凄惨。

“有没有外伤？”日比野警部补问道。

“没有。任何地方都没有，也是氰化钾中毒。夫人，这到底……”

近藤话还未说完便目瞪口呆。

见此情形，日比野警部补问道：“怎么了，近藤，你认识这女人？”

“藤……藤村夏江！”

近藤费了半天劲儿才挤出几个字，声音中充满了惭愧与愤懑。听到他的声音，等等力警部也从盖板上露出脸来，他的背后还有山下警部。

第二十五章　跟踪

"藤村女士，您是不是有话要说？"

如此开始对话的日比野警部补态度跟此前已经有了很大不同。通过这两天的办案经历，日比野警部补已经深刻地体会到，面对这种阶层的女性时，光靠强硬是不行的。这名年轻的警部补也成熟起来了，尽管高度近视镜背后的眼睛里仍掩饰不住猜疑的神色，他还是尽量克制着自己。

讯问地点是在万山庄那明治风格的大厅里。选在这里，是因为金田一耕助认为这里比那大煞风景的警局讯问室更能让对方的心情得到放松。旁边除了山下、等等力两位警部，还有近藤。不用说，金田一耕助仍是一如往常，眯缝着惺忪的睡眼。

"那，我该从何说起呢？"

回答者夏江似乎已经彻底恢复了平静。任何人都能看出来，这女人在被调查当局发现后，心情反倒放松下来。而事实也正是如此，比起操夫人从昨晚到今天的折磨，还是这样舒服得多，自去年以来一直压在心头的重负也终于解脱了。

在来这里的途中，她似乎顺便去樋口家的别墅换了一下衣服，梳了梳头发，还重新化了妆，跟刚才在津村真二别墅的天花板上被发现时相比年轻了不少。她也是曾经站在舞台上的女人，五官端丽自不必说，但瘦长的脸型看上去多少有点儿古板，小巧玲珑的身材对于一个舞台女演员来说恐怕也有点儿吃亏。但她的谈吐很爽快，口齿伶俐，不愧是话剧演员出身。

“那就由我来问您吧。请您回答一下我们的问题。”日比野警部补一面不时把目光落在近藤提交的笔记上，一面说道，“您原本是话剧演员，是原本同为话剧演员的阿久津谦三先生的前妻，对吗？”

“对。”

“由于阿久津谦三先生于昭和二十五年跟凤千代子女士结婚，您才离婚的吧？”

“对，我是被抛弃的。”夏江淡然地答道。

“您退出舞台之后，就进了一家名叫装美苑的妇女服饰杂志社，对吗？”

“对，因为那家杂志社的社长高森安子是我在东京女子美术学校的学姐。”

“您跟樋口操夫人是什么关系？”

“她也是我在女子美术学校的学姐，而且在自仙台高等女子学校时，我们就已经是校友了。”

近藤咂了下嘴，山下警部微微一笑，等等力警部也绽开了嘴角。看来连年轻的警部补也意识到了，再缜密的调查也不可能天衣无缝。

“那我问您，去年八月十五日晚上，也就是凤千代子女士最初的丈夫笛小路泰久先生离奇死去的那一晚，您来过轻井泽吧？关于这一点，我们有确凿的人证。”

“对。”夏江毫不迟疑地答道。

“也是去了樋口夫人的别墅？”

“对。”

“不过，根据那天晚上目击者的证言，您好像一直在跟踪笛小路先生，是吗？”

夏江略微露出惊讶的神色，她沉默了一会儿，说道：“对，您说得没错。不过，那个人……也就是您所说的证人，是在哪一带看到我的？”

“好像就是在那令人瞩目的商店含羞草一带。说您站在书店前，一面站着看杂志，一面监视着含羞草……”

“然后呢？”

“啊，证人就只目击到了这些。而且还是在发生了那起案件后才想起来的。”

夏江深深地叹了一口气，道：“要是那个人后来继续跟踪监视我就好了。如果那样，这一年多我也用不着如此痛苦地煎熬了。”

说到这里，夏江落下眼泪，却并未慌乱阵脚，而是轻轻地用手绢拭了拭眼角，脸上露出疲惫的神色。

“您认识笛小路先生吗？”金田一耕助从一旁安慰般说道。

夏江把手绢从脸上移开，看了他一眼，然后轻轻点头致意，说道：“您就是金田一先生吧？久仰您的大名，我要是知道您也插手这案子，早就去找您商量了。”说着，她再一次点头致意，“至于您刚才问的问题，说实话，在那前一天，也就是在去年八月十四日傍晚的火车上我们碰巧同乘一节车厢之前，我们从未见过面。”

日比野警部补露出了怀疑的眼神，金田一耕助却毫不理睬，径直问道：“不过，在去年偶然坐在同一车厢的时候，您就意识到了对方是笛小路先生，对吗？”

“对，当然。因为他也曾是个名人，战后还演过电影。但由于他的变化太大，能认出他就是战前曾风靡电影界的贵族偶像明星的，在当时同车的乘客中恐怕也就只有我一个。由于跟阿久津的事情，我无意间知道了他后来的一些情况。不只是眼前的这位警部补，就连操姐都以为我一直追他追到了轻井泽呢。事实并非如此，那只是个偶然。不过事后想想，对我来说这真的是一个不幸的偶然。”

说到这里，夏江又深深地叹了一口气。她娓娓道来，虽然声音中多少带着一点儿抑扬顿挫，但听上去的第一感觉就知道她说的是实话。

“对了，您在列车上有没有跟笛小路先生搭过讪？”

“怎么会呢，金田一先生。”

“那就是说，笛小路先生根本就没有注意到您了？”

“他恐怕连我，连我藤村夏江的存在都不知道。”

“可是，夫人，您去年来这里的时候，您知道津村真二，也就是凤千代子女士的第四任丈夫就暂住在樋口夫人隔壁的出租别墅吗？”

夏江犹豫了一会儿，但她倒不是在隐瞒什么，而是在思考该从哪里切入为好。不久，伴随着一声深深的叹息，夏江打开了话匣子。

“若是不知道，我就不会到这边来了。我是在那数日前跟进京的操姐见面时，从她那里听来的。因此我就突然想来浅间隐一探究竟……金田一先生，女人是罪孽深重的东西，是卑鄙的、执着的东西，尤其是像我这样被别人抢走丈夫的女人……”

夏江并没有咬牙切齿，淡淡的语气中反倒透着一个看破红尘的女人可悲的达观，而正因如此，她大概才会忍受当时的悲痛和憎恨。

“我也有自尊心。金田一先生，请不要误解，自尊心跟自恋是不同的，而我正是因为有自尊，才能和阿久津痛快地分手。当我发现她……凤千代子跟我在任何地方都存在巨大隔阂，并且阿久津的心早已不在我这里，早已经属于她的时候，我的自尊心便不再允许我继续同阿久津纠缠下去。不过，我对她的憎恨却久久不能消失。”

说到这里，夏江歇了口气，但似乎又担心别人会插嘴，继续说了起来：“如果你们据此就认定我从那以后就虎视眈眈地盯上了她的话，那我也没有办法。因为我也不是一个闲得无聊的人。当时只要阿久津不说那种事，我也不会如此执着。”

“阿久津先生什么时候跟您说过什么话了？”

不知不觉间，金田一耕助变成了讯问人。不，与其说是讯问人，不如说他更像一个聊伴。在看到金田一耕助傻呆呆的样子后，对方似乎也安心了许多。等等力警部和山下警部深知这么做的好处，便把一切都交给了他。而日比野警部补似乎也开窍了。

“那是津村先生跟她经过一番热恋后踏进婚姻的第二年，应该是昭和三十二年的秋天了。阿久津说想见见我，我就跟他见了面。就我们两个人，地点是一家餐馆的单间。跟阿久津分手后，我们只见过这一次面，之前从来都没有，之后也没有。阿久津找我是想劝我重回话剧舞台，我拒绝了他。说实话，即使在我跟阿久津分手退出舞台之后，也仍不断有电视台等部门的人来找我，不过全都被我回绝了，因为我不想以被他抛弃的女人这一噱头作为卖点。他的劝说也被我以同样的理由拒绝了。我对现在的工作很满意，阿久津也没有勉强我。只是他当时透露的一句话却点燃了我执着的火焰。”

虽然在谈这种事，她的语气仍如此淡然。不过说到最后一句的时候，她的眼睛还是红了。

“阿久津先生说的是什么事？”

“临分别时我还是忍不住说了一句，我说你最终还是被她抛弃了。阿久津当即便还了我一句。他说你瞎说，是我主动抛弃的她。也许仅凭这一句，你会以为我是在嘴硬，但之后槙先生恐怕也会这么做的，因为我们都是绅士，为了维护她的名誉才采取了圆满的协议离婚形式，不信你走着瞧，津村先生不久也会抛弃她的。”

“理由呢？”

“理由他并没有说。他只是一时激动才说出了这些，随后便现出一副后悔的样子，而且我也有自尊心，就没再刨根问底，再说我原本就半信半疑。”

“可津村先生果然在三年后就跟她分了手，这再次点燃了您的猜疑，是吗？”

“没错。金田一先生，那么有魅力的女人……而且，我也听说过她一直努力想做一个好妻子。这样一个女人为什么会被男人抛弃呢？我非常好奇。”

“这时您恰巧从樋口夫人的口中听说津村先生来到隔壁别墅，于是您就来到了轻井泽，是吗？”

“因为我听说津村先生不通世故，说不定能从他那里打探到什么。请不要误解，我并不是因为知道了这秘密便要找她复仇，或是以此来敲诈她，我压根儿就没有这样的念头。我只是作为一个曾败在她手下的女人，想通过了解她的秘密暗中换取一种优越感而已。金田一先生，这就是女人之间的斗争。”

此时的夏江一脸毅然，在场的人都能看出她的这种心情。

“明白了。不过，您在来此的火车上却跟笛小路先生不期而遇啊。”

“对，这真的是一段奇缘。我自然就紧跟在笛小路先生的身后出了检票口。他拦了一辆出租车，报出目的地，那引起了我强烈的好奇。”

“他说的是白桦营吗？”

“对，我知道白桦营是何种旅馆。我的交际也很广，其中还有一些是年轻的学生。”

“因此第二天，也就是那个令人瞩目的八月十五日夜晚，您就造访了白桦营？”

“不，我本来是打算去的。我甚至在旧道的店里把具体位置都打听清楚了。您可以鄙视我是一个好奇心强的女人。可是当我问完路从旧道下来，走到交通环岛时，恰巧遇上了正从对面过来的笛小路先生。他烂醉如泥。”

“然后您就一直跟踪他到了含羞草？”

“对。”

“途中有没有发生奇怪的事情？”

“什么都没有。”

“您在含羞草附近的书店一面装作翻书的样子一面监视，这我们也都知道了。那么问题就是在那之后了，是吗？”

“是的。”

“请讲。”

“金田一先生。”夏江忽然抖了一下，用紧张的视线盯着金田一耕助，“请不要仅凭我接下来要说的话就断定那人是凶手。因为我至今都不清楚那究竟意味着什么，那件事实在是太恐怖了……”

“好的。那么，就请您把您亲身经历的、亲眼看到的事情一五一十地说出来吧。判断由我们来下。”

这个女人也跟熙子一样，担心自己的坦白会冤枉别人，而且她所见的情形似乎比熙子所见的还要可怕。大厅的空气紧张得像绷紧的钢丝一样。

“我忘了说了，那天晚上雾很大。在旧道那样的繁华街还没什么，可离开旧道进入凄凉的别墅地带后，就连几米远的前方都看不清了。正好跟今晚的情况差不多。”

“对了，当时您有没有穿过正在举行盂兰盆会舞的广场旁边？”

“啊，对了、对了，走到那一带之前还很热闹，也很明亮。可过了那里再往前走了一会儿，就连别墅也变得稀疏了，周围的树丛也很深，浓浓的大雾跟黑黢黢的树丛……我唯一能依赖的就只剩四处亮着的街灯了。不过请不要以为我跟踪得很辛苦，因为他不时会发出醉汉那种特有的嘶哑声音，还会像美洲印第安人一样叫喊，而且他压根儿就没想到有人在跟踪他，所以我跟得很轻松。”说到这里，夏江稍微歇了口气，“可过了不久，就发生了一件奇怪的事情。来到一处十字路口时，他停了下来，思考了一会儿，然后朝上方走。可刚走了五六步，他就又改变了主意，走了直道，当时还大声喊了些奇怪的话。”

“什么话？”

“俗语说，纵生七子女莫信。不信等着瞧，我要以眼还眼，以牙还牙……说着还肆无忌惮地放声大笑，声音非常恶毒，令人毛骨悚然。”

大家不寒而栗，面面相觑。夏江大概还不知道，他说的无疑是美沙的事。因为当时他已经发现美沙不是自己的孩子，而且还是在他想以此要挟千代子却遭到拒绝之后。

“然后……”

她的话还未说完，就被日比野警部补打断。“请稍等一下，夫人，您有没有发现笛小路先生走了五六步的十字路口的上方有什么？”

“我看到雾里有很多亮着灯的窗户模样的东西。大概是高原宾馆吧。”

“就是说，笛小路先生并没有朝那个方向走，是吗？”

“没有。走是走了几步，可不久似乎就改了主意。”

“啊，是吗？请继续。”

“跟踪逐渐艰难，因为笛小路先生一阵乱喊之后突然就安静下来，我只能根据脚步声跟踪……雾似乎也越来越浓了。不久我就来到了一处丁字路口，接着便是蜿蜒起伏上上下下的陡坡。笛小路先生朝那陡坡爬去。好在他走路跌跌撞撞，我不至于认错人。不久，我越过山坡来到一座桥上，我这才发现是去往浅间隐的桥。正当我打量四周的时候，竟然把笛小路先生跟丢了。也就是说，我听不到在雾中行走的脚步声了。”

夏江用紧张的眼神凝视着金田一耕助。

“先生大概也知道吧，过了那桥，路就分成了两条，往上走是浅间隐，往下走是樱泽，樱泽的路口第一家就是笛小路先生的别墅。

可是我当时不知道这些。我跟踪得已经完全忘我，事后一想，才知道原来我是沿着樱泽的路走得太过了。雾非常大，路两边的大树纷纷伸出树枝，就像走在隧道里一样，我只有靠着四处的街灯往前摸索。无论我怎么走也听不到脚步声，于是我又试着小跑了一会儿，也没能看到笛小路先生的身影。我想他肯定去了浅间隐方向，就慌忙原路返回。然而当我折回樱泽路口的时候，左边却突然传来了女人尖叫的声音。我本能地朝那里望去……当时看到的情形，我至今仍弄不明白其中的意思。”

凝视着金田一耕助的夏江越来越紧张，她双手紧握按在心口，抑制着心跳。五个男人的眼神也非常紧张，全都凝视着她的脸。

“您看到了什么？”金田一耕助平静地问道。

“您最好是把一切全都说出来，放下心理包袱。至于对此的判断，请交给我们就是。”

“金田一先生，我听您的。我也想把一切都说出来。”夏江的声音简直有些悲痛，“那别墅就在顺着路往下再走一小段的地方。有门廊，门廊上安着门灯。门廊左侧有一间从上到下全是玻璃窗的房间，里面拉着窗帘。不过，我说的那件事其实是事后才意识到的。听到尖叫，我本能地朝那边望去时，窗帘上正映着可怕的影子。”

说到这里，她反倒恢复了淡淡的犹如背诵般的语气。

“只见一个男人正抱着一个女人，女人似乎穿着睡衣，正在拼命反抗。后来，女人终于被仰面按倒，男的伏下身子压上去后，剪影便逸出了窗帘范围，可我还是听到了两三次低低的、短促的哀鸣，然后声音就静寂下来。灯光……我事后才意识到那灯光好像是台灯的光……灯就一直在那么亮着。”

冻结般的沉默在大厅里蔓延开来。日比野警部补猛地打了一个哆嗦，他这才想到与笛小路泰久落水之前发生关系的女人是谁。

过了一会儿，金田一耕助清了清嗓子，说道："也就是说，您当时的印象是这样的：那女人正穿着睡衣躺着，床头开着台灯。这时一个男人闯进来，用暴力侵犯了女人……是这样吗？"

"金田一先生，我最初的印象的确是这样，可后来我却犯了一个严重的错误。"

"错误？"

"看到了荒唐的一幕，我就想这到底是什么人的别墅呢？我往四下里一打量，结果发现旁边立着一块名牌，凑过去一看，上面写的竟是笛小路……我顿时明白刚才看见的那个男人身影原来就是笛小路先生。可是在这里，我却犯了一个严重的错误，就是说，我一直以为身穿睡衣的女人是她……也就是凤千代子女士。"

"夫人，那您是在什么时候，又是如何发现那个女人并不是凤千代子女士的？"山下警部问道。连他的声音都嘶哑了，在这名老练的警部侦办的众多案件中，恐怕再也没有如此可恶的案例了。

"您就是山下先生吧？警部，请您先把我的话听完。金田一先生，我看到的不只是这些。后来我看到了更加可怕的东西，而且至今也想不明白究竟是怎么回事。"

夏江再次打了个寒战，这也传染了男人们，令人战栗的寒气突然在大厅里扩散开来。大家愕然不已，重新打量着夏江的脸。

"夫人，难道您……"年轻的日比野警部补舌头像黏在上颚上似的。

山下警部从一旁轻轻地制止了他，说："日比野，你能不能先让夫人把话说完？至于夫人所说的不解其意，待会儿再由我们一起来判断好不好？您说呢，金田一先生？”

“这样最好。那么，藤村夫人，请。不要慌，您误以为那穿着睡衣的女人是凤千代子女士……那后来呢？”

在金田一耕助的亲切鼓励下，夏江再次恢复了镇定。

“多谢。金田一先生，我当时就对她……对凤千代子女士产生了无比的愤怒和轻蔑。原来阿久津透露的秘密就是这个啊！她表面上跟笛小路先生离婚了，事实上却仍继续着这种关系，因此才会被阿久津、槙先生和津村先生抛弃……我当时一直坚信如此。”

“怪不得。没错，毕竟这跟您的道德观念相差太远……”

“我大概是个守旧的女人吧。因为即使被阿久津弃之如敝履，我也没有动过跟其他男人再婚的念头。”夏江凄凉地一笑，“可是，金田一先生，我惊呆在那里并不是因为我有更卑鄙的好奇心。我是动弹不得了，脚像被钉在那里一样。”

“嗯，这很正常。那后来……”

“我不知在那里呆立了多久。五分钟？十分钟？或者是更多吧。我完全没有了时间观念，然后……”

“藤村夫人，请稍等。”金田一耕助当即打断了她，“就在您呆立的期间，您有没有听到盂兰盆会舞的声音？”

夏江惊讶地重新打量了一下金田一耕助，说道：“对，盂兰盆会舞的声音一直没断。正是那声音才给了我勇气，让我觉得天才黑而已……怎么，这有问题吗？”

“我想您早晚会明白的。请继续。”

金田一耕助提问的用意恐怕是这样的：能够听到盂兰盆会舞的声音，就意味着女佣里枝出门仍未回来。而且前天晚上也一样，扩音器在电池的作用下继续工作，声音甚至传到了浅间隐。

“浑蛋！”近藤在心里狠狠地骂着。

“不久之后，男人的身影便在挂窗帘的房间里站了起来，我这才回过神来。影子瞬间逃出了视野，不过凭借瞬间的印象，我感觉好像就是干完那种事之后的打扮。我顿时觉得自己很卑鄙，很无耻，所以看到笛小路先生从门廊下来后，我就打算直接回浅间隐。假如当时那个身穿睡衣的少女没有边喊‘爸爸、爸爸，你忘东西了……’边出来追赶笛小路先生，我恐怕就直接回浅间隐了。”

大家手里全捏了一把汗。日比野警部补摘下眼镜，匆匆擦拭起来，看来他也是汗津津的了。

“少女的声音非常低，好像怕被周围听到似的，我却听得很真切。当我扭过头来的时候，笛小路先生已经爬上倾斜的小路上了大道。喊话者当时正要下门廊的台阶，当我发现从门灯下浮出来的穿睡衣的女人并不是凤千代子女士，而是一个还未完全长大的少女时，我惊讶得全身都麻木了。”

正在讲述这些的夏江的脸现在也是麻木的。她呆望着天空，脸上的肌肉十分僵硬。但她仍机械地继续说道：“我知道笛小路先生跟凤千代子女士有一个叫美沙的女儿。可我并不知道那究竟是不是美沙。我既没有见过美沙，因为大雾也没有看到那少女的脸。不过，从她喊爸爸的情形来看……可如此一来，我看到的映在窗帘上的一幕是……难道是父亲把自己的女儿……”

没错。这便是本案无比可怕的地方。这就是让山下、等等力警部这样的老警察都直冒冷汗的可怕真相，也是让年轻而热心的日比野警部补调查触礁的原因所在。

“可是，笛小路先生好像并没有听到少女的声音。”夏江机械地继续说道，“他仍一副酩酊大醉的样子，踉踉跄跄地过了桥。少女在后面追了起来，她当时合拢睡衣的袖子，胸口似乎抱着什么东西，事后看了报纸后我才明白，那大概是个威士忌酒瓶。”

日比野警部补打了个冷战，叹了口气。那个威士忌酒瓶上只检测出了笛小路泰久的指纹。最近由于推理小说的普及，指纹在破案中的重要作用已广为人知。也不知是少女知道这个，还是由于她是用睡衣的两只袖子抱着，恰巧并未留下她的指纹。日比野警部补怀疑少女知道这点，所以才恐惧地叹了口气。

“过桥之后，笛小路先生走上来时的下坡路。少女则在他身后开始跟踪。我也跟踪了过去。金田一先生，我只能这么做。”夏江呜咽般说着，把手绢都要撕裂了似的，在膝盖上揉来揉去。

“那是当然。没事，不用慌，别怕。然后您看到了什么？”

“雾依然很大。笛小路先生和少女的身影几乎都看不到。只有笛小路先生踉踉跄跄的脚步声不时从远处传来，少女的脚步声却听不见。不久我就摸到了丁字路口。我以为笛小路先生肯定会沿原路返回，就按原路追了过去。可是当我来到笛小路先生之前怪叫的十字路口时，才发现好像弄错了路。我也顾不上会被少女发现，就稍微加快了脚步。因为少女似乎对我的跟踪毫无察觉。小跑了一阵后，我确认我真的弄错路了，就停下来思考了一下。我鄙视自己，嘲讽自己卑鄙的好奇心，想直接返回浅间隐。可无论如何我都得先返回丁字路口，因为我发现这条路比我以前知道的路要近得多。可是，我来到路口的时候，忽然听到有人急匆匆地从下面爬上来。我就本能地躲到了一旁的树丛里。”

第二十六章　噩梦

夏江的麻木又开始加剧，脸部的肌肉仿佛怠工似的，显得十分僵硬，只有那瞪大的眼睛里因为恐惧充满了战栗的神色。

“我忘记说了，当时拐角亮着一盏街灯，睡衣少女的身影在街灯下浮现出来，要说她的那张脸啊，我的天！”夏江仿佛在驱赶幻象一样使劲儿挥手，“从那之后，我不知有多少次在噩梦中梦到那张脸。那已经不是人的脸了，是一张恶魔的脸，是魔女的脸。不，比魔女更可怕。那张脸严重扭曲变形，而且似乎还在笑。她连身体都跟常人不一样，弓着背，下颚向前突出，像大猩猩一样垂着两只手……恶心，猥琐……不！不！我再也不想梦到那张脸！”

金田一耕助和等等力警部毛骨悚然地对视着。二人今天在高尔夫球场看到了美沙的畸形……夏江无疑也看到了同样的情形。

“藤村夫人，不要慌。然后您是怎么做的？去少女爬上来的路看了看？”

在金田一耕助的大声鼓励下，夏江才现出一副从梦魇中醒来的表情，满头大汗。

“不好意思，先生，我还是乱了方寸……对，我不由自主地那么做了。而且，那少女空着手的情形也让我起了疑心。我本能地意识到笛小路先生肯定出事了。等少女的身影消失在坡上面后，我就急忙过去查看。不久，一样微白发亮的东西就从前面的雾中显露出来。我走近一看才发现是泳池。虽然泳池周围拉着铁丝网，我却发现有一处地方的铁丝网有破损，而且还不是最近才破的，而是以前就已损坏。我发现那铁丝网破损处的带刺铁丝上钩着一块白布，便取下来一看，是一块被撕裂的毛巾质地的碎布片。恐怕是少女睡衣的碎片。”

“嗯——”日比野警部补不由得呻吟了一声。

“日比野先生，如果我带走那碎片的行为打乱了您的调查，我只能向您表示诚挚的歉意。可当时，我尚未发现泳池里居然还漂浮着可怕的东西。我拿着碎布片钻进铁丝网去查看时，才发现只穿着一条短裤的笛小路先生竟漂浮在泳池里。我一看就知道他已经咽气了。第二天早晨，我便逃也似的离开了轻井泽。金田一先生，”夏江提高嗓门说道，“我刚才所说的百思不得其解指的就是这件事。我不知道笛小路先生是自杀、他杀还是事故死亡。可假如是死于他杀，并且那个少女就是美沙，那她为什么要杀死自己的父亲呢？不，还有之前的那一件，笛小路先生为什么要侵犯自己的女儿呢？就算他再怎么烂醉也不能啊。”

令人窒息的沉默持续了一阵，金田一耕助把黯然而烦恼的目光转向夏江，说道：“关于这件事，您早晚会知道。这件事……也就是笛小路先生跟少女美沙是父女关系的思维方式严重蒙蔽了我们的眼睛，妨碍了我们的调查。多谢您，正是您的话让我们拨云见日。对了，藤村女士，”他稍加严肃地说道，“您当即就直觉地认为笛小路先生之死是他杀吗？”

“不，我也不清楚，大脑一片混乱，完全被吓蒙了。少女当时的表情……但不久后，当那边的那位先生……是近藤先生吧，当他就阿久津之死找我问话的时候，我才明白警方大概怀疑是他杀。”

“先不说这个了，您对阿久津先生之死是怎么看的？”

“金田一先生，那恐怕真的是一场事故。若是他杀，这种方法成功的概率也太低了。”

“我对这种说法也抱有同感。但由于后来又发生了笛小路先生的案子，我们就把问题想得过于严重了。而且恐怕也是这件事，才把凶手赶进了更加有利的隐身衣。”

“近藤先生，请原谅我，我没有将那个八月十五日晚上目击的情况告诉您。这大概就是所谓的普通人的不合作吧。”

“没关系，没关系。”山下警部从一旁安慰着，他依然显得十分大度。“听了您刚才的话，就连我这样经验丰富的老家伙都是寒毛倒竖啊。您没能说出来也很正常。您现在能说出来，我们就已经十分感谢了。金田一先生。”

“哦，好的。”应山下警部的要求，金田一耕助再次把同情的目光投向夏江。“藤村女士，您这么疲劳还打扰您，真是不好意思，关于前天晚上在津村先生的别墅里发生的事情，您有没有发现什么？”

夏江的眼睛里再次恢复了害怕的神色。

“金田一先生，前天晚上，我……”她迅速说了几个字，忽然又改变了主意，“请恕我冒昧，能否让我由着性子自己来说？这样我会更放松一些。”

“请，请随意。”

“好的。”

为了调整心情，夏江凝视了一会儿搭在膝盖上的手，不久她便抬起湿润的眼睛，又用淡淡的语调讲述起来：“我之所以今年又来到浅间隐，并不是为了隔壁津村先生的事，而是为了笛小路先生女儿的事情。由于我屡做噩梦，因此更想弄清楚这件事。不过，对于津村先生的事，我倒也不是毫不关心。因为我觉得，如果是津村先生抛弃了凤千代子女士，那这里面说不定会跟那个女儿有某种关系。好了，我就先说这么多，接下来，我就讲讲前天晚上我目击到的情形吧。”

眼看着焦躁的神色重新回到夏江的脸上，大家再次紧张起来。这个女人又目击到了什么？

“金田一先生，说归说，可是说实话，前天晚上那里究竟发生了什么，我根本不清楚。所以我下面说的内容也不知会有多大的参考价值……前天晚上是八点左右停的电吧？停电之后，操姐就拿出手电筒，我们闲聊了一会儿，可我们既没什么话题可聊，也不能看电视，因此我就在八点半结束闲聊上了二楼，带着操姐借给我的手电筒。然后我就铺床……对了，虽然说操姐是睡床的，但二楼是日式房间。当我铺好床，正要关上窗户的时候，无意间往隔壁一望……想必您都已经调查过了吧，从那二楼望去，津村先生的别墅正好就在下面。那别墅的大厅里正摇曳着亮光。我立刻就知道那肯定是蜡烛，因为不只是光摇晃得厉害，窗户好像也是开着的。蜡烛忽然灭了，里面的人慌忙重新点上，之后就传来到处关窗的声音。当时我就纳闷起来，津村先生还真是冒失，风都已经那么大了，就不会关上窗户之后再点蜡烛吗？”

飞蛾飞进去大概就是在这个时候。

“您说当时是八点半左右？”

“对，八点三十五六分吧。”

“您认为当时在大厅里的人就是津村先生？”

“我只能这么认为了。我从贴在城里的海报上得知他有演奏会。但我想因为停电，演奏会也肯定暂停了。”

“说得对。那后来呢？”

“我就钻进被窝看了一会儿书。可是，用手电筒看书实在难受，而且还浪费电，所以八点五十分时关上灯想要睡觉，这时，隔壁就传来了汽车抵达的声音。您嘲笑我的好奇心也无所谓。我悄悄起来，把窗户拉开一点儿缝往下看。只见汽车正头朝这边停在门廊下，一位男士从里面下了车。虽说外面还没有黑到伸手不见五指的程度，可还是黑黢黢的。但由于他把前车灯打向这边，并且没关灯就下了车，所以我清楚地看到了他的身影。我想他大概是个搞音乐的人，穿着一件齐腰的衬衫。”

“您见过槙恭吾先生吗？”

“一次也没有。只是在他跟凤千代子结婚的时候，曾在一本杂志上看到过他的照片，难道……”

“没错。那、那个人进了别墅吗？”

“对。”

“当时您有没有看到里面的人？”

“没有，当时没看到。只不过……”

“怎么了？”

“我对这件事并没有那么好奇。我只是觉得偏偏停电的时候来了客人，这下可惨了。所以假如那怪事没有发生，我想我早就钻进被窝了。”

“怪事？”

“因为汽车上的客人前脚刚进去，一个人影就从房子后面偷偷溜了出来，透过一旁的窗户开始往里面窥探。”

“啊！”日比野警部补惊叫一声，现场有点儿骚动。

夏江似乎误解了众人的意思，加强语气说道：“不，我没有撒谎。真的出现了一个奇怪的人。”

“藤村女士。”金田一耕助用平和的声音安慰道，“我们并不是在怀疑您。我们已经确认有这么一个人，您又为我们提供了一份重要的证言。请尽量把这方面讲得详细一些。”

“好的。”

夏江仿佛在整理澎湃的心绪，又深吸了一口气，看来这女人又目击到了恐怖的一幕，众人的视线再次汇集到她的脸上。

“大家也知道，从我那里往下看，能够看到隔壁别墅的右侧面。那个人早就在那里徘徊了，只是由于来了车，才暂时藏到了房子后面。因为客人已经进去，他就又悄悄爬了出来……反正我当时的印象就是这样。”

“嗯、嗯，后来呢？”

“那个人……那个，说真的，那一带本该十分昏暗。可由于汽车的前车灯朝着这边，还一直亮着，由于光的反射，那一块就稍微亮了起来。那个人好像是想从窗户往里窥探，可是窗户有点儿高，那人就从后面抱来了一块石头一样的东西，放在窗户下，然后站到上面。”

“那人穿的什么衣服？”

“衣服我没有看清。虽说由于前车灯的反射，周围亮了一些，但灯光也妨碍了视线，弄得我反倒更看不清了。有一样我倒是看清楚了，那人好像背着一个最近挺流行的简易背包一类的东西。我再度在窗边动弹不得。”

“啊，那是当然。尤其那里还是津村真二的别墅。那后来呢？”

夏江的脸上再次流露出恐惧与焦躁的神色。她一面与之做着殊死斗争，一面说道：“后来我看了看表，原来我在那里已经站了十五分钟。忽然，偷窥的人影动作加快。他一下子从石头上跳下来，显出一副朝建筑物正面张望的样子。就在这时，有个人忽然从正面的门廊跑了出来。不，门廊从我的位置是看不到的，不过我只能认为人影是从那边跑出来的。人影在车灯前面一闪而过。一瞬间，我再次看到了那个佝偻病少女。我并没能看见脸，因为我这边非常高。但她弓着患有佝偻病般的背，向前伸着下巴，耷拉着双手……去年她就以那种姿势慢慢地从我前面走过，可前天她却像风一样通过车灯前，立刻就绕到了汽车后面。大概她事先就藏在建筑物的侧面。只见她骑上一辆自行车，径直朝坡下冲去。”

啊，自行车！美沙是有自行车的，这东西此时无疑变成了有力的武器。大家毛骨悚然，面面相觑。

“可是，当那个佝偻病少女骑着自行车从汽车背后冲出来的时候，从建筑物侧面跳出的人影却挡在了自行车前。从他穿过车灯前的一瞬间，我感觉那好像是个年轻的男人。可是，佝偻病少女却不顾一切地撞开那人往坡下冲去。男人似乎喊了声什么，可当时风已经相当大了，我并没有听清。一度被撞出去的那个人立刻开始追，全速冲下山坡。他似乎还带着手电筒。对了，当他挡在自行车前面的时候，手电筒的光还照到了佝偻病少女的脸，少女发出了哀鸣。我看到的就是这些。”

夏江满脸疲惫，瘫软地靠在椅子上，闭着眼睛。她的眼角明显露出了小皱纹，仿佛在诉说她半生的苦涩与屈辱，看着令人揪心。

金田一耕助略微提高了嗓门，道：“那后来呢？后来您是怎么做的？”

夏江轻轻摇摇头，说：“金田一先生，那已经是我忍耐的极限了。我想隔壁的别墅里一定也发生了可怕的事情。我偷偷关上窗，钻进被窝，却害怕得怎么也睡不着。我连开手电筒都不敢，害怕灯光露到外面被人发现我在偷窥。后来我拿着手电筒钻出被窝，走到楼梯中间才打开看了看表，时间是九点零八分。”

这个时间津村真二应该还在樱井家的别墅里。

如此说来，夏江同时目击到了去年跟今年的两起惊天大案。虽然这一切很可能是出于她对凤千代子的仇恨与自卑的痛苦挣扎的结果，但她的目击究竟会伤害到凤千代子呢，还是会……

“金田一先生，这就是我知道的全部，然后我就下了楼，钻进了操姐的被窝。没想到这却坏了事，昨天竟勾起了操姐的好奇心，激起了她的想象力，结果弄成刚才那种样子。

操夫人陷入精神错乱，现在已被抬进医院。至于这种错乱究竟是暂时的还是会长时间持续，目前尚不清楚。这大概就是猎奇的后果吧。

看到夏江摇摇晃晃地站起来，金田一耕助仰起脸问道：“您要去哪里？”

“我必须告辞了。不，不是回浅间隐。我必须去操姐那里探望一下……她变成那样全都是我的责任，我必须给她看病。”

“啊，是吗，那我让人送您吧。但在这之前，我还有点儿事想问问。”

“什么事？”

“在监视隔壁期间，您有没有听到盂兰盆会舞扩音器的声音？”

夏江稍微沉吟了一下，不久身子便一抖，说道：“嗯，您这么一说倒真是有……由于风的原因，听上去忽远忽近的……好像还有点儿嘶哑。”

“混账！”近藤在心里骂了一句，大概是因为他发现这竟然又成了美沙的保护伞。

“还有一点，您有没有听到汽车从隔壁的别墅出去的声音？”

“嗯，听到了。不过金田一先生，您要问我究竟是什么时候听到的，那我就无法回答了。因为我害怕操姐，连打开手电筒看表的勇气都没有了。所以不是我钻进操姐被窝后的半小时就是一小时后……反正风已经刮得很猛了，雨势也间歇性变大。”

然后夏江就踉踉跄跄地离开了大厅。

近藤将她送到正门后，立刻折回来说道：“金田一先生，如此一来，田代信吉和美沙的关系就弄清楚了。田代信吉肯定是抓住了美沙，然后又发生了什么事情。”

“也许田代信吉在来这里之前就认识美沙了。如果说他去年在白桦营遇到笛小路先生时听到了些什么……”

正当日比野警部补郁闷地咕哝时，一直留在津村真二别墅的山口匆匆走了进来。

“找到了！我们从那别墅的暗橱里找到了这个……”

说着，他拿出了威士忌酒瓶和酒杯。恐怕是兑水后让津村喝下的吧。

“这威士忌还有氰化钾的气味呢。还有，我们还从被害人的腹带上发现了一样奇怪的东西。”

这是一份对折了两次的乐谱。正面就是普通的乐谱，上面爬满了蝌蚪。山口所谓的奇怪东西是指背面，上面详细认真地记着火柴的排列图案。另外还有一个空信封，收信人是浅间隐的津村真二，发信人是东京的立花茂树，不过信封里并无信笺。

“原来是这样。”金田一耕助看到认真抄写在乐谱背面的火柴排列图案，嘴角不由得绽开，“那么，槙恭吾被氰化钾毒倒时并不是朝前趴而是往后倒的。所以当津村真二从樱井家的别墅回来时，火柴图案仍一丝不乱地留在桌子上。于是死板却又冒失的津村先生便依照原样抄了下来，想在矢崎的别墅里再现。”

“金田一先生，这到底是什么啊……”山下警部瞪大了眼睛。

“没什么，只是一个色盲家族的族谱而已。但山下先生，您也用不着感叹我的博学多识。因为我以前就办理过一个色盲的案子，对此还比较了解。在矢崎的工作室里看到火柴图案的时候……尽管那图案很乱，我还是发现其中使用了四种符号。于是我就……当然这件事等等力警部也知道，幸亏南原的南条别墅里有百科事典，为谨慎起见，我就去调查了一下，基本上没错。现在我就给大家说明一下吧。”

“请。”

“这图案好像是津村先生用圆珠笔抄下来的，火柴头涂有斜线的是绿头火柴，即代表男性，完好的绿头火柴是健康男性，如果用符号表示，就是♂。折弯成两段的绿头火柴是色盲男性，用符号表示就是♂。然后津村先生涂黑的火柴头是红头火柴，代表的大概就是女性。完好的红头火柴表示健康女性，用符号表示就是♀，折弯成两段的表示本身并非色盲却带有色盲遗传基因的女性，用符号表示的话就是♀。请大家对照这火柴图案来验证一下四种符号。色盲男人生下这样的孩子，然后再遗传给孙子们，这便是其中的一例。看来槙恭吾先生肯定详细调查了色盲的情况。”

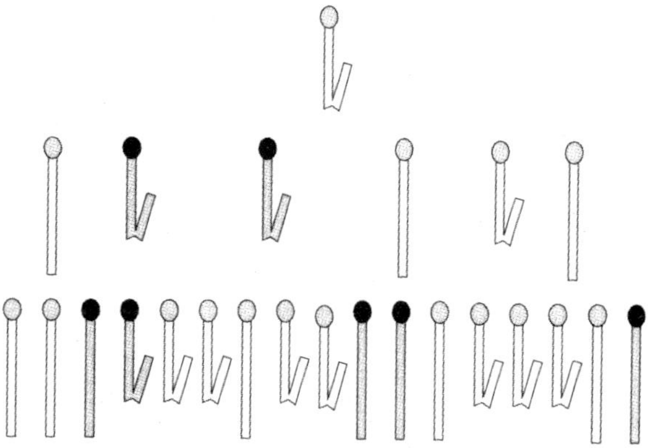

“可是，金田一先生，”日比野警部补面现愠色，“刚才我问过古川了，听说美沙就是色盲，那孩子到底是怎么回事？”

“日比野先生，我也是从百科事典里现学现卖的，所以请不要太高抬我。据说男性色盲的比例居然出奇地多，差不多占总人口的百分之五。而女性色盲却非常少，大约只占到全体人口的百分之零点五。那么在什么情况下才能生出一个色盲女孩呢？据说只有自己是非色盲却携带色盲遗传基因的女性，即符号♀与男性色盲即符号♂结婚时，他们生下的女孩中才可能有色盲。我们拿这个原理跟美沙的父母……或者说被认为是她父母的两名男女来验证一下。凤千代子女士是彩色影片的大明星，不可能是色盲，那么她有无可能会携带遗传基因呢？答案还是NO。她的父亲是用华丽色彩作画的著名美人画画家，不可能是色盲。顺便说一下，她母亲的情况我们也打听过了，她母亲似乎也不是色盲。”

“混账！”

近藤又犯了他的老毛病。这名罗圈腿刑警现在才明白金田一耕助昨晚在这里对凤千景夫妻进行的那种无聊透顶的颂扬的真正目的，不由得气从中来。

“而是美沙的父亲……或者说被认为是美沙父亲的笛小路先生呢？听说他干过汽车销售员。也就是说，他是可以开车的。要想获得汽车驾照就需要进行色盲筛查。因而笛小路先生也不是色盲……”

“金田一先生，那么美沙到底是怎么回事？”老狐狸刑警瞪着狐狸般的眼睛，唾沫星子差点从嘴里喷出。

“所以，美沙从血型上来说不是笛小路先生的孩子，从色盲遗传法则上来说又不是千代子女士的孩子。”

“金田一先生！”就连向来以容忍闻名的山下警部此时也激动起来，满脸通红，“那美沙到底是谁的孩子？”

“不知道。”金田一耕助露出苦恼的眼神，“知道这些的恐怕只有笛小路笃子了。”

沉默在大厅里蔓延开来。可怕的沉默，令人牙齿咯咯响的沉默，冷彻骨髓的沉默，谁也不想多问，谁也不愿多说。唯有山口似乎仍未深刻理解这沉默的意味。

“金田一先生，那这信封又是怎么回事？这也是从被害人的腹带中发现的……”

金田一耕助犹如从噩梦中醒来一样打了个寒战，然后才冲山口微微一笑，露出洁白的牙齿说道：“这个嘛，山口先生，这很可能是津村先生用来装火柴的。虽然是立花写给他的书信，内容却不重要，于是他就把信笺撕毁扔掉，用信封装火柴。”

金田一耕助打开乐谱正面。

“请看，这还是尚未印刷的手写乐谱呢。标题是《浅间赞歌》，作曲是津村真二，是弦乐四重奏吧。虽然这事一问立花就会明白，但我想差不多是计划在前天晚上演奏的曲目。而另一方面，根据樱井熙子的说法，津村先生曾带着一个德拉库尔的乐谱夹，恐怕这乐谱原本也夹在其中。至于乐谱背面抄着火柴排列图案，那么当津村先生返回浅间隐的时候，恐怕一切都已经结束了。”

“金田一先生，难道津村先生知道这火柴图案的意思？”等等力警部忽然问道。

“不好说，只不过有一点津村先生是清楚的，即槙先生是想用这种火柴图案跟凶手说明些什么……因此他想通过将其在矢崎的假想现场再现的方式，让调查当局能抓住点儿什么。虽然他自己并不清楚，可说不定调查当局会明白……也许就是这样。”

事实正是如此。

“可是，金田一先生，像美沙那样一个姑娘，怎么会有氰化钾之类的东西呢？”山下警部似乎仍未从噩梦中完全醒来。

金田一耕助闻言，呻吟着说道：“这个嘛，山下先生，会不会是笛小路奶奶有呢？美沙不是偷了一点儿就是骗了一点儿……”

“没错！就是那个箱根雕漆工艺的匣子！”

等等力警部忽然大叫一声，从椅子上跳了起来。大家吓了一跳，一齐朝他扭过头。

“是它，就是它！那匣子里的氰化钾不是丢了一些就是少了一些。正是因为发现了这点，那个老太太才会在上野站上吓成那样。”

“警部。”金田一耕助故意使坏般眨着眼说道，“怎么回事？这可不像是您啊，那个匣子到底是怎么回事？”

“金田一先生，很抱歉没能及时告诉您。其实……”

于是，等等力警部把箱根雕漆工艺匣子的情况简明扼要地讲了一遍，他刚讲完，一名年轻的便衣就冲了进来。

“正在笛小路别墅监视的古川报信说，凤千代子进入了笛小路的别墅。好像是笛小路奶奶把电话打到了医院，说想跟她商量点儿美沙的事情，希望她能立刻去一趟。”

金田一耕助还没听完就撩起裤脚朝大厅的入口冲去，其他人也纷纷跟了出去，大家全都脸色大变。报信的便衣目瞪口呆。

“还有呢，说是美沙仍没有回来。”便衣边喊边朝大家追去。

第二十七章　悬崖的上下

笛小路家的别墅面朝溪谷，这我们已经多次介绍。在离别墅正房稍远，比正房地基低三米左右的逼近崖下的溪谷那里，有一座茶室风格的优雅建筑，溪水就从下面淙淙流过。昨天早晨台风来的时候，这间茶室差点儿淹了水，由于地板有两米多高，所以只是地板下面进了水而已。尽管水已经完全消退，但溪流的声音似乎仍比平常大一些。

虽然这茶室风格的厢房只有一间四叠半的房间跟两叠的玄关，十分狭小，却是笛小路笃子的避难天堂。当笃子厌倦了对美沙的教育，或者想躲避世上那些风言风语的时候，她就会躲进这天堂，一个人静静地点点茶，调整自己。

自战争以来，笃子一直都过着隐忍的日子。曾经高高在上的贵族权威和荣耀一落千丈，前子爵的头衔如今只能沦落为世间的笑柄。笛小路家虽然门第高贵，可是战前就不很富裕。再加上丈夫放荡，到了丈夫因脑溢血突然去世的昭和十二三年的时候，家中已是非常拮据。

丈夫情妇的儿子泰久之所以投身电影界，除了他本人喜欢，也是为了解决一家的经济危机。

战前还算好，子爵的头衔还有点儿用，既让他们家在同族中很威风，同时贵族的头衔还让他们家经常能通融到钱。在这一点上笃子可是个高手，她虽然端着优雅的架子，却深谙从那些害怕权贵的平民百姓里榨取钱财之术。

可战败这一残酷现实却把笃子的一切都夺走了。在战后的某一段时间里，前贵族的头衔在某一阶级的人之间似乎还能管点儿用，可笃子的年龄太大了。幸亏泰久活着回来，可笃子对泰久却几乎没有任何感情可言，泰久对笃子也只有冰冷的鄙视。不过，就算她对泰久多少有一点儿爱，那又能有什么用呢？泰久不仅是一个彻底的利己主义者，而且几乎连自己都养活不了。

因此留在笃子身边的就只有一个美沙了。美沙虽然年幼，可背后却有凤千代子这样一个生活能力极强的女人。就这样，高傲的笃子战后不得不过着隐忍与屈辱的日子。这大概就是她需要天堂的原因。

昭和三十五年八月十五日夜里十一点多……准确地说是接近十二点的时候。樱泽也毫不例外地沉浸在浓雾中，兀立在溪谷边上的茶室风格的厢房从雾底发着强烈的光。茶室的两面镶着苇门，虽说是在深夜的谷底，可若是完全关上拉门与隔扇，还是会感觉很热，但要是敞着，又害怕飞蛾会飞进来。

现在，在镶着清凉苇门的四叠半茶室里，雅致的荧光灯从天花板上垂下来，亮堂的灯光下正跪坐着两个女人。跪坐在小茶炉前屏风内侧的是笃子。她身着小千古绉绸和服，系着博多腰带，左侧带里夹着小绸巾，依然是优雅的姿势。笃子旁边的小茶炉上放着锅，正嗡嗡鸣响，发出所谓的松籁声。

离茶炉稍远的地方则跪坐着千代子。她穿着丝绸连衣裙，端坐的姿势中却看不出一点儿拘束。大概穿着西装参与这种场合也不是第一次了。

不过，她的脸色苍白，神情僵硬，连注视着婆婆那一举手一投足的眼睛里都透着一种畏惧。

说实话，千代子已经身心俱疲。在忠熙做开腹手术期间，她一直在手术室外捏着一把汗。在一连串的案件后，忠熙又遇上这次的横祸，就连千代子也受不了这沉重打击。尽管有一彦、熙子等人在一旁不停地安慰和鼓励，可千代子能挺过来，主要还是依靠自己的坚强。而且她还反过来鼓励熙子。

对忠熙来说，最幸运的是相关方面的专家正好在场，并且他的肝、胰、脾等内脏都没有异常。尽管肠管破裂出血量很大，可幸亏身边就有献血者，而且还是两名，这只能说忠熙的运气太好了。

子弹被取了出来。事后经鉴定发现，是从柯尔特自动手枪中射出来的。

术后，千代子、熙子和一彦一起去见了忠熙。当忠熙开口第一句便问秋山的情况时，千代子不免有点儿忌妒，但话说回来，秋山卓造从那以后的确是杳无音信。千代子不由得再次感受到忠熙与秋山之间的深情厚谊，对追击凶手的秋山充满了愧疚。

“秋山叔叔肯定没事。您要是担心，我回头去找找。”

忠熙默默地点了点头。

熙子拿出那打火机给忠熙看便是发生在此后。忠熙微笑着说道："给金田一先生……"

他只说了这几个字，但熙子还是明白了他的意思。她紧紧地握了握父亲的手，然后默默地出去了。

之后两名献血者都来见了他。两人精神都不错。

"我欠了先生两个人情啊。"忠熙笑着对的场英明说这句话就是在这时候。

在医生的提醒下，大家全出去了，只有千代子因为仍被忠熙握着手不放，便留了下来。忠熙不久便进入了梦乡，但仍紧握着千代子的手。千代子怕妨碍他睡眠，就一直保持着这种姿势。

十点左右，熙子从某处回来，在医院的一个房间跟铁雄进行了单独的长谈。听着熙子的话，铁雄不时发出嘲弄般的笑声。而熙子则对他又是耍性子又是生气，最后竟连自己都笑了起来。她最终还是没能战胜"极乐蜻蜓"。

"那，你希望我去问金田一先生什么呢？"

"什么都行，只要你肯问。"

"那你为什么不自己说呢，还是说你还有什么隐情？"

"没错，重大隐情。那，我该走了。"

"走了？你去哪里？"

"替换凤阿姨啊，否则她身体吃不消的。"

笛小路笃子给千代子打来电话就是在这时候。熙子从护士那里听到此事后说道："啊，那我去跟她说一声。我正要去替换她呢。"

听熙子说有电话，千代子说："抱歉。那我先去接电话，你先照看一下。"

“去吧，请。”

不一会儿，千代子回来说道：“笛小路的母亲说，关于美沙的事情，她有重要的话对我讲。我想稍微出去一下……”

熙子一愣，但还是若无其事地说：“呃，好的。这里只管交给我。不过，您可要尽快回来啊。爸爸一睁眼要是看到您没在身边，会很寂寞的。”

“多谢，我会尽快赶回来的。”

目送着千代子的背影离去后，熙子忽然感到有点儿不安。千代子还不知道美沙的事情。在医院安顿下来后，千代子还向熙子和一彦询问过美沙的情况，不过两个人都含糊其词，没有正面回答她。千代子也因为手术的事情有点儿慌乱，没空去怀疑二人的态度。

离开医院后，千代子先回宾馆换了衣服，才跟婆婆在这茶室里对坐。茶室的壁龛上挂着著名歌人作品的装裱书画，前面的宗禅笼里插着地榆跟黄花龙芽。茶室外面是咫尺莫辨的浓雾，除了溪流的水声比平时略大一些，一切都静悄悄的，只有松涛阵阵，格外悦耳。

“刚才听你在电话里说，飞鸟先生的伤没有大碍，是吗？”

“是的，托您的福。当时正好有专家在场。”

“运气好的人就是不一样。不过，可怕的事情仍是一件接一件，这到底是怎么回事啊？”

“妈，您还是先说说美沙的事吧。美沙已经睡了吗？”

“啊，美沙子……”

笃子用可怕的目光盯着千代子。千代子忽然从她的眼神中感到了一种不安。如此说来，刚才熙子跟一彦的态度也很可疑。

“妈，今天在高尔夫球场上发生事情了吗？美沙有没有说什么？”

“没，也没说什么……”笃子含糊其词，直盯盯地望着千代子的脸说道，“对了，千代子，你跟飞鸟先生的婚事怎么样了？后来有进展吗？”

“是的，托您的福。”千代子还是害羞起来，连耳根都红了。

笃子用针一样的目光望着她，说道：“你们已经商定了？”

“是的。”

“确定？”

“是的，差不多已正式求婚了。”

“那你答应了？”

“对，欣然接受。”

“那太好了，我衷心地祝贺你。”

不知为何，笃子嘴角浮出的微笑中带着一种令千代子毛骨悚然的东西，弄得她连致谢都难以说出口。

“千代子，关于美沙子，我有很多事情都想跟你商量，但今天你也很累了，还是先喝杯茶休息一下吧，虽然我点得并不好。”

“多谢。”

“已经是夜里了，就来点儿淡茶吧。”

笃子的举止十分从容。只见她从轮岛漆器枣形茶叶罐里盛了一匙淡茶放进茶碗，从备前水瓶里用舀子往烧水锅里舀了些水，慢慢搅拌一下后倒进茶碗，然后用竹刷熟练地搅了搅，点了一碗淡茶，轻轻递给千代子。茶碗似乎是信乐茶碗。千代子将膝盖往前凑了凑，正要伸手接过茶碗，苇门外面忽然传来一个声音。

“别喝，凤阿姨，那茶不能喝。”

就在千代子一愣神，手从茶碗上往回一缩的瞬间，笃子迅速将茶碗拽了回去，两手紧紧抱住。此时笃子脸上的表情千代子终生难忘。笃子原本就缺少女人的魅力与可爱，此时已变得十分可怕，连千代子都不由得发出了无声的悲鸣，接连后退。

“风阿姨，是我，樱井铁雄。熙子担心您，就让我偷偷地跟在您后面。也许从您那里看不见，从我这里却看得一清二楚。那老太太在用竹刷搅拌之前往茶碗里放了一样可疑的东西。”

铁雄的声音愤怒得发抖。千代子再次发出无声的悲鸣，一直后退到茶室边缘。

前面已经说过，由于这茶室就建在比正房低三米左右的崖下，地板则抬高了两米左右，所以铁雄所蹲伏的崖上跟茶室的地板只有一米左右的高度差。而且彼此的距离也只有三米左右，再加上茶室里灯火通明，笃子的运气可谓差到了极点。她在小绸巾上做手脚的情形在雾中也被看得一清二楚。

崖上凿有台阶，但这一带经常空气潮湿，台阶上生着很多青苔。由于害怕打滑，笃子便特别定做了一个铁梯子架在那里，千代子刚才也是顺着梯子来到茶室的，不过梯子现在早已被卸下来，笃子大概是想不受任何妨碍地在茶室里跟千代子对决。往下跳很危险，这一带非常昏暗不说，下面还不知道有什么东西，因为浓雾正围绕着茶室翻滚。

“凤阿姨，离那老太太远点儿。谁也不知道她会耍什么花招。说不定她还带着刀子呢。”

虽然笃子的加害之意已经从她充满憎恨的脸上暴露无遗，但她似乎并未携带凶器。大概她双手紧抱的茶碗才是她唯一的武器。

就在铁雄忙着寻找下去的地方时，几个人影又从雾中靠过来。

“谁！谁在那里？！”

日比野警部补严厉的声音传来，同时几道手电筒的光束扫过，让铁雄从雾中浮现出来。

“啊，这不是樱井先生吗？您怎么会在这里……”

凑过来的是金田一耕助，周围还有等等力警部和山下警部。日比野警部补跟近藤握着手电筒，他们身后除了古川刑警，还有两名便衣。

“金田一先生，您来得正好……其实刚才……”铁雄把情况简要介绍了一下。

“浑蛋！”

近藤大叫一声就要从崖上往下跳，可一瞬间，茶室方向却传来了尖厉的声音：

“别下来！谁也别下来！要是有人下来，我就喝下这个！”

笃子的声音有些歇斯底里，语气却很镇定。缺乏娇媚的可怕表情是天生的，没有办法，但刚才那充满杀气的憎恨神色却不见了。

金田一耕助从崖上一瞧，只见笃子正悠然地跪坐在小茶炉前，两手抱着茶碗。不愧对茶道深有心得，连姿势都十分优雅。死到临头，举止中仍透着一种坚毅。

“近藤先生，你待会儿再下去。凤女士，您没事吧？”

“金田一先生，我没事，可这究竟是怎么回事啊？”

千代子也恢复了镇定。虽然她已经打开苇门，一半身子都进了窄廊，颤抖的声音中却充满了困惑。

“您还什么都不知道呢。那您就不要说话，只默默地听我跟她……跟笛小路夫人说话就是。然后您再跟飞鸟先生逐一汇报，怎么样，听明白了吗？”

“好，好的……”

千代子脸色苍白，声音发抖。大概是她感受到了金田一耕助的语气跟平常不同，话里带着一种决定性的东西。

“笛小路夫人。”金田一耕助略微提高了嗓门，“美沙小姐究竟是谁的孩子？不，凤女士，您不要说话，我问的是那边。笛小路夫人，美沙小姐是谁的孩子？”

“当然是泰久跟千代子所生的女儿喽。不是吗，金田一先生？”抱着茶碗的笃子嘴角浮着一丝阴沉的微笑。分明是不怀好意的微笑。

“不，不对。我听说凤女士的血型是A型，笛小路先生是O型，而美沙是B型。O型血男性跟A型血女性之间是生不出B型血孩子的，这一点已经被医学上证明了。”

“金田一先生！”笃子斜着眼瞅了瞅一脸惊愕的千代子，嘴角的微笑越发邪恶，“呵呵，金田一先生，如果您所说是真的，那一定是这个女人跟泰久之外的男人私通生下的女儿。好你个坏女人，我竟还一点儿都不知道呢！”

“哪、哪、哪儿有……哪儿有……”千代子顿时急红了眼。

“凤女士，您不要说话。问题还没有开始呢。”金田一耕助严厉打断她说道，“笛小路夫人，没错，阿久津谦三先生也怀有跟您同样的疑问。大概给美沙输血的时候，他就注意到了血型的矛盾。凤千代子女士虽然屡次更换丈夫，但她行为举止从来都光明正大，做人磊落，这也是凤千代子女士作为女演员人气不减的秘密。可是，凤千代子女士身为有夫之妇，却与别的男人私通还生下了孩子……对此深信不疑的阿久津谦三先生一定是深感自己遭到了背叛，于是他二话不说就跟凤千代子女士分了手……”

这对千代子来说无疑是沉重打击，同时她也有了一种拨云见日的感觉。如果美沙不是笛小路泰久的女儿，那她到底是谁的孩子呢？千代子一面怯生生地瞪着笃子，一面紧紧地抓着苇门站在那里。笃子依然泰然自若地抱着茶碗。

“津村真二先生恐怕是从阿久津谦三先生的口中得知了美沙出生的秘密，然后又因为同样的理由跟凤千代子女士分了手。可是善良而多少有点儿轻率的津村真二先生却于去年八月十五日下午向造访浅间隐的笛小路泰久先生透露了美沙的出生秘密。大脑混乱的笛小路先生深信美沙的父亲就是凤千代子女士曾经的崇拜者高松鹤吉先生。烂醉的笛小路泰久先生并未注意到高松鹤吉先生应征入伍与美沙出生之间的巨大时间差。于是他便想以此来敲诈凤千代子女士跟飞鸟忠熙先生，遭拒之后，他便闯到这别墅来，不由分说侵犯了独自在家的美沙……”

抱着苇门的千代子再次发出无声的悲鸣，在苇门的支撑下，她好歹站住了。她现在才觉得笛小路泰久是有可能干出这种事来的。也不知笃子是否知道这件事，反正被金田一耕助明确指出来之后，连她都不由得身子一哆嗦，射向金田一耕助的视线中也恢复了无限的憎恨。

“虽说是醉酒与疯狂惹的祸，可笛小路泰久先生的行径却严重伤害了年幼的美沙的心……被此前一直深信是父亲的人骂成不是自己的孩子，还被此人侵犯，美沙顿时就疯了。她追上侵犯自己的男人，并且用花言巧语将他一步步诱向了泳池，她让对方错以为那是温泉，然后趁他脱得只剩一条内裤之际，将他推进了泳池里……”

这里虽是金田一耕助论据最为薄弱的地方，但他已经不顾一切。有时候虚张声势也是必要的。山下警部、等等力警部、日比野警部补与近藤等调查人员虽然已经知道这些，可被金田一耕助一针见血地指出，他们仍不由得脸色大变，更不用说第一次听到这骇人事实的千代子了，她紧紧抱住苇门才没有倒下。就连身为男人的铁雄都在雾中直发抖。金田一耕助也是有意把这件事说给铁雄听的。

“我们并不清楚美沙当时有没有杀意，就算有杀意也毫不奇怪。可是人们坚信不疑的笛小路泰久先生与美沙的父女关系却将她置于了有利位置。加之此前发生的阿久津谦三先生的灾难，让美沙更加有利。理由嘛，人们总是认为，假如两起案件都是由他人的蓄意暴力致死，凶手就必须得是同一个人。阿久津先生之死恐怕是非常不幸的事故。以上就是去年案件的所有真相。”

金田一耕助说到这里稍微停顿了一下，然后观察着眼皮底下笃子的神色，看看她对自己的话有什么反应。可是，再度恢复面无表情的笃子却一动不动，尽管脸色愈来愈吓人。

“笛小路夫人，我不知道您对本案的真相到底了解多少，也不知道美沙告诉了您多少。可是夫人，您肯定在某种程度上已经注意到了，并且一直怀着非常恐惧和害怕的念头在监护着美沙。美沙也一样，自那件事以来，她肯定也非常绝望，一直为自己出生的秘密烦恼不已。或者她已问过您这件事了，只不过您的答复并没能让她满意。而她又无法去问千代子，因为这样一来，说不定还会暴露自己的犯罪行为。她等了一年，或许笛小路泰久先生在侵犯她前就已经说漏嘴，说有关她出生的秘密是从津村真二先生那里听来的。于是，她就想跟津村先生或是另一个父亲槙恭吾先生更详细地询问自己出生的秘密。”

雾色伴随着夜色愈来愈深，萦绕在崖上的黑色人群与崖下的茶室周围。雾气无情地从苇门的缝隙钻进茶室，但由于室内灯火通明，笃子的表情仍是一览无余。恐怕，这荧光灯也是笃子为了观察千代子喝下茶水后的反应而特意打开的。

"前天晚上……不，是大前天晚上，也就是八月十三日晚上，美沙用欺骗的手段把槙恭吾先生叫到了津村真二先生在浅间隐的别墅。我并不知道她究竟用了什么借口，但这件事跟本案并无多大关系。总之，槙先生就在停电期间开着希尔曼来到了浅间隐。当时津村先生并未在家，美沙就点上蜡烛接待了槙恭吾先生。由于当日下午时槙先生曾跟美沙一起见过津村先生，所以他对美沙小姐的在场也并未起疑。在美沙的询问下，槙先生一五一十地把她出生的秘密告诉了她，不过那跟阿久津先生和津村先生了解的情况略微有些出入。槙先生是画家，是对色彩尤为敏感的画家，所以在不知不觉间就发现了美沙是红绿色盲。笛小路夫人，美沙是色盲吧？"

金田一耕助并未有意抬高嗓门，也并未装腔作势，可是仍紧抱着苇门的千代子却剧烈地颤抖起来。她终于开始意识到深藏在本案背后的这一重大秘密与惊天骗局，就连她看笃子的眼睛里都像是见到妖怪似的迸发着强烈的恐惧与厌恶。笃子却依然泰然自若，嘴角挂着阴沉的微笑。

"槙先生无疑对色盲做过仔细的调查研究。他知道男人患红绿色盲的几率约是百分之五，女人的几率则只有约百分之零点五。于是，槙先生便使用绿头火柴跟红头火柴制作了四种符号，试图说明色盲家族的族谱。色盲是色盲男人通过女儿传给外孙才表现出来的，虽然女人携带遗传基因并将其传给孩子，但女人本身却并不表现出色盲，只有色盲男人跟携有遗传基因的女人之间所生的女孩才会有色盲，这些情况槙先生肯定知道。”

千代子无论再怎么紧抱苇门也已经无法站住了。她终于明白金田一耕助要说的全部真相。她瘫倒在窄廊上，大口地喘着气，眼睛却仍死死地盯着笃子，眼里正燃烧着无限的愤怒与憎恶。

“我们拿美沙来讲。凤千代子女士并不携带色盲遗传基因，因为她的父亲凤千景先生是因色彩华丽而著称的著名画家，所以不可能是色盲。而就算凤千代子女士带有色盲的遗传基因，可笛小路泰久先生是一名汽车销售员。也就是说，他肯定会开车。考驾照时是要筛查色盲的，因而笛小路先生并不是色盲。可美沙却是色盲，即是说她既不是笛小路先生的孩子，也不是凤千代子女士的女儿。”

第二十八章　信乐茶碗

难怪千代子会泪如泉涌，全身剧烈抽搐。这么多年来，她居然一直在被蒙蔽、欺骗。多年来笃子以美沙的名义对她敲骨吸髓，从她身上不知榨取了多少钱财。懊恼尚且不说，更让她震撼的则是自己的亲生孩子究竟怎么样了。

“就这样，槙先生在桌子上摆弄着红绿火柴，解释起色盲的遗传原理。地点是人烟稀少的浅间隐，时间是晚上九点前后，屋外吹着台风来临前的狂风。美沙与槙先生隔桌而坐，二人之间只有一根蜡烛在摇曳，槙先生在烛光中闪烁的脸，在美沙的眼睛里有如恶魔的化身。在这恐怖气氛中得知自己出生全部秘密的她无疑被彻底摧垮，陷入绝望。而且她已经杀过一个人。身背杀人罪却仍置身警方的调查视野之外，这无疑给了她胆量与自信。她便用氰化钾将知道这一重大秘密的槙先生杀害。”

一丝风都没有，这让雾气的颗粒越发加重。山下警部、等等力警部、日比野警部补和近藤刑警全都被雾打湿了，他们一面哆嗦，一面守望着崖上的金田一耕助跟崖下的明亮茶室这一奇妙的舞台装置。金田一耕助蓬乱的头发也濡湿了，裤裙也被打得冰凉而潮湿。

“我不知道美沙小姐想如何对付津村先生，也许是等津村先生回来后同样将其杀害。可此时却发生了一件突发事故，有一名目击者从窗外看到了这一幕。也许是槙先生倒下的一瞬间，目击者发出了声音或其他动静，美沙大吃一惊，冲出别墅后骑上自行车仓皇逃跑。目击者也随后追上。不一会儿，津村先生便回来了……”

说到这里，金田一耕助停了下来。这里同样是金田一耕助论据薄弱的一处。若是能把田代信吉捉住，这里面的细节也许会更清晰一些，但他现在只能依靠想象。

“至于津村先生发现在自己别墅里死去的槙先生尸体时是何等惊恐与慌乱，我们在这里就不需要一一提及了。津村先生完全没有作案时间，却不愿去证明自己，这大概是出于他的自尊与骑士精神吧。幸亏槙先生开来的车还在那里，走投无路的津村先生便决定将槙先生的尸体送回他的别墅，并立刻付诸实施，当时他之所以把摆在桌子上的火柴图案仔细记下来，终极目的恐怕就是想让警方认为槙先生的别墅便是案发现场。还有一点，尽管津村先生并不明白那火柴排列图案的意思，但他还是希望能给警方的破案提供一点儿帮助。他虽然平时有点儿冒失、武断，却具有非常认真的另一面，他仔细地把火柴图案记在了乐谱背面，又把火柴仔细装进信封并带到了矢崎别墅，将其原封不动地摆在那里。正是他的这种做法给本案的调查提供了重要线索，所以说他的努力并没有白费。”

金田一耕助的解释越发艰难。尽管他后面的解释有些牵强附会，但他别无选择。

“就这样，在矢崎的别墅里设好一切舞台装置后，津村先生就返回了浅间隐，他恐怕是太疲劳了，精神上也累垮了。为了提神，他就喝了口威士忌，可没想到这却成了他此生的永别，他被威士忌里的氰化钾毒死，所以说他也是死在了美沙手里。”

这时，日比野警部补跟近藤嘀咕起来，但谁都没有对此提出异议，他们大概也知道除此之外再无别的解释。

“且说，那个追赶并逼问美沙的目击者恐怕又折返回来。这名目击者就是去年今日在轻井泽殉情未果的音乐学院学生，他是津村先生的学生，去年八月十五日晚上，他也在白桦营与笛小路先生深谈过。也许他当时从笛小路先生那里听到了什么。去年八月十六日下午，他想跟女友殉情，结果女方死去，他却获救。而当他获悉同日早上漂浮在神门泳池的那横死尸体便是他前一天晚上在白桦营与之深谈过的那个人，同时也是自己的恩师津村真二的前妻凤千代子的初任丈夫时，他一定深感蹊跷，更不用说如果他从笛小路先生那里还听到了些什么。至于他为什么要在跟去年相同的时期来到轻井泽，究竟是想进一步彻查笛小路先生的案子，还是殉情未果以来他的心理变得越发封闭而绝望，以至于想追随女友而去，这一点我就不清楚了。不过，从他拥有一把点二二口径的手枪来看，倒很可能是来自杀的。”

千代子已经不再发抖，泪水也已干涸。当听到津村真二也已死去的消息时，她无疑再度受到了沉重打击，直到听到金田一耕助的故事中还有另外一名奇怪的目击者登场，她才重新恢复了天生的冷静。金田一耕助是为了让她把这些事实告诉忠熙才这么讲的，她一个字都不能漏掉。

笃子无疑也想了解一切。她现在也用不着急于自行了断。她两手抱着茶碗一动不动，坚定而优雅。

“且说，青年目击者于八月十三日晚上来到浅间隐之举很可能并无他意。他当日下午曾在星野温泉见过津村先生，或许当时就约好了要来拜访，或许他造访津村先生的别墅也只是为了借宿一晚。估摸着星野温泉的演奏会快结束的时候，他来到了浅间隐，可是他没想到别墅里竟提前来了两个陌生的客人，并且还在烛光下热烈地探讨着什么。见此情景，他顿生疑窦，便从窗户往里窥探，结果目击到了美沙那可怕的行为。于是他就追上她逼问。虽然我不知道他们是如何谈妥的，但他肯定了解到了去年在白桦营偶然交谈过的笛小路先生离奇死亡案的真相一角。如果他把事实原封不动地全都通知警察，我想案子早就更容易地告破了。可是美沙太年幼了，看上去又那么可怜，而且这名自暴自弃的青年也许想在自杀之前上演一场大戏。于是他再次返回了浅间隐的现场，却发现津村先生的尸体已经横躺在地上，而且槙先生的尸体跟车也都不见了。于是青年便猜到一定是津村先生干了些什么，说不定他还目击到津村先生将槙先生的尸体塞进的后备厢并运走的情形呢……”

说着说着，就连金田一耕助的声音都在发抖。

一切都是在因狂风大作而停电的深夜上演的。台风正朝着轻井泽一步步逼近，这异常的事态让津村真二做出了绝望的举动，自暴自弃的青年更是做出了离奇的行为。

“总之，当青年发现津村先生的时候，津村先生已经无法复生了。那么青年又是怎么做的呢？他在去年的同一时期也曾在白桦营滞留过三晚。津村先生也曾在同一时期来到浅间隐。青年恐怕当时造访过浅间隐，并从津村先生那里听到了天花板里面暗橱的秘密。于是青年便把津村先生的尸体连同放了氰化钾的威士忌瓶子跟酒杯一起藏进那里。他为什么要这么做？万一槙先生的尸体被发现，他这样做也能让警方误认为凶手就是津村先生啊，哪怕时间短一些也无所谓。因此青年便巧妙地做了工作，好让人误以为津村先生回到别墅后便失踪了。他为什么要这么做？那是因为他大概还没有认清美沙的真面目。他无法从美沙那可怜得像易碎工艺品一样柔弱的外表下面洞察到她隐藏的残忍和嗜血成性的本质。他大概是忽然间产生了一种英雄主义，想保护美沙。他不仅藏匿了津村先生的尸体，还剥下了津村先生的衣服。正好津村先生一直是那一身非常惹眼的杀手打扮，于是他就摇身一变装扮成了津村先生，通过四处现身让人误以为津村先生仍活着，并在轻井泽一带到处晃悠。”

如果说金田一耕助的这个解释没错，不，这极有可能是真的，那么无意间被卷入本案的田代信吉则无疑扮演了一个极其重要的角色。难道说人一旦犯下错误就真的再也无可救药了？

“青年枪击飞鸟忠熙的行为也是受美沙所托吗？不，我不这么认为。青年一定至今都以为美沙就是千代子女士的女儿，仅靠浅间隐的偷听是不可能听到这么重大的事实的。青年大概拥有一种英雄主义情怀，于是他自己便设置了这样一种虚构的情节，即凡是美沙母亲曾经的丈夫或者将要成为她丈夫的人都应该遭受报应，都得死。也不知是万幸还是不幸，去年因药量不足导致自杀未遂的青年为防万一，今年特意准备了一把手枪。昨天那高尔夫球场的枪击案便是青年将自己虚构的情节进一步完善的一种体现，他想借此来给自己凄惨的一生至少增添上一抹亮彩。也就是说，这才是这个绝望青年最后的自我展示。”

金田一耕助说到这里歇了口气，然后朝千代子说道：“凤女士，我刚才所说就是这起案件的全部。飞鸟先生想知道案件的全貌。虽然我刚才的话中会有一些臆测的成分，但绝大多数是没错的。等飞鸟先生康复之后，请您找个机会好好跟他说明一下。”

“金田一先生……”千代子张口结舌，“多谢。”

“不，凤女士，您该谢的并不是我。您应该向村上一彦致谢。一彦早就察觉了美沙是色盲。也许是去年教美沙高尔夫的时候，他从放在果岭上的红色毛线标志中发现美沙是色盲。虽然做事谨慎的一彦谁都没有告诉，但他肯定以自己的方式对色盲进行了研究，而且他还在这起案件中发现飞鸟先生抄记的火柴排列图案竟是色盲系谱的图式。一彦也许并未想到美沙会做出这种无法无天的事，但他还是发现色盲与本案有着重大关联。而恰巧就在前天晚上，您跟我在万山庄的大厅里展开了一场有关您父母的色彩感觉的争论。就在争论的过程中，一彦便察觉到原来我也已经注意到了那火柴图案的含义。”

日比野警部补跟近藤在黑暗中交换了一下眼神。近藤这才明白当时金田一耕助和一彦之间迸发火花的含义，他不禁又一次骂了起来：“混账！混账！混账！”

“我虽然也注意到了色盲跟本案有重大关联，却不知道究竟谁是色盲。我还一度怀疑是不是您呢，虽然我也觉得身为彩色电影大明星的您不可能是色盲。不过，那次的争论并没有白费。因为一彦把我拉到了高尔夫球场上，还在美沙面前的果岭上放置了红毛线标记，借此向我们证明了美沙是色盲的事实。于是，笛小路夫人，这一瞬便决定了您是此次较量的输家了。”

金田一耕助一直在用一种淡淡的口气侃侃而谈，不过这最后的一句他还是加大了力度。

笛小路笃子仍泰然自若。因为她知道，只要她双手紧紧抱着那只茶碗，就没有一个人敢从崖上下来。虽然聚集在崖上的人群中也有人携带手枪，但谁都没有自信能在确保不伤及笃子的前提下将茶碗成功击落。

“笛小路夫人，您是一个可怕的人，一个坏人。是您让真正的美沙丢了命吧。您经历过两次空袭，东京空袭和冈山空袭。今天我让警方调查了一下，冈山空袭是在昭和二十年六月二十八晚上发生的，而且完全是被偷袭，据说连警戒警报和空袭警报都没有来得及拉响，因此全市陷入了大混乱。您就是在那时候失去美沙的吗？总之您陷入了穷途末路。无论大本营那边如何掩盖，可美军还是已经登上了冲绳，登陆本土也是迟早的事，这一点不少日本人都清楚，您也一样。两次空袭让您失去一切，聪明的您已经预见到如果日本完败，结果将会如何，也知道此前赖以生存的贵族身份将会如何，贵族所拥有的恩典、荣耀和特权恐怕都会像尘土一样变得一文不值。或许笛小路先生会活着回来，可是您比谁都清楚他那个人根本就不可靠，而如此一来唯一可以依靠的就只有千代子女士一人了。千代子女士的美貌、才气与人品，而且对您来说，魅力最大的恐怕就是千代子女士拥有的强大生存能力……您不想舍弃千代子女士。能够联结您与她的纽带只有美沙，您却失去了美沙。您没能保住她的性命，于是就从别处弄来了个冒牌货顶替美沙。夫人，您究竟是从哪里弄来的那个美沙的替身?！”

金田一耕助的声音都在愤怒地发抖。

千代子再次泪眼滂沱。不仅是对这个阴险的婆婆恨之入骨的眼泪，更是对长年来一直处在蒙蔽中的自己可怜和同情的眼泪。

她现在才回想起来，当她在时隔一年多后去津山的乡下看望笃子的时候，她就发现美沙的发育比自己预想的要差很多，甚至连容貌都完全变了样。可当时笃子却告诉她婴儿全都这样，她便信以为真，从未怀疑过，虽然是在战争期间，可自己也至少应该多去探望一下美沙，她对自己的行为痛恨不已。一想到多年以来都没人为美沙祈冥福，她便再也止不住泪水。

“夫人，笛小路夫人，那孩子是您在取得她父母或是亲属的同意之后才领养的吗？不，不可能。如果是这样，那孩子的父母或是亲属应该会以某种形式主动联系的。那样一来，笛小路先生或是千代子女士就不可能发现不了。这种情况从没发生过，说明那孩子是您从某处抢来的、偷来的。当时的日本城市空袭接连不断，所有人都乱了阵脚。于是您就趁乱偷了那个孩子。您犯下了双重大罪，为了明哲保身，为了满足您自己的贪欲，为了满足您在物质方面的虚荣心……”

金田一耕助的声音像鞭子一样在雾中凌厉地回响。他对自己刚才所说的话也没有绝对自信，一直期待笃子能以某种形式反驳自己。倘若自己的言语中有错误，在这一点上他还是可以向对方真诚道歉。可是对方并未反驳，只是一味地绷着脸，可怕的脸色丝毫未变。

“夫人，笛小路夫人，就这样您犯下了双重大罪，而不久后，您就得到了报应。因为您偏偏弄来了一个色盲的孩子。当发现那孩子竟是色盲的时候，您的震惊程度我想现在也用不着我在这里絮叨了。

您肯定也以自己的方式对色盲做过研究，而且知道那孩子的色盲症暴露的时候就是您所有骗局结束的时候。所以从那以来，您一直煞费苦心，甚至连学都不让那孩子去上，还反过来对此加以利用，将自己装扮成一个具有献身精神的奶奶。那孩子恐怕也是最近才知道自己竟患有色盲这种女孩中非常罕见的疾病，因为您对她一直在拼命隐瞒。您恐怕对那孩子一点儿感情都没有吧？”

金田一耕助说到这里歇了口气，然后立刻又朝着茶室说了起来。

“可是夫人，您知道无论您如何苦心经营，色盲这一事实也早晚会暴露。而一旦被暴露时的耻辱……您不畏罪，也不后悔，唯一害怕的就是身为贵族后裔的荣耀受到损害，如果说得更直白一些，为了防备有一天被人戳脊梁骨，您早就准备好了氰化钾，还把容器藏到了箱根雕漆工艺的匣子里……”

说到这里，金田一耕助停了下来，试探对方的反应。对方果然有了回应。只见笃子猛地转向这边，似乎在寻找什么人。耕助用胳膊肘捅了捅，等等力警部这才露出脸。近藤的手电筒照亮了警部的脸。一瞬间，笃子的眼睛里燃起愤怒的火焰。

“您在临来此地之前就发现匣子中的氰化钾少了若干。而由于去年的那件事，您立刻就把怀疑的目光指向了那孩子。当您来到这里时，槙恭吾先生已经被杀害，而且死因还是氰化钾中毒。获悉这些，您恐怕大吃一惊。您害怕那孩子，可您还是太乐观了，您以为只要那孩子是色盲的事情不暴露就没事。可是您从刚才一直在这里的古川那里套出了话，知道了今天在高尔夫球场上那孩子色盲症暴露一事，而且还知道了金田一耕助与等等力警部在场。您知道一切都完了，可是您并不想一个人死，想让千代子女士陪您做伴。因为心理极度扭曲的您忌妒千代子女士的幸福，忌妒得要命。这就是我知道的全部。笛小路夫人，我最后再问一遍，那孩子究竟是从哪里弄来的？”

笃子此时慢慢地扭过头来，她表情可怕，嘴角浮着一种无比邪恶的微笑。

“金田一先生，您可真是个奇人。多亏您那自作聪明的嚼舌头，我也能安心地死去了。因为我也不想就这样不明不白地死去。谢谢您的一副好脑子，我什么都明白了。那孩子想做什么关我何事？因为她跟我们一族没有半点儿关系。金田一先生，您刚才说我在这场较量中输了？可是我不这么认为。既然您仍然不知道那孩子是谁的，那就不能说您已经彻底破了这个案子。您是永远都不会知道的。当时死了那么多人，无论东京、横滨还是名古屋，还有大阪、神户、冈山、广岛……到处都是成堆的死人，自然就撇下了大量孤儿，有本事的话就请您把那孩子的父母从里面找出来啊，哈哈哈。”

说完，笃子把充满憎恨与忌妒的视线转向千代子。

“千代子，你运气不错。以前我利用了你那么多，看来这次是不行了。可是，你真的就能幸福吗？你先好好看看我这张死人脸吧。希望它能成为你永远的梦魇，一辈子都缠着你。”

这便是这个旷世毒妇的最后一句话。谁也无法阻止她的手。

雾气围绕着茶室，越来越浓。

尾声

“你知道化装舞会一词吗？”

“这有什么啊，你说的是 opera 吧？”

“Opera 是什么？”

“就是歌剧啊。”

“哟，歌剧里还有这玩意儿？”

“嗯，是威尔第的杰作。怎么了？”

“不，我说的不是那个。我曾经读到过，说人世就像是一场化装舞会，男人和女人全都戴着面具生活，是一个外国的大人物说的。我现在终于真切感悟到这句话的内涵。”

“咦，没想到你还挺有哲学思想的。”

“呵呵，这就叫哲学？我可不是在装什么哲学家，我究竟是谁呢？”

“你不是笛小路美沙吗？”

“不是啊。当去年被那个男人……不，被笛小路泰久先生糟蹋的时候，我就知道我不是那男人……不，不是那位先生的女儿了。因为那位先生都明明白白地说了，他说我是野男人的孽种。”

“对了，我在白桦营也听说过这事。那位烂醉的先生还气势汹汹地扬言说要以眼还眼、以牙还牙，一定要报仇呢。然后他就闯到你那里把你糟蹋了，而你一气之下就那个醉鬼杀了，是吗？”

“我没打算杀他啊。我只是把他领到泳池边，跟他说了句‘爸爸，您身体脏了，就在这里洗个澡吧’。结果他就连连答应，自己脱下西装进了泳池，然后就再也没上来。呵呵。”

“报纸上说很可能是饮酒过度和那一夜的大雾让笛小路泰久产生了荒唐的幻想。杀人不用刀，你可真是个可怕的女孩，就算是被爸爸糟蹋了也不能那样啊。”

“快别说了。我提起化装舞会其实并不是因为这个。正因为被他那样了，我才弄明白原来我并不是那男人……不，不是前子爵笛小路泰久先生的千金小姐。我从出生的时候起就以为自己是笛小路美沙呢，我是前几天的晚上才知道不是的。”

“那你是谁？”

“不知道是哪里的野孩子……那个人……槙恭吾先生就是这么说的。他说长期以来我不得不戴着笛小路美沙的面具，不得不扮演着笛小路美沙的角色。所以我才是化装舞会的女王呢。你不这么认为吗？”

“那，这一切都是谁造成的？”

“那个老太太啊，不，就是笛小路笃子女士。听那个人，也就是槙恭吾先生说，那个叫笛小路美沙的孩子好像还是婴儿的时候就死了，笛小路笃子女士陷入了被动，于是不知从哪里捡来了我这么个野孩子，让我来冒充笛小路美沙，而她自己则装扮成一个爱孙情深的老奶奶……不对，我应该用敬语才是。呵呵，回想起来，也许那位女士……也许笛小路笃子女士才是化装舞会的演出者呢。那位老奶奶一点儿都不爱我。”

少女和男人的声音都很冰冷。二人的语气中全都毫无感情。

“而且，男人都很会伪装自己。阿久津谦三先生、槙恭吾先生和津村真二先生，他们都对那个人恋恋不舍。可是，大家又对我这个不知是哪里野种的小女孩的存在感到害怕，于是就抛弃了那个人。也就是说，多一事不如少一事。可如此一来，那个女人就可怜了，一个经常被男人抛弃的女人——这可关系到一个大明星的面子。所以他们都戴上了被抛弃男人的面具，扮演起被抛弃男人的角色。槙恭吾先生就是这么说的，他就差说一句像你这样的野种还不赶紧去死。”

“因此你就先下手为强先把对方打发了？”

“呵呵，毕竟我还年轻。”

“那笛小路泰久呢？他也是化装舞会的出场人物吗？”

“他可是化装舞会的大王。远的不说，就冲他忽然勾引并糟践自己女儿这一点，他就是个畜生。可是一到了社会上，人家可就是前子爵。上钩的傻女人世上有的是。但最近前子爵先生的面具好像也渐渐不值钱了，因此他变得穷困潦倒。”

“凤千代子又怎么样呢？她也戴着面具吗？”

“啊，她啊……她可是化装舞会的女主人公啊。她完全是悲剧的女王。世上都说她是非常聪明的女人……不，是女性，她本人似乎也这么认为。但事实上她很愚蠢，是个大傻瓜。因为她长期以来一直都在被那个老奶奶欺诈。她完全被榨干了，因为那老奶奶实在是太厉害了。我经常被她逼着装病。这里不舒服，那里难受。结果每次那女人都会大出血般给钱。女演员虽然挣得多，花销也不少啊。可是……”

“凤千代子还是有点儿爱你的，是吗？”

“这种事谁知道……不过她一直惦记着我倒是真的。她一直以为我是个端庄贤淑的女孩，当然这全是老奶奶的功劳了。呵呵，一场荒唐的化装舞会。”

“那，你不端庄吗？”

“这，怎么说呢……我可是什么词都知道呢。不信你听着。”

于是，少女当即把各种露骨猥亵的词语罗列了一遍。有些词甚至连男人都很难启齿，足以把对方吓跑。

“你是从哪里学的这些脏话？”

“从租书店借的书里学的。我求里枝去借各种书，全都是一般书店不卖的。毕竟我也年届妙龄了，不懂得各种事情怎么行……所以，去年那男人——笛小路泰久先生跟我做爱的时候，我都陶醉了呢。”

“那你为什么还把对方杀了？”

“因为我的弱点让他知道了啊。最起码当前我还想装成一个端庄的女孩，在我懂得各种事情之前，呵呵。”

“真可怕，你这人可真可怕。像恶魔的孩子一样，我简直都毛骨悚然了。”

“呵呵，你才是呢。你到底是谁？”

“我？你都看到了，我是无赖。嗯，应该算是地痞吧。”

“骗人，你才不是无赖呢。你是戴着无赖面具的老好人。你才是这场化装舞会中逗人发笑的小丑呢。”

“你说什么？”

“因为你不敢抱我啊，不是吗？我从昨晚就拼命勾引你，可你却吓得要命，连抱都不敢抱我，真没出息。”

“……”

“可是，你为什么要枪击飞鸟忠熙呢？你为什么要做这种傻事？”

“不懂了吧？连我都闹不明白呢。大概我是想干一番轰轰烈烈的大事吧，反正我横竖都是一个小丑。”

“然后就想流芳千古吗，田代信吉？”

“你怎么知道？”

“就算你瞒着我也没用。你带我来这里的时候，我就感到奇怪。你就是去年在这里殉情未遂的田代信吉吧？你可是跟笛小路泰久的横死尸体被发现的报道上了同一份报纸啊。我对这种报道十分感兴趣。一个绝望的音乐系学生，自暴自弃的田代信吉……刚才说起歌剧的时候，我就全弄明白了。你打算怎么处置我？让我做你殉情的伴儿？”

“像你这样的怪胎可真让人受不了。我看倒是你想把我拉上做伴吧？昨晚还往我买的面包里放氰化钾。我差一点儿就让你杀了。”

“呵呵，那只是开玩笑。”

“你都是拿杀人开玩笑的吗？真可怕。”

“可是，阿信，你怎么看？”

“什么怎么看？”

“我要是让警察捉住，结果会怎么样？会被判死刑吗？”

“你是不会被处死刑的，因为你是未成年人。不过倒是要被送进感化院一类的地方。”

“我也是这么想的。要是被送进那种地方，我会乖乖待着，因为我已经习惯了装文静。一个悔过的笛小路美沙……不对，我是一个悔过的野种，一个无名无姓的野孩子……呵呵，我要尽早回归社会。”

“不行，像你这样的人，即使到了外面也没人会理你。”

“没事，我有赞助商啊。”

“谁？谁是你的赞助商？”

“凤千代子女士，我的母亲大人啊。”

“你……难道你接下来还想敲诈她？”连向来处乱不惊的田代信吉此时都被吓得尖叫起来。

少女装模作样地说道：“不行吗？谁让我们曾经是母女呢。她那人……啊！”

“怎、怎么了？”

“有人在喊。你听，在喊田代呢。啊，是警察！你不能出去！我不想被警察抓住，你快想想办法啊！你不是有手枪吗？”

少女突然被吓疯了一样，拼命抱住田代信吉的胸膛。洞穴里黑黢黢的。洞顶倒挂着许多蝙蝠。

就在稍早前，爬到离山八合目附近的村山一彦跟立花茂树忽然在坡道中间停了下来。雾仍很大，可拂晓的微光却已经开始在附近飘荡。

“立花，你也听到了？”

“嗯，大概就在这小屋里。”

也不知是做什么用的，反正山坡上有一间朽坏的窝棚，两人几乎同时听到了里面的呻吟声。

他们交换了一下眼神，一彦小心地往前面摸去。

“里面有人吗？”

呻吟声仿佛在回应他似的变得高亢起来，还传来咚咚敲地板和敲墙壁的声音。

“村上……是不是田代？”茂树沙哑的声音有点儿发抖。

一彦没吱声，他竖起耳朵仔细听了一会儿，灵机一动，啪嗒一下打开破门，把手电筒照向里面。外面已开始放亮，可小屋里依然十分昏暗。

为防不测，一彦也紧张地摆出姿势，可他用手电筒往小屋里扫了一圈之后，紧张的表情微微放松下来，露出洁白的牙齿笑道：“我当是谁呢，这不是秋山叔叔吗？您怎么也这么狼狈？”

“村上，你认识……”

“是秋山卓造叔叔，飞鸟叔叔的左膀右臂。”

秋山卓造的确很惨。小屋里大概原本就有条绳子，他被人用绳子五花大绑后丢在了地板上，嘴里还结结实实地塞了块布。

一彦取出他口中的布，两眼不由得一亮。这块布很眼熟。正是美沙在高尔夫球场时围的头巾。

“秋山叔叔，美沙是不是也在一起？”

“那小婊子可真厉害，几次三番教唆那男的杀了我。我以前就讨厌那孩子。对了一彦，老爷呢？老爷他……”

“他没事，手术也顺利结束了。他反倒一直在担心您呢。秋山叔叔，您的脚受伤了吧？”

“没事，这么点儿小伤……对了，一彦，你赶紧帮我把绳子解开。这个畜生……浑蛋！”

一彦忽然停下正在解绳子的手，在黑暗中紧盯着秋山卓造的脸。“秋山叔叔，解开绳子后您打算怎样？”

“还用说吗，当然是去找那浑蛋算账了。”秋山咬牙切齿地说道，“听他们刚才说话的情形，离山的山顶好像有个洞。他们正藏在那里呢，不把那浑蛋的狗头揪下来，我无颜面对大人。”

“立花，别解绳子了，重新绑起来。”

“一彦，你、你怎么这么残忍？”

“什么残忍不残忍。立花，比刚才绑得更结实些。我不想让他白白送死。”

茂树似乎也明白了他的意思，把绳子绑得比刚才更结实了。

“一彦，你怎么能这样……怎么能这样……”

秋山使出吃奶的劲儿，可还是敌不过两个青年的力气。立花茂树虽然表面上显得很羸弱，没想到竟还蕴藏着超强的意志。二人将秋山绑得像一条大青虫一样，扔在原地后离小屋而去，身后传来秋山声嘶力竭的喊声：“一彦，你不能去，不能去啊！对方就像是一头受伤的野猪。你要是把命搭进去了，我怎么能对得起老主人！你并不是村上达哉的儿子，你是老主人……老主人的遗孤啊。”

刚往坡上爬了五六步的二人忽然停下脚步。茂树惊愕地盯着一彦，一彦微微一笑。“立花，你先在这里等一会儿。”

说着，他便返回刚才的小屋，盯着倒在地上的秋山说道：“秋山叔叔，看来人到生死关头都会不由自主地吐露真言啊。不过秋山叔叔，您以为我一直都不知道这件事吗？”

“一彦，你早就知道了？”

“秋山叔叔，我可是在飞鸟家长大的。而且母亲也一直活到我六岁的时候，如此重大的事情，您觉得她临死之前会不告诉我吗？幸亏大家给了我那么多的关爱，我才没有陷入自我厌恶，也没有产生自卑的情绪。母亲屈服于父亲的暴力，当时又是那个年代，尤其母亲还是个守旧的人，所以她才一直忍辱负重，服侍在父亲的床头。而就是在那期间，母亲怀上并生下了我。母亲是一个传统谨慎之人，所以每年都不忘在自己户籍上的丈夫村上达哉的忌日那天祭奠。因为村上达哉的忌日也就是我父亲的忌日。可是，秋山叔叔，您知道母亲真正思念的人到底是谁吗？秋山叔叔，那个人其实就是您啊。”

秋山惊讶地瞪大了眼睛盯着一彦。一彦爽朗地笑了起来。

“您在那次事件之后立刻就去了习志野，然后就被安排到了前线，所以您什么都不知道。母亲一直供着饭食祈祷武运长久，而供奉的照片，秋山叔叔，就是您的啊。这件事忠熙哥哥好像也知道。他为父亲对母亲的所作所为深感愧疚，才会对母亲真正思恋的人，也就是您，满怀深情厚谊吧。”

秋山卓造的眼睛里终于渗出泪水。一彦背过脸去，说道：“秋山叔叔，您也是个守旧之人。永远思念着我母亲，这份心情诚然可贵，可这恐怕不是我母亲的本意。所以您还是赶紧找个好人结婚吧。秋山叔叔，我六岁那年就失去了母亲，我怀恋母亲，对她的思念胜常人一倍，所以我不会让我母亲一直思恋的人白白送死。您明白了吗？哈哈，看来我也是忍不住吐露了真言啊！”

看来这里似乎也在上演着一场化装舞会，只不过是一场传统守旧的化装舞会。

一彦刚要出去，身后又传来秋山的声音：“一彦，可是那家伙……”

“没事，我……不，我们有信心说服那男人……那个可怜的男人。

我们必须比警察提前一步。对了，警察很可能马上就过来了。您如果不想活着受辱，就请乖乖地待着吧。我们早晚会回来帮您解开绳子。”

一彦说罢转身离去，秋山已经无话可说。

“立花，你刚才听到什么了吗？”

“没有，那个……什么啊……”

“哈哈，就算听到了也权当没听见吧。反正都是些陈年旧事。”

“好的，我知道了。”

二人默默地从雾中的坡道上爬去。不久便来到去年金田一耕助摸上去的那荒凉山顶。一处在大地上高高隆起的山包从对面显露出来。立花茂树喊着田代信吉的名字，不久一个人影便爬上了山包，正是一身杀手打扮的田代信吉，他右手握着手枪。

“谁？是谁在那边？再敢往前我可就开枪了。”

“是我，立花，立花茂树。”

“立花？你来这里干什么？没想到你还有这样的勇气啊。”

“我带来了爸爸的传话。”

“爸爸？谁的爸爸？”

“我的爸爸啊，立花梧郎。”

田代信吉沉默了。他似乎在雾中有些退缩。

“你爸爸要你来传什么话？”

“你是不是曾送给我爸爸一个乐谱？就是题为《墓志铭》的交响曲乐谱。”

田代信吉没有吭声。

“我爸爸对那支曲子很满意，说一定要在今年秋天的演奏会上演奏。田代，作为作曲者，你有义务去听演奏。”

田代信吉又退缩了一下，但仍不出声。

于是一彦便替立花喊了起来："田代，请让我也跟你说两句。"

"你是谁？"

"村上一彦。立花高中时的同学，也是飞鸟忠熙的亲属。"

田代信吉又陷入了沉默，似乎在默默地等待着后面的话。

"飞鸟忠熙并没有死。虽然他身受重伤，但手术很顺利。他获救了。来，让我们一起下山吧。"

一彦朝山包上靠近一步，立花也随之迈出一步。太阳还未升起，光亮却在急剧增加。山包上田代信吉的面孔终于清晰地浮现出来。

"田代，快下来啊。跟我们一起下山吧。"

二人又往前迈出一两步。田代信吉的脸眼看着扭曲起来。

"别过来！别过来！再往前走，我可真要开枪了！"

可是一彦并不理会，又迈出了两三步，立花也紧跟其后。突然，手枪里冒出火，子弹从二人的头顶飞过。一彦跟立花都呆住了。

"立花，谢谢你。村上，谢谢。茂树，你一定要写出好的作品来。"

田代信吉跑下山包，一下子钻进洞窟。

少女的哀鸣传来，枪发出沉闷的声音。少女的哀鸣再度响起，接连两声枪响。过了一会儿，又传来一声枪响，之后就恢复了寂静，只有两三只蝙蝠没头没脑地从洞里飞出。

一彦跟立花冲过去的时候，雾气正在快速散去，浅间山的山脚也露了出来。